U0456325

平常心是道

虚云 著

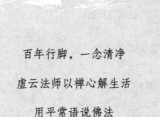

百年行脚，一念清净

虚云法师以禅心解生活

用平常语说佛法

团结出版社

© 团结出版社，2025 年

图书在版编目（ＣＩＰ）数据

　平常心是道 / 虚云著 . -- 北京：团结出版社，
2025. 6. -- ISBN 978-7-5234-1253-4

Ⅰ . I217.2

中国国家版本馆 CIP 数据核字第 2024GW2009 号

责任编辑：刘　晶
封面设计：宋　萍

出　版：团结出版社
　　　　（北京市东城区东皇城根南街 84 号　邮编：100006）
电　话：（010）65228880 65244790
网　址：http://www.tjpress.com
E-mail：zb65244790@vip.163.com
经　销：全国新华书店
印　装：北京天宇万达印刷有限公司

开　本：145mm×210mm　　　32 开
印　张：12.5　　　　　　字　数：288 千字
版　次：2025 年 6 月　第 1 版　印　次：2025 年 6 月　第 1 次印刷

书　号：978-7-5234-1253-4
定　价：68.00 元
　　　　（版权所属，盗版必究）

出版说明

　　虚云和尚（1840—1959），俗姓萧，湖南湘乡人，生于福建泉州，中国现代禅宗代表人物。1858年至福州涌泉鼓山寺依常开和尚出家，翌年依妙莲受具足戒，曾传曹洞，兼嗣临济，中兴云门，匡扶法眼，延续沩仰，以一身而兼禅宗五宗法脉。1959年10月13日（农历九月十二）示寂，世寿120岁，戒腊101。他始终以"农禅并重、自立利世"的精神复兴禅门宗风，重兴六大祖庭，兼祧五家法脉，被后世尊为"禅宗泰斗"。

　　虚云和尚的禅法思想，根植于唐代百丈怀海禅师"农禅并重"的传统。他一生躬行"一日不作，一日不食"的禅门清规，1953年以113岁高龄率领弟子重建江西云居山真如寺，垦荒种地，自给自足，将禅修与劳作融为一体。这种精神既是对佛教"不依附、不寄生"品格的坚守，更是对"禅是生活、生活即禅"的生动诠释。正如他常引元代高峰原妙禅师《插秧歌》所言："手执青秧插满田，低头便见水中天。六根清净方为道，退步原来是向前。"在田间劳作中体悟禅机，于平凡生活中证得菩提，正是虚云禅法的核心。其禅法体系以"万缘放下，一念不生"为修行要诀，强调参禅须先具备深信因果、严持戒律、坚固信心、决定行门等基础，主张"照顾话头"与"反闻闻自性"并重，以"生死心切"为动力破除对名利、情欲的执着。更难能可贵的是，他反对门户之见，提出"禅净本一体"，认为"念佛到一心不乱，何尝不是参禅？参禅参到能所双忘，又何尝不是念实相佛"，为后世禅净双修提供了理论依据。

本书是虚云和尚一生重要开示的结集，命名《平常心是道》。"平常心是道"一语源自虚云和尚对赵州禅师"如何是道"公案的阐释。他指出："平常就是长远，一年到头，一生到死，常常如此，就是平常。"这种"不造作、不安排"的禅心，贯穿其开示始终。《平常心是道》，既收录了虚云和尚在动荡年代对僧团的训诫，如1943年重庆慈云寺开示中"佛法是积极的、前进的，要配合时代政策"，展现其"爱国爱教"的担当；又系统整理了"参禅先决条件""禅堂规矩""用功方法"等实修指南，如"坐禅须知""话头与疑情"等开示，堪称禅修者的操作手册；更针对学人常见误区，如"贪嗔痴为平常""执著修行相"等，以"食也有利有害，君子食无求饱"等通俗语录破除迷思。此外，还专设"禅净圆融篇"，收录虚云和尚关于禅净关系的论述，彰显了他开放包容的宗风。

在快节奏的现代社会，虚云和尚的智慧如清泉涤尘。他警示世人"年轻不知好歹，把宝贵光阴混过"，呼吁"早不预修，年晚多诸过咎"，对当代人焦虑、浮躁的心态堪称一剂良药。其"农禅并重"思想，更与当今"生活禅"理念不谋而合——修行不在深山古寺，而在穿衣吃饭、行住坐卧间。如他所言："举佛音声慢水流，诵经行道雁行游。"威仪中见禅心，劳作中体佛性。

虚云和尚曾作《辞世诗》云："少小离尘别故乡，天涯云水路茫茫。"其一生行迹，恰似云水漫卷，却始终以"平常心"为道标。愿本书能助读者识得自家宝藏，于喧嚣中守住一片清凉地，最终体悟"道不属知，不属不知"的玄妙境界。

编者谨识

2025年6月

目 录

今承众位居士邀请，略谈佛学。论到此事，老衲抱愧万分，盖缘自己毫无实行，虽然浮谈浅说，无非古人剩语，与我本没交涉。

想我佛为一大事因缘降世，垂训八万四千法门，总皆对病开方，果若无病，药何用施？倘有一病未愈，则不可不服其药。其方在我华夏最灵验者，莫过于宗律教净，以及诵持密咒，以上数方，在此土各光耀一时，目下兴盛见称者，无越江浙。于台贤慈恩，东西密教，大展风光，诸法虽胜妙，唯于宗律二法，多不注意。

嗟兹末法，究竟不是法末，实是人末，因甚人末？盖谈禅说佛者，多讲佛学，不肯学佛，轻视佛行，不明因果，破佛律仪，故有如此现象。大概目下之弊病，莫非由此。既然如是，你我真为生死学佛之人，不可不仔细，慎勿暴弃。

法门虽多，门门都是了生死的，故《楞严经》

云："归元性无二，方便有多门。"所以二十五圣各专一门，故云一门深入。若一圣贪习多门，犹恐不得圆通，故持六十二亿恒河沙法王子名，不及受持一观音名号也。

凡学佛贵真实不虚，尽除浮奢，志愿坚固，莫贪神通巧妙，深信因果，懔戒如霜，力行不犯，成佛有日，别无奇特。本来心、佛、众生原无差别，自心是佛，自心作佛，有何修证！今言修者，盖因迷悟之异，情习之浓，谬成十界区分。倘能了十界即一心，便名曰佛。故不得不尽力行持，消除惑业；习病若除，自然药不需要。

古云：但尽凡情，别无圣解。喻水遭尘染，一经放入白矾，清水现前。故修学亦如是，情习如尘，水如自心，矾投浊水，浊水澄清，凡夫修行，故转凡成圣也。

但起行宜辨正助，或念佛为正，以余法作助，余法都可回向净土。念佛贵于心口不异，念念不间，念至不念自念，寤寐恒一，如是用功，何愁不到极乐！

若专参禅，此法实超诸法，如拈花微笑，遇缘明心者，屈指难数，实为佛示教外之旨，非凡情之所能解。假若当下未能直下明心之人，只要力参一句话头，莫将心待悟、空心坐忘，及贪玄妙、公案、神通等，扫尽知见，抱住一话头，离心意识外，一念未生前，直下看将去，久久不退，休管悟不悟，单以这个疑情现前，自有打成一片、动静一如的时候；触发机缘，坐断命根、瓜熟蒂落，始信与佛不异。沩山云："生生若能不退，佛阶决定可期。"岂欺我哉！

每见时流不识宗旨，谬取邪信，以诸狂禅邪定，讥毁禅宗，不识好恶，便谓禅宗如是；焉知从古至今，成佛作祖，如麻似粟，独推宗下，超越余学。若论今时，非但禅门，此外获实益作狮吼者，犹罕见之。其余诸法，亦不无弊病。要知今日之人未能进步者，病在说食数宝，废弃因果律仪，此通弊也。

若禅者以打成一片之功夫来念佛，如斯之念佛，安有不见弥陀；如念佛人将不念自念、寤寐不异之心来参禅，如斯参禅，何愁不悟！总宜深究一门，一门如是，门门如是。果能如此用功，敢保人皆成佛！那怕业根浓厚，有甚习气不顿脱乎？此外倘更有他术能过此者，是则非吾所能知也。

每叹学道之士，难增进胜益，多由偷心不歇，喜贪便宜，今日参禅，明日念佛，或持密咒，广及多门，不审正助，刻刻转换门庭，妄希成佛，毫无佛行，造诸魔业，共为魔眷，待至皓首无成，反为讪谤正法！古云："欲得不招无间业，莫谤如来正法轮。"

今逢大士胜会，同心庆祝，各各须识自家观自在大士，从闻思修，入三摩地。阿难纵强记，不免落邪思。"将闻持佛佛，何不自闻闻；反闻闻自性，性成无上道。"虚云一介山野之夫，智识浅薄，因承列位厚意邀来，略叙行持损益云尔。

今朝九月正十九，共念观音塞却口。

大士修从耳门入，眼鼻身意失所守。

绝所有，切忌有无处藏身，当下观心自在否？

当民国二十二年春季，闽省福建功德林居士发起佛七时，至第三日，虚云老和尚由鼓山涌泉寺下省公干，顺途到功德林慰问大众。刚好佛七止静默念，大众一闻虚云老和尚驾到，大半离座迎接，叩头礼足。当时云老和尚大喝一声说：

"你们学佛好多年，今天对这样严肃佛七道场，给你倒插法幢了！佛法的门中，无论是禅是净，贵在六根门头用事，掉举与昏沉，都是失念的病源。你们记得吗？《弥陀经》中说过，假如一天、二天、三天、甚至于七天，都一心不乱，那个人在临命终的时候，阿弥陀佛和诸圣众现在他的面前，接引往生。现在你们诸位能不能一心不乱？如果一心不乱，怎样会听到老僧到来？如果一心不定，念到阿弥陀佛现身到来，你也不认识他！是佛是魔？你还不认识；是定是乱？也弄不清楚。那前途危险，真是可怜！可怜！"

　　大众给他教训一番, 都不知道怎样是好。到佛七场中开静了, 虚云老和尚就同大家入殿礼佛, 向大家开示说:

　　"你们打佛七, 贵在一心, 如果心不一, 东看西听, 这样的念佛, 就是念到弥勒下生, 还是业障缠身! 佛法世法都是一样, 世法无心, 尚且不可以, 何况佛法呢! 念佛的人, 从头到尾, 要绵绵密密, 一字一字, 一句一句不乱的念去, 佛来也这样念, 魔来也这样念, 念到风吹不入, 雨打不湿, 这样才有成功的日子! 为什么呢? 佛者是觉也, 既然能觉悟, 自然知道用力专心念去; 魔者是恼也, 恼害众生慧命, 知道他恼害慧命, 当然更加用力专心去降伏他。所以当能够觉时, 就是见佛。如果遇害, 就是着魔。现在佛七场中, 如果坐在本位不动, 继续念下去的各位居士, 算是见着佛了。你们叩头接我的有几位, 你们说接到什么? 既说不出好处, 岂不是虚耗时光、空无所得? 岂不是我来恼害你们一心大事, 扰乱你们一心净业? 这样就是你们置我于魔罗边处了, 可叹! 世俗人每每不知恭敬三宝, 实在可怜! 他们有的用什么烧猪、鸡、鱼供养观音菩萨, 既犯了杀戒, 又不恭敬。有一次, 我在上海时, 正遇梅兰芳在上海演戏, 有某居士包一个厢位, 花数百元请我看戏, 我告诉他说: '八关斋戒弟子尚且不可看戏, 何况我出家的僧人! 你请我看戏, 无异烧猪供菩萨!' 那个人叩头悔过说: '我今天花了几百元得到开示, 知道敬僧的道理了!' 佛法无上, 贵在用心。"

　　一句"珍重", 揖别而去。此时各人不敢起身送别, 而虚云老和尚也不回头看看。

　　这个佛七, 经过虚云老和尚开示之后, 所剩下的四天佛七功夫, 的确是样样照做。其中有一位陈大莲居士, 建瓯人, 归依太虚法师，曾任福建省议会议员，在此期佛七的第六天念佛中，看见地上显出黄金色，很是高兴。结七后特地上鼓山，再请虚云老和尚开示，蒙虚老和尚开示说：这是心到达清净的表现，切戒生贪念，务须一心念佛，努力精进，自然到家。不能够有其他希求。要知道圆人说法，没有一法不圆，任他横说直说，都是契理契机。（*胜进法师命署烨居士录*）

民国三十一年冬，政府主席暨各长官，发起启建护国息灾大悲法会于重庆，特派代表屈映光、张子廉来粤邀请云公赴渝，主持法会。十一月六日，由粤启程，经湘桂黔，以达重庆，于慈云寺及华岩寺，分建法会四十九天，至三十二年一月二十六日圆满，返粤。其间经过各地，备受各界欢迎款待，请法归依，计给牒归依者有四千余人，上堂说法开示数十次。兹择录法语如左。

今日诸位发心来归依三宝，老衲甚为欣慰，诸位远道过江来此，无非希望得些益处，但若想得益，自须有相当行持，如徒挂空名，无有是处。

诸位须知现既归依，即为佛子，譬如投生帝王之家，即是帝王子孙，但能敦品励行，不被摈逐，则凤阁鸾台，有分受用。自今以后，须照佛门遗教修持，要晓得世间万事如幻，人之一生，所作所为，实同蜂之酿蜜，蚕之作茧。吾人自一念之动，投入胞胎，既生以后，渐知分别人我，起贪嗔痴念，成年以后，渐与社会接触，凡所图谋，大都为一己谋利乐，为眷属积资财。终日孳孳，一生忙碌，到了结果，一息不来，却与自己丝毫无关，与蜂之酿蜜何殊！而一生所作所为，造了许多业障，其所结之恶果，则挥之不去，又与蚕之自缚何异！到了最后镬汤炉炭，自堕三途。

所以大家要细想，要照佛言教，宜吃长素，否则暂先吃花素，尤不可为自己杀生。杀他之命，以益自己之命，于心何忍！试观杀鸡，捉杀之时，彼必飞逃喔叫，只因我强彼弱，无力抵抗，含冤忍受，积怨于心，报复于后。以较现在武力强大之国，用其凶器，毁灭弱小民族，其理正同。

诸位既属佛子，凡悖理之事，不可妄作。佛法本来没甚稀奇，但能循心顺理，思过半矣！

许多人见我年纪虚长几旬，见面时每有探讨神通之情绪，以为世外人能知过去未来，每问战事何日结束，世界何日太平。其实神通一层，不但天魔外道有之，即在鬼畜俱有五通，此是性中本具，不必注意。我们学佛人，当明心见性，解脱生死，发菩提心，行菩萨道。从浅言之，即诸恶莫作，众善奉行，不但不可损人利己，更宜损己利人，果能切实去做，由戒生定，由定生慧，一切自知自见，自不枉今日归依也！

方才有几位询问《楞严经》意旨，兹乘大众在此机缘，略说概要。此经原有百卷，而此土所译，只有十卷。初四卷示见道，第五、第六等卷示修行，第八、第九卷渐次证果，最后并说阴魔妄想。

阿难尊者为众生示现询问，而佛首明诸法所生，惟心所现。因阿难尊者见佛三十二相，如紫金光聚，心生爱乐，佛问其将何所见？阿难尊者白佛言："用我心目。"由目观见如来胜相。佛问："心目何在？"阿难尊者白佛言："纵观如来青莲华眼，亦在佛面。我见（现）观此浮根四尘，只在我面，如是识心，实居身内。"佛告：心不在内，不在外，亦不在中间。若一切无着，亦无是处。

诸修行人，不能得成无上菩提，皆由不知二种根本：一者，无始生死根本，则汝今者与诸众生用攀缘心为自性者；二者，无始菩提涅槃元清净体，则汝今者识精元明，能生诸缘，缘所遗者。由诸众生遗此本明，虽终日行而不自觉，枉入诸趣。

应知诸法所生，惟心所现。一切因果，世界微尘，因心成体。而一切众生不成菩萨，皆由客尘烦恼所误。色声香味触法为六尘，眼耳鼻舌身意为六根，是为十二处；加眼识、耳识、鼻识、舌识、身识、意识六识，为十八界；另，地水火风为四大，再加空大、见大、识大，为七大，合为二十五数，由二十五位贤圣分别自陈宿因，入道途径。

至于六道轮回，淫为其本；三界流转，爱为之基。阿难尊者为众生示现，历劫修行，几难免摩登伽之难，所以示罪障之中，淫为首要。因淫损体，遂杀生补养，而盗妄等恶，亦随之而生。阿难见了如来三十二相，如紫金光聚，对摩登伽之美色，而不爱乐。男子见了女子，或可观想自己亦作女子；女子见了男子，或可观想自己亦作男子，以杜妄想。

自己终日思想，确可转移心境。譬如我从前幼时，在家垂辫发，衣俗衣，终日所触、所想无非俗事，晚上做梦，无非姻亲眷属，种种俗事；后来出家所作所思，不出佛事，晚上做梦，亦不外念佛等等。

至葱蒜五辛，不可进食，为免助长欲念。所谓除其助因，修其正性，更加精勤增进，自能渐次成就。

更须自己勤奋，不可依赖他人。阿难尊者以王子佛弟，舍其富贵，出家从佛，希望佛一援手，即得超登果位，讵知仍须自己悟修，不能假借！不过吾人如能发心勤修勿怠，则由十信、十住、十行、十回向以至十地，亦自得步步进益，以达等觉妙觉。

而三界七趣，无非幻妄所现，原本不出一心。即一切诸佛之妙明觉性，亦不出一心。是以心、佛、众生，三无差别。香严童子可说即是我鼻，憍梵菩萨可说即是我舌。

二十五位圣贤因地虽有不同，修悟并无优劣，不过现在时机，发心初学，似以第二十四之大势至菩萨，及第二十五之观世音菩萨，二种用功方法，或更相宜。观世音菩萨于阿弥陀佛退位时，补佛位；而大势至菩萨，则候观世音菩萨退位时，补佛位。

大势至菩萨以念佛圆通，吾人学习，应念阿弥陀佛，"都摄六根，净念相继，得三摩地"。因"十方如来，怜念众生，如母忆子；若子逃逝，虽忆何为？子若忆母，如母忆时，母子历生，不相违远。若众生心，忆佛念佛，现前当来，必定见佛！"

至于观世音菩萨，则"从闻思修，入三摩地"，"上合十方诸佛同一慈力，下合六道众生同一悲仰"。若遇男子乐持五戒，则于彼前现男子身而为说法，令其成就；若有女子五戒自居，则于彼前现女子身而为说法，令其成就。如是或现天人，或现声闻、缘觉以至佛身，所谓三十二应，以及十四无畏、四不思议，经无量劫，度无量众生，众生无尽，悲愿无尽。诸位善体斯意可也。（侍者惟因笔录）

现在与大众随便闲谈，"开示"二字，愧不敢当。因为虚云连自己都未明白，岂敢谬教他人！

佛教开示，场合很多，如丛林坐香，班首轮流开示，观音七、念佛七等亦复如是。但拜忏不同打七，礼忏须五体投地，三业清净，不能加以杂言乱语，故忏坛上不说开示。

礼忏时须观着"能礼所礼性空寂，感应道交难思议；我今顶礼观音前，感应道交自实现"。以能礼之心，礼所礼之佛，谛观能礼之心，现在、未来、过去三世了不可得，一切空寂，则如来藏本有体性，自然发露。故《金刚经》云："若以色见我，以音声求我，是人行邪道，不能见如来。""若见诸相非相，即见如来。"都是双遮、双照的意思。空非空，色非色，即真空真色。

我们大家都是佛子，处此水深火热之中，不逢治世，所遇的不是炸弹就是飞机，真属不幸！但不幸中还是幸福,何也? 佛子的本来勾当,所谓"一钵千家饭,孤身万里游"。可是现在亦有些行不通了。我们此时只好放下一切,检点身心,以身为苦本,心为罪源,若不及今力自修持,更待何时! 一失人身,万劫不复。放下妄想,心本如如,不从外得,能精勤修持,何患生死不了!

所以儒家亦云:"自天子以至于庶人,一是皆以修身为本。"现在人心不古,不知政教之关系,于"政以治身,教以治心"的意义,完全不懂。最近达识之士,多知目前大劫,非政教合一,不足以救苦息灾,如此次政府元首及各院部当局发心启建护国息灾大悲道场,即此意也。

从前法会是常造的,甚么时轮金刚法会等等,我也记不得许多,可是用心各有不同。如西藏喇嘛在中原弘法者,近来甚多,而政府特别加以崇敬,其意甚远,是否政府特别信仰,不得而知。惟对于中原青衣僧徒,则时加种种压迫,毁庙逐僧,不一而足。本来青黄二教,均佛弟子。后人以居华东者,在日本为东密;居华西者,在西藏为藏密。近年密教,在中国风行一时,以为特长处,能发种种神通变化,可是闲时不烧香,急时抱佛脚,是不成的。

虚云化食人间,中外地方,差不多都到过,我是凡夫,没有神通,不会变化,所以不敢吃肉,亦不敢过分用度。一般不明佛法者,未忘名利,求通求变,存此妄想,非邪即魔。须知佛法是在自己心内,不可心外取法。神通属用功之过程,岂可立心希求! 有此用心,岂能契无住真理? 此类人们,佛谓之可怜悯者。

现在几位大心菩萨,发愿为国息灾,修大悲忏法,邀虚云来此主持,我们大家要精诚一致,当自己事来做。护国息灾功德,此是人人应当做的。我们拜忏，称扬圣号，最灵感的观音，于此土最有缘，但心若不诚，亦不能感应。如诚心称名，观音无不寻声救苦，《楞严经》二十五圣，惟观音菩萨妙证圆通，文云："彼佛教我，从闻思修，入三摩地。初于闻中，入流忘所；所入既寂，动静二相，了然不生。""一者十方诸佛同一慈力；二者十方众生同一悲仰。"观音有大无畏，三十二应列为第一。又云"此方真教体，清净在音闻。"念六十二亿恒沙法王子圣号，与念观音一声相等。

这部《大悲忏》，是四明法智大师所修，其悲愿不可思议，其感应力亦不可思议，载籍甚详，不可忽也。朝于斯，夕于斯，五体投地，三业清净，能断杀盗淫贪嗔痴，变十恶为十善，便符忏法妙理。并须发四大宏愿，将他人香花，庄严自己福慧，何乐而不为？说是假，行是真，今天将佛法大概说一说，彼既丈夫我亦然，自尊自贵，自然感应。

最后讲一段故事你们听听：清代康熙帝时，元通和尚主持西域寺。一日有黄衣僧来，帝甚崇之，命师招待。师云：彼非僧亦非人，是一青蛙精，但神通广大。时适久旱，帝乃命其求雨，雨果降。帝敬之愈甚。元通和尚曰：可将雨水取来，是青蛙尿耳。试之果然。邪正乃分。故《楞严经》五十种阴魔，均须识取；不然被其所转，走入魔道了。请大众留心。

　　菩萨们! 这个法会, 虚云太不知自量, 不知各位上殿过堂, 还要应酬佛事, 辛苦万分; 晚上还要请各位念佛, 听开示, 岂不是打闲岔吗? 内中有点说不出的意思, 所谓诸佛菩萨, 难满众生愿, 因为有许多居士, 在法会中想听开示, 但昨天我也说过, 拜忏与打七不同, 没有讲开示的必要。他们发心, 也很难得, 我现在不是"虚云", 变成"虚名"了。

　　说不出来的话, 我已曾同当家师说过, 这次法会, 讨各位受辛苦些, 当自己事做。如他方打净七, 天天无休息时间, 这边常住, 田无一块, 瓦无一片, 不应酬佛事不成功; 应酬佛事, 不能打七用功了。但佛事很忙, 天黑大殿还要放焰口, 所以在此时讲一讲, 以便居士们过河回家。但拜忏四十九人, 不能停声, 换人亦不停声。常住最忙, 这二十四人不可下坛。

　　所谓开示者, 开即开启, 示即表示, 讲为人之善恶, 开显本来面目。但这面孔无大小方圆、圣凡男女等色相，凡所有相，皆是虚妄故也。视诸相非相，即见如来；但尽凡情，别无圣解。

学道的人，须真实，不可挂羊头卖狗肉；但向己求，莫从他觅；但有言说，都无实义。说是假，行是真，充一人而多人，一家而一国、而多国，展转变化，全世界不治而化矣！

学佛不论修何法门等，总以持戒为本，如不持戒，纵有多智，皆为魔事。

《楞严》二十五门，各证圆通，故云"方便有多门，归元无二路"。自己择一门为正行，余者为助行。须福慧双修，单福则属人天有漏，单慧则为狂徒。

修行不断杀心，临终非作土地即城隍。我看见很多的人，吃素半世，学密宗即吃肉，实可悲痛！完全与慈悲心违背。孟子都说闻其声不忍食其肉，何况为佛弟子也！取他性命，悦我心意，贪一时之口福，造无边之罪恶，何取何舍？何轻何重？每见出家释子吃肉的也不少，我的嘴不好，叫我讲我就无话不说，望大家共勉之。

　　虚云这次奉政府首长，及诸位大居士邀请，赴渝主持护国息灾大悲法会，路过此地，因时间所限，不能到各常住去拜访问讯，诸请原谅。现在因修理汽车机件，来与各位谈谈。

　　各位都是老参上座，对于佛法已有相当研究，用不着我来饶舌，可是你们一定要我来说，又不得不说几句。

　　现在世界相争相杀，人民生活同在水深火热之中，所谓"民不聊生"。此地幸有广妙和尚弘扬佛法，普度众生，虚云此次得与各位相会一堂，因缘非偶。但虚云不过比各位空长几岁，其他自问无足取。

　　民国创立，信教自由，政府本着国父遗教，选经明令颁布，试观异教如天主、耶稣、回教均在政府保护下，何以我国遍处毁庙逐僧的事，有冤无处诉? 此点大家想想。

他们毁庙逐僧，固然不对，但物必自腐而后虫生。现在佛门弟子，多将自己责任放弃，不知道既为佛子，当行佛事。佛事者何？即戒定慧，是佛子必须条件，若能认真修持，自然会感化这班恶魔，转为佛门护法。

现在是和尚犯法，累到诸佛遭殃，霸庙宇、逐僧徒。他们不知道和尚不好，与庙宇何干？如党员不好，与全党无干一样。如谓和尚不好，便要毁及庙宇，那么党员不好，岂不是要拆毁党部？此种道理，我们希望众人明白。

我们大家总要各出一只手，扶起破砂盆，不要说贵州人顾贵州佛法，须知佛教是整个的，人不分冤亲，地不分疆界，方为真正大同主义。

还要知道自己生死大事，更为要紧，从闻思修，入三摩地，各人自己前进，切勿空过此生罢。

民国三十五年八月十八日，在广州中山会馆，各界欢迎大会上开示词

此次省会四众，暨各大护法，促请虚云来省弘扬佛法，虚云知识浅薄，愧不敢当。经与诸代表订明三点：第一敬辞欢迎，第二敬谢请斋，第三不能久留。均由诸代表承诺，虚云始敢下山。

到达后，蒙各界诸多优待，六榕寺地方窄狭，光临者每不及应接，于是大众请虚云到此讲几句话。有人以为虚云是什么了不得的人，其实我是一个老朽木偶，无用无能，无话可说，无法可说。

现在各界拟发起追悼阵亡将士暨死难同胞水陆法会，我今日且讲水陆道场之缘起。何谓水陆？水者江海湖沼，陆者高低丘陵，水陆包含虚空，凡有色相，均不能离此三者。我佛如来发大慈悲，赈济有情，故有此法门。此法门缘佛在灵山会上说法时，阿难尊者在林间习定，见一鬼王，求佛普渡。释迦牟尼佛因说水陆之法。此鬼王乃观世音菩萨化身，怜诸众苦，设法超度，使幽冥地狱众生，均能

超生极乐。

中国则始于梁武帝，梁武帝请志公和尚初起水陆大斋，发菩提心，制定水陆仪轨，极为真诚，利益昭著。蜡烛熄后，梁武帝一礼，灯烛尽明；再礼宫殿震动；三礼空中雨花。水陆之功德，有如此者！唐朝法海寺英公禅师启建水陆，超度秦庄襄王、范睢穰侯、白起、王龙羽、张仪、轸昧等，沉沦千余年，均藉此超升，幽魂超升天界。宋苏东坡居士、明莲池大师等历代圣贤，均加补充，仪轨益臻完备。

万法由心所造，大家有诚心，必有感应。虚云承各大护法虔邀主法，当勉为其难。抗战以来之阵亡将士，以身殉国，忠魂无依，崇德报功，自须超荐；其次不屈义民，流离道路，家破人亡，不降于敌，仍是为国，无主孤魂，罔有得所；再有炸弹、疫病、覆车、堕水一应枉死等众，均须一体普渡，以慰幽灵。死者得安，生民获益，所谓普利冥阳是也。

此外因果循环之理，挽回人心之道，不外诸恶莫作，众善奉行。世间种种苦楚，无非种下恶因。如果昧尽良心，丧失孝悌忠信，礼义廉耻，而妄作妄为，则歹人牵累好人，世界仍有祸乱。

值兹国土重光之际，亟应兴利除弊，改恶从善，以免再受敌人欺凌。如果不顾大局，再起内乱，人民不知死于何地！在此时期，凡属有良心者，应当觉悟团结，解除劫运。

溯思过去中国战争，肇自黄帝大战蚩尤，以后战争不止。一部二十四史，有人说是相斫书。如要永久和平，大家应当发大慈大悲的菩提心。菩提是梵语，意思是觉。觉者，心地光明也。诸佛与众生之差，只是觉与不觉而已。觉悟世间一切诸法缘生如幻，当体定实法不为所染，谓之圣贤。不觉则无明，无明起则事理为之胡涂。

各人就自心的缘起，生十法界，十法界皆是一心所造。何为十法界？即四圣六凡是也。四圣者声闻、缘觉、菩萨、佛，谓之四圣，超出三界，不受轮回。四圣之分别，在发心之高下。最上者为佛，次菩萨，再次缘觉，又次声闻。其余天道、人道、修罗、畜生、饿鬼、地狱六法界为六凡，均在苦海之中。天道为二十八层诸天，享尽福报，仍须轮回。人道由帝王将相以至农工士庶，受尽生老病死之苦；阿修罗道有天之福，无天之德，终归覆灭；畜生道亦有高下苦乐，由龙凤、狮子、麒麟以至湿生、化生之虫蚁；鬼道苦乐不同，阎王、城隍均为鬼王，以至一切无主孤魂千百年不能超脱者，最苦者为饿鬼；地狱道有苦无乐，名目繁多而最苦。十法界不出一心，觉与不觉之所由作也。

我佛大慈大悲，说法令大众发菩提心，菩提心参差不同，大者成佛，中者成菩萨，小者成缘觉声闻，诸天亦有发菩提心者，依其大小深浅，成就不同。我们是在人道，应大发菩提心，救度众生，代众生受苦，愿去苦超升。人人如此，人间自然无苦。

有人问我神通变化，世界何时太平？国运好不好？其实我是凡夫，一无所知，所谓老朽，朽木不可雕也。不过比各位多吃几年饭，痴长几年，多听了几句古人语，多看几本经书，知道为人之苦，故讲这些话。

各人不必问国家能否平静，只问自己心地。无论朝暮，不分官民男女，如果实行孝悌忠信，克己互励，不昧良心，忠于国家，教养儿女，和顺夫妻，礼睦乡党，与朋友交而有信，人人如此，世间自然太平；否则知过不改，苦楚必在后头，比从前更不得了。

不管人心如何复杂，我自己守住本分，不妄为干求。即以敌侵我作比，自前清道、咸以来，外人进来，不全是要土地，最大目的为通商，通商是为财为利，如果我们守本分，抱着"君子居无求安，食无求饱"、"忧道不忧贫"，不贪享乐境界，几千年均过得，现在如何过不得？如果大家一条心，守本分，用土货，外人无利可图，自然不生侵凌之想。金钱不外流，自然民富国强，不必一定要飞机、炸弹。

目前人欲横流，大家蔑视旧道德，有心人引为隐忧，恐无法教诲后人，不免刀兵之劫。我们要不为世风所转，明因果，知报应，知道种恶因得恶果。提倡道德，所谓"积善之家，必有余庆"，自然龙天拥护，子孙昌盛，个人安分守己，国家也得太平。

虚云知识浅薄，今天只能将大斋胜会缘起，略述梗概，辛苦各位。（李缵铮记）

　　机缘难得，开示有愧。各位善知识，本人此次来广州之因缘，是张发奎将军，及罗卓英主席，为超荐大战及内战之阵亡将士殉难同胞，故本人来广州作一水陆法会；承香港佛教同人之约，本人亦欲与港地之护法旧弟子相见，故来港一行。今日得与诸位共处一堂，机缘颇为难得。若说到开示法要，本人感到十分惭愧，原因一为言语不通，彼此隔阂；二为自己尚不能开示自己，何敢开示他人！故只能说与诸位随便谈谈。

　　佛法常闻，港人之福。吾辈佛教徒当知佛法难闻，但港方常有各大法师在各佛教场所讲解经论，是诚不可谓非香港人之福。讲经法师多，明教理者亦多。重要是教人不可著于外相，如经云："凡所有相，皆是虚妄。"

　　又云："大地众生，皆有如来智慧德相。"众生具有如来智慧德相而不能成佛，全由尘劳烦恼之所迷惑。佛陀福德智慧圆满，是不迷常住真心，常即不变，住即不动，真即不假，此不变不动不假、能觉悟了知一切法者，名常住真心。起惑作业，无量痛苦。众生因迷常住真心故，起惑作业，纷纷扰扰。此纷扰中即有无量痛苦在。

如《大乘起信论》云："无明不觉生三细，境界为缘长六粗。"粗即可见诸事实之粗相。目前世间之现象，是贪嗔痴及杀盗淫种种恶业充满，由此恶业，引起流转受报，致有众生相续、世间相续（轮回）。推此轮回之因，为心对外境迷执（无明）而起。如能觉悟，返妄归真，即能息除流转轮回之苦，何以有贪嗔痴，即能起杀盗淫种种恶业！

人各净心，世安民乐。如一家庭父母养有子女数人，父母对之必加爱护，有爱即有贪，贪其所爱者，常得快乐及美好之享受。如贪求而不得，则嗔心随起，嗔心炽盛，则起争斗，小者则家与家争，大者则国与国争，战事爆发矣！故欲世界安宁、人民和乐，必须各净其心。贪嗔痴犹若人之心病，欲使去除此心病，必须良医开示妙药。佛即一切众生心病的良医，一切佛法是妙药之单方，众生心病有多种，故治心病之法门亦多。

佛学必须注意实行。如能信医服药，自必药到病除。但信医之药方而不依方服药，故虽有良医妙药，以不服故，病亦依然。故学佛而欲修净自心者，必须注重于实行。复有不得不注意者，佛为治各种不同心病，故设有多种法门。如治嗔心重者教修慈悲观，治散乱心重者教修止观，治业障重者教修念佛观，一切如来三藏十二部经典，皆不可思议，不得于此中有所偏轻偏重！

不离本宗，专心信赖。只能选择何法门与本人最相应，即以此一法为正，余法为副。专门修学，行住坐卧，不离本宗。如念佛则随时随地不忘念佛，试观经中有："受持六十二亿恒河沙菩萨名号，与一心称念观世音菩萨名号，其功德正等无异。"皆为勉励众生专心信赖所宗，作如是说。设学佛者，无有主宰，不专心修学，结果必一无所得。

努力破除一切妄想。又修学者，必须依佛戒，戒为无上菩提本。如依佛戒，则不论参禅、念佛、讲经，无一不是佛法；若离佛戒，纵参禅、念佛、讲经，亦与佛法相违，入于外道。学佛修行，本非向外寻求，目的只为除去自己业障，使不致流转生死；若了生死，无须行持。故经云："佛说一切法，对治一切心；若无一切心，即无一切法。"此心即指妄想，其经中意，如无病即不须药。又学佛者最要具足自信心，《梵网经》云："我是已成佛，汝是当成佛，常作如是信，戒品已具足。"意谓人人如能自信具有佛性，当来成佛，必努力解除一切客尘妄想。

有如演戏，人生若梦。自信自身本来是佛故，一切烦恼，一切相，一切障，皆是颠倒妄想，故修行者，切不可执著，应当放下，所谓万法皆空，一无所得。《金刚经》云："一切有为法，如梦幻泡影，如露亦如电，应作如是观。"何以一切世间有为法是如幻无实？此以喻明之，犹如演剧，台上鼓乐奏时，戏子则扮演男女老少种种角色，演出喜怒哀乐等情节；台上之天子，威风凛凛，及至台后问之，则彼必答曰："戏也！"台上之杀人凶犯，惊怖忧愁，及至台后问之，彼亦曰："戏也"。

设能觉了，何有苦乐？演戏时情节逼真，下台后则一无所得，众生亦复如是。烦恼未了时，荣华富贵，喜怒哀乐，般般出现，人人本来是佛，犹如戏子本身。烦恼流转时，犹如扮演剧中人。设能觉了世间原是剧场，则处天堂亦不为乐，在地狱亦不为苦。男本非男，女本非女，本来清净，佛性一如。世人不觉，常在梦中分别是我、是他、是亲、是怨，迷惑不息。其有出家者，虽离亲戚眷属，但又分别此是我居之寺院、是师、是徒、是同窗、是法友，亦属执迷。

返妄归真，自利利他。故在家者被俗情迷，出家者亦有法友法眷之迷，皆未得真觉。如能脱离一切迷惑，返妄归真，方可成佛。故六祖大师听人念《金刚经》至"应无所住而生其心"之处，顿然有所觉悟。此八字，如从言语上解当不可得，必须心内领会。佛教真理，虽不可以言说论表，但若全废言说，则又有所不能，理必依文字方能引见义故。今之学佛者，应研习一切教理，而以行持为根本，宣扬佛法，使佛法灯灯相续。"将此身心奉尘刹，是则名为报佛恩。"希望一切学佛者，皆以此二语，以为自利利他之标准可也。

今蒙佛教同寅相邀，假座平安戏院与诸仁者说法。

法者，即众生心，众生心与佛心本无二心，是心具足一切法，即法即心，即心即法。如《起信论》云："所言法者，即众生心，具足世间、出世间一切诸法。"所谓世间法者，即天、人、修罗、畜生、饿鬼、地狱，一切有情无情，依正、因果等法，又名六凡法界。出世间法者，即声闻、缘觉、菩萨、佛法是也，又名四圣法界。斯则四圣六凡，合名为十法界法也。此十法界法，不出一心之所造成，若随颠倒迷染之缘，则有六凡法界生；若随不颠倒悟净之缘，则有四圣法界生。由是观之，圣之与凡，唯心之垢净而现。六凡心垢故，则现六道善恶、罪福等相；四圣心净故，则现威德自在、光明赫奕，慈容德相。故经云："菩萨清凉月，常游毕竟空；众生心垢净，菩提影现中。"是故苦乐由心，炎凉自我；自心

26

作业，自身受报。唯圣与凡，但问自心可矣！

凡愚昏暗，未了唯心自造之旨，妄起疑惑。若遇逆境，则怨天尤人；遇顺境，则骄矜自恃。或有终身作善而得恶报，作恶而得善报，则谤无因果。那知因果理微，如种果子，先熟先脱。假我今生虽作善业、反招恶报者，皆由过去恶业熟故，今生虽善，而过去之恶业已熟，不得不先受恶报；以今生善业未熟故，不得现受善报。信此理者，必无疑惑。

然无始障深，久在迷途，备受辛酸，脱苦无由，当如之何！《楞严经》云："一切众生，生死相续，皆由不知常住真心，性净明体，此想不真，故有轮转。"夫欲不受轮转者，当净诸妄想；妄想净，则轮回自息。故迷心名为众生，觉心名为诸佛，佛与众生，一迷一悟而已。

当知此灵明觉知之心，即天然佛性，人人本具，个个现成。凡夫虽具佛性，如矿中真金，为烦恼沙石之所包含，故大用不彰。如来历劫修行，已淘去惑业沙石，如出矿精金，其金一纯，更不重杂沙石，大用全彰，故称为出障圆明、大觉世尊。

现在我等既欲成佛，先当审观因地发心，除去烦恼根本，烦恼苦灭，佛性圆彰。若因地修行不真，则果招邪外之曲。若论修行之方，机有上中下之异，法亦有三乘人天法门不同。若为上机者，则为说大乘微妙法门；为中机者，为说出世解脱法门；为下机者，则为说解脱地狱、饿鬼、畜生三途之苦。佛虽说种种法门，无论大小乘戒，皆以三归五戒为根本，务使受持者诸恶莫作，众善奉行。依之立身齐家治国，则人道主义尽；且苦因既息，苦果自灭，解脱三途苦，生人天中。易入佛乘，则学佛主义亦尽。故三归五戒，是导世之良津，拔苦与乐之妙法。兹先释三归，次明五戒。

所谓三归依者：第一归依佛，第二归依法，第三归依僧。何以先当归依佛？佛为大觉世尊，究竟常乐，永离苦恼，导诸众生，出迷笼，就觉道。佛为教化主，故先当归依佛。次当归依法者，是我佛法门，三世诸佛皆依之修行而成就无量清净功德。今日既欲返本还源，净除心垢，舍佛法无由，故次当归依法。三当归依僧者，以佛法不自弘，须假人弘，人能弘法，方使从闻思修，证果成佛。况佛法无人说，虽智莫能了，难了之法，既藉僧得闻，此恩莫极，故当归依僧。又名归依三宝。三宝之义，分别有三：一者一体，二者别相，三者住持三宝。

（一）一体三宝者，即一心自体，法尔具足佛法僧三宝故。梵语佛陀，此云觉者。当人一念灵明觉了之心，即自性一体佛宝；法者轨持义，这个心性，能轨持世出世间一切诸法，即自性一体法宝；梵语僧伽耶，此云和合众，即此觉心能持一切法，即心即法，法法唯是一心，即法即心，心法不二，事理和合，即自性一体僧宝。如是一心具足佛法僧三宝，三宝唯是一心，即是名一体三宝。众生迷此，向外驰求，流转生死，诸佛悟此，即证菩提。释一体三宝竟。

（二）别相三宝者，佛法僧三宝名相各别故。梵语佛陀耶，此云觉者。觉彻心源，究尽实相，是名自觉；将自证法门，觉悟一切众生，是名觉他；自觉已圆，觉他亦竟，是名觉满。三觉已圆，万德俱备，究竟成佛。初菩提树下成道，示丈六金身，于华严会上，现卢舍那尊特之身，是为别相佛宝。如来随机设教，五时所说权实诸经，三藏十二部，所诠教、理、行、证、因、果、智、断，各有不同，是名别相法宝。禀教修行，从行契证，声闻、缘觉、菩萨，三乘阶次，各各不同，是名别相僧宝。释别相三宝竟。

（三）住持三宝者，佛灭度后，无论泥塑木雕、五金铸作、纸画布绘诸佛形象，留世福田，恭敬如佛，功德难思，住持不绝，是名住持佛宝；无论黄卷贝叶，所诠三藏十二部大小乘经，使见闻者，依之修行，皆离苦得乐，乃至成佛，化化不绝，是名住持法宝；剃发染衣，弘宗演教，化度众生，绍隆佛种，是名住持僧宝。释住持三宝竟。

而住持、别相、一体，悉称宝者，不为世法之所侵凌故，不为烦恼之所染污故。世间七珍，虽称为宝，享乐一时，毕竟成空，只能养生，不能脱死。若论三宝，则能息无边生死，远离一切大怖畏故，永享常乐。

今言归依三宝者，不特归依住持三宝、别相三宝，亦复归依一体自性三宝。落于言说，虽名三种三宝，其实唯是一心，更无别法。举凡一切事物，莫不由心，心摄一切，如如意珠，无不具足。所以教中但云自归依佛、自归依法、自归依僧等，终不云归依于他。六祖云："自性不归，无所归处。"夫"归"者，是还原义。众生六根从一心起，既背本源，驰散六尘，今举命根总摄六情，还归一心之源，故曰归命，故归依亦即归命义。"依"者，是依止义，以诸众生一向随诸色声，逐念流转，苦海漂沉，无依无止，不知何处是归宁之地。今归依三宝，则身有所归，心有所依。从是以后，以三宝为师，三界迷途从此可出，发菩提心，佛果可期。释归依三宝义竟。

既说三归，次明五戒。归依三宝已，当依法修行，方脱三界苦。若不依法修行，则无由脱黏去缚，欲脱生死黏，去烦恼缚，非五戒不为功。故云："五戒不持，人天路绝。"夫"戒"者，生善灭恶之基，道德之本，超凡入圣之工具，以从戒生定，从定发慧，因戒定慧，方由菩提路而成正觉。故才登戒品，便成佛可期。故曰"戒为无上菩提本"也。我佛世尊，开方便门，初唱三归，次申五戒，如是乃至大小乘戒等，良由众机心行非一，且由浅以至深，从微而及显，究竟归元，本无二三。

五戒者，一杀戒，二盗戒，三淫戒，四妄语戒，五饮酒戒。此五戒名曰学处，又名学迹，是在家男女所应学故；又名路径，若有游此，便升大智慧殿故，一切律仪妙行善法，皆由此路故；又名学本，诸所应学，此为本故；又名五大施，谓以摄取无量众生故，成就无量功德故。而斯五戒，在天谓之五星，在山谓之五岳，在人谓之五脏，在儒谓之五常。以仁者不杀害，义者不盗取，礼者不邪淫，智者不饮酒，信者不妄语。五戒若全，则不求仁而仁著，不欣义而义敷，不祈礼而礼立，不行智而智明，不慕信而信扬，所谓振纲提纲，复何功以加之！总论五戒已竟。

若别释五戒义者，第（一）杀戒，所谓恻隐之心，人皆有之。孟子云："闻其声不忍食其肉。"况学佛之人，岂肯萌其杀念而招苦果？是故佛制弟子，若欲行仁，首持杀戒，杀戒若持，轮回自息。

杀业之始，无非以强凌弱，或贪图口腹，或因财害命，故有人杀人、畜杀畜等，都属于嗔杀、慢杀。若贪口腹而杀者，是属痴杀。然将他肉以补己身，岂君子之所忍为哉？

岂知杀机若萌，仇怼自起，故《楞严经》云："以人食羊，羊死为人，人死为羊，如是乃至十生之类，死死相生，互来相啖，恶业俱生，穷未来际，是等则以盗贪为本。"故有劫数难逃之报。

岂独杀人当偿命，杀畜亦复然。如佛世时之琉璃王诛释种，释迦佛种族当为琉璃王所诛时，释尊尚头痛难忍者，果从何因耶？以琉璃王昔为大鱼，释迦种族是食鱼肉者，释尊昔为小童，曾以棍子敲鱼头三下，今故感头痛。释种是啖鱼肉者，故为琉璃王之所诛灭。如是观之，因果相酬，可惊可怖。

故《楞严经》云："则诸世间胎卵湿化，随力强弱，递相吞食，是等则以杀食为本。"是故佛慈岂但及于人类，而慈及蚁子。佛法平等，无高下故，佛眼观之，大地众生皆能成佛。又《梵网经》云："一切男子是我父，一切女人是我母，我生生无不从之受生，故六道众生皆是我父母，而杀而食者，即杀我父母。"世间无知，互相吞啖，故如来制不得伤害生命。且蠢动含灵，皆有佛性，昆虫之属，尚不得害，况同类相残？一切众生既皆有佛性，未来必定成佛，既是过去父母，亦为未来诸佛，岂敢伤之？

凡愚俗子，但求自利，不顾人道之伤残，如孟子云："矢人惟恐不伤人。"但求斗争之胜利，故有水陆空中之杀具。人心日形险恶，世道愈入漩涡，相杀相诛，何时得了！若不图挽救，竟成苦海。凡关世道人心者，莫不疾首痛心，力求和平，挽救人心，使归正轨。重仁慈不重武力，勿贪口腹，见义忘利，则杀心不起；杀机若息，劫运潜消矣！

奈何人心不古，置因果于罔闻。那知因果理微，如影随形，如响应声。若深信之者，人心则不改而善，纵遇顺逆之境，必无忧喜。当知现生所受，或遇刀兵水火劫贼等事，皆由自造。如大战时，遍世不宁，惟澳地侨居，得免诸难，皆由宿昔无深重杀业。或有遇难者，是其个人别业所感。当知因果理微，不可思议，若信此理，杀心自息。举世若能持此杀戒，则一切杀具皆归无用矣！如来制此杀戒为首，无非欲令人人慈仁愍物，拔自他苦，同证常乐而已矣！杀戒之义略释已竟。

（二）明盗戒者，谓盗从贪起。佛制弟子，于一针一草之微，他人不与，我不敢取，何况窃盗！但是众生唯见现利，种种计求，不告而取。如是乃至以利求利，恶求多求，无厌无足，皆为贪盗所摄。盗之细相如此。大而十方僧物，现前僧物，乃至佛法僧物，混乱互用，虽针草之微，或自用、或与人，皆盗中之至重。花首大士云："五逆十重，我皆能救，盗十方僧物，我不能救。"乃至父母师长物，不与而取，尚犯重罪，况其他焉！若能深信因果，丝毫莫犯，则此戒不持而自持，大可以道不拾遗，夜不闭门，举世皆成义让之人，更何须监守牢狱哉！释盗戒已竟。

（三）明淫戒者，在家出家弟子，皆当严守此戒。在家五戒，虽正式夫妇非属邪淫，然他人妇女，他所守护，言语嘲调，尚属不可，况可侵凌贞洁、污净梵行者乎？佛制在家弟子，禁于邪淫；出家弟子，邪正俱禁。《楞严经》云："汝爱我心，我怜汝色，以是因缘，经千百劫，常在缠缚。唯杀盗淫，三为根本，以是因缘，业果相续。"举世若能持此戒，不祈礼而礼立，威仪自守，不肃而严，而法庭可无案牍之劳形矣！释淫戒之义已竟。

（四）明妄语戒者，妄语之事，亦当制止。见则言见，闻则言闻，言无妄出，细故之事，尚须真实，况事关重要乎！观乎妄语之由，多为希求名誉利养，匿情变作，昧心厚颜。如是乃至未得圣果谓得，未证佛心谓证，欺罔圣贤，诳惑世人，是名大妄语。大妄语若成，堕无间地狱，当慎之莫犯。佛教以直心是道场，何不依之修学。举世能持此戒，则信用具足，不邀名而名自至，不求利而福自归。释妄语戒已竟。

（五）明饮酒戒，饮酒宜制者，酒虽非荤而能迷心失性。《大智度论》明有三十六过，《梵网经》云："过酒器与人，五百世无手，何况自饮，及教人饮。"昔有比丘能降毒龙，唯好饮酒。一日，醉卧途中，呕吐酸臭难近，唯有虾蟆舔其唇吻。适遇佛至其侧，佛叹云："汝有神力能降毒龙，今日醉卧，反为虾蟆所降，汝之神力何在？"故佛制止饮酒，酒戒从此始，以酒能乱性招殃。又如昔有在家五戒弟子，因破酒戒而杀盗淫妄齐破，可不哀哉！故酒能为起罪因缘，痛戒沾唇，况尽量而饮乎！举世若能持此戒，则乘醉惹祸，自无其人矣！释酒戒已竟。

若欲不犯此五戒，重在摄心，妄心若摄，分别不起，爱憎自无，种种恶业，何由而生？故《楞严经》云："摄心为戒，因戒生定，从定发慧。"当知"摄心"二字，具足戒、定、慧三无漏学，断除贪嗔痴，则诸恶不起，自能众善奉行。故"摄心"二字，岂独挽救人心、维持世道，果能摄心一处，无事不办，日久功深，菩提可冀。

我佛洪恩，初唱三归，次申五戒，用斯方便，先拔众生苦。其恩浩大，岂碎身之所能报其万一哉！是故闻说此三归五戒之义，当从解起行。若百家之乡，十人持五戒，则十人淳谨；百人修十善，则百人和睦。传此风教遍于宇内，则仁人百万。夫能行一善则去一恶，则息一刑。一刑息于家，百刑息于国，其为国主者，则不治而坐致太平矣！所以受持五戒，不但钦遵佛制，报感乐果，抑且冥助国律，益补邦家，斯乃三归五戒之名德行相也！

诸位若能真实行持，则得成佛种子，行解相应，方到彼岸。愿诸大众，从此之后，从闻生解，解而思，思而修，则成佛可期，常勤精进，辗转示人，方报佛恩。希诸大众，各宜努力，前途无量，消灾免难。若能受三归五戒，诸恶不作，众善奉行，自能与道相应，无上佛道，可以圆成矣！（弟子宽荣译语并记）

善知识！虚云此次由港还山，路经此地，辱承各位相邀叙谈，莫非累劫之缘。

善知识，讲到"佛法"两字，实与世间一切善法，等无差别。豪杰之士，由于学问修养的成就，识见超常，先知先觉，出其所学，安定世间。诸佛祖师，由于历劫修行的成就，正知正觉，发大慈悲，普度三界。世出世间贤圣，因行果位，一道齐平。

善知识！佛法就是人人本分之法，总要步步立稳脚跟，远离妄想执著，便是无上菩提，古德所谓"平常心是道"。只如孔子之道，不外"中庸"。约理边说，不偏是谓中，不易之谓庸；约事边说，中者中道，凡事无过无不及，庸者庸常，远离怪力乱神，循分做人，别无奇特。佛法也是一样，吾人须是从平实处见得亲切，从平实处行得亲切，才有少分相应，才不至徒托空言。

平实之法，莫如十善。十善者，戒贪、戒嗔、戒

34

痴、戒杀、戒盗、戒淫、戒绮语、戒妄语、戒两舌、戒恶口。如是十善，老僧常谈，可是果能真实践履，却是成佛作祖的础石，亦为世界太平、建立人间净土之机枢。

六祖说"心平何劳持戒"，是为最上根人说。上根利智，一闻道法，行解相应，如香象渡河，截流而过，善相且无，何有于恶！若是中下根人，常被境风所转，"心平"二字，谈何容易！境风有八：利、衰、毁、誉、称、讥、苦、乐，名为八风。行人遇着利风，便生贪著；遇着衰风，便生愁懊；遇着毁风，便生嗔恚；遇着誉风，便生欢喜；遇着称风，居之不疑；遇着讥风，因羞成怒；遇着苦风，丧其所守；遇着乐风，流连忘返。如是八风飘鼓，心逐境迁，生死到来，如何抵敌？曷若恒时步步为营，从事相体认，举心动念，当修十善。事相虽末，摄末归本，疾得菩提。

复次佛门略开十宗、四十余派，而以禅、净、律、密四宗，摄机较广。善知识！佛境如王都，各宗如通都大路，任何一路，皆能觐王。众生散处四方，由于出发之点各个不同，然而到达王所，却是一样有效。《金刚经》云："是法平等，无有高下。"但吾人若今日向这路一逛，明日又向那路一逛，流离浪荡，则终无到达之期。

六祖云："离道别觅道，终身不见道。波波度一生，到头还自懊。"垂诫深矣！所以吾人要一门深入，不可分心，不可退转，如鼠龁（啮）棺材，但从一处用力，久自得出。若欲旁通余宗，自须识其主伴。禅宗的行人，便应以禅宗法门为主，余宗教理为伴；净土宗的行人，便应以净土法门为主，余宗教理为伴；律宗、密宗亦复如是，方免韩卢逐块之弊。

佛门戒律，各宗皆须严持。识主伴如行路知方向，持戒律如行路有资粮，宗趣虽然不同，到头还是一样，所谓"归元性无二，方便有多门"也。今日座中皆上善人，与佛有分，虚云唠叨移时（疑"多时"），亦不过为虚空著楔而已！珍重！

在广州佛教志德医院演讲

善知识！今天是佛教志德医院成立日子，承各位邀虚云主持开幕典礼，这事甚为希有。广州医院，冠上"佛教"两字者，尚属初见。

善知识！人生八苦，病居其一。我佛出世，原为众生离苦得乐，所以五明之学，有医方明；禅门晚课愿文，有"疾疫世而化药草"之句。菩萨为众生救疗沉疴，不惜身命，如药王菩萨，以众香涂身，自焚供佛。供佛即是供众生。"心佛与众生，是三无差别。"《华严》了义，其理可思。诸佛时时念着众生，如母念子，众生心有贪嗔痴三病，佛为说戒定慧三法以治之；众生身有风寒暑湿之病，佛为演"医方明"以治之。《净名经》所谓："众生病故，菩萨病。"同体大悲，慈眼如是。

善知识！世间贤圣，亦同此心，亦同此理，只如神农尝百草，亦是为众生而尝。菩萨在因地修行，现种种身而为说法。神农氏即是菩萨，现医王身而为说法。

善知识！人类的病，五欲为因，或属宿业，无始亦由五欲,疾病发作,需他救治。目前无力求医者,实非少数。各位善长发心倡办此院,赠医赠药,此心便是菩提心,正是我佛慈悲本怀。

善知识! 菩提者,正觉也。正觉之心,不落人我、善恶二边,平等布施,冤亲无间。医着我的眷属固然留心,医着他人眷属,亦同样尽道。善人恶人,入到院来,等心看护。我佛过去生中,尝舍身饲虎,其义可思也。

此院深赖梁董事长,及陈院长热心毅力,乃有今天的成就。古语说"莫为之先,虽善不彰;莫为之后,虽美弗扬。"座上大众,今后总要有钱的出钱,有力的出力。六祖说"佛法在世间,不离世间觉。离世觅菩提,恰如求兔角。"大众努力! 开此院是大慈大悲的工作,实现我佛"方便为究竟"的真谛,虚云不胜馨香顶祝之至也。

参禅与念佛

念佛的人，每每毁谤参禅；参禅的人，每每毁谤念佛。好像是死对头，必欲对方死而后快。这个是佛门最堪悲叹的恶现象。俗语也有说："家和万事兴，家衰口不停。"兄弟阋墙，那得不受人家的耻笑和轻视呀？

参禅、念佛等等法门，本来都是释迦老子亲口所说。道本无二，不过以众生的夙因和根器各各不同，为应病与药计，便方便说了许多法门来摄化群机。后来诸大师依教分宗，亦不过按当世所趋来对机说法而已。

如果就其性近者来修持，则那一门都是入道妙门，本没有高下的分别，而且法法本来可以互通，圆融无碍的。譬如念佛到一心不乱，何尝不是参禅？参禅参到能所双忘，又何尝不是念实相佛？禅者，净中之禅；净者，禅中之净。禅与净，本相辅而行。奈何世人偏执，起门户之见，自赞毁他，很像水火不相容，尽违背佛祖分宗别教的深意，且无意中犯了毁谤佛法、危害佛门的重罪，不是一件极可哀可愍的事吗？

望我同仁，不论修持哪一个法门的，都深体佛祖无诤之旨，勿再同室操戈。大家协力同心，挽救这只浪涛汹涌中的危舟吧！

参禅的先决条件

参禅的目的，在明心见性，就是要去掉自心的污染，实见自性的面目。污染就是妄想执著，自性就是如来智慧德相，如来智慧德相，为诸佛众生所同具，无二无别。若离了妄想执著，就证得自己的如来智慧德相，就是佛；否则就是众生。

只为你我从无量劫来，迷沦生死，染污久了，不能当下顿脱妄想，实见本性，所以要参禅。因此参禅的先决条件，就是除妄想。妄想如何除法？释迦牟尼佛说的很多，最简单的莫如"歇即菩提"，一个"歇"字。禅宗由达摩祖师传来东土，到六祖后，禅风广播，震烁古今。但达摩祖师和六祖开示学人最紧要的话，莫若"屏息诸缘，一念不生"。屏息诸缘，就是万缘放下，所以"万缘放下，一念不生"这两句话，实在是参禅的先决条件。这两句话如果不做到，参禅不但是说没有成功，就是入门都不可能。盖万缘缠绕，念念生灭，你还谈得上参禅吗？

"万缘放下，一念不生"是参禅的先决条件。我们既然知道了,那么,如何才能做到呢?上焉者一念永歇,直至无生,顿证菩提,毫无络索(啰嗦)。其次则以理除事,了知自性本来清净,烦恼菩提、生死涅槃皆是假名,原不与我自性相干,事事物物皆是梦幻泡影。我此四大色身与山河大地,在自性中,如海中的浮沤一样,随起随灭,无碍本体,不应随一切幻事的生住异灭,而起欣厌取舍。通身放下,如死人一样,自然根尘识心消落,贪嗔痴爱泯灭,所有这身子的痛痒苦乐、饥寒饱暖、荣辱生死、祸福吉凶、毁誉得丧、安危险夷,一概置之度外,这样才算放下。一放下,一切放下,永远放下,叫作万缘放下。万缘放下了,妄想自消,分别不起,执著远离,至此一念不生,自性光明,全体显露。至是,参禅的条件具备了,再用功真参实究,明心见性才有分。

日来常有禅人来问话,夫法本无法,一落言诠,即非实义。了此一心本来是佛,直下无事,各各现成。说修说证,都是魔话。达摩东来,直指人心,见性成佛。明明白白指示,大地一切众生都是佛,直下认得此清净自性,随顺无染,二六时中,行住坐卧,心都无异,就是现成的佛。不须用心用力,更不要有作有为,不劳纤毫言说思惟。所以说,成佛是最容易的事、最自在的事,而且操之在我,不假外求。大地一切众生,如果不甘长劫轮转于四生六道、永沉苦海,而愿成佛,常乐我净,谛信佛祖诚言,放下一切,善恶都莫思量,个个可以立地成佛。诸佛菩萨及历代祖师,发愿度尽一切众生,不是无凭无据,空发大愿、空讲大话的。

上来所说,法尔如此,且经佛祖反复阐明,叮咛嘱咐,真语实语,并无丝毫虚诳。无奈大地一切众生,从无量劫来,迷沦生死苦海,头出头没,轮转不已,迷惑颠倒,背觉合尘,犹如精金投入粪坑，不惟不得受用，而且染污不堪。佛以大慈悲，不得已，说出八万四千法门，俾各色各样根器不同的众生，用来对治贪嗔痴爱等八万四千习气毛病。犹如金染上了各种污垢，乃教你用铲、用刷、用水、用布等来洗刷琢抹一样。所以佛说的法，门门都是妙法，都可以了生死、成佛道。只有当机不当机的问题，不必强分法门的高下。流传中国最普通的法门为宗、教、律、净、密，这五种法门，随各人的根性和兴趣，任行一门都可以。总在一门深入，历久不变，就可以成就。

宗门主参禅，参禅在明心见性，就是要参透自己的本来面目，所谓"明悟自心，彻见本性。"这个法门，自佛拈花起，至达摩祖师传来东土以后，下手功夫，屡有变迁。在唐宋以前的禅德，多是由一言半句，就悟道了。师徒间的传授，不过以心印心，并没有什么实法。平日参问酬答，也不过随方解缚，因病与药而已。宋代以后，人们的根器陋劣了，讲了做不到，譬如说"放下一切，善恶莫思"，但总是放不下，不是思善，就是思恶。到了这个时候，祖师们不得已，采取以毒攻毒的办法，教学人参公案。初是看话头，甚至于要咬定一个死话头，教你咬得紧紧，刹那不要放松，如老鼠啃棺材相似，咬定一处，不通不止，目的在以一念抵制万念。这实在是不得已的办法，如恶毒在身，非开刀疗治，难以生效。古人的公案多得很，后来专讲看话头，有的看"拖死尸的是谁"，有的看"父母未生以前，如何是我本来面目"，晚近诸方多用看"念佛是谁"这一话头。其实都是一样，都很平常，并无奇特。如果你要说，看念经的是谁？看持咒的是谁？看拜佛的是谁？看吃饭的是谁？看穿衣的是谁？看走路的是谁？看睡觉的是谁？都是一个样子。"谁"字下的答案，就是话从心起，心是话之头；念从心起，心是念之头；万法皆从心生，心是万法之头。其实话头，即是念头，念之前头就是心。直言之，一念未生以前就是话头。由此你我知道，看话头就是观心，父母未生以前的本来面目就是心，看父母未生以前的本来面目，就是观心。性即是心，"反闻闻自性"，即是反观观自心。"圆照清净觉相"，清净觉相即是心，照即观也。心即是佛，念佛即是观佛，观佛即是观心。所以说"看话头"，或者是说"看念佛是谁"，就是观心，即是观照自心清净觉体，即是观照自性佛。

心即性、即觉、即佛，无有形相方所，了不可得，清净本然，周遍法界，不出不入，无往无来，就是本来现成的清净法身佛。行人都摄六根，从一念始生之处看去，照顾此一话头，看到离念的清净自心，再绵绵密密，恬恬淡淡，寂而照之，直下五蕴皆空，身心俱寂，了无一事。从此昼夜六时，行住坐卧，如如不动，日久功深，见性成佛，苦厄度尽。昔高峰祖师云："学者能看个话头，如投一片瓦块在万丈深潭，直下落底。若七日不得开悟，当截取老僧头去。"同参们！这是过来人的话，是真语、实语，不是骗人的诳语啊！

然而为什么现代的人，看话头的多，而悟道的人没有几个呢？这个由于现代的人，根器不及古人，亦由学者对参禅看话头的理路，多是没有摸清。有的人东参西访，南奔北走，结果闹到老，对一个话头还没有弄明白，不知什么是话头，如何才算看话头，一生总是执著言句名相，在话尾上用心。看念佛是谁呀，照顾话头呀，看来看去，参来参去，与话头东西背驰，哪里会悟此本然的无为大道呢？如何到得这一切不受的王位上去呢？金屑放在眼里，眼只有瞎，哪里会放大光明呀？可怜啊，可怜啊！好好的儿女，离家学道，志愿非凡，结果空劳一场，殊可悲悯。

古人云："宁可千年不悟，不可一日错路。"修行悟道，易亦难，难亦易，如开电灯一样，会则弹指之间，大放光明，万年之黑暗顿除；不会则机坏灯毁，烦恼转增。有些参禅看话头的人，着魔发狂，吐血罹病，无明火大，人我见深，不是很显著的例子吗？所以用功的人又要善于调和身心，务须心平气和，无挂无碍，无我无人，行住坐卧，妙合玄机。

参禅这一法，本来无可分别，但做起功夫来，初参有初参的难易，老参有老参的难易。

初参的难处在什么地方呢？身心不纯熟，门路找不清，功夫用不上，不是心中着急，就是打盹度日，结果成为"头年初参，二年老参，三年不参"。

易的地方是什么呢？只要具足一个信心、长永心和无心。所谓信心者，第一信我此心，本来是佛，与十方三世诸佛众生无异；第二信释迦牟尼佛说的法，法法都可以了生死，成佛道。所谓长永心者，就是选定一法，终生行之，乃至来生又来生，都如此行持，参禅的总是如此参去，念佛的总是如此念去，持咒的总是如此持去，学教的总是从闻思修行去——任修何种法门，总以戒为根本——果能如是做去，将来没有不成的。沩山老人说："若有人能行此法，三生若能不退，佛阶决定可期。"又永嘉老人说："若将妄语诳众生，自招拔舌尘沙劫。"所谓无心者，就是放下一切，如死人一般，终日随众起倒，不再起一点分别执著，成为一个无心道人。

初发心人，具足了这三心，若是参禅看话头，就看"念佛是谁"。你自己默念几声"阿弥陀佛"，看这念佛的是谁？这一念是从何处起的?当知这一念不是从我口中起的,也不是从我肉身起的。若是从我身或口起的,我若死了,我的身口犹在,何以不能念了呢?当知此一念是从我心起的,即从心念起处,一觑觑定,蓦直看去,如猫捕鼠,全副精神集中于此,没有二念,但要缓急适度,不可操之太急,发生病障。行住坐卧,都是如此,日久功深,瓜熟蒂落,因缘时至,触着碰着,忽然大悟。此时如人饮水,冷暖自知,直至无疑之地,如十字街头见亲爷,得大安乐。

老参的难易如何呢?所谓老参,是指亲近过善知识,用功多年,经过了一番煅炼,身心纯熟,理路清楚,自在用功,不感辛苦。老参上座的难处,就是在此。自在明白当中,停住了,中止化城,不到宝所,能静不能动,不能得真实受用。甚至触境生情,取舍如故,欣厌宛然,粗细妄想,依然牢固。所用功夫,如冷水泡石头,不起作用,久之也就疲懈下去,终于不能得果起用。老参上座,知道了这个困难,立即提起本参话头,抖擞精神,于百尺竿头,再行迈进,直到高高峰顶立,深深海底行,撒手纵横去,与佛祖觌体相见。困难安在?不亦易乎!

话头即是一心,你我此一念心,不在中间内外,亦在中间内外,如虚空的不动而遍一切处,所以话头不要向上提,也不要向下压。提上则引起掉举,压下则落于昏沉。违本心性,皆非中道。

大家怕妄想,以降伏妄想为极难。我告诉诸位,不要怕妄想,亦不要费力去降伏他,你只要认得妄想,不执著他,不随逐他,也不要排遣他,只不相续,则妄想自离。所谓"妄起即觉,觉即妄离"。若能利用妄想做功夫,看此妄想从何处起?妄想无性,当体立空,即复我本无的心性,自性清净法身佛,即此现前。究实言之,真妄一体，生佛不二，生死涅槃，菩提烦恼，都是本心本性，不必分别，不必欣厌，不必取舍，此心清净，本来是佛，不需一法，那里有许多啰嗦？——参！

引 言

诸位常时来请开示，令我很觉感愧。诸位天天辛辛苦苦，砍柴锄地，挑土搬砖，一天忙到晚，也没打失办道的念头，那种为道的殷重心，实在令人感动。虚云惭愧，无道无德，说不上所谓开示，只是拾古人几句涎唾，来酬诸位之问而已。用功办道的方法很多，现在且约略说说。

一、办道的先决条件

1. 深信因果

无论什么人，尤其想用功办道的人，先要深信因果。若不信因果，妄作胡为，不要说办道不成功，三途少他不了。

佛云："欲知前世因，今生受者是；欲知来世果，今生作者是。"又说："假使百千劫，所造业不亡。因缘会遇时，果报还自受。"《楞严经》说："因地不真，果招纡曲。"故种善因结善果，种恶因结恶果，种瓜得瓜，种豆得豆，乃必然的道理。谈到因果，我说两件故事来证明。

（1）琉璃王诛释种的故事。

释迦佛前，迦毗罗阅城里有一个捕鱼村，村里有个大池，那时天旱水涸，池里的鱼类尽给村人取吃，最后剩下一尾最大的鱼，也被烹杀。只有一个小孩从来没吃鱼肉，仅那天敲了大鱼头三下来玩耍。

后来释迦佛住世的时候，波斯匿王很相信佛法，娶释种女，生下一个太子，叫做琉璃。琉璃幼时在释种住的迦毗罗阅城读书，一天因为戏坐佛的座位，被人骂他，把他抛下来，怀恨在心。及至他做国王，便率大兵攻打迦毗罗阅城，把城里居民尽数杀戮，当时佛头痛了三天。

诸大弟子都请佛设法解救他们，佛说："定业难转。"目犍连尊者以神通力用钵摄藏释迦亲族五百人在空中，满以为把他们救出，那知放下来时，已尽变为血水。

诸大弟子请问佛，佛便将过去村民吃鱼类那段公案说出，那时大鱼就是现在的琉璃王前身；他率领的军队，就是当日池里的鱼类；现在被杀的罗阅城居民，就是当日吃鱼的人；佛本身就是当日的小孩，因为敲了鱼头三下，所以现在要遭头痛三天之报。定业难逃，所以释族五百人，虽被目犍连尊者救出，也难逃性命，后来琉璃王生堕地狱。

冤冤相报，没有了期，因果实在可怕。

（2）百丈度野狐的故事。

百丈老人有一天上堂，下座后，各人都已散去，独有一位老人没有跑。百丈问他做什么？他说："我不是人，实是野狐精，前生本是这里的堂头，因有个学人问我：'大修行人还落因果否？'我说：'不落因果。'便因此堕落，做了五百年野狐精，没法脱身，请和尚慈悲开示。"

百丈说："你来问我。"那老人便道："请问和尚，大修行人还落因果否？"百丈答道："不昧因果。"那老人言下大悟，即礼谢道："今承和尚代语，令我超脱狐身。我在后山岩下，祈和尚以亡僧礼送。"

第二天百丈在后山石岩以杖拨出一头死狐，便用亡僧礼将他化葬。

我们听了这两段故事，便确知因果可畏，虽成佛也难免头痛之报；报应丝毫不爽，定业实在难逃，我们宜时加警惕，慎勿造因。

2. 严持戒律

用功办道首要持戒，戒是无上菩提之本，因戒才可以生定，因定才可以发慧，若不持戒而修行，无有是处。

《楞严经》四种清净明诲，告诉我们：不持戒而修三昧者，尘不可出；纵有多智禅定现前，亦落邪魔外道——可知道持戒的重要。持戒的人，龙天拥护，魔外敬畏；破戒的人，鬼言大贼，扫其足迹。

从前在罽宾国近着僧伽蓝的地方，有条毒龙时常出来为害地方，有五百位阿罗汉聚在一起，用禅定力去驱逐他，总没法把他赶跑。后来另有一位僧人，也不入禅定，仅对那毒龙说了一句话："贤善！远此处去。"那毒龙便远跑了。众罗汉问那僧人什么神通把毒龙赶跑,他说:"我不以禅定力,直以谨慎于戒,守护轻戒犹如重禁。"

我们想想,五百位罗汉的禅定力,也不及一位严守禁戒的僧人!或云六祖说:"心平何劳持戒,行直何用参禅。"我请问,你的心已平直没有?有个月里嫦娥赤身露体抱着你,你能不动心吗?有人无理辱骂、痛打你,你能不生嗔恨心吗?你能够不分别冤亲憎爱、人我是非吗?统统做得到,才好开大口,否则不要说空话。

3. 坚固信心

想用功办道,先要一个坚固信心。信为道源功德母,无论做什么事没有信心,是做不好的。我们要了生脱死,尤其要一个坚固信心。

佛说大地众生皆有如来智慧德相,只因妄想执著,不能证得;又说了种种法门,来对治众生的心病。我们就当信佛语不虚,信众生皆可成佛。但我们为什么不成佛呢?皆因未有如法下死功夫呀!譬如我们信知黄豆可造豆腐,你不去造他,黄豆不会自己变成豆腐;即使造了,石膏放不如法,豆腐也会造不成。若能如法磨煮去渣,放适量的石膏,决定可成豆腐。

办道亦复如是,不用功固然不可以成佛,用功不如法,佛也是不能成;若能如法修行,不退不悔,决定可以成佛。故我们应当深信自己本来是佛,更应深信依法修行决定成佛。永嘉禅师说:"证实相,无人法,刹那灭却阿鼻业。若将妄语诳众生,自招拔舌尘沙劫。"他老人家慈悲,要坚定后人的信心,故发如此弘誓。

4. 决定行门

信心既具,便要择定一个法门来修持,切不可朝秦暮楚。不论念佛也好，持咒也好，参禅也好，总要认定一门，蓦直干去，永不退悔。今天不成功，明天一样干；今年不成功，明年一样干；今世不成功，来世一样干。沩山老人所谓："生生若能不退，佛阶决定可期。"

有等人打不定主意，今天听那位善知识说念佛好，又念两天佛；明天听某位善知识说参禅好，又参两天禅。东弄弄，西弄弄，一生弄到死，总弄不出半点"名堂"，岂不冤哉枉也！

二、参禅方法

用功的法门虽多，诸佛祖师皆以参禅为无上妙门。楞严会上佛敕文殊菩萨拣选圆通，以观音菩萨的耳根圆通为最第一。我们要反闻闻自性，就是参禅。这里是禅堂，也应该讲参禅这一法。

1. 坐禅须知

平常日用，皆在道中行，哪里不是道场？本用不着什么禅堂，也不是坐才是禅的。所谓禅堂，所谓坐禅，不过为我等末世障深慧浅的众生而设。

坐禅要晓得善调养身心，若不善调，小则害病，大则着魔，实在可惜。禅堂的行香、坐香，用意就在调身心。此外调身心的方法还多，今择要略说。

跏趺坐时，宜顺着自然正坐，不可将腰作意挺起，否则火气上升，过后会眼屎多，口臭气顶，不思饮食，甚或吐血。又不要缩腰垂头，否则容易昏沉。

如觉昏沉来时，睁大眼睛，挺一挺腰，轻略移动臀部，昏沉自然消灭。

用功太过急迫，觉心中烦躁时，宜万缘放下，功夫也放下来，休息约半寸香，渐会舒服，然后再提起用功。否则日积月累，便会变成性躁易怒，甚或发狂着魔。

坐禅有些受用时，境界很多，说之不了，但你不要去执著它，便碍不到你。俗所谓"见怪不怪，其怪自败"。虽看见妖魔鬼怪来侵扰你，也不要管他，也不要害怕；就是见释迦佛来替你摩顶授记，也不要管他，不要生欢喜。《楞严》所谓："不作圣心，名善境界；若作圣解，即受群邪。"

2. 用功下手——认识宾主

用功怎样下手呢？楞严会上憍陈那尊者说"客尘"二字，正是我们初心用功下手处。他说："譬如行客，投寄旅亭，或宿或食，宿食事毕，俶装前途，不遑安住。若实主人，自无攸往，如是思惟，不住名客，住名主人，以不住者，名为客义。又如新霁，清旸升天，光入隙中，发明空中，诸有尘相，尘质摇动，虚空寂然。澄寂名空，摇动名尘，以摇动者，名为尘义。"客尘喻妄想，主空喻自性；常住的主人，本不跟客人或来或往，喻常住的自性，本不随妄想忽生忽灭。所谓"但自无心于万物，何妨万物常围绕"！尘质自摇动，本碍不着澄寂的虚空，喻妄想自生灭，本碍不着如如不动的自性。所谓"一心不生，万法无咎"。

此中"客"字较粗，"尘"字较细。初心人先认清了"主"和"客"，自不为妄想迁流；进步明白了"空"和"尘"，妄想自不能为碍。所谓识得不为冤，果能于此谛审领会，用功之道，思过半了。

3. 话头与疑情

古代祖师直指人心，见性成佛，如达摩祖师的安心，六祖的唯论见性，只要直下承当便了，没有看话头的。到后来的祖师，见人心不古，不能死心塌地，多弄机诈，每每数他人珍宝，作自己家珍，便不得不各立门庭，各出手眼，才令学人看话头。

话头很多，如"万法归一，一归何处"？"父母未生前，如何是我本来面目"？等等，但以"念佛是谁"为最普通。

什么叫话头？话就是说话，头就是说话之前。如念"阿弥陀佛"是句话，未念之前，就是话头。所谓话头，即是一念未生之际；一念才生，已成话尾。这一念未生之际，叫做不生；不掉举，不昏沉，不著静，不落空，叫做不灭。时时刻刻、单单的的，一念回光返照这"不生不灭"，就叫做看话头，或照顾话头。

看话头先要发疑情，疑情是看话头的拐杖。何谓疑情？如问："念佛的是谁？"人人都知道是自己念，但是用口念呢？还是用心念呢？如果用口念，睡着了还有口，为什么不会念？如果用心念，心又是个什么样子？却没处捉摸，因此不明白，便在"谁"上发起轻微的疑念，但不要粗，愈细愈好，随时随地，单单照顾定这个疑念，像流水般不断地看去，不生二念。若疑念在，不要动着他；疑念不在，再轻微提起。初用心时必定静中比动中较得力些，但切不可生分别心，不要管他得力不得力，不要管他动中或静中，你一心一意的用你的功好了。

"念佛是谁"四字，最着重在个"谁"字，其余三字不过言其大者而已，如穿衣吃饭的是谁？屙屎放尿的是谁？打无明的是谁？能知能觉的是谁？不论行住坐卧，"谁"字一举便有，最容易发疑念，不待反复思量卜度作意才有。故"谁"字话头，实在是参禅妙法。但不是将"谁"字或"念佛是谁"四字作佛号念，也不是思量卜度去找念佛的是谁叫做疑情。有等将"念佛是谁"四字，念不停口，不如念句阿弥陀佛功德更大；有等胡思乱想，东寻西找叫做疑情，那知愈想妄想愈多，等于欲升反坠，不可不知。

初心人所发的疑念很粗，忽断忽续，忽熟忽生，算不得疑情，仅可叫做想；渐渐狂心收笼了，念头也有点把得住了，才叫做参；再渐渐功夫纯熟，不疑而自疑，也不觉得坐在什么处所，也不知道有身心世界，单单疑念现前，不间不断，这才叫做疑情。实际说起来，初时哪算得用功，仅仅是打妄想！到这时真疑现前，才是真正用功的时候，这时候是一个大关隘，很容易跑入歧路。（一）这时清清净净，无限轻安，若稍失觉照，便陷入轻昏状态。若有个明眼人在旁，一眼便会看出他正在这个境界。一香板打下，马上满天云雾散，很多会因此悟道的。（二）这时清清净净、空空洞洞，若疑情没有了，便是无记，坐枯木岩，或叫"冷水泡石头"。到这时就要提，提即觉照（觉即不迷，即是慧；照即不乱，即是定）。单单的的这一念，湛然寂照，如如不动，灵灵不昧，了了常知，如冷火抽烟，一线绵延不断，用功到这地步，要具金刚眼睛，不再提；提就是头上安头。昔有僧问赵州老人道："一物不将来时如何？"州曰："放下来。"僧曰："一物不将来，放下个什么？"州曰："放不下，挑起去。"就是说这时节。此中风光，如人饮水，冷暖自知，不是言说可能到。到这地步的人，自然明白；未到这地步的人，说也没用。所谓"路逢剑客须呈剑，不是诗人不献诗"。

4. 照顾话头与反闻闻自性

或问："观音菩萨的反闻闻自性，怎见得是参禅？"我方说照顾话头，就是教你时时刻刻、单单的的，一念回光返照这"不生不灭"

（话头）；反闻闻自性，也是教你时时刻刻、单单的的一念反闻闻自性。"回"就是反，"不生不灭"就是自性。"闻"和"照"虽顺流时循声逐色，听不越于声，见不超于色，分别显然；但逆流时反观自性，不去循声逐色，则原是一精明。"闻"和"照"没有两样。

我们要知道，所谓照顾话头，所谓反闻自性，绝对不是用眼睛来看，也不是用耳朵来听；若用眼睛来看，或耳朵来听，便是循声逐色，被物所转，叫做顺流。若单单的的一念在"不生不灭"中，不去循声逐色，就叫做逆流，叫做照顾话头，也叫做反闻自性。

三、生死心切与发长远心

参禅最要生死心切，和发长远心。若生死心不切，则疑情不发，功夫做不上；若没有长远心，则一曝十寒，功夫不成片。只要有个长远切心，真疑便发；真疑发时，尘劳烦恼不息而自息，时节一到，自然水到渠成。

我说个亲眼看见的故事给你们听。前清庚子年间，八国联军入京，我那时跟光绪帝慈禧太后们一起走，中间有一段，徒步向陕西方面跑，每日跑几十里路，几天没有饭吃。路上有一个老百姓，进贡了一点番薯藤，给光绪帝，他吃了还问那人是什么东西，这么好吃。你想皇帝平日好大的架子，多大的威风，哪曾跑过几步路，哪曾饿过半顿肚子，哪曾吃过番薯藤，到那时架子也不摆了，威风也不逞了，路也跑得了，肚子也饿得了，菜根也吃得了。为什么他这样放得下？因为联军想要他的命，他一心想逃命呀！可是后来议好和，御驾回京，架子又摆起来了，威风又逞起来了，路又跑不得了，肚子饿不得了，稍不高兴的东西，也吃不下咽了。为甚他那时又放不下了？因为联军已不要他的命，他已没有逃命的心了。假使他时常将逃命时的心肠来办道，还有什么不了？可惜没个长远心，遇着顺境，故态复萌。

诸位同参呀，无常杀鬼，正时刻要我们的命，他永不肯同我们"议和"的呀！快发个长远切心，来了生脱死吧！高峰妙祖说："参禅若要克日成功，如堕千丈井底相似，从朝至暮，从暮至朝，千思想，万思想，单单是个求出之心，究竟决无二念。诚能如是施功，或三日、或五日、或七日、若不彻去，高峰今日犯大妄语，永堕拔舌泥犁！"他老人家也一样大悲心切，恐怕我们发不起长远切心，故发这么重誓来向我们保证。

四、用功两种难易

用功人有两种难易，（一）初用心的难易；（二）老用心的难易。

（一）初用心的难易

1. 初用心的难——偷心不死

初用心的通病，就是妄想习气放不下来，无明、贡高、嫉妒、障碍、贪嗔痴爱、懒做好吃、是非人我，涨满一大肚皮，哪能与道相应？或有些是个公子哥儿出身，习气不忘，一些委屈也受不得，半点苦头也吃不得，哪能用功办道？他没有想想本师释迦牟尼佛，是个什么人出家的！或有些识得几个文字，便寻章摘句，将古人的言句作解会，还自以为了不起，生大我慢，遇着一场大病，便叫苦连天；或腊月三十到来，便手忙脚乱，生平知解，一点用不着，才悔之不及。

有点道心的人，又摸不着一个下手处；或有害怕妄想，除又除不了，终日烦烦恼恼，自怨业障深重，因此退失道心；或有要和妄想拼命，愤愤然提拳鼓气，挺胸睁眼，像煞有介事，要与妄想决一死战，哪知妄想却拼不了，倒弄得吐血发狂；或有怕落空，哪知早已生出"鬼"，空也空不掉，悟又悟不来；或有将心求悟，哪知求悟道、想成佛，都是个大妄想，砂非饭本，求到驴年也决定不得悟；或有碰到一两枝静香的，便生欢喜，那仅是盲眼乌龟钻木孔，偶然碰着，不是实在功夫，欢喜魔早已附心了；或有静中觉得清清净净很好过，动中又不行，因此避喧向寂，早做了动静两魔王的眷属。诸如此类，很多很多。初用功摸不到路头实在难，有觉无照则散乱，不能"落堂"；有照无觉，又坐在死水里浸杀。

2. 初用心的易——放下来单提一念

用功虽说难，但摸到头路又很易，什么是初用心的易呢？没有什么巧，放下来便是。放下个什么？便是放下一切无明烦恼。怎样才可放下呢？我们也送过往生的，你试骂那死尸几句，他也不动气；打他几棒，他也不还手。平日好打无明的也不打了，平日好名好利的也不要了，平日诸多习染的也没有了，什么也不分别了，什么也放下了！诸位同参呀，我们这个躯壳子，一口气不来，就是一具死尸。我们所以放不下，只因将它看重，方生出人我是非、爱憎取舍，若认定这个躯壳子是具死尸，不去宝贵它，根本不把它看作是我，还有什么放不下！

只要放得下，二六时中，不论行住坐卧，动静闲忙，通身内外只是一个疑念，平平和和不断的疑下去，不杂丝毫异念，一句话头，如倚天长剑，魔来魔斩，佛来佛斩，不怕什么妄想！有什么打得你闲岔？哪个去分动分静？哪个去著有著空？如果怕妄想，又加一重妄想，觉清净，早已不是清净；怕落空，已经堕在有中；想成佛，早已入了魔道。所谓运水搬柴，无非妙道；锄田种地，总是禅机。不是一天盘起腿子打坐，才算用功办道的。

（二）老用心的难易

1. 老用心的难——百尺竿头不能进步

什么是老用心的难呢？老用心用到真疑现前的时候，有觉有照，仍属生死；无觉无照，又落空亡。到这境地实在难，很多到此洒不脱，立在百尺竿头，没法进步的。

有等因为到了这境地，定中发点慧，领略古人几则公案，便放下疑情，自以为大彻大悟，吟诗作偈，瞬目扬眉，称善知识，殊不知已为魔眷。又有等错会了达摩老人的"外息诸缘，内心无喘，心如墙壁，可以入道"。和六祖的"不思善，不思恶，正与么时，那个是明上座本来面目"的意义，便以坐在枯木岩为极则，这种人以化城为宝所，认异地作家乡，婆子烧庵，就是骂此等死汉！

2. 老用心的易——绵密做去

什么是老用心的易呢？到这时只要不自满，不中辍，绵绵密密做去，绵密中更绵密，微细中更微细，时节一到，桶底自然打脱。如或不然，找善知识抽钉拔楔去。

寒山大士颂云："高高山顶上，四顾极无边。静坐无人识，孤月照寒泉。泉中且无月，月是在青天。吟此一曲歌，歌中不是禅。"首二句，就是说独露真常，不属一切，尽大地光皎皎地，无丝毫障碍；次四句，是说真如妙体，凡夫固不能识，三世诸佛也找不到我的处所，故曰无人识。"孤月照寒泉"三句，是他老人家方便譬喻这个境界；

最后两句,怕人认指作月,故特别提醒我们,凡此言说,都不是禅呀!

结　论

就是我方才说了一大堆,也是扯葛藤、打闲岔,凡有言说,都无实义。古德接人,非棒则喝,哪有这样啰索(啰嗦)!不过今非昔比,不得不强作标月之指。诸位同参呀,究竟指是谁? 月是谁? 参!

心即是佛，佛即是觉，此一觉性，生佛平等，无有差别，空寂而了无一物，不受一法，无可修证；灵明而具足万德，妙用恒沙，不假修证。只因众生迷沦生死，经历长劫，贪嗔痴爱，妄想执著，染污已深，不得已而说修说证。所谓修者，古人谓为不祥之物，不得已而用焉。

此次打七，已经三个半七；还有三个半七，下三个半七，身心较为纯熟，用功当比前容易，诸位不可错过因缘，务要在下三个半七内，弄个水落石出，发明心地，才不孤负(辜负)这个难得的机缘。

这二十多天来，诸位一天到晚，起早睡迟，努力用功，结果出不了四种境界。一者，路头还有搞不清的，话头看不上，糊糊涂涂，随众打盹，不是妄想纷飞，就是昏沉摇摆。二者，话头看得上，有了点把握，但是死死握着一片敲门瓦子，念着"念佛是谁"这个话头，成了念话头，以为如此可以起疑情、得开悟，殊不知这是在话尾上用心，乃是生灭法，终不能到一念无生之地！暂用尚可，若执以为究竟实法，何有悟道之期？晚近禅宗之所以不出人了，多缘误于在话尾上用心。三者，有的会看话头，能照顾现前一念无生，或知念佛是心，即从此一念起处，蓦直看到无念心相，逐渐过了寂静，粗妄既息，得到轻安，就有了种种境界出现：有的不知身子坐在何处了；有的觉得身子轻飘飘的上腾了；有的见到可爱的人物而生欢喜心的；有的见到可怕的境界而生恐怖心的；有的起淫欲心的，种种不一。要知这都是魔，著即成病。四者，有的业障较轻的，理路明白，用功恰当，已走上了正轨的，清清爽爽，妄想若歇，身心自在，没有什么境界。到此地步，正好振起精神，用功向前。唯须注意枯木岩前岔路多，有的是在此昏沉而停住了，有的是得了点慧解，作诗作文，自以为足，起贡高我慢。

以上四种境界都是病，我今与你们以对治之药。第一如话头未看上，妄想昏沉多的人，你还是看"念佛是谁"这个谁字，待看到妄想昏沉少，谁字不能忘了时，就看这一念起处，待一念不起时，即是无生。能看到一念无生，是名真看话头。第二关于执著"念佛是谁"，在话尾上用心、以生灭法为是的人，也可照上述的意思，即向念起处看到一念无生去。第三关于观无念已得寂静轻安，而遇到任何境界的人，你只照顾本参话头，一念不生，佛来佛斩，魔来魔斩，一概不理他，自然无事，不落群邪。第四关于妄念已歇，清清爽爽，身心自在的人，应如古人所说："万法归一，一归何处？"由一向至极处迈进，直至高高山顶立，深深海底行，再撒手纵横去。

以上所说，都是对末法时期的钝根人说的方法。其实宗门上上一乘，本师释迦牟尼佛在灵山会上拈花之旨，教外别传，历代祖师，唯传一心，直指人心，见性成佛。不落阶级，不假修证，一言半句即了, 无一法可得, 无一法可修, 当下就是, 不起妄缘, 即如如佛, 哪里有许多闲话呢?

修与不修

　　讲修行，讲不修行，都是一句空话。你我透彻了自己这一段心光，当下了无其事，还说什么修与不修！试看本师释迦牟尼佛的表显，出家访道，苦行六年证道，夜睹明星，叹曰："奇哉，奇哉！大地众生皆有如来智慧德相，只因妄想执著，不能证得；若离妄想，则清净智、自然智、无师智，自然现前。"以后说法四十九年，而曰："未说着一字。"自后历代祖师，一脉相承，皆认定"心佛众生，三无差别"，"直指人心，见性成佛"。横说竖说，或棒或喝，都是断除学者的妄想分别，要他直下"识自本心，见自本性"，不假一点方便葛藤，说修说证。佛祖的意旨，我们也就皎然明白了。

　　你我现前这一念心，本来清净，本自具足，周遍圆满，妙用恒沙，与三世诸佛无异。但不思量善恶，与么去，就可立地成佛，坐致天下太平。如此有甚么行可修？讲修行岂不是句空话吗？但你我现前这一念心，向外驰求，妄想执著，不能脱离，自无始以来，轮转生死，无明烦恼，愈染愈厚。初不知自心是佛，即知了，亦不肯承当，作不得主，没有壮士断腕的勇气，长在妄想执著中过日子。上焉者，终日作模作样，求禅求道，不能离于有心；下焉者，贪嗔痴爱，牢不可破，背道而驰。这两种人，生死轮转，没有已时，讲不修行，岂不又是空话？

所以大丈夫直截了当，深知古往今来，事事物物，都是梦幻泡影，无有自性，人法顿空，万缘俱息，一念万年，直至无生。旁人看他穿衣吃饭，行住坐卧，一如常人，殊不知他安坐自己清净太平家里，享受无尽藏宝，无心无为，自由自在，动静如如，冷暖只他自己知道。不唯三界六道的人天神鬼窥他不破，就是诸佛菩萨也奈他不何！这样还说个甚么修行与不修行呢？其次的人，就要发起志向，痛念生死，发惭愧心，起精进行，访道力参，常求善知识指示途径，勘辨邪正，"如切如磋，如琢如磨"，"江汉以濯之，秋阳以曝之"，渐臻于精纯皎洁，这就不能说不修行了。

上来说的不免迁上就下，仍属一些葛藤，明眼人看来，要认为拖泥带水。然祖庭秋晚，去圣日遥，为应群机，不得已而如此啰索。究实论之，讲修行，讲不修行，确是空话。直下无事，本无一物，哪容开口！菩萨呀，会吗？

师公老和尚的开示

民国三十六年冬禅七中，我上方丈请开示。

师公问我：你用什么功夫？

我说：亦念佛，亦参禅，禅净双修。

问：你既念佛如何能参禅呢？

我说：我念佛时，意中含有"是谁念佛"的疑情，虽在念佛亦即是参禅也。

问：有妄想也无？

答：正念提起时，妄念亦常常在后面跟着发生；正念放下时，妄念也无，清净自在。

师公说：此清净自在，是懒惰懈怠，冷水泡石头，修上一千年都是空过。必定要提起正念，勇猛参究，看出念佛的究竟是谁？才能破参，你须精进的用功才是！

问：闻说师公在终南山入定十八天，是有心入呢？无心入呢？

答：有心入定，必不能定；无心入定，如泥木偶像。制心一处，无事不办。

问：我要学师公入定，请师公传授。

答：非看话头不可。

问：如何叫话头呢？

答："话"即是妄想，自己与自己说话。在妄想未起处，观照着，看如何是本来面目，名看话头；妄想已起之时，仍旧提起正念，则邪念自灭，若随着妄想转，打坐无益。若提起正念，正念不恳切，话头无力，妄念必起，故用功夫须勇猛精进，如丧考妣。古德云：学道犹如守禁城，紧把城头守一场。不受一翻寒彻骨，怎得梅花扑鼻香？（这几句话每次打七，师公都要说的）若无妄想，亦无话头。空心静坐，冷水泡石头，坐到无量劫亦无益处。参禅不参则已，既决心参，就要勇猛精进，如一人与万人敌，直前毋退，放松不得，念佛亦是如此，持咒亦是如此，生死心切，一天紧似一天，功夫便有进步。（灵源）

念佛将终开示

　　盖念佛一法,具足六波罗蜜。昔世尊住世四十九年说法,皆因时而化,对机而教,亦不离六种波罗蜜门。故而见贪心众生,教之以布施;见恶心众生,教之以持戒;见嗔心众生者,教之忍辱;见懈怠众生,教之精进;见乱心众生,教之以禅定;见痴心众生,教之以般若。所以布施度悭贪,持戒度邪恶,忍辱度嗔恚,精进度懈怠,禅定度散乱,般若度愚痴,此乃六度对治法门之义也。

　　今念单此一句阿弥陀佛,即能包藏此六种波罗蜜门,何也? 念佛之人,一心念佛,万缘放下,取舍两忘,是布施波罗蜜;一心念佛,诸恶消灭,万善从生,即是持戒波罗蜜;一心念佛,自心柔软,嗔恚不起,即是忍辱波罗蜜;一心念佛,不休不息,永不退转,即是精进波罗蜜;一心念佛,无诸乱想,流念散尽,即是禅定波罗蜜;一心念佛,正念分明,不受邪惑,即是般若波罗蜜。

　　今时有人不识念佛功能,反视为浅近法门者,却是错会不少,自陷陷人。一句佛不念,单单参个"谁"字话头。殊不知念佛法门，兴于禅宗之前，因时人但知口念，不识其心，故教以念佛带参禅。

夫用心之人，贵在参究、追寻、问讨。若是上根利智之士，便能直下承当。倘或钝根渐次之人，必须先要念佛，待念到不念而念，念而不念，再向无念之中起一参究，且看这个念佛是谁。要看"谁"字话头者，先当以念佛为缘起，后以参禅为究竟，缘念佛而参禅，是故名曰禅净并修。

古人曾有譬喻云：念佛之人，如母子相忆，自然相近亲。母喻所念佛，子喻能念人。能念之人，即有情身心；所念之佛，即是自性弥陀。自性弥陀并有情身心，不隔丝毫。能念之人与所念之佛，无二无别。须要长久用心，精练纯熟，打成一片。或口念，或心念，或有念，或无念，念至念念相续，无有间断，向这里参究，若能得个入处，通一消息，始知禅定（净）不二，庶几念佛有益，方不负一七辛苦。即今佛七将终，诸位还有得入处、通消息者么？如其有者，须要自己承任的当；其或未然，还要认真念佛。

（摘自虚老所辑《垂语大体略要》）

答蒋公问法书（民国三十二年癸未）

（上略）佛教者，实今日周旋国际、趋进大同之唯一大教也。目下，世界有两种力——唯神论与唯物论，否认轮回果报之说，故其影响所及，不可说不可说。基督教之唯神论，虽有为善者神给与快乐报酬、为恶者神施以痛苦惩罚之说，然以神之存在，认为自然，而不知其所以然，故不能令人深信，且贻唯物论者口实。此基督教所以不能维系世界和平之故。实则神即是物，物即是心，心亦是神；然神亦非神，物亦非物，心亦非心。佛明三界（宇宙）本无一法（事物）建立，皆是真心起妄，生万种法；"真心"亦不过因有妄物对待而立之假名，究其实，所谓真心亦非是。譬如大海，心是水，万法（万事万物）是波浪，平静者称为水，汹涌者称波浪，波浪平静时仍是水，水汹涌时又成波浪。又因有汹涌之波浪，故称不汹涌者为平静之水；假使根本不有汹涌之相，波浪之假名固不能立，平静之假名亦何由生立？亦不过吾人随意立之假名，相信鱼类或称水为空气。故知物即是心，有即是无, 色即是空, 妄即是真, 烦恼即菩提, 众生即诸佛。一念迷惑时, 心成物, 无成有, 空成色, 真成妄, 菩提成烦恼, 诸佛成众生; 如水汹涌时即波浪。若一念觉悟时, 物不异心, 有不异无, 色不异空, 妄不异真, 烦恼不异菩提, 众生不异诸佛; 如波浪不汹涌时, 仍是平静之水。又因迷惑而起物、有、色、妄、烦恼、众生等对待, 故立心、无、空、真、菩提、诸佛等假名。若根本不有迷, 则物、色、妄、有、烦恼、众生等假名, 固不能立, 即心、无、空、真、菩提、诸佛等假名, 亦何有立? 所谓唯心、唯物, 有神、无神, 皆是识心分别计度耳。

或云: "若是, 佛学亦唯心论耳。" 佛学虽说唯心, 然与哲学上之唯心论悬殊。哲学上之唯心论, 于心执有, 于物执无, 释迦所谓以攀缘心为自性, 执生死妄想认为真实者。唯物论者, 于物执有, 于心执无, 释迦所谓颠倒行事, 误物为己, 轮回是中, 自取流转者。唯神论者, 划分物质实体与神灵实体为截然不同之两个世界, 释迦所谓惑一心于色身之内, 认一沤体目为全潮者。各执偏见, 或因近视, 认牛之影像为牛; 或以管窥牛, 见牛角者则认牛角为牛, 见牛头者则认牛头为牛, 本无不是, 弊在不见真牛全体。佛教则溯本穷源, 将真实白牛清楚指出, 若因指观牛, 未有不见真牛全体者。故欲救唯心、唯物论之偏弊, 舍佛教莫属。

佛教所言明心性 (或称常住真心、真如、觉性、法身、实相等, 皆是真理之别名) 清净本然, 离诸名相, 无有方所, 体自觉, 体自明, 是本有自尔之性德。绝诸能 (即今称主观、主动等) 所 (即客观、被动等) 对待, 本无所谓十方 (东、南、西、北、东南、东北、西南、西北、上、下, 即今称空间) 三世 (过去、现在、未来, 即今称时间), 更无所谓大地、人畜木石、地狱天堂等等, 只以妄立一念, 致起诸有为法（宇宙间万事万物）。如《楞严经》（此经几无法不备、无机不摄，究佛学哲学者均不可不参究），释尊答富楼那问"觉性清净本然，云何忽生山河大地"，云——

"性觉必明，妄为明觉。觉非所（客观）明，因明立所（客观）。所既妄立，生汝妄能（主观），无同异中，炽然成异。异彼所异，因异立同。同异发明，因此复立无同无异。如是扰乱，相待生劳，劳久发尘，自相浑浊，由是引起尘劳烦恼，起为世界，静成虚空。虚空为同，世界为异。彼无同异，真有为法。"

"觉明空昧，相待成摇，故有风轮执持世界。因空生摇，坚明立碍，彼金宝者，明觉立坚，故有金轮保持国土。坚觉宝成，摇明风出，风金相摩，故有火光，为变化性。宝明生润，火光上蒸，故有水轮，含十方界。火腾水降，交发立坚，湿为巨海，干为洲潭（滩），以是义故，彼大海中火光常起，彼洲潭（滩）中江河常注。水势劣火，结为高山，是故山石击则成焰，融则成水。土势劣水，抽为草木，是故林薮遇烧成土，因绞成水，交妄发生，递相为种。以是因缘，世界相续（星云之说恐亦不及此说之详）。"

"复次，富楼那！明妄非他，觉明为咎，所妄既立，明理不逾，以是因缘，听不出声，见不超色，色香味触，六妄成就。由是分开见闻觉知，同业相缠，合离成化，见明色发，明见想成，异见成憎，同想成爱，流爱为种，纳想为胎，交遘发生，吸引同业，故有因缘生羯罗蓝、遏蒲昙（胞胎中受生之质）等。胎卵湿化，随其所应。卵唯想生，胎因情有，湿以合感，化以离应（佛在二千多年前指出），情想合离，更相变易，所有受业，逐其飞沉，以是因缘，众生相续。"

"富楼那，想爱同结，爱不能离，则诸世间父母子孙，相生不断，是等则以欲贪为本。贪爱同滋，贪不能止，则诸世间胎卵湿化，随力强弱，递相吞食，是等则以杀贪为本。以人食羊，羊死为人，人死为羊，如是乃至十生之类，死死生生，互来相啖，恶业俱生，穷未来际，是等则以盗贪为本。汝负我命，我还汝债，以是因缘，经百千劫，常在生死。汝爱我心，我怜汝色，以是因缘，经百千劫，常在缠缚，惟杀盗淫三为根本，以是因缘，业果相续。"

"富楼那，如是三种颠倒相续，皆是觉明，明了知性，因了发相，从妄见生山河大地、诸有为相，次第迁流，因此虚妄，终而复始。"

真如觉性，既立真妄，于是有不变与随缘之别。平等不变，离差别相，无圣无凡，非善非恶，真实如常，不变真如也。随缘生灭，起差别相，有圣有凡，有善有恶，随缘真如也。就不变真如言，万法即真如，非心非物非神也。就随缘真如言，真如即万法，即心即物即神也。唯心论者，错认识神，就随缘真如，以为即是真心，而倡唯心论。唯物论者，囿于边见，就随缘真如即物之见，而倡唯物论，又据唯物而倡无神论。唯神论者，亦囿于边见，妄生分别，就随缘真如即物与神之见，而倡唯神论。殊不知心即物，物即神，心物与神同一理体，有物则有心有神，无心则无神无物。然此"有"非有无之有，乃非有而有之妙有；此"无"非断绝之无，乃超有无之妙无（此妙"有"妙"无"与下说之"无生之生"与"有生之生"，其义颇奥，非语言文字可到，故为禅门要关）。唯心论、唯物论、唯神论者，均未明斯义，互相攻击，实则皆无不是，亦皆非是；一研佛学，自可涣然冰释矣。

佛学对于宇宙本体之研究，除前述外，其他对于世界之构造与成坏，人身器官之组织，及其他种种问题，在《楞严经》及诸经论，多有详细论列与说明，且大多与后来哲学、科学发现者相合，现未及详指。其于人生价值，则大菩萨之行愿，已非他圣贤可及，经典上在在处处可见之，于此可知佛教之神妙及伟大处。然佛教绝非标奇立异以炫人，亦非故弄玄虚以惑众，其一言一行，皆从戒定慧三学亲履实践得来。何谓戒定慧？防非止恶曰戒；六根涉境，心不随缘曰定；心境俱空，照览无惑曰慧。防止三业之邪非，则心水自澄明，即由戒生定；心水澄明，则自照万象，即由定生慧。儒家亦有"定而后能静，静而后能安，安而后能虑，虑而后能得，物有本末，事有终始"之言。即哲学家亦莫不沉思竭虑，以从事所学者。然儒者及哲学、科学者，则以攀缘心思宇宙万物，不知宇宙万物亦是攀缘心所造成，能虑、所虑俱是攀缘心。欲而探求真理，等于跌坐椅上，欲自举其椅，势不可能。此今哲学者对于认识论聚讼纷纭，莫衷一是，终无结论者，因此故也。佛则离言绝虑，以智慧觉照宇宙万事万物，如下座举椅，故任运如如。此佛教括哲学、科学、宗教三者一炉共冶，又皆先知先觉者，盖有由来也。日本以佛为国教，近世之兴，其维新诸贤得力于禅学不少，为众所周知之事。若非其军阀迷信武力，与道全乖，以杀戮为功，以侵略为能，安有今日之败？！

　　或疑佛教为消极、为迷信，不足以为国教，此特未明佛教者之言。实则佛法不坏世间相，岂是消极者！佛法步步引人背迷合觉，岂是迷信者！考佛梵名佛陀，义译觉者，自觉觉他，觉行圆满，谓之为佛。菩萨梵名菩提萨埵，义译觉有情，有出家、在家二种，乃发大心为众生求无上道，一面自修，一面化他者。其积极与正信，恐无有出其上。佛教依折、摄二义，立方便多门。何谓折？折者，折伏恶人。昔石勒问戒杀于佛图澄，澄曰："子为人王，以不妄杀为戒杀义。"盖在家大权菩萨，为折恶利生故，虽执刀杖，乃至斩其首，于戒亦无犯，反生功德。因恶意而杀人，皆知不可；因善意而杀人，固是在家大权菩萨之金刚手眼也。何谓摄？摄者，摄受善人。佛菩萨为利益众生故，不避艰危，有四摄法：（一）布施摄——若有众生乐财则施财，乐法则施法，使生亲爱心而受道。（二）爱语摄——随众生根性而善言慰喻，使生亲爱心而受道。（三）利行摄——起身口意善行，利益众生，使生亲爱心而受道。（四）同事摄——以法眼见众生根性，随其所乐而分形示现，使同其所作沾利益，由是受道。佛菩萨之积极为何如！

何谓方便？方便者，量众生根器，施设权巧而度之也。前述之四摄法，亦是方便之门。《法华经·化城喻品》云："譬如险恶道，回绝多毒兽。又复无水草，人所怖畏处。无数千万众，欲过此险道。其路甚旷远，经五百由旬。时有一导师，强识有智慧。明了心决定，在险济众难。众人皆疲倦，而白导师言：我等皆顿乏，于此欲退还。导师作是念：此辈甚可悯，如何欲退还，而失大珍宝？寻时思方便，当设神通力，化作大城廓：汝等入此城，各可随所乐。诸人既入城，心皆大欢喜……此是化城耳，我见汝疲极，中路欲退还，权化作此城，汝今勤精进，当共至宝所。"……观此，可知释尊分时设教、权施方便之深意。故最上根者与言禅，上根者与言教，重分析者与言唯识，普通者与言净土，权设大乘小乘，不论出家在家，务求普化群机，使一切众生咸沾法益也。近人观佛子之对像跪拜，及净土之持名念佛，即以其无神论立场，谓为迷信，不知跪拜与对长上致敬何异！念佛对于修心，有莫大之功，且持名念佛，不过方便初机之简捷法门，更有观像念佛、观想念佛、实相念佛等法门。净土自有无穷妙用者，人自不会耳，岂迷信哉？！

　　或谓基督教亦脱胎于净土宗《阿弥陀经》，试观耶稣身上搭衣，与佛相同。《阿弥陀经》说西方极乐世界，耶氏亦说天国极乐。净土往生分九品，耶教李林《天神谱》亦言天神分九品。《阿弥陀经》说不可以少善根福德因缘得生彼国，耶氏亦言你不在人间立功，上帝不许你到天国。净宗二六时念佛名号，求佛接引，耶氏亦以早晚祈祷上帝哀佑。至佛门有灌顶之法，耶氏亦有洗礼之仪——观此耶氏教义，与净土宗趣，大致相同。而耶氏诞生于释迦后千有余年，当是曾受佛化，得《阿弥陀经》之授，归而根据之另行创教，似无疑义。且耶氏曾晦迹三年，当是赴印度参学。事虽无据，而迹其蛛丝马迹，似非厚诬云云。其言良非向壁虚构。不过，表面上看来，耶氏虽类似净宗初机之持名念佛，实际则远逊之。耶教著于他力，明其然而不明其所以然，迹近勉强。持名念佛，则重他力，自他相应，如《楞严经·大势至圆通章》云：“……十方如来，怜念众生，如母忆子，若子逃逝，虽忆何为！子若忆母，如母忆时，母子历生，不相违远。若众生心，忆佛念佛，现前当来，必定见佛，去佛不远，不假方便，自得心开。……我本因地，以念佛心，入无生忍，今于此界，摄念佛人，归于净土。”有因有果，故理事无碍。且耶教说永生，净宗则云往生净土，见佛闻法，悟无生忍。永生之生，以灭显生，有生对待，终有灭时。无生之生，则本自无生，故无有灭。此所以称为“无量寿”——阿弥陀译名也。

　　愿行菩萨行、求无上道者，非必出家而后可行，在家亦无不可。不过出家所以别国主、离亲属、舍家庭者，意在脱离情欲之羁绊，舍私情而发展佛力之同情，舍私爱而为伟大之博爱，以度一切众生为忠，以事一切众生为孝，此大同之义也。孙中山先生尝曰：“佛教乃救世之仁，佛学是哲学之母。宗教是造成民族和维持民族一种最雄大之自然力。人民不可无宗教之思想。研究佛学，可补科学之偏。"今公亦以佛教之输入中国，有裨益于中国之学术思想，故称佛教为今日之周旋国际、趋进大同之唯一大教。岂徒言哉！且今日信教自由，不能强人以迷信，只可令人心悦诚服而生正信，然则舍佛教其谁与归？（下略）

（摘自岑学吕居士原编《年谱》）

虚云老和尚在汉藏教理院开示

各位同学：我们现在处在这末法时代，国家和人民不幸，而佛教也不幸。一般人也有信佛教的，也有不信佛教的。那不信佛教的人，只知贪求名利，为眼前奔驰。在这水深火热之中，犹不知痛苦、不知反省，而以摧残佛教为能事。说到信佛的人，实在是稀少，尤其像诸位这样发心学佛、研究教理，更是难得。

在民国元年的时候，我住在上海佛教会，与虚大师初次见面，那时见他办事弘法的精神，真是强健得很。至后，在南京师监学，又见第二次面。料想不到今天还能与大师第三次会面。实在是我自己很幸遇的事。大师为了佛教，为了弘扬释尊的教法，毕生未尚稍懈。他是当代住持佛教的龙象。但是我呢，智识浅薄，修持也没有，不过比大师多吃几年饭，虚长几岁，真是惭愧极了。

这次我来到这里，真是出于意外：因为我这样一个老朽之身，已是朝不保夕了。加以今年为病魔所缠，那里还有力量来奔走呢！不过，为了这个法会（护国息灾法会），不得已，出来走一遭。现在佛法凋零到这样，也是我们为佛弟子应行的佛事，并且也借此机会，又来谒见大师。而见到大师弘法的精神，仍是这样健康，我实在抱愧不已。

今天因为时间匆忙的关系，没有什么好的意思同大众多谈。不过，我以为佛教这样凋零的原因，还是由于僧伽的不自振作。近数十年来，佛教□而尚能存在的原因，大部分是靠着边疆佛教的关系；不然，早已被摧残和没有了。我们在这国难教危之中，不过把释尊的教法振兴起来，是我们应当惭愧而努力的。

说到佛法，如来所说一大藏教，无非为拔济众生。而法门虽多，总不出戒定慧三学。即所谓由戒生定，因定发慧。所以欲求获得自利方便，亦须以戒为首要。在这世界战斗之中，彼争我夺，互相劫掠，结怨日深，没有办法解决。我们为佛弟子的人，应本着如来的大悲心肠，对于佛的净戒，处处要有"如临深渊，如履薄冰"的战兢精神，一点不容忽略。我们既了知戒能生定，定可发慧，定慧圆融，就可以显发如来藏的本有光明，了知心佛众生，三无差别。能了达释尊的清净妙理，如是则行住坐卧，处事接物，都圆融无碍了。但是画饼不能充饥，解要圆，行要方，必须照着释尊的教法去实行，方能达到目的。释尊所说的戒很多，就是沙弥十戒，比丘一百五十戒，比丘尼三百四十八戒，能各自实行，却也并不难。戒又有大乘戒与小乘戒之别，然小乘即是大乘的体，大乘即是小乘的用。只要能守持佛的净戒，自然不定而自定了。我希望各位都能依照三学去实行。戒就是人人修行的途径。我们无始以来的烦恼造种种业，也非戒、定能拔出。故《楞严经》云："唯杀盗淫，三为根本。"我们要斩除这些烦恼，也就体同诸佛。故古云："信手拈来，皆成妙用。"又言："溪声尽是广长舌，山色无非清净身。"而众生之所以不得悟入者，皆由杀盗淫等烦恼所系缚，把我们本有的光明遮蔽了，死死生生，沉沦苦海，不断地在三界流转。是故释尊用多种方便，开发我们即人成佛的大道，离生生死，得到涅槃。

在目前的这汉藏教理院，是我们佛教最重要的地点。因为内地的佛教，有巩固边疆和沟通文化的责任。所以汉藏学院的目的也就在这点。我们在这国难教危，只有汉院才能担任护国卫教的巨大重担。所以，我希望各位发心在这里求学，也认清这个责任，担起这个担子前进，努力前进。（记者因为不娴老人语音，很多精彩句子未能记下，实是很抱歉而可惜的。）（净尘、弘悲合记）

（摘自《佛化新闻》1942年12月24日第265期）

聆虚云禅师开示记

民国三十一年农历十月初六日，余因送宝生老和尚灵龛入塔，特由耒阳金钱山到南岳上封寺，恰巧我们久仰的禅宗大德虚云禅师也因中央请往重庆，顺便道来岳。当时祝圣寺大众曾请他老人家讲开示，我也随众参叩听讲，特提笔录之，以饷读者。

是当天的晚上，在南岳祝圣寺的大讲堂中，坐着六七十位热心向学的僧青年，情绪紧张而严肃，静静地没有一点声音，使偌大一个讲堂，全部陷于沉寂的气氛里。

不久，灵涛法师手提一盏玻璃灯笼，引着云公来到讲堂。"起立！"一个突然的声音，自灵根同学口里发出，于是，全体同学都站立起来。先由灵涛法师略略介绍了几句之后，云公从容走上讲台，在预置的马凳上结跏趺坐，慢慢说道：

"各位同学！虚云业障深重，知识浅薄，承灵涛法师要我来说几句话，真惭愧苦恼极了！你们都是夙植慧根的人，能在这混乱的世界，安居此地读书，真是最胜因缘。你们既得此最胜因缘，就要保持下去，不要空过光阴，应勇猛精进修学！哎，我年纪老了，病又才好些，说话提不起气来，要我说些甚么呢？"

他这样谦虚地说了几句，沉默一会，便继续开示法要，大概可分为三点：

一、解要圆，行要方。他说："我们修学佛法的人，解要圆，行要方。何谓圆呢？就是圆融无碍，因为佛法竖穷三界，横遍十方，放之则弥六合，收之则退藏于密。搬水运柴，无非学道；松风水月，俱可参禅。所以宗门下人，不可谤学教为说食数宝、学教无益；也不可谤参禅为空心忌坐。要知宗即无言之教，教乃有言之宗，宗教本无二致，无非体用而已。况佛祖方便，说种种法门，悉为对症药方。如是观者，即为圆解。何谓方呢？就是中正不倚，当作则作，当止则止，当任即任，当灭则灭，规规矩矩，恭恭敬敬，一毫不苟，一丝不乱，所以修行的人，要贫贱不移，威武不屈。古来许多大德，功成德立，皆缘志行坚决，始终不渝。如是修者，斯为方行。"

二、戒、定、慧之要义。停了一会，又说道："本师释迦牟尼佛，谈经三百余会，说法四十九秋，无非悲悯众生，应病与药。众生有甚么病呢？如贪嗔痴是。佛陀有甚么药呢？如戒、定、慧是。我们修戒，要修比丘菩萨之净戒，不要奉那些外道邪戒，有损无益。我们修定，要修如来祖师之真定，不要学那些凡小外道定，因为那是不究竟禅，仍须堕落的。我们修慧，要修如来金刚妙慧，不要学那些星相阴阳、世智聪辩、凡外邪说，自取流转，反而为祸。更要知道戒、定、慧贯通之要义。戒是止恶防非之义。恶非既止，定慧自生。定是制心一处之义，内心不乱，戒慧全彰。慧是随缘觉照之义，觉照一切，戒定双融。举三即一，举一即三，只在修学的人，善加体会与力行罢了。"

三、放下着。"哎"，他又叹口气说道："我们罪障深重，都是吃了放不下的亏！放不下，就是耐不得烦，吃不得苦，好面子，想出风头。我们无始以来，所有我慢、贡高、贪嗔、嫉妒等种种习气毛病，总是放不下来，以致流转六道，无有出期。记得有一次，佛在说法时，有一仙人，两手执花献佛。佛说：'仙人，放下着。'仙人乃将左手拿的花放下。佛又说：'放下着。'仙人又把右手拿的花放下。佛又说：'放下着。'仙人惊问道：'世尊！您先教我放下，我已放下左手的花；后教放下，我又放下右手的花；现在两手皆空，又教放下，我不知道放下个甚么呢？'佛说道：'我要你放下的，并不是手内的花，而是要你放下外六尘，放下中六根，放下内六识呀！'仙人当下大悟，就证阿罗汉果。诸位同学，也要学仙人一样，放下六尘，放下六根，放下六识才对！"

最后，他又道："未了，我有两句家常话，贡献各位：就是'诸恶莫作，众善奉行'。这两句话，三岁小孩虽能说出，而八十老翁行不得。希望各位终身行之不懈，就好了。"

他说话的语气，一句一停，余音常带了"啊"，因为他老人家带着病，仍不惮苦口婆心，谆谆教诲，实在令人感动。

次晨饭后，陪云公往各地参观，并于祝圣寺门前，集合全体僧众，摄影留念。午后，由南岳到衡阳，又陪赴大罗莲寺参观。略坐片刻，送往赈济会休息，以便今晚搭车赴桂转渝。临别时，云公对我道一句："有缘再会。"我真想"再会"，只希望他日"有缘"哩！（茗山记录）

（摘自《佛化新闻》1943年7月29日第292期）

参话头

六月十一日,师开示云:"参禅下手工夫,就是诸方常常说的看'念佛是谁'这个话头,万缘放下,死心塌地,昼夜六时,行住坐卧,起居饮食,屙屎撒尿,搬柴运水,迎宾待客,总不离开这个话头。怎么看法呢?先念佛数声,看此念佛的究竟是谁呢?若说是口念的,我死了口还在,何以不能念呢?若说是心念的,这个心是不是我这肉团心呢?若说是我这肉团心,则我死了这肉团心还在,何以不能念呢?故知念佛的不是肉团心。既然都不是,这念佛的究竟是谁呢?如是就起了疑情,疑情一起,那么,别的妄念就自然没有了。这样还是粗想,这是使万念归于一念。到了万念归于一念,只有一个疑情、再无别的杂念时,这就是用功得力之时了。于是努力向上参去,看此念佛的究竟是谁?一旦万念顿绝,瓜熟蒂落,豁然开悟,打破疑情,见了自己本来面目,如人饮水,冷暖自知。这就是细参,这就是参禅的下手工夫。大家相信此一法是了生脱死、成佛作祖的路头，就要打起精神真参实悟，不要虚度光阴呀！"

　　三十三年五月二十日，抵韶关，乃诣马坝曹溪南华禅寺。薄暮，至曹溪，见四天王岭周匝围绕，中间良田千顷，溪流曲折清洁，寺在宝林中，真天然道场也。早斋后，知客僧导入佛殿、祖殿，拈香礼拜，并瞻谒六祖及憨山大师肉身。二十四日返韶。二十五日自韶趁车三十里至黎市，渡河步行，经重阳一六街至云门寺，凡六十里。二十六日晨，谒虚云老和尚求开示，首略述余生平经历及学佛因缘，师问余《楞严经》要旨，多不知答。

　　余问怎祥才得消除妄想，师言："一、放下诸缘；二、时加觉照；三、起妄莫续；四、长期护持。"余曰："弟子用功，不看念佛是谁，而直观无念，不知对否？"师曰："所谓话头，即动念之前头，古人原不讲看话头，亦不看念佛的是谁，后世不得已而用之。其实话头甚多，有以看念佛是谁为本参话头的，有以看父母未生以前如何是你本来面目的。"

余曰:"不论什么话头,结果都是观心。"师曰:"是。"

余问开示悟人佛之知见,师曰:"开是开显,示是指示,悟是了悟,入是证入。佛之知见,即如来藏心。如来藏生佛不二,只为众生迷,故轮转生死,无有了期。我佛悯之,因出现于世,将生佛不二之如来藏心,开显指示,令众生了悟,证入佛道,以免长劫沉沦,而获登彼岸。此即佛出世之一大因缘也。"余辞出,礼谢毕,师曰:"来此有缘。"又曰:"幸勿执著。"

二十六日晚,随众坐香后,师开示云:"道本平常,道不远人。道也者,不可须臾离,可离非道也。昔者有人问古德云'如何是道'?曰'平常心是道'。又有人问古德曰'何为道',曰'道通长安'。此皆谓道极平常之意也。古人云:若识得心,大地无寸土。今人多迷失真心,修行参禅即在识得此真心。妙明真性常住,倘能屏息诸缘不生一念,妙明真心自然现前。虽然言之则易,行到却难,仍非大家努力参究一番不可。"

二十七日,师开示云:"古人修道,首重三业清净。三业者,身、口、意也。身不犯杀、盗、淫,口不犯妄语、绮语、两舌、恶口,意不犯贪、嗔、痴,是为三业清净。三业净则障消智朗,德高福崇,胸中磊落,举止光明,入道自然易。所以古之至贤,必重戒律。戒律者,所以对治不良习气也。人若无不良习气,戒律将焉用之?释迦佛于往劫因中为比丘,见鹿被猎人追逐过去,猎人来问'鹿何往',比丘自思:实言则鹿死,不实言则妄语,以故不言,致被猎人割耳截舌,剜体以死。其护持禁戒为何如?到今成佛,为三界师,岂偶然哉?吾人今日去圣日遥,修道者固不多,而成道者亦无闻。将堕三恶途,受苦无量,彼时方悔,已是无及。应趁此良机,努力参学!"

二十九日，师开示云："世间事业成就，尚须经一番苦难，修出世法更非发永久心、受大苦难不可。古人修至坐脱立亡，去来自由地位，明眼人犹谓其与菩提大道相距悬远，我辈身为佛子，转眼之间由少至壮，由壮至老，一生修行，结果把握毫无，到头一口气不来，就成隔世。若堕三途，受苦无量，思之毛骨悚然。所以大家要趁早努力，忠实做人，谨慎做事，脚踏实地，务期了生脱死，自度度人，成就出格大丈夫。至于世上三藏十二部经论、乃至经史子集，翻来复去，说是说非，若不用功，都成画饼。而且随它流转，自己作不得主张，可哀也！"

六月二日，请师开示宗门下用功法门。师曰："佛经祖语，皆是用功法门。惟宗下用功多云看话头，但以前并不讲看话头，后来禅德教人看话头，乃是见末法时人，妄念纷纭，不得已而教人看话头，以一念克万念，犹以一毒攻万毒也。若上根利智之人，一闻即悟，一悟即了，且不云有修证，何云看话头？"旋历举佛祖修行事迹，盖恐余略识经典大意，不肯用功，不得实用，如画饼不得充饥也。最后复示要点如次："一、严持戒律，二、扫除习气，三、放下一切。如此磨练既久，庶可相应，否则总是不济实用。"又劝看《楞严经》，谓是经说用功方法甚详。

于时湘北战事甫发生，广州敌亦传由粤汉路南面进攻。是晚（注：犹三十三年六月二日之晚也），师开示大众云："凡当危疑震撼之际，主事人应拿出主宰来，不可摇惑，并应以最后砍下头来了事之态度处之。则遇任何险难，皆不足以动中，而心身常放下，真空般若常现前。这样办道，才有下手处。"

六月三日，师开示云："凡夫之所以为凡夫者，因其迷而不明也。不明就是无明，无明所以迷惑，迷惑就起颠倒错误。本无有我，而我见甚深，因有我而起贪痴，因贪痴而起嗔恨，由是贡高我慢，欺诳嫉妒，乃至种种尘劳烦恼，都由之而生。于是流浪生死，沉沦苦海，无有出期。圣人之所以为圣人者，以其觉而不迷也。因觉故无我，无我则一切贪嗔痴皆不起，一切无明烦恼尘劳永久断除，故得解脱自在，常乐我净。虽然此就圣凡行相言之耳，至于真正大修行人，除舍凡夫习气，效法圣人行持外，更应凡圣不取，生死涅槃了不可得即成佛。一念亦不可有，只此正觉圆明，竖穷横遍，常住常寂光净土。故赵州禅师云：'佛之一字，我不愿闻。'"案：师当时开示极圆满透彻，余所记不能尽其万一，且不免有误，犯出于己意者。

六日，师说戒律当谨守，云："昔有一大国王，深明佛法，以犯杀戒，屠戮别国人民，堕落三途，变野狗等身，受苦无量。"

晚，开示云："参禅为佛祖所传明心见性成佛之唯一正途，古人看一个话头，卒明心地者不可胜计。但须有冲天之志，铁石心肠，不错理路，方得有成。若理路稍差，立志不坚，即不得成就，甚至有错因果者，不可不慎！"案：当时所示至确实恳切，惜不能详细照录也。

七日，师开示云："佛说一切法，盖为一切心。因众生有种种心，故佛说种种法；若众生无一切心，佛亦不说一切法。佛称大医王，如医生治病，病有多种，故药有多种，依病发药，以除病苦，若无病则不当吃药。修行亦复如是，如有病吃药一样。释迦佛说一切大地众生皆有如来智慧德相，只因妄想执着，不能证得。若离妄想，则一切智、无师智，自然现前。佛所说法，即为众生除妄想执着，若无妄想执着，则众生本来是佛，又何必修行。只以众生自无始以来习染过深，迷懵颠倒，流浪生死，不得出离，不得不依佛所说法修行，以求解脱，而证本有佛性。今大家在此修行，应该努力，以免虚度光阴，后悔无及。"

八日，师开示云："古人求法办道，不惜身心性命，为明己躬大事，真如一人与万人敌。于今我们打盹过日，对生死大事毫不关心，不惟无究明己躬大事之日，且亦不成求了生脱死之样，自欺欺人，深可痛叹，唉！佛法如此，哪有重兴之望！"

九日，师开示云戒律重要，详说道理，竟举一公案："昔有比丘于终南结茅，日经一土地祠，土地示梦富人曰：'烦君于我祠前修一照墙。'富人问何故，曰：'某比丘日日过我庙前，我须迎来送往，故请以墙遮之。'富人诺之，及将兴工，又梦土地曰：'墙不须造矣。'富人又问何故，土地曰：'此比丘已犯盗戒，吾不必敬礼之矣。'富人乃于祠前候此比丘，问曰：'汝曾盗他人物否？'比丘曰：'我安得有此事？此说何来？'富人以土地语告之。比丘自思：并未盗取人物。后忽忆及一日经过荷池，花香扑鼻，欲折枝回去，未果。乃悟此一念已犯盗戒，遂深自忏悔。"又云："修行人须通身放下，凡圣情忘，用功方有下手处。"又曰："要视众人之事如自己之事，才能树立威德基础。"

十一日，师开示云："参禅下手工夫，就是诸方常说的看念佛是谁这个话头，万缘放下，死心塌地，昼夜六时，行住坐卧，起居饮食，屙屎撒尿，搬柴运水，迎宾待客，总不离开这个话头。怎样看法呢？先念佛数声，看此念佛的究竟是谁呢？若说是口念的，我死了口还在，何以不能念呢？若说是心念的，这个心是不是我这肉团心呢？若说是我这肉团心，则我死了这肉团心还在，何以不能念呢？故知念佛的不是肉团心。既然都不是，这念佛的究竟是谁呢？如是就起了疑情，疑情一起，那末，别的妄念就自然没有了。这样还是粗想，这是使万念归于一念。到了万念归于一念，只有一个疑情，再无别的杂念时，这就是用功得力之时了。于是努力向上参去，看此念佛的究竟是谁。一旦万念顿绝，瓜熟蒂落，豁然开悟，打破疑情，见了自己本来面目，如人饮水，冷暖自知。这就是细参，这就是参禅的下手工夫。大家相信此一法是了生脱死、成佛作祖的路头，就要打起精神真参实悟，不要虚度光阴呀！"

十四日，师开示大乘、小乘及渐通别圆用功之道，繁简迟速，天壤悬隔。云："大乘圆顿之机，悟心即了，所谓见性成佛，禅定解脱，皆所不论，体用如如，无在而非道，说个修行，已是多余的事。宗下参禅，就是顿超法门，就是直指人心见性、立地成佛，更无一切啰嗦。后世说看一个话头，实是不得已。因末世行人根钝障重，妄想纷纭，不得澄清，于是不得已教看一个话头。如人身上已生疮毒，不得不敷药令脓头出来，待疮毒已愈，再不贴药。如人本无疮毒，更用何药？看话头亦复如是。只因凡人妄想难除，不得不用一话头来抵抗。若是利根，了知自性本来清净，本自不生，亦无生灭，本来是佛，直下承当，全身负荷，顿证本真，立成佛道。一了一切了，一通一切通，那里会有许多啰嗦呢？"

十五日，师开示："三界不安，犹如火宅。因谓世人在苦不知苦，因不知苦，所以不能出离，常以世界上的苦因为乐事。"

十九日，师开示云："人苦不知苦，若真知苦，则应依佛所说法，急求除苦。除苦之法良多，佛说八万四千法门，无一不可以除苦得乐。即如吾人每日两餐所念供养咒，供养清净法身昆卢遮那佛、圆满报身卢舍那佛、千百亿化身释迦牟尼佛，即是供养自性三身佛。法身、化身、报身三佛，为自性所本具，觉悟过来，当体即是，不假外求。如若不信，即佛在汝边，亦无亦法。"

二十日，师开示云："心佛众生，三无差别，只缘众生自迷，不能见自己如来藏心。勿再妄想执着，随业流转。须知人之本心本性，在圣不增，在凡不减。如同一真金，不论造像、造器，形虽不同，金体无异。如悟自体不异，造作由己，也要知佛之为佛，以其觉也；众生之为众生，以其迷也。除迷复觉，惟在觉照。觉幻幻离，幻离即觉；二六时中，觉照不已，终成大觉。宗下向上一著，即是如此。"所以我佛出现于世，原为开显指示众生本具如来藏心，与佛无异，令其了悟，进入如来藏心。

二十二日，师开示云："修道不难，但能放下万缘，人法双绝，四相皆空，平平实实做去即得。"并举某僧行相为例，其人耳聋，目不识丁，貌极苦恼，由师度脱者。

二十三日，师开示谓有道无道，明眼人一看便知。并举某某评某邑令、某僧评某长老之骨为证。

二十四日，师召寺中四众训话，略谓："时局日益紧急，生死自有命定，躲脱不是祸，是祸躲不脱，大家毋庸惶惧忧虑，可安心在此，勇猛办道。兹有数事告示大众，望深信而笃行之。一者，从今晚起，每日早午斋后及晚香时，齐在祖殿同念观世音菩萨一枝香，一日三次，普为大地众生消弭劫难。二者，重要行李收藏起来，寄居男女居士皆装成僧尼模样。三者，敌人或匪或盗，万一来此，大家照常安居，毋庸惊恐，和平相待，勿与计较。彼若要东西或粮食，任其拿去，不必与争。"大家听已，皆静心安居。

自二十八夕起，全寺僧俗在祖殿齐念观世音菩萨。至三十日，师开示凡三次。第一次讲说举行念观音祈求息灾救民缘起，及观音菩萨本迹与灵感，大略根据《楞严经》。第二次说观音灵感事迹。第三次说念观音之方法：一、至诚利众；二、心口相应；三、反闻念性。

七月二日，师开示云："傅大士曰：有物先天地，无形本寂寥；能为万象主，不逐四时凋。此物即诸法实相，一切含生所同具，在凡不灭，在圣不增，所谓心佛众生，三无差别。众生若能放下识情，显了真性，即是见性成佛。上根利器之人，一闻即悟，即悟即证，不假修为，说修行都是不得已也。"

三日，大众急念观音后，师开示云："敌人之不退，国难之不消，固由众业所感，亦由吾人平日缺乏道德，临事不够诚心，大家须力行忏悔，具足诚心。"

五日，师开示云："佛菩萨岂要人念？只缘众生障重，佛菩萨指示种种法门。念佛菩萨圣号，不过令众生澄清妄念，彻见本来耳。所谓清珠投于浊水，浊水不得不清；佛号投于妄心，妄心不得不净。盖人如果以一菩萨之圣号，都摄六根，净念相继，则当下自与佛菩萨无异。"

六日，师开示心即是佛，放下一切，立地成佛；平常心是道，要能直下承当，及善于保养道体等等圆顿道理。

七日，师开示云："修行须放下一切，方能入道，否则徒劳无益。要知众生本妙明心，原与诸佛无异，只因无始以来为妄想尘劳百般缠绕，不能显现，所以沉沦苦海，流浪生死，不能出离。诸佛悯之，不得已开示种种修行法门，无非令众生解脱。所谓放下一切，是放下什么呢？内六根、外六尘、中六识，这一十八界都要放下，其他名利、恩爱、毁誉、得失，乃至一切财物、性命都要放下。总之，身心世界都要放下，因为这些都是如梦如幻、如电如泡，无可留恋，执之即成障道因缘。故统要放下，连此放下之念亦无，一放下一切放下，一时放下、永久放下、尽未来际都放下，如此放下干净了，长永了，本妙明心显现，即与诸佛无异。"说毕，并举例以证明之。

八日，师开示云："若明白了如来大意，则只要保养，随时随处，无不是道。若不明白如来大意，则是懵懵修行，随时随处皆有堕坑落堑之虞。"并举鹿足仙人恨天致旱及饮酒贪色犯戒公案为证。

九日，师开示修行必须无我，以此身心奉尘刹。并举持地菩萨及修滇缅路高山上之某菩萨为例。

十日，师开示云："古人曰：修行有三不足：不足食，不足衣，不足睡。不足食，取止饥不宜过饱，更不能求美味；衣取御寒，宜服粪扫衣，更不能贪求美备；睡取调倦，不宜久睡。盖久眠长愚痴，多衣增挂虑，过饱不便用功。"

十一日，师开示云："修行须别真伪邪正，不然差之毫厘，失之千里，不唯徒劳无益，且错因果。昔常有人做到坐脱立亡地步，或金骨子成堆，犹被正眼人目为邪魔外道。何况不明如来宗趣，盲修瞎练，背道而驰者乎？所以古人修行必依止善知识，有所发明必经大善知识印可，方为正道。"

十二日，师开示云："古人曰：修行容易习气难，习气不除总是闲。吾人修行，究竟所为何事？原不过出离生死。但习气是吾人羁绊，若习气毛病未除得尽，生死必然难逃。即如圆泽禅师那样用功，仍不免落入胞胎。今人习气毛病，毫不打算扫除，哪里有了生脱死之分呢？"

十三日，师开示大众："要注意僧仪，上殿合掌当胸，五指并拢，两掌心贴拢，中间不可离开，此为转十恶为十善之义。二足成八字形，身体正直，眼观鼻、鼻观心，两眼不得张大，不得左顾右盼。此等僧仪很是重要，且为除习气之重要事件。"

十五日，师开示云："世间不明佛法之人，往往以善因而招恶果。如各地乩坛常假托佛祖语言劝世，但其中常有颠倒本末、错误因果，致成妄语欺人，或谤佛谤法者，深可惧也。"

十六日，师开示云："吾人念观音圣号久，而国难民灾不能消除，一由众生定业所感，难以移易；一由吾人心未至诚统一，效力不大。望大家从此要至诚恳切，并念念观自在。"

十七日，师开示云："真心为无价之宝，贤愚凡圣、天堂地狱、秽土净土，皆由他造作。佛祖教人显了真心，证自性佛。人能将种种习气断尽，则真心自显，自佛即证。"

二十三日，师开示云："从释迦佛应世起，正法千年，像法千年，像法后为末法一万年。正法时期，闻法悟道者遍处皆是；像法时期，闻法悟道者亦有所在；而今末法时期，人根陋劣，心术浇薄，漫说众人，即出家僧人，亦是有名无实，并且不知出家为何事，根本上谈不到修行，证道者更无一闻矣。佛法至此，哪得不衰！真堪痛哭。"

二十五日，师开示云："诸人望我开示，其实佛菩萨及祖师对诸人时时在开示也。每日殿堂课诵各种咒愿，及钟鼓磬锤等，无一非佛菩萨祖师至金至贵之语声。诸人若能耳闻、口诵、心惟、行笃，成佛有余，岂待多说？说若不行，说亦无益。"

二十六日，师开示云："妄念人人皆有，然妄念起时，我自知之。知而不随，是谓不相续，不相续则我不为妄转；纵有妄念起灭，亦不过如浮云之点太虚，而太虚固不变也。佛说一切法皆为对治妄念，妄念若无，则法不必用。然凡夫流浪生死，无始劫来习染已深，若不假佛法修治，则生死无由解脱。但习那一法就要尽此一生习去，不可朝三暮四，徒费心力。"又曰："今生能做和尚，皆是过去培有善根，否则必不得出家做和尚也。和尚不是穷苦人做的，若是穷苦人做的，何以乞丐不做和尚？和尚不是富贵人做的，若是富贵人做的，何以未见富贵人去做和尚？有的居士于富贵功名也能放下，也能吃长素，也能打坐，也能礼佛诵经，对佛法也能懂能讲，但要他做和尚则不肯也。足见做和尚不容易，那怕就是一个苦恼和尚，都有他前生的栽培。不过，既已做了和尚，就不可虚过，到宝山空手而回。"

二十七日，师开示云："古人说：人寿不满百，常怀千岁忧。贪名贪利，终身忙碌，为己、为子孙，一到腊月三十大限到来，总是一场空。转过身来，得人身者少，堕三途者多。故吾人今日披得袈裟，实由前生栽培，即当猛省努力，不可轻易放过，必于此生了脱生死，以除永久尔后重苦。否则，袈裟下一失人身，则过去之栽培、今生之劳苦，皆成白费，岂不惜哉！"又曰："'了则业障本来空，未了还须偿宿债。'梁武帝前身为樵夫，以取笠为佛像遮雨，又以鲜花供佛，遂感得做皇帝之报。唯以逼死一猴，致遭侯景之叛而死。虽有菩萨化身如志公等拥护之，亦不能解其定业。虽然罪福唯心所造，了则本来空，故修行人不可不求了脱也。"

二十九日，师开示云："修行必须识得心。古人云：若人识得心，大地无寸土。要知为圣为凡，成佛做众生，皆是此心。此心不明，修行无益。此心向何处找寻？但能放下万缘，善恶都莫思，一念不生，即真心现前，此心一时现前，时时现前，永远现前，不为尘劳污染，即我是现成之佛。"

三十一日，师开示"心即是佛，放下即成"之理，至圆至妙。并举飞钵禅师神通妙用，不可思议。

八月一日，师开示谓说法者必因有听法受法者而说，若机不相应则不说，说亦无益也。

二日，师开示：三界不安，犹如火宅，了生脱死，实为重要。非大加忏悔，勇猛精进，刻骨铭心，不容易得到了脱。并广引前生出家苦修、来生得福招堕者为证，闻者悚然。

三日，师开示云："十法界唯心所造，四圣六凡皆是自作自受，大修行人唯愿成就阿耨多罗三藐三菩提，余皆不取也。"又详述三界六道轮回事理、苦乐升降因果。

七日，是日为旧历六月十九。师开示云："观音菩萨于长劫前已成佛，现在二月十九日、六月十九日、九月十九日是诞辰、成道、涅槃等日，乃出自《香山记》，盖观音化身也。"

十日，师开示云："凡情不尽，习气不除，终不能成佛。命根未断，妄念仍起，生死真不得了。故修行非用实在功夫，将凡情习气及命根彻底掀翻不成。"并举释迦佛往劫及因中种种苦行为例。

十二日，师示众，痛论生死事大，无常迅速，一失人身，万劫难复，此身不向今生度，更向何生度此身之旨。言之痛切，闻者悚然。

十四日，师示众："说一切皆空，理甚明白。世人不悟，迷惑颠倒，真可怜悯。"

十六日，师开示云："学佛一法，亦易亦难。从言教上解悟，此理甚为容易，所谓言下顿悟。如用功得当，即亲见到自己本来面目，亦不为难。但要得到真实受用，不为一切境界所转，随时随地自己作得主张，能够解脱自在，造次颠沛都能如是，那就非年久月深、无明烦恼断尽、习气毛病扫清不可。由事上磨练，确实证悟，此则为难也。又断无明烦恼，除习气毛病，莫若严持戒律；戒律清净，无明烦恼、习气毛病自除。若不持戒律，纵修习有成，亦是天魔外道。"

十七日，师开示云："参学者有三要：一者要有好眼目，能辨邪正；二者要有好耳，能分清浊；三者要有大肚，能包容一切。具此三要，参学者方能得实益。否则自己无主，为他所转，未有不上当者。"又谓《心灯录序》记梦事及全书皆只言此"我"，不妥。

十九日，师开示云："'心佛众生，三无差别。'吾人本来是佛，何以佛有无量智慧、无量神通、无量光明，而吾人无之？良由吾人自己不信自己，把自己作贱，所以开的众生知见。无明烦恼、贪嗔痴爱、贡高我慢、欺诳嫉妒，种种迷愚，将自佛盖覆，不得现成。因此，佛制戒律，就是要佛弟子遵守，藉此除却一切习气毛病。习气毛病一除，佛性现前，自然成佛。"

二十二日，师开示"放下十八界，独头一真如"之理事，至为详晰。是日，中和于散香后，至方丈顶礼，陈述四根本大愿：一者消灭无量劫罪孽，二者证遍法界三身，三者严净十方世界，四者普度一切众生。四此生志愿——建设新宁远，建设新湖南，建设新中国，建立新世界。师对于根本四愿赞成；对于此生志愿，谓做不到。并说明人心复杂、众生难调，及自古以来兴败成亡、以善因而招恶果，种种情形，意欲中和速了生死，急求出离三界，果有愿再来不迟。

二十三日，晨起于诸佛菩萨前荐香礼拜，礼辞虚老和尚及大众。出山门时，师嘱云："若不赴渝，在家无事，可再来。"余应诺。

智慧和尚述虚老和尚异事，云："一日，戴季陶居士率男女老幼多人礼和尚于南华寺，和尚以一小壶水轮酌三周未尽，以一碟瓜子遍散诸人不竭。及大众辞出，以烛于大风中照大众，由方丈室出山门，火不熄灭。众皆心异之。"又云："某巨室有怪异人，不敢居，旋迎和尚居住，自此无复变异。初来云门时，遇狐跪伏，和尚为授三皈依，乃去。"（蒋中和笔记，蔡日新整理）

在云门授皈戒开示

人生在世，无论士农工商，欲求不虚生浪死，作一有为人物，首要立志高尚。盖志高则趋向上，人格自高；志卑则趋向下，人格自卑。且死后神识升沉，亦由斯而判。欲知后世果，今生作者是。吾人立志，可不慎欤！

旷观古往今来之人物，至高至上，无如佛者。佛为大觉王、圣中圣。首倡平等无我之旨，以解救一切众生痛苦为务，万德周圆，九界尊仰。然则立志，舍学佛，其谁与归？况众生皆有佛性，本与佛同，立志学佛，终当成佛。倘若不负己灵，必以佛为趋向。故皈依佛为吾人第一当决定之志愿。但今末法，佛已过去，传佛心者唯法，奉佛传法者唯僧，故并称三宝。立志学佛，故必奉法奉僧，此三皈依所由设。皈者一心向往，依者顷刻不离。向往不离则我心即佛心，凡身即圣身，更何善不兴，何恶不去？增善灭恶，自然灾消福至。故知欲求世界和平，人人当以三皈为本也。

然三皈属立志，有志当有行，行以念佛为最简便，而以持戒为根基。若口念弥陀，身行恶行，或心中散乱者，亦属徒然。故初步学佛，当受持五戒。进一步当受持菩萨戒。五戒者：戒杀、戒盗、戒邪淫、戒妄语、戒饮酒。其义即儒家之五常。特以五常乃空洞名词，故于其中各择一简要事实，以为下手。仁以戒杀为始，义以戒盗为始，礼以戒邪淫为始，信以戒妄语为始，智以戒饮酒为始，根本既固，自可日进有功矣。菩萨者，精进求佛道，慈悲救众生，谓之菩萨。行持以四弘誓愿为目标，事事以损己利人为趋向，虽粉骨碎身，不退不悔。若一念生二乘心，或作损人利己念者，即为破戒。菩萨戒首重戒心，受持者不可不慎也。

（摘自净慧法师《虚云和尚法汇续编》）

因果略谈（民国三十六年在揭阳第一中学讲）

今天承贵县佛教会与各界代表邀来讲话，得与各位善知识，会叙一堂，贫衲非常欣幸。但要衲讲开示，实不敢当，因本人不善辞令及时间关系，不能多讲，只把因果的道理略谈一下，以答盛意。

在座诸位，我们在沦陷期间，受敌人蹂躏，水深火热，今幸国土重光，当有无限的感想。我们要知道这回战争的发生不是偶然的，是因各人共业所感而来的。古德云："欲知前世因，今生受者是。欲知来世果，今生作者是。"又云："倘使百千劫，所造业不亡。因缘会遇时，果报还自受。"人们缺乏道德，做种种罪恶，酿成干戈水火饥馑的浩劫。若要转移天心，消弭灾祸，应从转移人心做起，应从人类道德做起，人人能履行五戒十善，正心修身，仁爱信义，才可转移天心。若人只管做恶事，不肯回头，怎能化除戾气？佛说："苦海无边，回头是岸。"即是由迷得觉，导人归于至善的不二法门。

我们对于因果报应，要相信是事实而非虚假的。如

102

果人人能够相信善因结善果、恶因结恶果，种瓜得瓜、种豆得豆的道理，那么悖理犯法的行为，当然是不敢再做了。释迦牟尼佛抱救世之心，弃舍王位，修尽苦行，以救度世间。诸君明白因果，欲免将来受苦，应该在这时候多造善因。我们今日所受种种的苦难，皆是前生所种下的恶因所感。所以，我们今后应种善因，将来自然得善果。

现在我们政府提倡自由、平等、大同的主义，都是与佛宗旨相合，若能实行，便成为人间的极乐世界。

孙总理提倡三民主义，其最终目的，即是要达到大同的世界，也即符合《金刚经》的"无我相，无人相"，没有性别和地方的界限，而达到人类的真自由、真平等了。经云"阿耨多罗三貌三菩提"，在义译即为无上正等正觉，即无彼此你我之分，但这必须由自心做起，自心若果具足贪嗔痴，不能屏一切恶，修一切善，人相我相，如铁围山，何能达到极乐，进于大同？这点最关紧要，请大家参详牢记。

印度国"佛陀"二字，译即"觉者"。觉的意义包含有三点，第一是自觉，第二是觉他，第三是觉行圆满。自觉即自己觉悟，自己了解善、恶、苦、乐，概由因果演化而来。如果能够自己明明白白，彻悟这些道理，便能了却四相，即成觉者。觉他即一切宇宙万有之生物，无论是胎卵湿化，蜎飞蠕动，皆有佛性，只因迷而不觉，故曰众生，我们应该自重自爱，本着我佛慈悲普度的宏旨，把自己所知道的道理，去转教他人，去拯拔这苦海沉迷的众生。我们如果体会《楞严经》所说"一切男人作是我父想，一切女人作是我母想"，自然对人深心敬爱，尤其对一般鳏寡孤独无靠之人，更能加以尊敬怜爱的情意，布施济恤而使觉之，这样才能达到真平等、真大同的目的。觉行圆满者，即依佛法戒律而行，以至功德圆满。佛灭度后遗留下的经律论三藏，皆是我们的宝筏，所有一切规戒，都应切实奉行，行至充量完成的时候，那便叫做觉行圆满。所以，佛是觉者，众生是迷者，迷与觉即是众生与佛所由区别的界限，背迷入觉，背妄归真，这即是觉，也即是佛。

谈到因果，还有一段公案可资证明。当释迦佛前世身的时候，罗阅城中有一捕鱼村，村中有一大池，天值大旱，池水将被晒干，所有池中的鱼类先后被村民取食，最后剩下一头大鱼，也被其烹杀，只有一位八岁的小童不食鱼肉，只坐视嬉笑。其后，释迦佛在世的时候，波斯匿王信仰佛法，娶释种女，生下太子名叫琉璃。当波斯匿王驾崩以后，传位于太子，号琉璃王，他亲率大兵攻取释种的迦毗罗阅城，把那城的居民悉数屠戮。当时释迦佛头痛了三日，众弟子都求释迦佛慈悲，设法将他们施救，他不肯答应。目犍连再三恳求，亦不允许。后来，目犍连以钵装摄遗民藏起，但当放下来时，都变成了一些血水而已。佛弟子不知其原因，便向释迦佛叩问，佛为说及过去罗阅城中大旱，和那处捕鱼村的人民烹杀鱼类分吃其肉的一段公案。现在的琉璃王便是前身的大鱼转世，而现在被杀的迦毗罗阅城人民，即是当时的烹鱼食肉之人，而释迦佛的本身即是那个坐视嬉笑不肯食鱼的小童。因有了这段因果，故成定业，所以没法转移。释迦佛彻明前因，解其杀报，故把这公案晓喻弟子，切戒造因。愿云禅师有偈云："千百年来碗里羹，怨深如海恨难平。欲知世上刀兵劫，但听屠门夜半声。"诸君试把这段故事思索之后，复诵这一偈语，便可彻悟战祸的原因，而共相警惕修省了。

现在我们要改造世界，趋进大同，一切须凭我们这颗心做起。

在学生方面，先要努力读书，读书不忘救世，救世首要救心，救心即是纠正自己思想的谬误，要笃信因果律的道理，勿入歧途；更由诚意、正心、修身、齐家，以达到治国平天下的实现。先总理楬橥三民主义与提倡忠孝、仁爱、信义、和平与我佛所示的慈悲吻合，空四相修十善等涵义，都很相同。如果世界各国的人民，都能够笃信因果，实践八德十戒，那么，强凌弱，众暴寡，及种种争杀造业的祸事，便不会酿成，而真和平、真平等、真大同的极乐世界，也可促其实现而再没有五浊恶世，和一切苦恼的滋生了。

诸位！本人这次承邀到揭，因时间匆促，不能长谈，又昨在汕头市经与香将军、翁市长约定回去，现须告辞。今日与诸位叙会，觉得非常愉快，临行不能一一道别，还请诸位原谅。（林雨农、周百龄记）

（摘自净慧法师《虚云和尚法汇读编》）

一

若论个事，本自圆成，在圣不增，在凡不减。如来轮回六道，道道皆圆；观音流转十类，类类无殊。既然如是，求个什么，觅他何来？祖云：才有是非，纷然失心。未挂船舷，正好吃棒。可怜啦，自家宝藏不开，却来厕房担草。这都是一念无明，狂心不死。所以捧头觅头，担薪觅薪。大德们！何苦来，既不爱惜草鞋钱，我自不怕弄恶口：（振威一声）释迦老子来也！参！

二

古云：举一不得举二，放下一着，早已十万八千。诸禅德既不嫌多，老衲也给你一个痛快。当佛在世，有外道一人，两手持花奉佛。佛见其来，即云："放下"，外道闻声，即将左手持花放下；佛再言曰："放下。"外道闻声，复将右手持花放下；佛复言曰："放下。"外道闻声，诧而问曰："我两手奉花供佛，今已遵佛旨次第放下，奉花已尽，佛再饬放下，其旨云何？"佛悯而谓曰："我非嘱尔放下手中花，系嘱尔外舍六尘，中舍六根，内舍六识，名曰放下。"外道闻言，作礼而去。

禅德们！我此法会，有么有么？有则鹏鸟冲天，无则蛟龙潜海。参！

三

禅德们！古人有言：恰恰用心时，恰恰无心用；无心恰恰用，当用恰恰无。如不到此地步，怎知他终日吃饭未曾嚼着一粒米、终日行路未曾踏着一寸地？这个若不知道，又从何处去发现、实悟真参？过去大慧宗杲禅师，作首座于圆悟座下，因参"树倒藤枯"一句，三年开口不得。一日与圆悟祖师陪客午斋，杲师举箸拾菜入口，一时竟忘取箸，神情不露，痴态可掬。圆祖见而谓曰："这汉参黄杨木禅！"杲师闻而对曰："此事恰似狗舐热油铛，虽然下不得嘴，却是舍之不得。"圆祖闻曰："你喻得极好。"

禅德们！你们想想杲师那时之"参"，与你们现在的"参"，有别无别？如无别则处处是树倒藤枯，相随来也；若有别，则时时是相随来了，而树倒藤枯。（拍板一下，云）不经一番寒彻骨，怎得梅花扑鼻香。参！

（摘自净慧法师《虚云和尚法汇续编》）

107

佛教徒应该团结起来保卫世界和平

（在上海佛教界祝愿世界和平法会开幕典礼上讲）

各位法师，各位居士：

虚云这次到上海，很扰动了诸位，又蒙各位热烈的到车站去欢迎，和殷勤的招待，这种爱护心情，真使我非常的惭愧和感谢。佛教青年会的理事长方子藩居士到北京去接我的时候，我就同他先有说明，到上海来只能算是凑个人数，对于弘法方面，我都不能工作，因为如今的我，已是耳聋眼花、精神衰弱、诸事不能做的一个业障深重的废人了。

今天是上海佛教界祝愿世界和平法会的第一天，承蒙各位的不弃，要我在这伟大盛会的第一日开讲说法，感觉到非常的兴奋。为什么呢？因为今天又同时是世界人民和平大会在维也纳开幕的第一天，全世界爱好和平的人民，都在为和平而奋斗。上海的佛教同人，特于今日修建祝愿世界和平法会，这是很恰当的。佛教徒最爱和平，因为保卫和平是我们的责任。

为什么要保卫和平? 我可以分两点来说: 第一, 是因为厌恶战争而需要和平, 第二, 是我们自己的内心, 也需要和平。厌恶战争, 热爱和平, 这是全世界人民共同的意愿, 因而有维也纳世界人民和平大会的召开, 用和平的力量, 来消灭战争, 制止战争。我想, 全世界只要是善良的人民, 都是爱好和平、厌恶战争的, 因此, 和平一定能够战胜战争, 制止战争, 这史无前例的世界人民和平大会, 一定是胜利而圆满成功的。上海的佛教界为了祝愿世界和平大会的成功, 为了推广和平运动的宣传, 和表示爱国爱教的行动, 才有这个和平法会的发起, 意义是相当重大的。况且我们佛教的慈悲教义就是和平的最具体的表现, 我们要以无比的力量, 一致团结起来, 保卫世界和平, 这是我们的责任。

谈到我们的内心, 也需要和平, 这是佛教本身的问题。有人说, 今日佛教的衰败, 是佛教徒自己不振作; 又有人说, 是缺少大善知识的弘扬; 还有人说, 是时代不同了。这些, 虽不无理由, 各有见地, 但以虚云的看法, 还是以内部不团结的问题比较严重。因此, 我说我们自己的内心, 也需要和平, 意思就在这里。本来, 出家众的名称, 在印度名为"僧伽", 译成中文, 便是"和合众"的意思。和合有六种, 即身和同住, 口和无诤, 意和同悦, 见和同解, 戒和同修, 利和同均。要具足这六个条件, 才能称为一个圆满的佛教僧团, 否则, 便是非法的。各位大德法师及老参上座们, 都是知行合一, 定有相当的了解与认识的。不过, 有一般初发心学佛的菩萨们, 因知见的不正, 或礼事非人, 以致走入了歧途, 他们会分门别户, 更会说是论非, 把清净庄严的佛法, 变成乌烟瘴气的场所; 还有, 身在僧团的圈子里, 而不依佛制行持。像这样的情况, 怎么不影响佛教的前途呢?

所以我说要复兴佛教，出家众应首先团结起来，进一步做到六和合的条件，达到僧团的标准。这，岂不是我们的内心也需要和平吗？我们佛教界，如果人人能够这样做到，对内是团结一致，自然会发生不可想象的效力；对外亦可制止战争、保卫和平。

虚云年老神衰，无力多说，拉杂的讲了这一点，以作各位一个参考。最后，我要大声疾呼的就是，在和平的呼声充溢于全世界每个角落的今日，我们佛教徒应该发挥每个人的力量，以实际行动，来拥护和平，保卫和平，直至战争消灭为止！（月耀、佛源记）

（摘自净慧法师《虚云和尚法汇续编》）

今天在这里与你们佛青会少年部代表相见，承你们这样客气，向我献花和唱歌，使我非常惭愧和欣慰。

我因年已老了，一切爱国爱教的事业都没有力量去做，怎敢作为诸位的导师呢？

这次承赵朴初居士和方子藩居士邀我来主持上海市佛教界祝愿世界和平法会，得到各位教友热心护持，使法会能如法次第进行，摄受千万人前来参加礼拜。这样隆重兴盛的法会在目前中国的佛教界中是不可多见的，也可以说在其他各区域中是少有这样盛况的。

尤其使我兴奋的是，今天见到了你们几十位英勇的青年教友，听到了你们爱国爱教的种种行动，你们实是华严会上诸位菩萨再来。华严会上有位善财童子，他去参见五十三位大善知识，当他参见了文殊菩萨，文殊菩萨指示他去参见德生童男和

111

有德童女。这二位示现童男、童女身的菩萨是青少年佛教徒的领导者,他们领导着五百童男、童女大作佛事。

你们是上海佛教青年的代表,是弘法的健将,努力为拥护和平,护持并发扬佛教而奋斗,你们实不异于德生童男和有德童女。你们的善根是深厚的,同时我也为你们的福德因缘而庆幸,你们不但有人民政府的保护,体味到真正的信仰自由,而又能得到德高望重的老居士们的领导。这里的老居士都是维摩应世,发菩提心,现金刚手眼,是值得你们亲近请益的。

在新中国的旗帜下开出了你们这一灿烂的花朵,真是使佛教界气象一新,光明无量。我深深地为佛教前途庆祝,更希望你们大家进一步努力,团结全国的佛教青年共同为保卫和平,为实践佛陀的真理而加紧奋斗到底。

（摘自净慧法师《虚云和尚法汇续编》）

参禅与念佛的关系

（讲于一九五二年十二月上海佛教界祝愿世界和平法会期间）

现在这里的和平法会，已举行几天了，这是很希有难得的。今天苇舫法师、妙真和尚、赵朴初、李思浩、方子藩居士等，均要虚云出来与各位说法。我想趁这个因缘，把念佛与参禅的关系随便谈谈，以便给初发心学佛的人作个参考。今天是和平法会念佛坛开始的一天，本是由妙真和尚来讲的，他很客气的不讲，故由虚云出来与诸位谈谈。

我们人生住在娑婆世界里，犹如在苦海中，因此没有一个人不想脱离苦海的。但脱离生死苦海，便需佛法。佛法的真谛，严格的说起来，是无法可说，那有言语文字形相呢？《楞严经》说："但有言说，都无实义。"可是为接引一般各种根机不同的众生，致有无量的法门。在中国的佛法，有人分出为禅、教、律、净与密宗五派，这在老参饱学的人，是无所谓的。因他已了解佛教的真理，决无差异的。而在一般初入学佛的人，便发生许多意见，每

113

每分宗啦、教啦等等，并且赞彼毁此，有损法化。要知道一个话头，或一句佛号，都是方便的，不是究竟的。真是工夫用到家的人，是用不着它的。为什么？因为动静一如，好比月印千江，处处明显，无有障碍。障碍者，如天空里的浮云，水里的污泥。若有障碍，则月虽明而不显，水虽清而不现。我们修行的人，如果能体解这个道理，了解自心如秋月，不向外驰求，返照回光，一念无生，了无所得，哪有什么名相差别呢？只因无量劫来，妄想执著，习气深重，以致释尊说法有四十九年，谈经约三百余会，但这些法门最大的目的，无非是治疗各种众生不同的贪、嗔、痴、慢等习气毛病。若能远离这些，你即是佛，哪有众生的差别呢？古人说"方便有多门，归元无二路"，也是这个道理。

现在的佛法，比较盛行的，是净土与禅宗。但一般僧众，都忽略了戒律，这是不合理的。因为佛法的根本要义，乃是戒、定、慧三学，如鼎三足，缺一不可。这是我们每个学佛的人应特别注意的。

禅宗，是世尊在灵山会上，拈花示众，唯有迦叶尊者微笑，称为心心相印，教外别传，为佛法的命脉。而念佛的净土，和看经持咒等的法门，都是了生脱死的佛法。有人说，禅宗是顿超的，念佛持咒是渐次的。是的，这不过是名相上的差别，实际上是无二致的。六祖大师说："法无顿渐，见有迟疾。"我认为佛法的每个法门，皆可修持；你与哪一法门相宜，便修持那一法门，切不可赞此毁彼，妄想执著。而最重要的，还是戒律的遵守。近来有出家人，不但自己不严守戒律，还说持戒是执著。那种高调，是多么危险！

心地法门的禅宗，自迦叶尊者后，辗转相传，从印度传到中国六祖能大师，都称为正法流传，盛极一时。律宗以优波离尊者为首，他承受了世尊的嘱付，要我们末世的众生以戒为师，在毱多尊者后，发扬为五部律。我国的南山老人道宣律师依昙无德部，制疏奉行，称为中兴律祖；天台北齐老人，观龙树《中观论》，发明了心地；杜顺老人以《华严经》为主，建立了贤首宗；远公提倡净土，九祖相承。在永明后，历代祖师大都以禅宗宏扬净土，水乳相融。虽然诸宗纷起，究竟不离拈花命脉，足见禅、净关系的密切了，更可见古人宏扬佛法的婆心了。至于密宗，是由不空尊者、金刚智等传入中国，经一行禅师等努力，才发扬光大的。但这些都是佛法，应当互相扬化，不得分别庭户，自相摧残。若彼此角立互攻，便不体解佛祖的心意了。

古人说法，大都拾叶止啼。赵州老人说："佛字我不喜闻。"又说："念一句佛号，漱口三日。"因此，有一般不识先人的苦心者，便说念佛是老太婆干的事，或说参禅是空亡外道。总之，说自己的是，谈他人之非，争论不已。这不仅违背佛祖方便设教的本怀，且给他人以攻击的机会，妨碍佛教前途的发展，至深且巨。

因此，虚云特别提出，希望各位老参及初发心的道友们，再不可这样下去。如果再这般下去，便是佛教的死路一条。须知条条大路通长安的道理。学佛的人，应多看看永明老人的《宗镜录》和《万善同归集》等；念佛的人，亦应了解《大势至菩萨念佛圆通章》，要认识自性净土，舍妄归真，勿得向外别求。如果我们能体会到这种真理，随他说禅也好，谈净也好，说东方也去得，说西方也去得，乃至说有也可，说无也可。到这时，一色一香无非中道了义，自性弥陀，唯心净土，当下即是，那有许多葛藤！《楞严经》说："但尽凡心，别无圣解。"如能这般做到，断除妄想、执著、习气，即是菩萨、佛祖，否则还是凡夫众生。

念佛的人，也不应太执著，否则，还成了毒药。我们现在念阿弥陀佛的名号，是因我们无始以来的习气深厚，妄想难除，故借这一句佛号，来做个拄杖子。念念不忘，久而久之，则妄念自除，净土自现，何须他求呢！

一九五二年十二月十七日讲于上海佛教界祝愿世界和平法会。

（月耀、佛源　同记）

（摘自岑学吕居士原编《年谱》）

老实念佛

（壬辰一九五二年十二月二十一日讲于印光大师生西十二周年纪念）

今天是印光老法师生西十二周年纪念。各位都是他的弟子，在这里聚集一堂，饮水思源，追念师父。在佛法的道理上，师是法身父母，纪念师父，便是对法身父母的孝思，较之世间小孝，更有意义。

回忆我第一次与印光老法师相见，是光绪二十年在普陀山。那时是化闻和尚请他在前寺讲《阿弥陀经》。自从讲完了经，他便在寺中阅藏，二十余年，从未离开一步，只是闭户潜修。所以他对教义理解极深。他虽深通教义，却以一句"阿弥陀佛"为日常行持，绝不觉得自己深通经教，便轻视念佛法门。佛所说法，无一法不是疗治众生的病苦。念佛法门，名为阿伽陀药，总治一切病。但无论修何种法门，都要信心坚固，把得住，行得深，方能得圆满的利益。信心坚固，持咒可成，参禅可成，念佛可成，都是一样。若信根不深，只凭自己的微小善根，薄学智慧，或记得几个名相、几则公案，便胡说乱道，谈是论非，只是增长业习，到生死关头，依旧循业流转，岂不可悲！

各位是印光老法师的弟子，今天纪念他，便是纪念他的真实行持。他脚踏实地的真修，实足追踪古德。他体解《大势至菩萨念佛圆通章》的深理，依之起修，得念佛三昧，依之弘扬净土，利益众生，数十年如一日，不辞劳瘁。在今日确实没有。真实修行的人，不起人我分别见，以一声佛号为依持，朝也念，暮也念，行也念，坐也念，二六时中，念念不忘，绵绵密密，功夫熟处，弥陀净境现前，无边利益，自可亲得——只要信心坚定，心不坚，万事不能成。若今日张三，明日李四，听人说参禅好，便废了念佛的工夫去参禅；听人说学教好，又废参学教；学教不成，又去持咒。头头不了，账账不清，不怨自己信心不定，却说佛祖欺哄众生，谤佛谤法，造无间业。因此，我劝大众，要坚信净土法门的利益，随印光老法师学"老实念佛"，立坚固志，发勇猛心，以西方净土为终身大事。

参禅与念佛，在初发心的人看来是两件事，在久修的人看来是一件事。参禅提一句话头，横截生死流，也是从信心坚定而来。若话头把持不住，禅也参不成。若信心坚定，死抱着一句话头参去，直待茶不知茶、饭不知饭，功夫熟处，根尘脱落，大用现前，与念佛人功夫熟处，净境现前，是一样的。到此境界，理事圆融，心佛不二。佛如众生如，一如无二如，差别何在？诸位是念佛的，我希望大家以一句佛号为自己一生的依靠，老老实实念下去。

（摘自岑学吕居士原编《年谱》）

今天恭喜你们诸位大德，在这里发心打七念佛。须知佛种从缘起，念佛就是成佛之因。我因业障深重，不能经常来参加，与各位共同念佛，抱憾得很。前几天医师嘱咐我应该休养两个月，不见客，不讲话。可是各种的因缘，使我一天不开口也不行。今天你们诸位在此辛苦的打七念佛，要我来讲开示，我当然不能推却。这是要多谢方子藩居士与卢秀清居士的护法和请法心殷。

过去别的佛七是念阿弥陀佛的多，今天你们是念本师释迦牟尼佛，本来一佛一切佛，念一佛，深入如来地。释迦、弥陀是没有分别的。依因缘讲，弥陀是极乐的教主，释迦是在这个世界应化示现的教主，因此我们称他为本师。"释迦"是佛的种族名称，译成中国语言就是"能仁"。"牟尼"是佛的号，意译是"寂默"。西方极乐世界的阿弥陀佛，及东方琉璃世界的药师佛等都是释迦牟尼佛为我们指示的他方世界的佛，我们佛弟子应该深信受持。

　　我们已归依三宝，释迦佛是我们的本师，今天来称念释迦牟尼佛的圣号，是不忘根本。现在各方面修行办道的人，比起过去一班先圣先贤，那是比较差了。你看唐宋元朝以来，悟了道的祖师到处都有出现，佛法大兴。而今天根机不同，悟道的人不容易见到，就是真正持戒修行，真正替佛宣扬法化的人，也不易访求。虽则有人说目前是末法时代，距离佛灭度的时间太久了，所以会发生这样的现象，其实只要我们能真正持戒修行，信愿坚固，那末法即是正法。像这里的方子藩居士、卢秀清居士和佛青各位大护法，他们领导周围的善信眷属们精进办道，替佛宣扬，令人赞叹，使人信仰，这就是正法住世，是莫大的因缘。

　　佛七的发起因缘略有不同，如平常为自己办道用功打七，那是希望克期证果。另一种是祈祷祝愿，如祈祷世界和平，或祝愿延寿与往生等。但是，佛青大德们发起这个七却不是为了以上的原因，而是专为募款支援高旻寺的僧众斋粮。这种发心是可嘉佩的。

　　告诉各位，布施功德不在出钱多少，而在于怎样发心。从前佛有一个弟子叫阿㝹楼驮，他号称天福第一，因为他于过去劫中虽在生活艰苦时，却仍以自己食的稗饭，舍去供养一罗汉僧，所以得大福报，可见善恶因果是丝毫不爽的。各位都是发心菩萨，平常对檀波罗蜜一定做得很多，不用我再多费唇舌。我希望你们精进无厌，不断努力。不仅要转末法为正法，而且要使一切众生共得安乐，同登觉岸。

（佛源、觉民记）

（摘自净慧法师《虚云和尚法汇续编》）

在杭州市佛教界祝愿世界和平法会上讲话

今天诸山长老及各位护法居士，为了响应世界和平，发起杭州市佛教界祝愿世界和平法会，要虚云来向各位说说。我因身体衰病相侵，虽蒙人民政府多方照顾，尚未完全健康。所以只能随喜赞叹。

去年在北京，承中央统战部部长李维汉先生赞助，召集佛教徒协商组织中国佛教协会筹备会，使佛教随祖国的建设，而走上复兴的道路，这是新中国佛教前途光明的象征。同时人民政府对全国各地名胜古迹的寺庙，拨款兴修，到处一片新气象，这是几百年来没有过的盛举。

佛教自印度到中国，使中国的文化艺术受了很大的影响。杭州灵隐寺是中国的一大名胜古迹，过去是中国禅宗著名的道场。前几年灵隐寺的负责人和护法居士要我帮助，我因无力，未能来此。此次杭市佛教徒与杜伟居士及赵朴初居士等，因为人民政府发起修复灵隐，工程浩大，要我来参观参观，所以不辞老病来此。现在我有几点意见，向各位谈谈。

（一）这次人民政府对我们佛教的爱护和帮助是很大的。过去，佛教徒每做一件事，不但得不到帮助，而且时常受阻挠。毛主席领导的人民政府，不但帮助我们召开佛教协会，而且作了很多的指导。如藏、蒙、傣族的佛教徒，和我们汉族的佛教徒，从来没有在一起开会，但是由于毛主席正确的政策，今年的佛教协会是要不分区域和种族的联合起来，在北京成立中国佛教协会，使佛教界存在着的各种困难，都可得到解决。毛主席这种英明的领导，我们为佛教徒的，应该踊跃起来，响应祖国的一切号召，并全心全意地为人民服务。

（二）全国各地胜迹，现在由于毛主席英明的指示，人民政府已经计划渐次的修复。我自北京到上海，以至来到杭州，已见修复了很多丛林名刹。灵隐、净慈的修复，都是各位亲自看到的。这些名寺古刹，都是具有历史价值的。我们要认真保护，随时随地注意整洁。同时住在这些名寺古刹的每一个佛教徒，都要负起应有的责任，各尽所能的为广大人民来欣赏游览而服务。

（三）去年在北京召开的亚洲及太平洋区域和平会议，参加会议的各国代表，都团结一致，决心共同制止战争的威胁。其中佛教国家派代表参加的，就有十一国之多。因为和平是我们佛教徒最高的慈悲表现。贪嗔的帝国主义，妄想在战争中谋取利益，把他们的快乐，建筑在全世界人民的痛苦上。不知全人类都希望要安居乐业，他们却在鼓吹战争。今天，毛主席不忍广大人民长期受苦，所以呼吁世界上爱好和平的人民团结起来，制止毁灭人类的罪恶战争。这种正义的呼声，我们为佛教徒的，应该要一致拥护与宣扬，使全世界的和平, 早日实现。

虚云很觉惭愧, 道浅德薄, 且病体使我不能多讲话。希望诸位努力, 负起如来的家业, 同时真诚的响应毛主席的号召, 争取和平早日到来。祝国家昌盛, 佛教兴隆, 人民安乐, 世界和平!

(摘自净慧法师《虚云和尚法汇续编》)

初七第一日开示（2月22日）

这里的大和尚（苇舫法师）很慈悲，各位班首师傅的办道心切，加以各位大居士慕道情殷，大家发心来打静七，要虚云来主七。这也可说是一种殊胜因缘，只以我年来患病，不能多讲。

世尊说法四十余年，显说密说，言教已有三藏十二部之多，要我来说，也不过是拾佛祖几句剩话。至于宗门下一法，乃佛末后升座，拈大梵天王所献金檀木花示众，是时座下人天大众皆不识得，唯有摩诃迦叶破颜微笑。世尊乃曰："吾有正法眼藏，涅槃妙心，实相无相，付嘱于汝。"此乃教外别传、不立文字、直下承当之无上法门，后人笼统目之为禅。

须知《大般若经》中所举出之禅，有二十余种之多，皆非究竟，唯宗门下的禅，不立阶级，直下了当，见性成佛之无上禅，有甚打七不打七呢？只因众生根器日钝，妄念多端，故诸祖特出方便法而摄受之。

此宗相继自摩诃迦叶以至如今，有六七十代了。在唐宋之时，禅风遍天下，何等昌盛。现在衰微已极，唯有金山、高旻、宝光等处，撑持门户而已。所以现在宗门下的人才甚少，就是打七，大都名不符实。昔者七祖青原行思问六祖曰："当何所务，即不落阶级？"祖曰："汝曾作甚么来？"思曰："圣谛亦不为。"祖曰："落何阶级？"思曰："圣谛尚不为，何阶级之有！"六祖深器之。现在你我根器劣弱，诸大祖师，不得不假方便，教参一句话头。

宋朝以后，念佛者多，诸大祖师乃教参"念佛是谁？"现在各处用功的都照这一法参究。可是许多人仍是不得明白，把这句"念佛是谁"的话头放在嘴里，不断的念来念去，成了一个念话头，不是参话头了。

参者参看义，故凡禅堂都贴着"照顾话头"四字，照者反照，顾者顾盼，即自反照自性。以我们一向向外驰求的心回转来反照，才是叫看话头。话头者，"念佛是谁"就是一句话，这句话在未说的时候叫话头，既说出就成话尾了，我们参话头就是要参这"谁"字未起时究竟是怎样的。譬如我在这里念佛，忽有一人问曰："某甲！念佛的是谁啊？"我答曰："念佛是我呀！"进曰："念佛是你，你还是口念，还是心念？若是口念，你睡着时何以不念？若是心念，你死了为何不念？"我们就是对这一问有疑，要在这疑的地方去追究它，看这话到底由哪里而来？是什么样子？微微细细的去反照，去审察，这也就是反闻自性。

在行香时，颈靠衣领，脚步紧跟前面的人走，心里平平静静，不要东顾西盼，一心照顾话头；在坐香时，胸部不要太挺，气不要上提，也不要向下压，随其自然。但把六根门头收摄起来，万念放下，单单的的照顾话头，不要忘了话头。不要粗，粗了则浮起，不能落堂；不要细，细了则昏沉，就堕空亡，都得不到受用。如果话头照顾的好，功夫自然容易纯熟，习气自然歇下。

初用功的人，这句话头是不容易照顾得好的，但是你不要害怕，更不要想开悟，或求智慧等念头。须知打七就是为的开悟，为的求智慧，如果你再另以一个心去求这些，就是头上安头了。我们现在知道了，便只单提一句话头，可以直接了当。

如果我们初用功时，话头提不起，你千万不要着急，只要万念情空，绵绵密密的照顾着，妄想来了，由它来，我总不理会它，妄想自然会息，所谓"不怕念起，只怕觉迟"。妄想来了，我总以觉照力钉着这句话头，话头若失了，我马上就提起来。初次坐香好似打妄想，待时光久了，话头会得力起来。这时候，你一枝香可以将话头一提，就不会走失，那就有把握了。说的都是空话，好好用功吧！

初七第二日开示（2月23日）

打七这一法是克期取证最好的一法，古来的人根器敏利，对这一法不常表现。到宋朝时始渐开阐，至清朝雍正年间，这一法更大兴；雍正帝在皇宫里也时常打七。他对禅宗是最尊重的，同时他的禅定也是非常得好。在他手里悟道的有十余人，扬州高旻寺的天慧彻祖，也是在他会下悟道的。禅门下的一切规矩法则，皆由他大整一番，由是宗风大振，故人才也出了很多。所以规矩是非常要紧的。这种克期取证的法则，犹如儒家入考试场，依题目作文，依文取考，有一定的时间的。我们打七的题目是名参禅，所以这个堂叫做禅堂。

禅者梵语禅那，此名静虑，而禅有大乘禅、小乘禅，有色禅、无色禅，声闻禅、外道禅等。宗门下这一禅，谓之无上禅。如果有人在这堂中把疑情参透，把命根坐断，那就是即同如来，故这禅堂又名选佛场，亦名般若堂。这堂里所学的法，俱是无为法。无者，无有作为。即是说无一法可得，无一法可为。若是有为，皆有生灭；若有可得，便有可失。故经云："但有言说，都无实义。"如诵经礼忏等，尽是有为，都属言教中的方便权巧。宗门下就是教你直下承当，用不着许多言说。

昔者有一学人参南泉老人，问："如何是道？"曰："平常心是道。"我们日常穿衣吃饭，出作入息，无不在道中行。只因我们随处缚著，不识自心是佛。

昔日大梅法常禅师初参马祖问："如何是佛？"祖曰："即心是佛。"师即大悟。遂礼辞马祖，至四明梅子真旧隐处，缚茆（茅）而居。唐贞元中，盐官会下有僧，因采拄杖迷路至庵所，问："和尚在此多少时？"师曰："只见四山青又黄。"又问："出山路向什么处去？"师曰："随流去。"僧归举似盐官。官曰："我在江西曾见一僧，自后不知消息，莫是此僧否？"遂令僧去招之，大梅以偈答曰："摧残枯木倚寒林，几度逢春不变心。樵客遇之犹不顾，郢人那得苦追寻。一池荷叶衣无尽，数树松花食有余。刚被世人知住处，又移茅舍入深居。"马祖闻师住山，乃令僧问："和尚见马大师得个什么，便住此山？"师曰："大师向我道即心是佛，我便这里住。"僧曰："大师今日佛法又别。"师曰："作么生？"僧曰："又道非心非佛。"师曰："这老汉惑乱人未有了日！任他非心非佛，我只管即心是佛。"其僧回，举似马祖，祖曰："梅子熟也。"可见古来的人是如何了当和简切！

只因你我根机陋劣，妄想太多，诸大祖师乃教参一话头，这是不得已也。永嘉祖师曰："证实相，无人法，刹那灭却阿鼻业。若将妄语诳众生，自招拔舌尘沙劫。"高峰妙祖曰："学人用功，好比将一瓦片，抛于深潭，直沉到底为止。"我们看话头，也要将一句话头看到底，直至看破这句话头为止。妙祖又发愿云："若有人举一话头，不起二念，七天之中，若不悟道，我永堕拔舌地狱。"只因我们信不实，行不坚，妄想放不下，假如生死心切，一句话头决不会随便走失的。沩山祖师云："生生若能不退，佛阶决定可期。"

初发心的人总是妄想多，腿子痛，不知功夫如何用法。其实只要生死心切，咬定一句话头，不分行住坐卧，一天到晚把"谁"字照顾得如澄潭秋月一样的，明明谛谛的，不落昏沉，不落掉举，则何愁佛阶无期呢？假如昏沉来了，你可睁开眼睛，把腰稍提一提，则精神自会振作起来。这时候把话头不要太松和太细，太细则易落空和昏沉。一落空只知一片清净，觉得爽快。可是在这时候，这句话头不能忘失，才能在竿头进步，否则落空亡，不得究竟。如果太松，则妄想容易袭进，妄想一起，则掉举难伏。所以在此时光，要粗中有细，细中有粗，方能使功夫得力，才能使动静一如。

昔日我在金山等处跑香，维那催起香来，两脚如飞，师傅们真是跑得,一句站板敲下,如死人一样,还有什么妄想昏沉呢? 像我们现在跑香相差太远了。

诸位在坐时,切不要把这句话头向上提,上提则头便会昏;又不要横在胸里,如横在胸里,则胸里会痛;也不要向下贯,向下贯则肚胀,便会落于阴境,发出种种毛病。只要平心静气,单单的的把"谁"字如鸡抱卵、如猫捕鼠一样的照顾好,照顾到得力时,则命根自会顿断! 这一法初用功的同参道友当然是不易的,但是你要时刻在用心。

我再说一比喻,修行如石中取火,要有方法,倘无方法,纵然任你把石头打碎,火是取不出来的。这方法是要有一个纸媒和一把火刀。火媒按下在火石下面,再用火刀向火石上一击,则石上的火就会落在火媒上,火媒马上就能取出火来,这是一定的方法。我们现在明知自心是佛,但是不能承认,故要借这一句话头,做为敲火刀。昔日世尊夜睹明星,豁然悟道也是如此。

我们现在对这个取火法则不知道,所以不明白自性,你我自性本是与佛无二,只因妄想执著不得解脱,所以佛还是佛,我还是我。你我今天知道这个法子,能够自己参究,这是何等的殊胜因缘! 希望大家努力,在百尺竿头再进一步,都在这选佛场中中选,可以上报佛恩,下利有情。

佛法中不出人才,只因大家不肯努力,言之伤心。假如深信永嘉和高峰妙祖对我们所发誓愿的话,我们决定都能悟道。大家努力参吧!

初七第三日开示（2月24日）

　　光阴快得很，才说打七，又过了三天。会用功的人，一句话头照顾得好好的，什么尘劳妄念彻底澄清，可以一直到家。所以古人说："修行无别修，只要识路头。路头若识得，生死一齐休。"我们的路头，只要放下包袱，咫尺就是家乡。六祖说："前念不生即心，后念不灭即佛。"你我本来四大本空，五蕴非有，只因妄念执著，爱缠世间幻法，所以弄得四大不得空，生死不得了。假如一念体起无生，则释迦佛说的这些法门也用不着了，难道生死不会休吗？是故宗门下这一法，真是光明无量照十方。

　　昔日德山祖师，是四川简州人，俗姓周，二十岁出家，依年受具，精究律藏。于性相诸经，贯通旨趣，常讲《金刚般若》，时人谓之周金刚。尝谓同学曰："一毛吞海，性海无亏；纤芥投锋，锋利不动。学与无学，唯我知焉。"后闻南方禅席颇盛，师气不平，乃曰："出家儿，千劫学佛威仪，万劫学佛细行，不得成佛；南方魔子，敢言直指人心，见性成佛。我当扫其窟穴，灭其种类，以报佛恩。"遂担《青龙疏钞》出蜀。

　　至澧阳路上，见一婆子卖饼，因息肩买饼点。婆指担曰："这个是什么文字？"师曰："《青龙疏钞》。"婆曰："讲何经？"师曰："《金刚经》。"婆曰："我有一问，你若答得，施与点心；若答不得，且别处去。《金刚经》云：'过去心不可得，现在心不可得，未来心不

130

可得。'未审上座点那个心?"师无语。

遂往龙潭,至法堂曰:"久向龙潭,及乎到来,潭又不见,龙又不现。"潭引身而出曰:"子亲到龙潭。"师无语,遂栖止焉。

一夕侍立次。潭曰:"更深,何不下去?"师珍重便出。却回曰:"外面黑!"潭点纸烛度与师。师拟接,潭复吹灭。师于此大悟,便礼拜。潭曰:"子见个什么?"师曰:"从今向去,更不疑天下老和尚舌头也。"

至来日,龙潭升座谓众曰:"可中有个汉,牙如剑树,口似血盆,一棒打不回头,他时向孤峰顶上,立吾道去在。"师将《疏钞》堆法堂前,举火炬曰:"穷诸玄辩,若一毫置于太虚;竭世枢机,似一滴投于巨壑。"遂焚之,于是礼辞。

直抵沩山,挟複子上法堂,从西过东,从东过西,顾视方丈曰:"有么?有么?"山坐次,殊不顾盼。师曰:"无,无。"便出。至门首乃曰:"虽然如此,也不得草草。"遂具威仪,再入相见。才跨门,提起坐具曰:"和尚!"山拟取拂子,师便喝,拂袖而出。沩山至晚问首座:"今日新到在否?"座曰:"当时背却法堂,著草鞋出去也。"山曰:"此子已后向孤峰顶上,盘结草庵,呵佛骂祖去在。"

师住澧阳三十年,属唐武宗废教,避难于独浮山之石室。大中初,武陵太守薛廷望,再崇德山精舍,号古德禅院,将访求哲匠住持,聆师道行,屡请,不下山。廷望乃设诡计,遣吏以茶盐诬之,言犯禁法,取师入州。瞻礼,坚请居之,大阐宗风。后人传为德山喝,临济棒。

像他这样,何愁生死不休?德山下来出岩头、雪峰,雪峰下出云门、法眼,又出德韶国师、永明寿祖等,都是一棒打出来的。历朝以来的佛法，都是宗门下的大祖师为之撑架子。

诸位在此打七，都深深的体解这一最上的道理，直下承当，了脱生死，是不为难的。假如视为儿戏，不肯死心塌地，一天到晚在光影门头见鬼，或在文字窟中作计，那么生死是休不了的，大家努力精进吧！

初七第四日开示（2月25日）

七天的辰光已去了四天，诸位都很用功。有的作些诗偈，到我那里来问，这也很难得。但是你们这样的用功，把前两天说的都忘却了。昨晚说"修行无别修，只要识路头"。我们现在是参话头，话头就是我们应走的路头。我们的目的是要成佛了生死，要了生死，就要借这句话头作为金刚王宝剑，魔来魔斩，佛来佛斩，一情不留，一法不立，哪里还有这许多妄想来作诗作偈、见空见光明等境界？若这样用功，我不知你们的话头到哪里去了？老参师傅不在说，初发心的人要留心啊。

我因为怕你们不会用功，所以前两天就将打七的缘起，及宗门下这一法的价值和用功的法子，一一讲过了。我们用功的法子，就是单举一句话头，昼夜六时，如流水一般，不要令它间断，要灵明不昧，了了常知，一切凡情圣解，一刀两断。

古云："学道犹如守禁城，紧把城头战一场。不受一番寒彻骨，怎得梅花扑鼻香。"这是黄檗禅师说的，前后四句，有二种意义。前两句比喻，说我们用功的人，把守这句话头，犹如守禁城一样，任何人不得出入，这是保守得非常严密的。因为你我每人都有一个心王，这个心王即是第八识。八识外面还有七识、六识、前五识等。前面那五识，就是那眼、耳、鼻、舌、身五贼，六识即是意贼，第七识即是末那，它（末那）一天到晚，就是贪著第八识见分为我，引起第六识，率领前五识，贪爱色、声、香、味、触等尘境，缠惑不断，把八识心王困得死死的，转不过身来。所以我们今天要借这句话头（金刚王宝剑），把那些劫贼杀掉，使八识转过来成为大圆镜智，七识转为平等性智，第六识转为妙观察智，前五识转为成所作智。但是，最要紧的就是把第六识和第七识先转过来，因为它有领导作用。它的力量，就是善能分别计量。现在你们作诗作偈，见空见光，就是这两个识在起作用。我们今天要借这句话头，使分别识成妙观察智，计量人我之心为平等性智，这就叫做转识成智，转凡成圣。要使一向贪著色、声、香、味、触、法的贼不能侵犯，故曰如守禁城。

后面的两句，"不受一番寒彻骨，怎得梅花扑鼻香"的比喻，即是我们三界众生沉沦于生死海中，被五欲所缠，被尘劳所惑，不得解脱，故拿梅花来作比喻。因为梅花是在雪天开放的。大凡世间万物都是春生夏长，秋收冬藏的。冬天的气候寒冷，一切昆虫草木都已冻死或收藏，尘土在雪中也冷静清凉，不能起飞了。这些昆虫草木尘土灰浊的东西，好比我们心头上的妄想分别、无明、嫉妒等三毒烦恼，我们把这些东西去掉了，则心王自然自在，也就是如梅花在雪天里开花吐香了。但是，你要知道，这梅花是在冰天雪地里而能开放，并不是在春光明媚或惠风和畅的气候而有的。你我要想心花开放，也不是在喜怒哀乐和人我是非当中而能显现的。因为我们这八种心若一糊涂，就成无记性，若一造恶，就成恶性；若一造善，就成善性。无记有梦中无记和空亡无记。梦中无记，就是在梦中昏迷时，唯有梦中一幻境，日常所作一无所知，这就是独头意识的境界，也就是独头无记。空亡无记者，如我们现在坐香，静中把这话头亡失了，空空洞洞的，糊糊涂涂的，什么也没有，只贪清净境界，这是我们用功最要不得的禅病，这就是空亡无记。

我们只要二六时中把一句话头，灵明不昧，了了常知的，行也如是，坐也如是，故前人说："行亦禅，坐亦禅，语默动静体安然。"寒山祖师曰："高高山顶上，四顾极无边。静坐无人识，孤月照寒泉。泉中且无月，月是在青天。吟此一曲歌，歌中不是禅。"

你我大家都是有缘，故此把这些用功的话再与你们说一番，希望努力精进，不要杂用心。

我再来说一公案：昔日鸡足山悉檀寺的开山祖师，出家后参礼诸方、办道用功，非常精进。一日寄宿旅店，闻隔壁打豆腐店的女子唱歌曰："张豆腐，李豆腐，枕上思量千条路，明朝仍旧打豆腐。"这时这位祖师正在打坐，听了她这一唱，即开悟了。可见得前人的用功，并不是一定要禅堂中才能用功、才能悟道的。修行用功，贵在一心，各位切莫分心散乱，空过光阴，否则，明朝仍旧卖豆腐了。

初七第五日开示（2月26日）

修行一法，易则容易，难则实难。易者，只要你放得下，信得实，发坚固心和长远心，就可成功；难者，就是你我怕吃苦，要图安乐，不知世间上的一切有为法，尚且要经过一番学习，才能成功，何况我们要学圣贤，要成佛作祖，岂能马马虎虎就可成功！

所以第一要有坚固心，因为修行办道的人，总是免不了魔障。魔障就是昨天讲的色、声、香、味、触、法等尘劳业境，这些业境就是你我的生死怨家。故每每许多讲经法师，也在这些境界中站不住脚，这就是道心不坚固的原因。

次之要发长远心，我们人生在世，造业无边，一旦要来修行，想了生脱死，岂能把习气一时放得下呢？古来的祖师，如长庆禅师坐破蒲团七个。赵州八十岁还在外面行脚，四十年看一"无"字，不杂用心，后来大彻大悟，燕王和赵王非常崇拜他，以种种供养，至清朝雍正皇帝，阅其语录高超，封为古佛。这都是一生苦行而成功的。

你我现在把习气毛病通身放下，澄清一念，就与佛祖同等。如《楞严经》云："如澄浊水，贮于净器，静深不动，沙土自沉，清水现前，名为初伏客尘烦恼；去泥纯水，名为永断根本无名。"你我的习气烦恼，犹如泥滓，故要用话头。话头如清矾，能使浊水澄清（即是烦恼降伏）。

如果用功的人到了身心一如、静境现前的时候，就要注意，不要裹脚不前。须知这是初步功夫，烦恼无明尚未断除。这是从烦恼心行到清净，犹如浊水澄成了清水，虽然如此，水底泥滓尚未去了，故还要加功前进。古人说："百尺竿头坐的人，虽然得见未为真；若能竿头重进步，十方世界现全身。"如不前进，则是认化城为家，烦恼仍有生起的机会，如此则做一自了汉也很为难。故要去泥存水，方为永断根本无明，如此才是成佛了。到了无明永断的时候，可以任你在十方世界现身说法，如观世音菩萨三十二应，应以何身得度者，即现何身而为说法。任你淫房酒肆，牛马骡胎，天堂地狱，都是自由自在、无拘无束的了。否则，一念之差，就是六道轮回。

昔者秦桧曾在地藏菩萨前做过香灯，只因他长远心不发，无明烦恼未能断了，故被嗔心所害，这是一例。

假如你信心坚固，长远心不退，则不怕你是怎样的一个平常人，也可以即身成佛。昔日漳州有一贫苦的人在寺出家，心想修行，苦不知如何为是，无处问津，每日只做苦工。一日，遇着一位行脚僧到那里挂单，看他每日忙忙碌碌的，问他日常作何功课？他说："我一天就是做些苦事，请问修行方法。"僧曰："参念佛是谁？"如是他就照这位客师所教，一天在工作之中把这"谁"字蕴在心里照顾。

后隐于石岩中修行，草衣木食。这时候他家里还有母亲和姐姐，闻知他在岛岩中修行艰苦，其母乃教其姐拿一匹布和一些食物送给他。其姐姐送至岛岩中，见他坐在岩中，动也不动。去叫他，他也不应。其姐姐气不过，把这些东西放在岩中回家去了。但是，他也不睬也不瞧，老是坐在洞中修行。过了一十三年，他的姐姐再去看他，见那匹布仍在那儿未动。

后来有一逃难的人到了那里，腹中饥饿，见了这位和尚衣服破烂的住在岩中，乃近前问他，向他化乞。他便到石岩边拾些石子，置于釜中，煮了一刻，拿来供食，犹如洋薯，其人饱餐而去。去之时，他与之言曰："请勿与外人言。"

又过了些时，他想我在此修行这许多年了，也要结结缘吧。如是走到厦门，在一大路旁，搭一茅蓬，做施茶工作。这时是万历年间，皇帝的母亲皇太后死了，要请高僧做佛事。先想在京中请僧，因此时京中无大德高僧，皇太后乃托梦于万历皇帝，谓福建漳州有高僧。皇帝乃派人至福建漳州，迎请许多僧人进京做佛事。这些僧人都把行装整理进京，恰在路边经过，其僧问曰："诸位师傅今日这样欢喜，到哪里去啊？"众曰："我们现在奉旨进京，替皇帝做佛事超荐太后去。"曰："我可同去否？"曰："你这样的苦恼，怎能同去呢？"曰："我不能念经，可以替你们挑行李，到京城看看也是好的。"如是就和这些僧人挑行李进京去了。

这时皇帝知道他们要到了，乃教人将《金刚经》一部，埋于门槛下，这些僧人都不知道，一一的都进宫去了。唯有这位苦恼和尚行到那里，双膝跪下，合掌不入。那里看门的叫的叫，扯的扯，要他进去，他也不入，乃告知皇帝。此时皇帝心中有数，知是圣僧到了。遂亲来问曰："何以不入？"曰："地下有金刚，故不敢进来！"曰："何不倒身而入！"其僧闻之，便两手扑地，两脚朝天，打一个筋斗而入。

皇帝深敬之，延于内庭款待，问以建坛修法事。曰："明朝五更开坛，坛建一台，只须幡引一幅，香烛供果一席就得。"皇帝此时心中不悦，以为不够隆重，犹恐其僧无甚道德，乃叫两个御女为之沐浴。沐浴毕，其下体了然不动。御女乃告知皇帝，帝闻之益加敬悦，知其确为圣僧，乃依其所示建坛。

次早升座说法，登台打一问讯，持幢至灵前曰："我本不来，你偏要爱，一念无生，超升天界。"法事毕，对帝曰："恭喜太后解脱矣！"帝甚疑惑，以为如此了事，恐功德未能做到。正在疑中，太后在室中曰："请皇上礼谢圣僧，我已得超升矣！"帝惊喜再拜而谢，于内庭设斋供养。此时其僧见帝穿着花裤，目不转瞬，帝曰："大德欢喜这裤否？"遂即脱下赠之。僧曰："谢恩。"帝便封为龙裤国师。

斋毕，帝领至御花园游览，内有一宝塔，僧见塔甚喜，徘徊瞻仰，帝曰："国师爱此塔乎？"曰："此塔甚好！"曰："可以将此塔敬送于师。"正要人搬送漳州修建，师曰："不须搬送，我拿去就是。"言说之间，即将此塔置于袖中，腾空即去，帝甚惊悦，叹未曾有。

诸位，请看这是什么一回事呢？只因他出家以来，不杂用心，一向道心坚固。他的姐姐去看他也不理，衣衫破烂也不管，一匹布放了十三年也不要。你我反躬自问，是否能这样的用功？莫说一天到晚，自己的姐姐来了不理做不到，就是在止静后，看见监香行香，或旁人有点动静，也要瞅他一眼。这样的用功，话头怎样会熟呢？诸位只要去泥存水，水清自然月现，好好提起话头参看！

初七第六日开示（2月27日）

古人说："日月如梭，光阴似箭。"才说打七，明天就是解七了。依规矩，明天早上要考功了，因为打七是克期取证的方法。证者证悟，见到自己本地风光，悟到如来的妙性，故曰证悟。考功就是要考察你在七天当中的功夫到了何等程度，要你向大众前吐露出来。平常在这个时候向你们考功，是叫做讨包子钱，人人要过的，就是我们打七的人人要开悟，人人可以弘扬佛法，度尽众生的意思。现在不是说人人开悟，就是一人开了悟，也可以还得这些包子钱。所谓"众人吃饭，一人还账"。

如果我们发起一片精进的道心，是可以人人开悟的。古人说：

"凡夫成佛真个易，去除妄想实为难。"只因你我无始以来贪爱炽然，流浪生死，八万四千尘劳，种种习气毛病放不下，不得悟道，不像诸佛菩萨常觉不迷，是故莲池说："染源易就，道业难成；不了目前，万缘差别。只见境风浩浩，凋残功德之林；心火炎炎，烧尽菩提之种。道念若同情念，成佛多时；为众如为己身，彼此事办。不见他非我是，自然上恭下敬，佛法时时现前，烦恼尘尘了脱。"这十几句话，说得何等明白和真切！染者，染污义，凡夫的境界，总是贪染财色名利，嗔恚斗争，对道德二字，认为是绊脚石，一天到晚，喜怒哀乐，贪爱富贵荣华，种种世情不断，道念一点没有。所以功德林被凋残，菩提种子被烧尽。假如把世情看得淡淡的，一切亲友怨家，视为平等，不杀、不盗、不邪淫、不妄语、不饮酒，视一切众生平等无二，视人饥如己饥，视人溺如己溺，常发菩提心，则可与道念相应，亦可立地成佛。故曰："道念若同情念，成佛多时。"

诸佛圣贤应化世间，一切事情都是为众服务，所谓拔苦与乐，兴慈济物。你我都能克己复礼，什么也不为自己作享受，那么人人都无困苦，事事都能办到了，同时你自己也随之得到圆满果实的报酬。如江河中的水涨高了，船必自高了，你能以一种慈悲心、恭敬心对人，不自高自大，不骄傲虚伪，则人见到你一定会恭敬客气。否则，只恃一己之才能，老气横秋的，或口是心非的，专为声色名利作计，那么就是人家恭敬你，也恐是虚伪的。故孔子曰："敬人者，人恒敬之，爱人者，人恒爱之。"六祖曰："他非我不非，我非自有过。"所以我们切莫要生是非之心，起人我之别，如诸佛菩萨为人服务一样，则菩提种子处处下生，美善的果实，时时有收获，烦恼自然缚不着你了。

世尊所说三藏十二部经典，也是为了你我的贪、嗔、痴三毒。所以三藏十二部的主要就是戒、定、慧，就是因果，使我们戒除贪欲，抱定慈悲喜舍，实行六度万行，打破愚迷邪痴，圆满智慧德相，庄严功德法身。若能依此处世为人，那真是处处总是华藏界了。

今天参加打七的多是在家大德，我们要好好降伏其心，赶紧去离缠缚。我再说一公案作为诸位的榜样，因为你们都是发了很大的信心而来到这宝所，我不与你们解说，恐怕你们得不到宝，空手而回，不免辜负信心，希望静心听着。

昔者唐朝有一居士，姓庞名蕴，字道玄，湖南衡阳人，世本业儒，少悟尘劳，志求真谛。贞元初，闻石头和尚道风，乃往谒之。问曰："不与万法为侣者是什么人？"头以手掩其口，庞由是豁然有省。

一日，石头问曰："子见老僧以来，日用事作么生？"庞曰："若问日用事，即无开口处。"乃呈偈曰："日用事无别，唯吾自偶谐。头头非取舍，处处没张乖。朱紫谁为号，丘山绝点埃。神通并妙用，运水及搬柴。"头然之曰："子以缁耶？素耶？"庞曰："愿从所慕。"遂不剃染。

后参马祖，问曰："不与万法为侣者是什么人？"祖曰："待汝一口吸尽千江水，即向汝道。"庞于言下，顿领玄旨，乃留驻参承二载。

居士自从参透本来人后，什么也不做，一天到晚单单织漉篱过活。家中所有的万贯金银，也一概抛于湘江之中。

一日，两夫妇共说无生的道理，玄曰："难、难、难，拾担芝麻树上摊。"其妇曰："易、易、易，百草头上祖师意。"其女灵照闻之笑曰："你们二老人家，怎么说这些话来了？"玄曰："据你怎样说？"

曰："也不难，也不易，饥来吃饭困来睡。"自尔机辩迅捷，诸方响之。

因辞药山，山命十禅客相送至门首，玄乃指空中雪曰："好雪片片，不落别处。"有全禅客曰："落在什么处？"玄遂与一掌。全曰："也不得草草。"玄曰："恁么称禅客，阎罗老子未放你在！"全曰："居士作么生？"玄又掌曰："眼见如盲，口说如哑。"

玄尝游讲肆，随喜听《金刚经》，至"无我无人"处，致问曰："座主！既无我无人，是谁讲谁听？"主无对。玄曰："某甲虽是俗人，粗知信向。"主曰："只如居士意作么生？"玄以偈答曰："无我复无人，作么有疏亲？劝君休历座，不似直求真。金刚般若性，外绝一纤尘。我闻并信受，总是假名陈。"主闻欣然仰叹。

一日，居士问灵照曰："古人道，'明明百草头，明明祖师意'，如何会？"照曰："老老大大，作这个语话！"玄曰："你作么生？"照曰："明明百草头，明明祖师意！"玄乃笑。

玄将入灭，谓灵照曰："视日早晚，及午以报。"照观竟，回报曰："日则中矣，惜天狗蚀日，父亲何不出去一看呢？"玄以为事实，乃下座出户观之，其时灵照即登父座，跏趺合掌坐脱。玄回见灵照已亡，叹曰："我女锋捷，先我而去。"于是更延七日。

州牧于公顿问疾次，玄谓之曰："但愿空诸所有，慎勿实诸所无。好住，世间皆如影响。"言讫，枕于公膝而化，遗命焚弃江湖。

其夫人闻之，即告知其子，子闻之，将锄头撑其下颔，立地而去，此时其母见如此光景，亦自隐去。

你看他们一家四口，都能如此神通妙用，可见你们为居士的多么高尚！到现在，莫说你们居士没有这样的人才，就是出家二众，也都是与我虚云差不多。这是多么倒架子，大家努力吧！

初七圆满日开示（2月28日）

恭喜诸位，七天功德，今日圆满。证悟过来的，照规矩应该升堂。如朝中考试，今天正是揭榜的一天，应该要庆贺。但是常住很慈悲，明天继续打七，使我们可以加功进步。诸位老参师傅都知道，这种因缘殊胜，不会空过光阴；各位初发心的人，要知人身难得，生死事大。我们得了人身，更要知道佛法难闻，善知识不易值遇。今天诸位亲到宝山，要借此良机努力用功，不要空手而归。

宗门下一法，我已讲过，是世尊拈花示众，一代一代的从根本上传流下来的。所以阿难尊者，虽是佛的弟弟，又随待佛出家，而他在世尊前，未能大彻大悟。待佛灭后，诸大师兄弟不准他参加集会。迦叶尊者曰："你未得世尊心印，请倒却门前刹竿著。"阿难当下大悟，迦叶尊者乃将如来心印付之，是为西天第二祖。历代相承，至马鸣、龙树尊者后，天台北齐老人，观其《中观论》发明心地，而有天台宗，这时宗门下特别大兴。后来天台衰落，至韶国师由高丽请回天台教典，再行兴起。达摩祖师是西天二十八祖，传来东土是为第一祖。自此传至五祖，大开心灯。六祖下开悟四十三人，再经思师、让祖，至马祖出善知识八十三人，正法大兴，国王大臣莫不尊敬。是以如来说法虽多，尤以宗下独胜。

如念佛一法，亦由马鸣、龙树之所赞扬。自远公之后，永明寿禅师为莲宗六祖，以后多由宗门下的人所弘扬。密宗一法，经一行禅师发扬之后，传入日本，我国即无相继之人。慈恩宗是玄奘法师兴起，不久亦绝。独以宗门下源远流长，天神归依，龙虎归降。

八仙会上的吕洞宾，别号纯阳，京兆人，唐末三举不第，无心归家，偶于长安酒肆遇钟离汉，授以延命之术。洞宾依法修行，后来乃飞腾自在，云游天下。一日至庐山海会寺，在钟楼壁上书四句偈云："一日清闲自在身，六神和合报平安。丹田有宝休问道，对境无心休问禅。"未几，道经黄龙山，睹紫云成盖，疑有异人，乃入谒。值黄龙击鼓升座，吕遂随众入堂听法。黄龙曰："今日有人窃法，老僧不说。"洞宾出而礼拜，问曰："请问和尚，如何是一粒粟中藏世界，半升铛内煮山川？"黄龙骂曰："这守尸鬼！"洞宾曰："争奈囊中自有长生不死药！"黄龙曰："饶经八万劫，未免落空亡。"洞宾忘了"对境无心莫问禅"的功夫，大发嗔心，飞剑斩黄龙。黄龙以手一指，其剑落地，不能取得。洞宾礼拜悔过，请问佛法。黄龙曰："半升铛内煮山川即不问，如何是一粒粟中藏世界？"洞宾于言下顿契玄旨，乃述偈忏曰："弃却瓢囊击碎琴，从今不恋汞中金。自从一见黄龙后，始觉当年错用心。"此是仙人归依三宝，求入伽蓝为护法的一例。

道教在洞宾之手亦大兴起来，为北五祖；紫阳真人又是阅《祖英集》而明心地的南五祖，故此道教亦是为佛教宗门所续启。孔子之道传至孟子失传，直至宋朝周濂溪先生从宗门发明心地；程子、张子、朱子等，皆从事佛法，故宗门有助儒、道一切之机。现在很多人把宗门这一法轻视，甚至加以毁谤，这真是造无间业。

你我今天有此良缘，遇期胜因，要生大欢喜，发大誓愿，人人做到龙天归依，使正法永昌。切莫视为儿戏，好好精进用功。

次七第一日开示（2月28日）

虚云到常住打扰一切，蒙和尚及各位班首师傅特别优待，已深为抱歉。今天又要我做主法，这个名目，我实不敢承认。现在应慈老法师年高腊长，应归他来领导才合理。同时常住上的法师很多，都是学德兼优。我是一水上浮萍，全然无用的一个人，今天以我年纪大，要加诸客气，这实在是误会了。在世法尚且不以年龄的大小而论，如过去朝中赴科考的人，不管你年纪多大，而对于主考者，总是称老师，都要尊敬他，不能讲年龄，在佛法中更加不能了。如文殊菩萨，过去久远，业已成佛，曾教化十六王子，阿弥陀佛是十六王子之一，释迦牟尼也是他的徒弟。到了释迦成佛的时候，他便为之辅弼。可见佛法是平等一味、无有高下的，故此请诸位不要误解了。

现在我们在参学方面来讲，总要以规矩法则为尊。常住上的主事人发起道心，讲经打七，弘扬佛法，实为希有难得的因缘；诸位都不避风尘，不惮劳倦，这样的忙碌，也自愿的来参加，可见都有厌烦思静的心。本来你我都是一个心，只因迷悟有关，故有众生，终日忙碌，无一日休闲，稍作思惟，实乃无益。

但是，有种人一生在世，昼夜奔忙，痴想丰衣足食，贪图歌台舞榭，唯愿子孙发富发贵，万世的荣华，到了一气不来，做了一个死鬼，还想要保佑他儿女，人财兴旺。这种人真是愚痴已极。

还有一种人，稍知一些善恶因果，要做功德，但是只知打斋供僧，或装佛像，或修庙宇等一些有漏之因，冀求来生福报，因他不解无漏功德的可贵，故偏弃不行。《妙法莲华经》云："若人静坐一须臾，胜造恒沙七宝塔。"因为静坐这一法，可以使我们脱离尘劳，使身心安泰，使自性圆明，生死了脱。一须臾者，一刹那之间也。若人以清静心，返照回光，坐须臾之久，纵不能悟道，而其正因佛性已种，自有成就之日；若是功夫得力，一须臾之间，是可以成佛的。故《楞严经》中阿难尊者曰："不历僧祇获法身。"

但是，你我及一般人，平常总是在尘劳里，在喜怒里，在得失里，在五欲里，在一切图快活享用里过活，而今一到禅堂中，一声止静，则视之不见，听之不闻，六根门头，犹如乌龟息六样的，任什么境界也扰你不动，这是修无为法，也是无漏法。故以金银等七种宝物造塔，如恒河沙数之多，犹不能及此静坐一须臾之功德也。

乌龟息六是一比喻，因为海狗喜食鱼鳖，一见乌龟在海滩上爬，它就跑去吃它，乌龟知其要吃它，便把四只脚、一个头、一条尾，统统缩进壳里去，海狗见之咬它不着，空费一番辛苦，弃而他去，此时乌龟亦脱其险。我们人生在世，无钱的为衣食忙得要死，有钱的贪婪色欲不得出离，正如被海狗咬着，若知其害，便把六根收摄，返照回光，都可以从死里得生的。

前两晚说过，宗门下这一法是正法眼藏，是如来心法，是了脱生死的根本。如讲经等法门，虽然是起人信解，但是大都是枝叶上的文章，不容易大开圆解。如要想以讲经等法子来了生脱死者，还须要经过行证，是很为难的。故从来听到讲经等及其他法门中显现神通与立地悟彻者，比宗门下少。

因为宗门下不但说是比丘和居士有不可思议的手眼，就是比丘尼也有伟大的人才。昔者灌溪尊者，是临济的徒弟，在临济勤学多年，未曾大彻大悟，乃去参方，至末山尼僧处，其小尼僧告知末山，末山遣侍者问曰："上座是为游山玩景而来，抑是为佛法而来？"灌溪只得承认为佛法而来，末山曰："既是为佛法而来，这里也有打鼓升座的法则。"遂升座，灌溪初揖而不拜。末山问曰："上座今日离何处？"曰："路口。"末山曰："何不盖却？"溪无对，始礼拜。溪问："如何是末山？"末山曰："不露顶。"曰："如何是末山主？"曰："非男女相。"溪乃喝曰："何不变去？"末山曰："不是神，不是鬼，变个什么？"灌溪不能答，于是伏膺，在该处做园头三年，后来大彻大悟。

灌溪上堂有云："我在临济爷爷处得半勺，末山娘娘处得半勺，共成一勺吃了，直至如今饱不饥！"故知灌溪虽是临济的徒弟，亦是末山的法嗣，可见尼众中也有这样惊世的人才，超人的手眼。现在你们这样多的尼众，为甚么不出来显显手眼，替前人表现正法呢？须知佛法平等，要大家努力，不要自生退堕，错过因缘。

古人说："百年三万六千日，不放身心静片时。"你我无量劫来，流浪生死者，只为不肯放下身心清净修学，而感受轮回，不得解脱。所以要大家放下身心，来静坐片时，希望漆桶脱落，共证无生法忍。

次七第二日开示（3月1日）

今日是两个七的第二天。在这短短的时间里，各位来参加的日益增多，可见上海地方的人善心纯厚，福德深重；更可见人人都有厌烦思静，去苦趋乐的要求。本来人生在世，苦多乐少，且光阴迅速，数十年眨眼就过去了。纵如彭祖住世八百载，在佛法中看来，甚为短促。在世人看来，是人生七十古来稀了。你我现在知道这种如幻如化的短境，无所留恋，来此参加这个禅七，真是夙世善根。

但是，修行一法，贵在有长远心，过去一切诸佛菩萨，莫不经过多劫修行，才能成功。《楞严经·观世音菩萨圆通章》曰："忆念我昔无数恒河沙劫，于时有佛，出现于世，名观世音，我于彼佛发菩提心，彼佛教我，从闻思修，入三摩地。"由此可见，观世音菩萨不是一天两天的时光就成功了的。

同时他公开的将他用功的方法讲给我们听，他是楞严会上二十五圆通的第一名，他的用功法子是从闻思修，而得耳根圆通的入三摩地。三摩地者，华言正定。故他又说："初于闻中，入流亡所。"这种方法，是以耳根反闻自性，不令六根流于六尘，是要将六根收摄流于法性。故又说："所入既寂，动静二相，了然不生。"又说："如是渐增，闻所闻尽，尽闻不住。"这意思即是要我们把这反闻的功夫不要滞疑，要渐次增进，要加功用行，才能得"觉所觉空，空觉既圆，空所空灭，生灭既寂，寂灭现前"这种境界，既自以反闻闻自性的功夫，把一切生灭悉皆灭已，真心方得现前。即是说"狂心顿歇，歇即菩提"。观世音菩萨到了这种境界，他说："忽然超越，世出世间，十方圆明，获二殊胜：一者，上合十方诸佛本妙觉心，与佛如来同一慈力；二者，下合十方一切六道众生，与诸众生同一悲仰。"

我们今天学佛修行，也要这样先把自己的功夫做好，把自性的贪嗔痴慢等一切众生度尽，证到本来清净的妙觉真心，然后上行下化，如观世音菩萨这样的三十二应，随类化度，才能有力量。所以观世音菩萨，或现童男童女身，化现世间。世人不知观世音菩萨业已成佛，并无男女人我之相，他是随众生的机而应现的。但世间人一闻观世音菩萨之名，都觉得有爱敬之心。这无非是过去生中持念过他的圣号，八识田中有这种子，乃起现行。故经云："一入耳根，永为道种。"

你我今天来此熏修，当依诸佛菩萨所修所证之最上乘法。现在这种法，是要明本妙觉心，即是说见性成佛。假如不明心地，则佛不可成。要明心地，须行善道为始。我们一天到晚，诸恶莫作，众善奉行，则福德自此增长；加一句话头，时刻提起，一念无生，当下成佛。诸位把握时间，莫杂用心，好好提起话头参去。

次七第三日开示（3月2日）

今天第二七的三天又过去了。功夫做纯熟了的人，动静之中都有把握，有什么心去分别他一七二七，三天二天呢？但是初发心的人，总要努力精进，莫糊糊涂涂的打混，把光阴错过了。

我现在再说一个比喻给你们初发心的听，希望好好听着。诸方禅堂中所供的一位菩萨，是一位圣僧，他是释迦如来的老表，名阿若㤭陈如尊者。世尊出家时，他的父王派父族三人、母族二人，往雪山照顾他，此尊者是母族二人之一。世尊成道后，初至鹿野苑，为之说四谛法，这位尊者最初悟道。同时此尊者是世尊诸大弟子中的第一位出家者，故名圣僧，又名僧首。他的修行方法在《楞严经》中说得很明显："我初成道于鹿苑中，为阿若多五比丘等，及汝四众，言一切众生不成菩提及阿罗汉，皆由客尘烦恼所误，汝等当时因何开悟，今成圣果？"这是佛告诉我们不成菩提及阿罗汉的原因，并追问当时在会诸大弟子的开悟，是用何法而成功的。这时候独有憍陈如尊者了解这个法子，所以他在这会中站立起来，答复世尊曰："我今长老，于大众中，独得解名，因悟客尘二字成果。"他说了之后，再对世尊解释说："世尊，譬如行客，投寄旅亭，或宿或食，宿食事毕，俶装前途，不遑安住；若实主人，自无攸往。如是思惟，不住名客，住名主人，以不住者，名为客义。又如新霁，清旸升天，光入隙中，发明空中，诸有尘相，尘质摇动，虚空寂然。如是思惟，澄寂名空，摇动名尘，以摇动者，名为尘义。"他这一说，把主客二字，说得何等明显。

但是你要知道，这是一个比喻，是告诉我们用功下手的方法。即是说，我们的真心是个主，他本是不动的，动的是客，即是妄想。妄想犹如灰尘，灰尘很微细，它在飞腾之时，要在太阳照入户牖时，或空隙之中，才看得见。即是说，我们心中的妄想，在平常的动念中并不知道，一到清静修行静坐用功的当中，才知道许多的杂念在不断的起伏。在这妄念沸腾的当中，如果你功夫不得力，那就作不得主，故不得悟道，流浪生死海中，今生姓张，再生又姓李，如客人投宿旅店一样，经常要换地方。但我们的真心，却不是这样，它总是不去不来、不生不灭的常住不动，故为主人。这个主人，好比虚空尘土飞出，虚空总是寂然不动。又如旅店里的主人，他老住在店中，不到其他地方去的。

在名相上讲，尘者尘沙，是烦恼之一，要到菩萨的地位，才能断得了；妄者妄惑，惑有见惑八十八使，思惑八十一品，见惑由五钝使而来，修行的人先要把见惑断尽，才能证入须陀洹果。但这步功夫非常的难，断除见惑，如断四十里的逆流。可见我们用功的，是要有甚深的力量。思惑断尽，才能证到阿罗汉果。这种用功是渐次的，我们现在只借一句话头，灵灵不昧，了了常知，什么见惑思惑，一刀两断，好似青天不挂片云，清旸升天，即是自性的光明透露。这位尊者，悟了这个道理，认识了本有的主人。

你我今天用功第二步，要把客尘认识清楚，客尘是动的，主人是不动的。如不认清，则功夫无处下手，依旧在打混，空过光阴，希望大家留心参看。

次七第四日开示（3月3日）

"无上甚深微妙法，百千万劫难遭遇。"这回玉佛寺打禅七，真是因缘殊胜，各方信心男女居士们这样踊跃的来参加，种下这一成佛的正因，可说是稀有难得。

释迦牟尼佛说《妙法莲华经》云："若人散乱心，入于塔庙中；一称南无佛，皆共成佛道。"人生在世数十年的光阴，不知不觉的过了。在这当中，有钱的人，或贪酒色财气；无钱的人，为了衣食住行而劳碌奔波，很少有清闲自在的时刻，真是苦不堪言。但是这种人，偶一走到佛寺里，见此寂静庄严的梵刹，心生欢喜，或见佛菩萨形象而随口声称佛名者, 或心生清静而起感慨, 称赞如来吉祥而生稀有者, 这都是过去生中有甚深善根, 由此皆得成佛。

因为人们平时眼中见到的风花雪月, 耳中听到的歌舞欢声, 口里贪著的珍馐美味等, 而引起惑染思想。这惑染思想是散乱心, 是生死心, 是虚妄心。今天能够在塔庙中, 称一声佛号, 这是觉悟心, 是清净心, 是成佛的菩提种子。佛者, 梵语佛陀, 华言觉者。觉者, 觉而不迷, 自性清静, 即是有觉悟心。我们今天不为名利而来, 也是觉悟力的作用。但是有许多恐是闻其打禅七之名、而不知其打禅七之义, 以一种稀奇心而来看热闹的, 这不是上上心。现在既到此地, 如人到了宝山, 不可空手而回, 须发一无上的道心, 好好的坐一枝香, 种一成佛的正因, 将来大家成佛。

昔日释迦牟尼佛有一弟子, 名须跋陀罗, 家里贫穷孤独, 无所依靠, 心怀愁闷, 要随佛出家。一日至世尊处, 刚巧是世尊外出, 诸大弟子为之观察往昔因缘, 八万劫中, 未种善根, 乃不收留, 叫他回去。此时须跋苦闷已极, 行至城边, 忖思业障如此深重, 不如撞死为好。正要寻死, 不料世尊到来, 问其所以, 须跋一一答之, 世尊遂收为徒弟, 回至其所, 七日之中证阿罗汉。诸大弟子, 不解其故, 请问世尊, 世尊曰: "你们只知八万劫中之事, 八万劫外, 他曾种善根, 他那时亦很贫穷, 采樵为活, 一日在山中遇虎, 无所投避, 急忙爬于树上。虎见他上树, 就围绕而啮树。树欲断了, 他心中甚急, 无人救援, 忽而思惟大觉佛陀, 有慈悲力, 能救诸苦, 乃口称 '南无佛, 快来救我'。虎闻 '南无佛' 声, 乃远避之, 未伤其命, 由此种下正因佛种, 今日成熟, 故证果位。"诸大弟子闻此语已, 心怀喜悦, 叹未曾有。

你我今天遇此胜缘，能来此坐一枝净香，则善业已超过多倍，千万勿为儿戏。若为热闹而来，那就错过机会了。

次七第五日开示（3月4日）

深具信心的人，在这堂中当然是努力用功的。老参上座师傅们功夫当然已很纯熟，但是在这纯熟之中，要知道回互用功，要穷源彻底，要事理圆融，要静动无碍，不要死坐，不要沉空守寂，贪著静境。如果贪著静境的话，不起回互之助，即是死水中鱼，无有跳龙门的希望，也就是挟冰鱼，那是无用的。

初发心用功的，要痛念生死，要生大惭愧，把万缘通身放下，才能用功有力量，如果放不下，生死是决定不了的。因为你我无始以来，被七情六欲所迷，现在从朝至暮，总是在声色之中过日子，不知常住真心，所以沉沦苦海。现在你我已觉悟世间上的一切都是苦恼，可以尽情放下，立地成佛。

次七第六日开示（3月5日）

这次参加来打七的，以我看起来，初发心的男女们占多数，所以规矩法则都不懂，举足动步处处打人闲岔。幸常住很慈悲，成就我们的道业，诸位班首师傅们，也发了无上的道心来领导，使我们可以如法修持，这是万劫难逢的机会，我们要勇猛精进，要内外加修。

内修，即是单单的的参一句"念佛是谁"的话头，或念一句"阿弥陀佛"，不起贪嗔痴恚种种其他念头，使真如法性得以透露；外修，即是戒杀放生，将十恶转为十善，不要一天到晚酒肉薰天，造无边的罪业。须知佛种从缘起，恶业造得多，堕地狱是必定的；善业培得多，福利的果实自然会给你来享受。古人教我们"诸恶莫做，众善奉行"，就是这个道理。你看昔琉璃大王诛杀释种的因缘，就知道了。

近来世界人民遭难，杀劫之重，皆是果报所遭。每每劝世人要戒杀放生、吃斋念佛者，也就是要大家免遭因果轮回之报。诸位须当信奉，种植善因，成就佛果。

次七第七日开示（3月6日）

"浮生若梦，幻质非坚；不凭我佛之慈，曷遂超升之路。"我们在这如梦如幻的生活中，颠颠倒倒的过日子，不知佛的伟大，不思出离生死，任善恶以升沉，随业力而受报。所以世间上的人，总是作善者少，造恶者多；富贵者少，贫贱者多。六道轮回，苦楚万状，有的朝生暮死，或数年而死者，或多年而死者，都不能自己作主，故须凭佛陀的慈悲主义，才有办法。

因佛与菩萨，有慈悲喜舍等行愿力量，能够令我们出离苦海，达到光明的彼岸。慈悲者，见一切众生有甚痛苦，以怜悯爱护之心去救度，令其离苦得乐；喜舍者，见一切众生做一切功德，或发一念好心，都要随喜赞叹，对一切众生有所须求者，都要随其所需而施与之。世尊在因地修行时，总是行的舍头脑骨髓的菩萨道。所以他老人家曾说："三千大千世界，无有一芥子许地，不是我舍身埋骨的地方。"

今天诸位要努力把话头看住，不要把光阴空过了。

解七开示（3月7日）

恭喜诸位两个禅七圆满，功德已毕，马上就要解七，要与诸位庆贺了。以古人来说，本没有什么结七解七，一句话头参到开悟为期。现在你们悟了未悟，我们总依规矩而做。

在这半月中，诸位不分昼夜，而目的是为开悟，是为佛门中培植人才，如果是打混把光阴空过，那是辜负了这段时光。今天常住上的大和尚与各位班首师傅，依古人规则，来考察你们的功夫，希望不要乱说，只要真实将自己的功夫见地，当众答一句，相当者常住为你们证明。

古人说："修行三大劫，悟在刹那间。"功夫得力，一弹指顷，就悟过来了。昔者琅琊觉禅师，有一女弟子亲近他参禅，琅琊禅师叫她参"随他去"。这女子依而行之不退，一日，家中起火，其女曰："随他去。"又一次，她的儿子掉在水中，旁人叫她，她曰："随他去。"

万缘放下，依教行之。又一日，在家中炸油条，其夫在烧火，她将面条向锅中一抛，炸声一响，当下悟道，即将油锅向地下一倒，拍手而笑。其夫以为疯了，骂曰："你如此作甚么，不是疯了吗？"曰："随他去。"即往觉禅师处求证，觉禅师为之证明，已成圣果。

诸位今日悟了的站出来，道一句看！（久之无人敢答，老人即出堂。继由应慈老法师考问。待止静后，老人再进堂，——警策毕，开示云：）红尘滚滚，闹市纷烦，哪有功夫和心思来到这里静坐参话头呢？只以你们上海人的善根深厚，佛法昌盛，因缘殊特，才有这样一回大事因缘。

中国的佛教，自古以来虽有教、律、净、密诸宗，严格的检讨一下，宗门一法，胜过一切，我早已说过了。只以近来佛法衰微，人才未出。我过去也曾到各处挂单，看起来现在更加不如昔日了。说来我也很惭愧，什么事也不知道，承常住的慈悲，各位的客气，把我推在前面，这应该要应慈老法师承当才对，他是宗教兼通的善知识，真正的前辈老人家，不必要我来陪伴了，我现在什么事也不能做了，愿各位要好好的追随前进，不要退堕。

沩山祖师云："所恨同生像季，去圣时遥，佛法生疏，人多懈怠，略伸管见，以晓后来。"沩山德号灵祐，福建人，亲近百丈祖师，发明心地，司马头陀在湖南看见沩山地势很好，是一千五百人的善知识所居之地。时沩山在百丈处当典座，司马头陀见之，认为是沩山主人，乃请他老人家去沩山开山。沩山老人是唐朝时候的人，佛法到唐朝只是像法之末叶，所以他自己痛恨生不逢时，佛法难晓，众生信心渐渐退失，不肯下苦心修学，故佛果无期。我们现在距沩山老人又千多年了，不但像法已过，即末法亦已过去九百余年矣，世人善

155

根更少了，所以信佛法的人很多，而真实悟道的人很少。

我以已身来比较一下，现在学佛法是方便多了，在咸同之时，各地寺庙统统焚毁了，三江下唯有天童一家保存。至太平年间，由终南山一班老修行出来重兴。那时候，只有一瓢一笠，哪有许多啰嗦。后来佛法渐渐昌盛，各方始有挑高脚担的，直到现在，又有挑皮箱的了，对佛法真正的行持，一点也不讲了。过去的禅和子要参方，非要走路不可，现在有火车、汽车、轮船、飞机，由此都想享福，不想吃苦了，百般的放逸也加紧了。虽然各方的佛学院也随时倡导，法师们日渐增多，可是根本问题从此弃之不顾，一天到晚专在求知解，不求修证，同时也不知道修证一法是解决问题的根本。永嘉《证道歌》云："但得本，莫愁末，如净琉璃含宝月。嗟末法，恶时世，众生福薄难调制。去圣远兮邪见深，魔强法弱多怨害。闻说如来顿教门，恨不灭除令瓦碎。作在心，殃在身，不须怨诉更尤人。欲得不招无间业，莫谤如来正法轮。吾早年来积学问，亦曾讨疏寻经论。分别名相不知休，入海算沙徒自困。却被如来苦呵责，数他珍宝有何益？"他老人家去参六祖大彻大悟，六祖号之为"一宿觉"。所以古人说，寻经讨论，是入海算沙；宗门下的法子，是如金刚王宝剑，遇物即斩，碰锋者亡，是立地成佛的无上法门。

且如神赞禅师，幼年行脚，亲近百丈祖师开悟，后回受业本师处。本师问曰："汝离吾在外，得何事业？"曰："并无事业。"遂遣执役。一日本师澡浴，命赞去垢，神赞拊其背曰："好所佛堂，而佛不圣。"本师未领其旨，回首视之。神赞又曰："佛虽不圣，且能放光。"又一日本师在窗下看经，有一蜂子投向纸窗，外撞求出。赞见之曰："世界如许广阔，不肯出，钻他故纸驴年去！"并说偈曰："空门不肯出，投窗也太痴。百年钻故纸，何日出头时？"本师闻之，以为骂他，置经问曰："汝出外行脚如许时间，遇到何人？学到些什么？有这么多话说！"神赞曰："徒自叩别，在百丈会下，已蒙百丈和尚指个歇处。因念师傅年老，今特回来欲报慈德耳。"本师于是告众，致斋请赞说法，赞即升座举唱百丈门风曰："灵光独耀，迥脱根尘。体露真常，不拘文字。心性无染，本自圆成。但离妄缘，即如如佛。"本师于言下感悟曰："何期垂老，得闻极则事。"于是遂将寺务交给神赞，反礼神赞为师。请看这样的容易，是何等洒脱！

你我今天打七打了十多天，何以不会悟道呢？只因都不肯死心塌地的用功，或视为儿戏，或者认为参禅用功，要在禅堂中静坐才好，其实这是不对的。真心用功的人，是不分动静营为和街头闹市，处处都好。昔日有一屠子和尚，在外参方，一日行至一市，经过屠户之门，有许多买肉的都要屠户割精肉给他们。屠户忽然发怒，将刀一放，曰："哪一块不是精肉呢？"屠子和尚闻之，顿然开悟。可见古人的用功，并不是坐在禅堂中方能用功的。今天你们一个也不说悟缘，是否辜负光阴，请应慈老法师与大和尚等再来考试考试。

解七法语

（云公老人出堂，应慈老法师一一考问，开示后，各照座位坐定。云公再进禅堂，在静中又复一一警策毕，坐下说开示一番。开静茶点毕，各各站立，云公著海青入堂，平坐佛前，以竹篦打一"○"相云：）

才结七，又解七，解结忙忙了何日？

一念亡缘诸境息，摩诃般若波罗蜜。

心境寂，体用归，

本自圆明无昼夜，那分南北与东西？

万象随缘观自在，鸟啼花笑月临溪。

即今解七一句，作么生道？钟板吼时钵盂跳，谛观般若波罗蜜。

解！

（摘自岑学吕居士原编《年谱》）

末法僧徒之衰相

俗有言:"秀才是孔子之罪人,和尚是佛之罪人。"初以为言之甚也,今观末法现象,知亡六国者六国也,非秦也。族秦者秦也,非天下也。灭佛法者,僧徒也,非异教也。今因答客问,一发所蕴。

问:现今更改佛历年月,不用四月初八日为浴佛节,当否?

答曰:释迦佛的法运,有正、像、末三期。正法、像法各一千年,末法一万年。正、像时期已过了。末法到现在,已经过了九百八十二年了。末者,没也。法怎会没得了呢?拥护佛法的人多,佛法就万古长存。事相虽有正、像、末,但人正则末法时期也是正法;若自生退屈,则正法时期也成末法。

末法,经上所说种种衰相,现在都出现了。僧娶尼嫁,袈裟变白,白衣上座,比丘下座,这些末法衰相都出现了。释迦佛的法,到人寿三十岁时,大乘法就灭了。人寿二十岁,连小乘法也灭了。人寿十岁时,只剩"南无阿弥陀佛"六字。法末之时，佛所说的法，都要灭的。先从《楞严经》灭起，其次就是《般舟三昧经》。如欧阳竟无居士，以他的见解，作《楞严百伪说》，来反对《楞严》。还有香港某法师说《华严》、《圆觉》、《法华》等经和《起信论》，都是假的，这就是法末的现象。

过去迦叶佛入灭后，诸天把他的三藏圣教，收集归藏，建塔供养。唐时，天人与宣律师说，于渭南高四台，暨终南库藏圣迹，均是迦叶佛末法时经像所藏之处，今现有十三圆觉菩萨在谷内守护，至今每逢年腊月，空中有天鼓响。

前年中国佛教协会开成立大会，大家议论：佛法之灭，是佛弟子自己灭的，政府不管你灭不灭。开会时候，政府派员出席，会中许多教徒纷纷讨论。所谓教徒者，竟提出教中《梵网经》、《四分律》、《百丈清规》，这些典章，害死了许多青年男女，应该取消。又说大领衣服是汉人俗服，不是僧服，现在僧人应当要改革，不准穿，如其再穿，就是保守封建制度。又说信教自由，僧娶尼嫁，饮酒食肉，都应自由，谁也不能管。我听说这番话，大不以为然，与他们反对。

他们对浴佛节，也有不同说法，不承认四月初八日为浴佛节。我凭法本内传，及摩腾法师对明帝曰，"佛以甲寅之岁，四月八日生"，此当周昭王二十四年。《魏书》沙门昙谟最曰，"佛以周昭王二十四年四月八日生，穆王五十二年二月十五日灭"，这样年月，多少朝代都遵奉不改。周昭王甲寅到现今已二九八二年了，现在他们要改为二五零二年。本来孔子、老子生在佛后，今他把孔、老摆在佛先。

我当时在大会上和他们争论戒律、年号、汉服不准毁。把佛法传入中国的印度摩腾、竺法兰二尊者，去佛灭的年代还不远。当时白马寺东，夜有异光，摩腾指出为阿育王藏佛舍利之处，明帝建塔其上。佛道角试优劣，摩腾踊身虚空，广现神变，法兰出大法音，宣明佛法。二尊者的智慧神通，难道说不清年月？

后来的高僧，如罗什、法显、玄奘、道宣，虽有几种传说，也没有确定改变。及至民国二年，章太炎等居士，在北京法源寺召开无遮大会，讨论佛的纪念日，议决四月初八日为浴佛节。

现在世界多用耶历，而政府亦没有叫佛教改用耶历。我主张应用自己的佛历，是与不是，还以遵古为宜，改了不好。而他们硬要把二月八日、四月八日、二月十五日、腊月八日古有的纪念日都不要了。他们不用四月八日作浴佛节，改四月十五才是浴佛节。《梵网律》属华严时，《四分律》属阿含时，都要被他们毁了。《百丈清规》，由唐至今，天下奉行，他们要改。汉朝到今，穿的大领衣也要改。你看是不是末法？

因此和他们争论，说你们要改，你改你的。佛是印度人，印度一年分三季，一季四个月，我国一年分四季，一季三个月，我国有甲子分年号，印度没有。所以改朝换代，未免不错乱，故弄不清楚。玄奘在印度十八年，也未曾确定了年代。前人行了一两千年的四八浴佛、腊八粥，一旦改了不方便，我们何苦自己要改呢？

我和李任潮商量，说这些坏教徒要改佛制，政府如不作主，任纵这些教徒乱为，便能使到国际间的佛徒发生怀疑。政府叫我入京，招待国际佛教友人的，岂由他们乱改佛制规律！李任潮等叫我忍辱。

政府见闹得不开交，就问改制的原故。有人说僧尼要穿坏色衣，政府问何为坏色。能法师说，袈裟才是坏色，其他不是。大家听了，齐声说："只留袈裟，取消其他。"我说能法师说不错，梵语袈裟，华言坏色，有五衣、七衣、大衣三种，并一里衣和下裙。印度用三衣裙就是我们此土的衣裤。此衣裙随身，睡以为被，死亦不离。佛说法在印度，气候暖，中国气候冷，所以内穿俗服，不准彩色，将俗衣染成坏色。如做佛事外搭袈裟，袈裟便不常著，看为尊敬了。宋金元朝代把汉衣改了，僧人至今未改，汉衣成了僧衣，故说这个大领衣，就是坏色衣。若说划清界限，就不要改。若将大领衣改了，则僧俗不分了，就是僧俗界线分不开。

政府听我此说，赞成同意我说，并说佛律祖规不能改动，加以保留，暂告结局。你看，这是不是僧人自毁佛法?! 云老矣，无力匡扶，唯望具正知见的僧伽，共挽狂澜，佛法不会灭的。

（摘自岑学吕居士原编《年谱》）

乙未闰三月十一日开示

释迦如来说法四十九年，谈经三百余会，归摄在三藏十二部中。三藏者，经藏、律藏、论藏是也。三藏所诠，不外戒、定、慧三学。经诠定学，律诠戒学，论诠慧学。再约而言之，则因果二字，全把佛所说法包括无余了。因果二字，是一切圣凡、世间出世间，都逃不了的。因是因缘，果是果报。比如种谷，以一粒谷子为因，以日光风雨为缘，结实收获为果。若无因缘，决无结果也。

一切圣贤之所以为圣贤者，其要在于明因识果。明者了解义，识者明白义。凡夫畏果，菩萨畏因。凡夫只怕恶果，不知恶果起缘于恶因，平常任意胡为，以图一时快乐，不知乐是苦果；菩萨则不然，平常一举一动，谨身护持，戒慎于初，既无恶因，何来恶果？纵有恶果，都是久远前因，既属前因种下，则后果难逃，故感果之时，安然顺受，毫无畏缩，这就叫明因识果。

例如古人安世高法师，累世修持，首一世为安息国太子，舍离五欲，出家修道，得宿命通，知前世欠人命债，其债主在中国。于是航海而来，到达洛阳，行至旷野无人之境，忽观面来一少年，身佩钢刀，远见法师，即怒气冲冲，近前未发一言，即拔刀杀之。

法师死后，灵魂仍至安息国投胎，又为太子。迨年长，又发心出家，依然有宿命通，知今世尚有命债未还，债主亦在洛阳。于是重来，至前生杀彼身命者家中借宿。饭罢，问主人曰："汝认识我否？"答曰："不识。"又告曰："我即为汝于某月某日在某旷野中所杀之僧是也。"主人大惊，念此事无第三者能知，此僧必是鬼魂来索命，遂欲逃遁。僧曰："勿惧，我非鬼也。"即告以故，谓"我明日当被人打死，偿夙生命债，故特来相求，请汝明日为我作证，传我遗嘱，说是我应还他命债，请官不必治误杀者之罪。"说毕，各自安睡。

次日，同至街坊，僧前行，见僧之前，有一乡人挑柴，正行之间，前头之柴忽然堕地，后头之柴随亦堕下，扁担向后打来，适中僧之脑袋，立即毙命。乡人被擒送官，讯后，拟定罪。主人见此事与僧昨夜所说相符，遂将僧遗言向官陈述。官闻言，相信因果不昧，遂赦乡人误杀之罪。其僧灵魂复至安息国，第三世又投胎为太子，再出家修行，即世高法师也。

因此可知虽是圣贤，因果不昧，曾种恶因，必感恶果。若明此义，则日常生活逢顺逢逆，苦乐悲欢，一切境界，都有前因。不在境上妄生憎爱，自然能放得下，一心在道，什么无明贡高习气毛病，都无障碍，自易入道了。

闰三月十二日开示

古人为生死大事，寻师访友，不惮登山涉水，劳碌奔波。吾人从无始来，被妄想遮盖，尘劳缚著，迷失本来面目。比喻镜子，本来有光明，可以照天照地，但被尘垢污染埋没了，就不见原有光明。今想恢复原有光明，只要用一番洗刷磨刮工夫，其本有光明，自会显露出来。吾人心性亦复如是，上与诸佛无二无别，无欠无余，何以诸佛早已成佛、而你我现在还是生死苦海的凡夫呢？只因我们这心性，被妄想烦恼种种习气毛病所埋没，这心性虽然与佛无异，也不得受用。今你我既已出家，同为佛子，要想明心见性、返本还源的话，非下一番苦工夫不可。古人千辛万苦，参访善知识，即为要明己躬下事。现在已是末法，去圣时遥，佛法生疏，人多懈怠，所以生死不了。今既知自心与佛相同，就应该发长远心、坚固心、勇猛心、惭愧心，二六时中，如切如磋，如琢如磨，朝于斯，夕于斯，努力办道，不要错过时光。

闰三月十三日开示

古人说："若论成道本来易，欲除妄想真个难。"道者理也，理者心也，心佛众生，三无差别，人人本具，个个现成，在圣不增，在凡不减。"若人识得心，大地无寸土。"一切世出世间，若凡若圣，本来是空，何生死之有呢？故曰成道本来易。

此心虽然妙明，但被种种妄想所盖覆，光明无由显现，而欲除此妄想就不容易了。妄想有二种：一者轻妄，二者粗妄。又有有漏妄想与无漏妄想之分。有漏者，感人天苦乐果报；无漏者，可成佛作祖，了脱生死，超出三界。粗妄想感地狱、饿鬼、畜生三途苦果；轻妄想就是营作种种善事，如念佛、参禅、诵经、持咒、礼拜、戒杀放生，等等。粗妄想与十恶业相应，意起贪嗔痴，口作妄言、绮语、恶口、两舌，身行杀、盗、淫，这是身口意所造十恶业。其中轻重程度，犹有分别，即上品十恶堕地狱，中品十恶堕恶（饿）鬼，下品十恶堕畜生。总而言之，不论轻妄粗妄，皆是吾人现前一念，而十法界都是这一念造成的，所谓一切唯心造也。

若就本分来讲，吾人本地风光，原属一丝不挂、纤尘不染的。粗妄固不必言，即或稍有轻妄，亦是生死命根未断。现在既说除妄想，就要借重一句话头或一声佛号，作为敲门瓦子，以轻妄制伏粗妄，以毒攻毒，先将粗妄降伏，仅余轻妄，亦能与道相应，久久磨练，功纯行极，最后轻妄亦不可得了。我们个个人都知道妄想不好，要断妄想，但又明知故犯，仍然打妄想，跟习气流转，遇着逆境，还是打无明，甚至好吃懒做、求名贪利、思淫欲等等妄想都打起来了。既明知妄想不好，却又放他不下，是什么理由呢？因为无始劫来，习气薰染浓厚，遂成习惯，如狗子喜欢吃粪相似，你虽给它好饮食，它闻到粪味仍然要吃粪的，这是习惯成性也。

古来有一则公案，说明古人怎样直截断除妄想的。大梅山法常禅师，初参马祖，问："如何是佛？"祖曰："即心是佛。"师大悟，遂往四明梅子真旧隐缚茅住静。祖闻师住山，乃令僧问："和尚见马大师得个什么，便住此山？"师曰："大师向我道，即心是佛，我便向这里住。"僧曰："大师近日佛法又别。"师曰："作么生？"曰："又道非心非佛。"师曰："这老汉惑乱人未有了日！任他非心非佛，我只管即心是佛。"其僧回，举似马祖，祖曰："梅子熟也！"古来祖师做为，如何直截了当，无非都是教人断除妄想。

现在你我出家，行脚参学，都是因为生死未了，就要生大惭愧心，发大勇猛心，不随妄想习气境界转。"假使热铁轮，于我顶上旋，终不以此苦，退失菩提心。"菩提即觉，觉即是道，道即妙心。当知此心本来具足圆满，无稍欠缺，今须向自性中求，要自己肯发心。如自己不发心，就是释迦如来再出世，恐怕也不奈你何。在二六时中，莫分行住坐卧，动静一相，本自如如，妄想不生，何患生死不了？若不如此，总是忙忙碌碌，从朝至暮，从生到死，空过光阴，虽说修行一世，终是劳而无功。腊月三十日到来，临渴掘井，措手不及，悔之晚矣。我说的虽是陈言，但望大家各自用心体会这陈言罢！

闰三月十四日开示

《楞严经》云："若能转物，即同如来。"谓一切圣贤，能转万物，不被万物所转，随心自在，处处真如。我辈凡夫，因为妄想所障，所以被万物所转，好似墙头上的草，东风吹来向西倒，西风吹来向东倒，自己不能做得主。有些人终日悠悠忽忽，疏散放逸，心不在道，虽做工夫，也是时有时无，断断续续，常在喜怒、哀乐、是非、烦恼中打圈子。眼见色，耳闻声，鼻嗅香，舌尝味，身觉触，意知法，六根对六尘。没有觉照，随他青黄赤白，老少男女，乱转念头。对合意的，则生欢喜贪爱心；对逆意的，则生烦恼憎恶心，心里常起妄想。其轻妄想，还可以用来办道做好事，至若粗妄想，则有种种不正邪念，满肚秽浊，乌七八糟，这就不堪言说了。白云端禅师有颂曰："若能转物即如来，春暖山花处处开。自有一双穷相手，不曾容易舞三台。"又《金刚经》云："应如是降伏其心。"儒家亦有"心不在焉，视而不见，听而不闻，食而不知其味"的说法。儒家发愤，尚能如此不被物转，我们佛子，怎好不痛念生死、如救头燃呢？应须放下身心，精进求道，于动用中磨炼考验自己，渐至此心不随物转，工夫就有把握了。

做工夫不一定在静中，能在动中不动，才是真实工夫。明朝初年，湖南潭州有一黄铁匠，以打铁为生，人皆呼为黄打铁。那时正是朱洪武兴兵作战的时候，需要很多兵器，黄打铁奉命赶制兵器，日夜不休息。有一天，某僧经过他家，从之乞食，黄施饭，僧吃毕，谓曰："今承布施，无以为报，有一言相赠。"黄请说之。僧曰："你何不修行呢？"黄曰："修行虽是好事，无奈我终日忙忙碌碌，怎能修呢？"僧曰："有一念佛法门，虽在忙碌中还是一样修。你能打一锤铁，念一声佛，抽一下风箱，也念一声佛，长期如此，专念南无阿弥陀佛，他日命终，必生西方极乐世界。"黄打铁遂依僧教，一面打铁，一面念佛，终日打铁，终日念佛，不觉疲劳，反觉轻安自在，日久功深，不念自念，渐有悟入。后将命终，预知时至，遍向亲友辞别，自言往生西方去也。到时把家务交代了，沐浴更衣，在铁炉边打铁数下，即说偈曰："叮叮当当，久炼成钢。太平将近，我往西方。"泊然化去。当时异香满室，天乐鸣空，远近闻见，无不感化。我们现在也是整天忙个不休息，若能学黄打铁一样，在动用中努力，又何患生死之不了呢！

我以前在云南鸡足山，剃度具行出家的事，说给大家听听。具行未出家时，吸烟喝酒，嗜好很多，一家八口，都在祝圣寺当小工。后来全家出家，他的嗜好全都断除了。虽然不识一字，但很用功，《早晚课诵》、《普门品》等，不数年全能背诵。终日种菜不休息，夜里拜佛拜经，不贪睡眠。在大众会下，别人欢喜他，他不理会；厌恶他，他也不理会。常替人缝衣服，缝一针，念一句南无观世音菩萨，针针不空过。后朝四大名山，阅八年，再回云南。是时我正在兴建云栖寺，他还是行苦行，常住大小事情都肯干，什么苦都愿意吃，大众都欢喜他。临命终时，将衣服什物变卖了，打斋供众，然后向大众告辞，一切料理好了。在四月时收了油菜籽，他将几把禾秆，于云南省云栖下院胜因寺后园，自焚化去。及被人发觉，他已往生去了。其身上衣袍钩环，虽皆成灰，还如平常一样没有掉落，端坐火灰中，仍然手执木鱼引磬，见者都欢喜羡叹。他每天忙个不休息，并没有忘记修行，所以生死去来，这样自由。动用中修行，比静中修行，还易得力。

闰三月二十一日开示

古人修行，道德高尚，感动天龙鬼神，自然拥护，因为道德是世上最尊贵的。所以说："道高龙虎伏，德重鬼神钦。"鬼神和人，各有各的法界，各有所尊，何以诸天鬼神会尊敬人法界呢？本来灵明妙性，不分彼此，同归一体的，因为无明不觉，昧了真源，则有四圣六凡十法界之分。如果要从迷到悟，返本还源，则各法界的觉悟程度，亦各不相同。人法界中，有觉有不觉，知见有邪有正，诸天鬼神皆然。人法界在六凡中，超过其他五法界，因为六欲天耽爱女色，忘记修行；四禅天单耽禅味，忘其明悟真心之路；四空天则落偏空，忘正知见。修罗耽嗔，地狱、鬼、畜，苦不堪言，皆无正念，哪能修行？人道苦乐不等，但比他界则易觉悟，能明心见性，超凡入圣。

诸天鬼神虽有神通，都尊重有道德的人，其神通福报大小不同，皆慕正道。元珪禅师在中岳庞坞住茅庵，曾为岳神授戒，如《景德传灯录》所载。一日，有异人者，峨冠衿褶而至，从者极多，轻步舒徐，称谒大师。师睹其形貌，奇伟非常，乃谕之曰："善来仁者，胡为而至？"彼曰："师宁识我耶？"师曰："我观佛与众生等，吾一目之，岂分别耶？"彼曰："我此岳神也，能生死于人。师安得一目我哉？"师曰："吾本不生，汝焉能死？吾视身与空等，视吾与汝等，汝能坏空及汝乎？苟能坏空及坏汝，吾则不生不灭也。汝尚不能如是，又焉能生死吾耶？"神稽首曰："我亦聪明正直于余神，讵知师有广大之智辩乎？愿授以正戒，令我度也。"师曰："汝既乞戒，即得戒也。所以者何？戒外无戒，又何戒哉？"神曰："此理也，我闻茫昧，止求师戒我身为门弟子。"师即张座、秉炉、正几，曰："付汝五戒，若能奉持，即应曰能；不能，即曰否。"神曰："谨受教。"师曰："汝能不淫乎？"曰："亦娶也。"师曰："非谓此也，谓无罗欲也。"曰："能。"师曰："汝能不盗乎？"曰："何乏我也，焉有盗取哉？"师曰："非谓此也，谓飨而福淫，不供而祸善也。"曰："能。"师曰："汝能不杀乎？"曰："实司其柄，焉曰不杀？"师曰："非谓此也，谓有滥误疑混也。"曰："能。"师曰："汝能不妄乎？"曰："我正直，焉能有妄乎？"师曰："非谓此也，谓先后不合天心也。"曰："能。"师曰："汝能不遭酒败乎？"曰："能。"师曰："如上是谓佛戒也。"又言："以有心奉持，而无心物执；以有心为物，而无心想身。能如是，则先天地生不为精，后天地死不为老，终日变化而不为动，毕尽寂默而不为休。悟此，则虽娶非妻也，虽飨非取也，虽柄非权也，虽作非故也，虽醉非昏也。若能无心于万物，则罗欲不为淫，福淫祸善不为盗，滥误疑混不为杀，先后违天不为妄，昏妄颠倒不为醉，是谓无心也。无心则无戒，无戒则无心，无佛无众生，无汝，及无我。无汝孰为戒哉？"神曰："我神通亚佛。"师曰："汝神通十句，五能五不能；佛则十句，七能三不能。"神肃然避席跪启曰："可得闻乎？"师曰："汝能庆上帝东天行而西七曜乎？"曰："不能。"师曰："汝能夺地祇融五岳而结四海乎？"曰："不能。"师曰："是谓五不能也。佛能空一切相成万法智，而不能灭定业；佛能知群有性穷亿劫事，而不能化导无缘；佛能度无量有情，而不能尽众生界，是谓三不能也。定业亦不牢久，无缘亦谓一期，众生界本无增减。且无一人能主有法，有法无主，是谓无法，无法无主，是谓无心。如我解佛，亦无神通也，但能以无心通达一切法尔。"神曰："我诚浅昧，未闻空义，师所授戒，我当奉行。今愿报慈德，效我所能。"师曰："吾观身无物，观法无常，块然更有何欲？"神曰："师必命我为世间事，展我小神功，使已发心、初发心、未发心、不信心、必信心五等人，自我神踪知有佛、有神，有能、有不能，有自然、有非自然者。"师曰："无为是，无为是。"神曰:"佛亦使神护法,师宁隳叛佛耶? 愿随意垂诲。"师不得已而言曰:"东岩寺之障,莽然无树,北岫有之,而背非屏拥,汝能移北树于东岭乎?"神曰:"已闻命矣,然昏夜间,必有喧动,愿师无骇。"即作礼辞去,师门送而且观之,见仪卫逶迤,如王者之状,岚霭烟霞,纷纶间错,幢幡环佩,凌空隐没焉。其夕果有暴风吼雷,奔云震电,栋宇摇荡,宿鸟声喧。师谓众曰:"无怖,无怖,神与我契矣。"诘旦和霁,则北岩松栝,尽移东岭,森然行植。师谓其徒曰:"吾殁后无令外知,若为口实,人将妖我。"观此,岳神虽有神通,还不及有道德的人,这就是德重鬼神钦。没有道德的人,要被鬼神管辖,受其祸害。要有道德,就要明心见性,自然就会感动鬼神了。

古来禅师大德,惊天动地,白鹿衔花,青猿献果,天魔外道,诸仙鬼神,都来归依。如真祖师归依观音,财神归依普贤,洞宾仙师归依黄龙,王灵官归依地藏,文昌归依释迦牟尼佛,等等。所以宋朝仁宗皇帝的《赞僧赋》说:"夫世间最贵者,莫如舍俗出家。若得为僧,便受人天供养。作如来之弟子,为先圣之宗亲。出入于金门之下,行藏于宝殿之中。白鹿衔花,青猿献果。春听莺啼鸟语,妙乐天机;夏闻蝉噪高林,岂知炎热;秋睹清风明月,星灿光耀;冬观雪岭山川,蒲团暖坐;任他波涛浪起,振锡杖以腾空;假饶十大魔军,闻名而归正道。板响云堂赴供,钟鸣上殿诵经。般般如意,种种现成。生存为人天之师,末后定归于圣果矣。偈曰:空王佛弟子,如来亲眷属。身穿百衲衣,口吃千钟粟。夜坐无畏床,朝睹弥陀佛。朕若得如此,千足与万足。"这篇赞文,我们要拿它来比照一下,看哪一点与我们相应,哪一点我们还做不到。如果每句话都与我相符,就能受鬼神尊重,假如"波涛浪起",而不能"振锡杖以腾空",无明一起,就闹到天翻地覆，那就惭愧极了。"十大魔军"在般般不如意、种种不现成处能降伏他，则五岳鬼神、天龙八部，都尊敬你了。

闰三月二十四日开示

这几天有几位同参道友，发心要把我说的话记录下来，我看这是无益之事。佛的经典，祖师的语录，其数无量，都没有人去看，把我这东扯西拉的话，流传出去，有什么用呢？

佛教传入中国至今，流传经、律、论和注疏语录等典章为数不少，最早集成全藏，始于宋太祖开宝四年（971），命张从信往四川雇工开雕，至太宗太平兴国八年（983），凡历十三年而告成，号为蜀版《大藏经》，世称为北宋本，最为精工，惜久已散佚。

此后宋朝续刻大藏经四次，最末一次，系理宗绍定四年（1231），于碛砂之延圣院开雕藏经，至元季方告成，世称为碛砂版。此藏见者尤少；唯陕西西安开元、卧龙两寺犹存孤本，尚称完璧。于是朱庆澜等发起影印，并于民国二十一年（1932），在上海组织影印宋版藏经会，筹划款项，积极进行。先派人赴陕西点查册数，计共六千三百十卷，所残缺者仅一百余卷，以北京松坡图书馆所贮之宋思溪藏残本补之，不足，又托我将鼓山涌泉寺碛砂藏内《大般若经》、《涅槃经》和《宝积经》补足之。于是这埋没数百年之瑰宝，遂又流通于全国矣。但本子和账簿一样，翻阅不便，这是缺点。明代紫柏老人，发起刻方册佛经。嘉兴版方册经书流通后，阅者称便。

最近杭州钱宽慧、秦宽福两人，看见僧人卖经书给老百姓做纸用，他们便发心，遇到这些经书就尽力购买，寄来云居。我山现有《碛砂藏》、《频伽藏》和这些方册经书，已经足够翻阅的了。

本来一法通时法法通，不在乎多看经典的。看藏经，三年可以看完全藏，就种下了善根佛种。这样看藏经，是走马观花的看。若要有真实受用，就要读到烂熟，读到过背。以我的愚见，最好能专读一部《楞严经》，只要熟读正文，不必看注解。读到能背，便能以前文解后文，以后文解前文。此经由凡夫直到成佛，由无情到有情，山河大地，四圣六凡，修证迷悟，理事因果戒律，都详详细细的说尽了。所以熟读《楞严经》很有利益。

凡当参学，要有三样好，第一要有一对好眼睛，第二要有一双好耳朵，第三要有一副好肚皮。好眼睛就是金刚正眼，凡见一切事物，能分是非，辨邪正，识好歹，别圣凡；好耳朵就是顺风耳，什么话一听到都知道他里面说的什么门堂；好肚皮就是和弥勒菩萨的布袋一样，一切好好丑丑所见所闻的，全都装进袋里，遇缘应机，化生办事，就把所见所闻的从袋里拿出来，作比较研究，择其善者而从之，其不善者而改之，就有所根据了。你我要大肚能容撑不破，大布袋装满东西，不是准备拿来作吹牛皮用的，不要不会装会，猖狂胡说。

昨夜举沩山老人的话"出言须涉于典章，谈论乃旁于稽古"，所以典章不可不看，看典章会有受用。我胡言乱语，拿不出半句好话来。少时虽爱看典章，拿出来只供空谈，实在惭愧。

世上流传的《西游记》、《目莲传》，都是清浊不分，是非颠倒，真的成假，假的成真。《目莲传》说目莲尊者，又扯到《地藏经》去，把地藏变成目莲等等，都是胡说。玄奘法师有《大唐西域记》，内容所说，都是真实话。唯世间流传的小说《西游记》，说的全是鬼话。这部书的来由是这样的：北京白云寺白云和尚讲《道德经》，很多道士听了都做了和尚。长春观的道士就不愿意了，以后打官司，结果长春观改为长春寺，白云寺改为白云观。道士做一部《西游记》小说骂佛教。看《西游记》的人，要从这观点出发，就处处都看出他的真相。最厉害的是，唐僧取经回到流沙河，全部佛经都没有了，只留得"南无阿弥陀佛"六个字。这就把玄奘法师所翻译出来的佛经全部抹煞了。世人相信这部假的《西游记》，而把真的《西域记》埋没了。针对《西游记》而作的一部《封神榜》，是和尚骂道士的；从这观点看他，就看出处处都是骂道士的，比如说，道士修仙必有劫数，要挨刀刃。看这两部小说，如果不明白他是佛道相骂的关系，便会认假为真。所以看书要明是非，辨邪正。《白蛇传》说水浸金山寺的故事，儒书中有载，佛书中没有，可见不是事实。金山现在还看得到法海洞。小说又把它拉到雷峰塔和飞来峰上去，更是无稽之谈。还有相传说高峰禅师有一个半徒弟，断崖是一个，中峰是半个，这故事典章中没有记载。古人的《释氏稽古略》、《禅林宝训》、《弘明集》、《教教编》和《楞严经》可以多看，开卷有益。

闰三月二十六日开示

佛法教典所说，凡讲行持，离不了信、解、行、证四字。经云："信为道源功德母。"信者，信心也。《华严经》上菩萨位次，由初信到十信，信个什么呢？信如来妙法，一言半句，都是直指人心、见性成佛的言语，千真万确，不能改易。修行人但从心上用功，不向心外驰求，信自心是佛，信圣教语言，不妄改变。

解者，举止动念，二谛圆融，自己会变化说法，尽自心中流出，放大光明，照见一切，这就是解。

虽然明白了，不行也不成功，所以要口而诵，心而惟，心口相应，不相违背。不要口说得锦上添花，满肚子贪嗔痴慢，这种空谈，决无利益。心惟是什么呢？凡有言语，依圣教量，举止动念，不越雷池一步，说得行得，才是言行无亏。若说得天花乱坠，所做男盗女娼，不如不说。行有内行外行，要内外相应。内行断我法二执，外行万善细行。

证者，实证真常。有信，有解，没有行就不能证，这叫发狂。

世上说法的人多如牛毛，但行佛法的，不知是哪个？禅师、法师，什么人都有一些典章注解，如《心经》、《金刚经》、《八识规矩颂》，乃至《楞严经》等，其中有些人只是要鼻孔，虽然注了什么经，而行持反不如一个俗人，说食不饱。

动作行为，有内行外行之分。内行要定慧圆融，外行在四威仪中严守戒法，丝毫无犯，这样对自己有受用，并且以身做到，可以教化人。教化人不在于多谈，行为好，可以感动人心。如《怡山文》所说"若有见我相，乃至闻我名，皆发菩提心，永出轮回苦"。你行为好，就是教化他，不要令人看到你的行为不好，而生退悔心，这会招堕、无益。

牛头山法融禅师，在幽栖寺北岩石室住静，修行好，有百鸟衔花之异。唐贞观中，四祖遥视此山气象，知有异人，乃躬自寻访，问寺僧人曰："此间有道人否？"僧曰："出家儿哪个不是道人！"祖曰：

"阿哪个是道人？"僧无对。别僧曰："此去山中十里许，有一懒融，见人不起亦不合掌，莫是道人么？"祖遂入山，见师端坐自若，曾无所顾。

祖问曰："在此作什么？"师曰："观心。"祖曰："观是何人，心是何物？"师无对，便起作礼，曰："大德高栖何所？"祖曰："贫道不决所止，或东或西。"师曰："还识道信禅师否？"祖曰："何以问他？"师曰："向德滋久，冀一礼谒！"祖曰："道信禅师，贫道是也！"师曰："因何降此？"祖曰："特来相访。莫更有宴息之处否？"师指后面曰："别有小庵。"

遂引祖至庵所。唯见虎狼之类，祖乃举两手作怖势。师曰："犹有这个在！"祖曰："这个是什么？"师无语。过一回，祖却于师宴坐石上书一"佛"字，师睹之悚然。祖曰："犹有这个在！"师未晓，乃稽首请说真要。

祖曰："夫百千法门，同归方寸；河沙妙德，总在心源。一切戒门、定门、慧门，神通变化，悉自具足，不离汝心。一切烦恼业障，本来空寂；一切因果，本如梦幻；无三界可出，无菩提可求，人与非人，性相平等。大道虚旷，绝思绝虑，如是之法，汝今已得，更无缺少，与佛何殊？更无别法，汝但任心自在，莫作观行，亦莫澄心，莫起贪嗔，莫怀愁虑，荡荡无碍，任意纵横，不作诸善，不作诸恶，行住坐卧，触目遇缘，总是佛之妙用，快乐无忧，故名为佛。"

师曰："心既具足，何者是佛，何者是心？"祖曰："非心不问佛，问佛非不心。"师曰："既不许作观行，于境起心时，如何对治？"祖曰："境缘无好丑，好丑起于心。心若不强名，妄情从何起？妄情既不起，真心任遍知。汝但随心自在，无复对治，即名常住法身，无有变异。吾受璨大师顿教法门，今付于汝，汝今谛受吾言，只住此山，向后当有五人达者，绍汝玄化。"

牛头未见四祖时，百鸟衔花供养，见四祖后百鸟不来，这是什么道理呢？佛法不可思议境界，天人散花无路，鬼神寻迹无门，有则生死未了，但无又不是，枯木岩前睡觉，一不如法，工夫便白费了。我们就不如古人，想天人送供，天人不管你，因为我们没有行持。真有行持的人，十字街头，酒肆淫坊，都是办道处所。但情不附物，物岂碍人？如明镜照万像，不迎不拒，就与道相应；著心迷境，心外见法就不对。

我自己也惭愧，还是摩头不得尾，谁都会说的话，说出来有何用处？佛祖经论，你注我注，注到不要注了。讲经说法，天天登报，但看他一眼，是一身狐骚气，令人退心招堕。所以说法利人，要以身作则。要以身作则吗？我也惭愧。

闰三月三十日开示

这几天我没有进堂讲话，请各位原谅。我不是躲懒偷安，因为身体不好，又没有行到究竟，只拿古人的话和大众互相警策而已。我这几天不讲话，有两个原因：第一是有病，大家都知道我体力不支，众人会下讲话，不提起气来，怕大家听不见，提起气来，又很辛苦，所以不能来讲；第二是说得一尺，不如行得一寸。你我有缘，共聚一堂，但人命无常，朝存夕亡，石火电光，能保多久？空口讲白话，对于了脱生死有何用处? 纵然有说, 无非是先圣前贤的典章; 我记性不好, 讲不完全, 就算讲得完全, 光说也不行, 也无益处, 出言吐语, 自己要口诵心惟, 要听的人如渴思饮, 这样则说者听者都有受用。我业障重, 一样都做不到。古德是过来人, 我没有到古德地位, 讲了打闲岔, 不如不讲了。现当末法时代, 谁能如古德那样, 在一举一动、一棒一喝处, 披肝见胆、转凡成圣?

我十九岁出家, 到今百多岁, 空过一生。少时不知死活, 东飘西荡, 学道悠悠忽忽, 未曾脚踏实地, 生死到来就苦了。沩山文说: "自恨早不预修, 年晚多诸过咎, 临行挥霍, 怕怖慞惶, 壳穿雀飞, 识心随业, 如人负债, 强者先牵, 心绪多端, 重处偏坠。" 年轻修行不勇猛, 不死心、不放心, 在名利烦恼是非里打滚, 听经、坐香、朝山、拜舍利, 自己骗自己。那时年轻, 不知好歹, 一天跑百几里, 一顿吃几个人的饭, 忘其所以, 所以把宝贵的光阴混过了, 而今才悔 "早不预修", 老病到来, 死不得, 活不成, 放不下, 变为死也苦, 活也苦, 这就是 "年晚多诸过咎"。修行未曾脚踏实地, 临命终时, 随业流转, 如鸡蛋壳破了小鸡飞出来, 就是 "壳穿雀飞, 识心随业"。作得主者, 能转一切物, 则四大皆空, 否则识心随业, 如人负债一样, 他叫你'快还老子的钱!'那时前路茫茫, 未知何往, 才晓得痛苦。但悔之已晚, 举眼所见, 牛头马面, 不是刀山, 便是剑树, 哪里有你说话处!

同参们! 老的比我小, 年轻的又都是身壮力健, 赶紧努力勤修, 打叠前程, 到我今天这样衰老, 要想修行就来不及了。

我口讲白话, 说了一辈子, 没有什么意味。少年时候, 曾在宁波七塔寺讲《法华经》, 南北东西, 四山五岳, 终南、金山、焦山、云南、西藏、缅甸、暹罗、印度, 到处乱跑, 闹得不休息。那时年轻, 可以强作主宰, 好争闲气, 及今思之, 都不是的。

同参道友们! 参禅要参死话头。古人说: "老实修行, 接引当前秀。"老实修行, 就是参死话头, 抱定一句"念佛是谁"作为根据, 勿弄巧妙, 巧妙抵不住无常。心坚不变就是老实, 一念未生前是话头, 一念已生后是话尾。生不知来, 死不知去, 就流转生死; 如果看见父母未生以前, 寸丝不挂, 万里晴空, 不挂片云, 才是做功夫时。

善用心的人禅净不二, 参禅是话头, 念佛也是话头。只要生死心切, 老实修行, 抱住一个死话头, 至死不放, 今生不了, 来生再干。"生生若能不退, 佛阶决定可期。"赵州老人说: "汝但究理, 坐看三二十年, 若不会, 截取老僧头去。"高峰妙祖住死关; 雪峰三登投子, 九上洞山; 赵州八十犹行脚, 来云居参膺祖。赵州比膺祖大两辈, 是老前辈了, 他没有我相, 不耻下问, 几十年抱住一个死话头不改。

莲池大师入京师, 同行的二十多人, 诣遍融禅师参礼请益。融教以"无贪利, 无求名, 无攀缘贵要之门, 唯一心办道"。既出, 少年者笑曰: "吾以为有异闻, 乌用此泛语为!"大师不然, 曰: "此老可敬处正在此耳。渠纵讷言, 岂不能掇拾先德问答机缘一二, 以遮门户? 而不如此者, 其所言是其所实践, 举自行以教人, 这是救命丹。"若言行相违, 纵有所说, 药不对症, 人参也成毒药。你没有黄金, 买不到他的白银。有黄金就是有正眼, 有正眼就能识宝。各自留心省察, 看看自己有没有黄金?

四月初三日开示

《金刚经》上须菩提问世尊："善男子、善女人发阿耨多罗三藐三菩提心,应云何住、云何降伏其心?"佛说:"应如是住,如是降伏其心。"所谓降者,就是禁止的意思,使心不走作就是降伏其心。所说发菩提心,这个心是人人本具、个个不无的,一大藏教只说此心。世尊夜睹明星,豁然大悟、成等正觉时,叹曰:"奇哉!一切众生,皆有如来智慧德相,但以妄想执著,不能证得。"可见人人本来是佛,都有德相,而我们现在还是众生者,只是有妄想执著罢了。所以《金刚经》叫我们要如是降伏其心。

佛所说法,只要人识得此心。《楞严经》说:"汝等当知,一切众生,从无始来,生死相续,皆由不知常住真心、性净明体,用诸妄想,此想不真,故有轮转。"达摩西来,只是直指人心,见性成佛,当下了然无事。法海禅师参六祖,问曰:"即心即佛,愿垂指谕。"祖曰:"前念不生即心,后念不灭即佛。""成一切相即心,离一切相即佛。"智通禅师看《楞伽经》约千余遍,不会三身四智,礼六祖求解其义。祖曰:"三身者,清净法身,汝之性也;圆满报身,汝之智也;千百亿化身,汝之行也。若离本性,别说三身,即名有身无智;若悟三身无有自性,即名四智菩提。"马祖曰:"即心即佛。"三世诸佛、历代祖师,都说此心;我们修行,也修此心;众生造业,也由此心。

此心不明,所以要修要造。造佛造众生,一切唯心造。四圣六凡十法界，不出一心。四圣是佛、菩萨、缘觉、声闻，六凡是天、人、阿修罗、畜生、饿鬼、地狱。这十法界中，佛以下九界都叫众生，四圣不受轮回，六凡流转生死，无论是佛是众生，皆心所造。"若人识得心，大地无寸土"，哪里来个十法界呢！十法界皆从一念生：一乘任运，万德庄严，是诸佛法界；圆修六度，总摄万行，是菩萨法界；见局因缘，证偏空理，是缘觉法界；功成四谛，归小涅槃，是声闻法界；广修戒善，作有漏因，是天道法界；爱染不息，杂诸善缘，是人道法界；纯执胜心，常怀嗔斗，是修罗法界；爱见为根，悭贪为业，是畜生法界；欲贪不息，痴想横生，是饿鬼法界；五逆十恶，谤法破戒，是地狱法界。

既然十法界不离一心，则一切修法，都是修心。参禅、念佛、诵经、礼拜，早晚殿堂，一切细行，都是修心。此心放不下，打无明、好吃懒做等等，就向下堕；除习气，诸恶莫作，众善奉行，就向上升。

自性本来是佛，不要妄求，只把贪嗔痴习气除掉，自见本性清净，随缘自在。犹如麦子一样，把它磨成粉之后，就千变万化，可以做酱、做面、做包、做饺、做麻花、做油条，种种式式，由你造作。若知是麦，就不被包、饺、油条等现象所转；馎饦、馒头，二名一实，不要到北方认不得馒头，到南方认不得馎饦。说来说去，还是把习气扫清，就能降伏其心。行住坐卧，动静闲忙，不生心动念，就是降伏其心。认得心是麦面，一切处无非面麦，就离道不远了。

四月初五日开示

《楞严经》云:"理则顿悟,乘悟并销;事非顿除,因次第尽。"理者是理性,即人人本心、本来平等之性。天台宗的六即,是圆教菩萨的行位。一理即,是说一切众生皆有佛性,有佛无佛,性相常住也。凡夫唯于理性与佛均,故云理即。二名字即,闻说一实菩提之道,于名字中,通达了解,知一切法皆为佛法,一切皆可成佛。三观行即,心观明了,理慧相应,所行如所言,所言如所行。四相似即,始入别教所立之十信位,发类似真无漏之观行。五分证即,始断一分无明而见佛性,开宝藏、显真如,名为发心住。此后九住乃至等觉四十一位,分破四十一品无明,分见法性。六究竟即,破第四十二品元品无明,发究竟圆满之觉智,即妙觉也。

理即虽说众生是佛,佛性人人具足,但不是一步可即。古德几十年劳苦修行,于理虽已顿悟,还要渐除习气,因清净本性染了习气就不是佛,习气去了就是佛。既然理即佛了,我们与佛有何分别呢!自己每天想想,佛是一个人,我也是一个人,何以他那么尊贵、人人敬仰,我们则业识茫茫、作不得主?自己也不相信自己,怎能使人相信呢?

我们与佛不同,其中差别,就是我们一天所作所为,都是为自己,佛就不是这样。《金光明经》上说:"于大讲堂众会之中,有七宝塔,从地涌出。尔时世尊,即从座起,礼拜此塔,菩提树神白佛言:何因缘故,礼拜此塔? 佛言: 善天女! 我本修行菩萨道时,我身舍利,安止是塔,因由是身,令我早成阿耨多罗三藐三菩提。世尊欲为大众断疑网故,说是舍利往昔因缘。

"阿难! 过去之世,有王名曰摩诃罗陀,时有三子,见有一虎,适产七日,而有七子,围绕周匝,饥饿穷悴,身体羸损,命将欲绝。第三王子,作是念言: 我今舍身,时已到矣。是时王子,勇猛堪任,作是大愿,即自放身,卧饿虎前,而以干竹,刺头出血,于高山上,投身虎前。是虎尔时,见血流出,污王子身,即便舐血,啖食其肉,唯留余骨。尔时大王摩诃罗陀,及其妃后,悲号涕泣,悉皆脱身服御璎珞,与诸大众往竹林中,收其舍利,即于此处,起七宝塔,是名礼塔往昔因缘。"

你看这是佛的行为和我们不同之处,舍身饲虎,不知有我,我相即除,怎能不成佛呢! 我惭愧得很,跑了几十年,还未痛切加鞭,放不下。不讲别的,只看二六时中,遇境逢缘,看打得开打不开。少时在外挂单,不以为然,至今才知错过了。在教下听经,听到讲得好的就生欢喜,愿跟他学;听讲小座,讲得不如法的就看不起人,生贡高心,这就是习气毛病。在坐香门头混节令,和尚上堂说法,班首小参,秉拂讲开示,好的天天望他讲,不好的不愿听,自己心里就生障碍。其实他讲得好,我又学不到、行不到,他好与不好,与我何干? 讲人长短的习气难除。上客堂里闲春壳子,说哪里过冬,哪里过夏,哪里茶饭如何如何,哪里的僧值如何如何,维那、和尚如何如何,说这些无聊话,讲修行就是假的了。

名利两字的关口也难过。常州天宁寺一年发两次犒劳钱,平常普佛,每堂每人贜钱十二文,他扣下二文,只发十文;拜《大悲忏》每堂每人六十文,他扣下十文,只发五十文。七月期头,正月期头,凡常住的人,一律平等发犒劳钱,就有人说多说少的,这是利关过不得。一到八月十五日大请职,别人请在前头,请不到我或请小了,也放不下,这是名关过不得。既说修行,还有这些名利,修的是什么行呢?事要渐除,就是要除掉这些事,遇着境界,放不下的也要放下,眉毛一动,就犯了祖师规矩。

听善知识说过了,就勿失觉照,凡事要向道上会。道就是理,理者心也;心是什么?心就是佛。佛者,不增不减,不青不黄,不长不短。如《金刚经》所云:"若见诸相非相,即见如来。"透得这些理路,即和佛一般,以理治事,什么事放不下,以此理一照就放下了。"凡所有相,皆是虚妄",烦恼是非从何处来呢?要想修行,过不去的也要过去,会取法性如如,各人打起精神来!

四月初九日开示

达摩祖师曰:"明佛心宗,行解相应,名之曰祖。"行解相应就是说得到行得到。古人有说得到行不到的,亦有行得到说不到的。说属于般若慧解,行属于实相理体,二者圆融无碍,就是行说俱到。小乘守偏空见法身,行人惑未破尽,理未打开,所以说不到五品位后。

讲得天花乱坠,行不到,不能断惑证真。而今我们说的多,行的少,这就为难了。说的是文字般若,从凡夫位说到佛位,如何断惑证真，怎样超凡入圣，都分得开，临到弄上自己份下，就行持不了，这是能说不能行。

《沩山警策》说"若有中流之士，且于教法留心"，也算好的。我们不但行不到，连说也说不到。古人一举一动，内外一如，念念不差，心口相应；我们的习气毛病多，伏也伏不住，更谈不到断了，只是境风浩浩，无真实受用。

要说也拿不出来，从经论、语录、典章上，和平时听到的，拿来讲，年纪大了，记性不好，讲前忘后，讲后忘前，讲也讲不到。既然行解不相应，空活在世就苦了，一口气不来，未知何往，我正在是这个时候了。一入梦就不知什么妄想，就不能做主，生死到来，更无用了，日日被境风所吹，无时放得下。

既作不得主，讲也无用。我今多活几天，和你们说，还是泥菩萨劝土菩萨，但你们受劝是会获益的。只要莫被境转，如牧牛要把稳索子，牛不听话就给他几鞭，常能如此降伏其心，日久功深，就有到家消息。

四月十一日开示

这两天老朽打各位的闲岔，旧厕所拆了，新的未完工，各位解手有些不便。你我在世上做人都是苦，未明白这个道理变化，这里不适意，那里也不适意；看清楚了，总是动植二物互养。一切动物都有粪，若嫌它不净，就着色香味，在五色五味等处过日子，在好丑境缘上动念头。修行人也离不得衣食住，虽是吃素，五谷蔬菜没有肥料就没有收成。粪便是肥料，有好肥料，才有好庄稼。植物吸收养分愈多愈长得好。未等新厕所修好便拆旧厕所的用意，是要利用旧厕所的材料来修新厕所和牛栏。如果现在不用，后来用在别处就怕它污秽，若弃却不用，又恐造成浪费招因果。其实说秽，则身内外皆秽。明得此理，一切皆净皆秽，亦不净不秽。

僧问云门："如何是佛？"门曰："干屎橛！"屎橛是佛，佛是屎橛，这是什么意思呢？这些理路看不清，就被色相所转；看穿了就如如不动，一切无碍。要想不被境转，就要用功，动静无心，凡圣情忘，则何净秽之有？古人言句，我们虽会拿来说，做是做不到，其意义也不易了解。何以拿干屎橛来比极尊贵的佛呢？明心见性的人，见物便见心，无物心不现；了明心地的人，动静净秽都是心。

僧问赵州："如何是佛？"州曰："殿里的！"曰："殿里者岂不是泥龛像？"州曰："是！"曰："我不问这个佛。"州曰："你问哪个佛？"曰："真佛。"州曰："殿里的。"对这问答明白了，你就知道一切唯心造、见物便见心的道理，举止动念就有下手处、有着落了。若净秽凡圣心不忘，就把本来处处是道场，变成处处是障碍了。你试试看，上佛殿、下茅厕的时候返照一下。

四月十五日结夏安居开示

昨夜库房职事对我说，明天结夏的节令要吃普茶，买不到果子等物，库房什么都没有，怎样办呢？我说，我在这里住茅蓬，不知什么时候，只知月圆是十五，看不见月亮就是三十；草生知春，雪落知冬，吃茶吃水我不管。

我这不管就惭愧了，年轻时到处跑，搅了几十年，至今白首无成，这些过时节的把戏看多了。怎样吃普茶，这是和尚当家的事。每年时节，各宗不同。宗下二季，是正月十五日和七月十五日，谓冬参夏学；律下四季，是正月十五日解冬，四月十五日结夏，七月十五日解夏，十月十五日结冬。这就是大节日。

律下今天结夏安居，坐吉祥草，行筹结界，九十天不能出界外一步。佛制结夏安居，是有种种道理的。夏天路上多虫蚁，佛以慈悲为本，怕出门踏伤虫蚁，平常生草也不踏，夏天禁足是为了护生。又夏日天热汗多，出外化饭，披衣汗流，有失威仪，故禁足不出。同时夏热，妇女穿衣不威仪，僧人化饭入舍亦不方便，所以要结夏安居。

昔日文殊三处过夏，迦叶欲白槌摈出。才拈槌，乃见百千万亿文殊，迦叶尽其神力，槌不能举，世尊遂问："迦叶！拟摈哪个文殊？"迦叶无以对。这可见大乘、小乘理路不同，菩萨、罗汉境界不同。

若宗下诸方丛林，昨夜起就有很多把戏，上晚殿时传牌，班首小参秉拂；今朝大殿祝圣，唱："唵捺摩巴葛瓦帝"三遍，又祝四圣，下殿礼祖，三槌磬白日子，顶礼方丈和尚毕，对面展具，大众和合普礼三拜后，又礼影堂，到方丈听和尚升座说法，这个早上闹得不亦乐乎。下午吃普茶，和尚在斋堂讲茶话。律下不用升座。

古来丛林有钟板的才叫常住，否则不叫常住。云居山现在说是茅蓬，又像丛林，文不文，武不武。不管怎样，全由方丈当家安排，他们不在，我来讲几句，把过去诸方规矩讲给初发心的听。

　　既然到此是住茅蓬，就要痛念生死，把生死二字挂在眉毛尖上，哪里搅这些把戏！参学的人要拿定主宰，不要随时节境界转，古人婆心切，正是教人处处识得自己，指示世人于二六时动静处，不要忘失自己。镇州金牛和尚每日自做饭供养众僧，至斋时界饭桶到堂前作舞，呵呵大笑曰："菩萨子，吃饭来！"僧问云门："如何是超佛越祖之谈？"门曰："胡饼。"后人有诗曰："云门胡饼赵州茶，信手拈来奉作家；细嚼清风还有味，饱餐明月更无渣。"这是祖师在一举一动处点破你，使你明白一切处都是佛法。

　　衢州子湖岩利纵禅师于门下立牌曰："子湖有一只狗，上取人头，中取人心，下取人足，拟议即丧身失命。"僧来参，师便曰："看狗！"五台山秘魔岩和尚，常持一木叉，每见僧来礼拜，即叉其颈曰："哪个魔魅教汝出家？哪个魔魅教汝行脚？道得也叉下死，道不得也叉下死！速道！速道！"吉州禾山无殷禅师，凡学人有问，便答曰："禾山解打鼓。"其余还有祖师专叫学人抬石挑土等等不一的作风。会得了，一切处都是道；会不了的，就被时光境界转，这里不如法，那里不适意。只见境风浩浩，摧残功德之林；心火炎炎，烧尽菩提之种，生死怎样能了呢？般般不如意，种种不现成，正好在这里降伏其心，在境上作不得主，就苦了。

　　说得行不得固然不对，但我们连说也说不得，就更加惭愧了。苏东坡在镇江，一日作了一首赞佛偈曰："圣主天中天，毫光照大千；八风吹不动，端坐紫金莲。"将此偈寄到金山，请佛印禅师印证。师看完，在诗后批了"放屁放屁"四字，便寄回苏东坡。东坡见批就放不下，即过江到金山，问佛印说："我的诗哪里说得不对？"佛印曰：

"你说八风吹不动,竟被两个屁打过江来!"我们说得行不得,也和东坡一样,一点小事就生气了,还说什么八风吹不动呢?

出家人的年岁计算,和俗人不同,或以夏计,过了几个夏,就说僧夏几多;或以冬计,过了多少冬,就说僧腊若干。今天结夏,到七月十五解夏,十四、十五、十六三日名自恣日,梵语钵刺婆刺拏,旧译自恣,新译随意。这一天让他清众恣举自己所犯之罪,对他比丘忏悔,故曰自恣;又随他人之意恣举自己所犯,故曰随意。这就是佛制的批评与自我批评。现在佛门已久无自恣,对人就不说直话了。这里非茅蓬、非丛林,不文不武、非牛非马的,今天结夏,也说几句东扯西拉的话,应个时节。

四月十六日开示

今天雨水纷纷,寒风彻骨,大家不避艰辛的插秧,为了何事呢?昔日百丈惟政禅师向大众说:"你为我开田,我为你说大义。"后来田已开了,师晚间上堂,僧问"田已开竟,请师说大义。"师下禅床行三步,展手两畔,以目示天地云:"大义田即今存矣。"大家想想,百丈老人说了什么呢?要用心体会圣人的指点。

我这业障鬼骗佛饭吃了数十年,还是摩头不得尾,现在又不能陪大家劳动,话也没有可说的,勉强应酬讲几句古人的话,摆摆闲谈。

志公和尚《十二时颂》中辰时颂曰:"食时辰,无明本是释迦身,坐卧不知元是道，只么忙忙受苦辛。识声色，觅疏亲，只是他家染污人。若拟将心求佛道，问取虚空始出尘。"既然坐卧都是道，开田自然也是道，世法外无佛法，佛法与世法无二无差别；佛法是体，世法是用。庄子也说"道在屎溺"，所以屙屎放尿都是道。

高峰老人插秧偈曰："手执青秧插满田，低头便见水中天。六根清净方为道，退步原来是向前。"佛法非同异，千灯共一光。你们今日插秧，道就在你手上，坐卧是道，插秧也是道。低头就是回光返照，水清见天，心清就见性天。六根是眼耳鼻舌身意，和色声香味触法打交道，便不清净，就没有道了。佛性如灯光，房子一灯光满。房内虽有千灯，亦皆遍满光，光光不相碍。宇宙山河，森罗万象，亦复如是，无所障碍。能回光返照见此性天，则六根清净，处处是道。要使六根清净，必须退步。退步是和《楞严经》所说一样，"尘既不缘，根无所偶，反流全一，六用不行，十方国土，皎然清净"，这就是退步原来是向前。若退得急，就进得快，不动是不成的。根不缘尘，即眼不被色转、耳不被声转等，作得主才不被转。但如何才做得主呢？沩山老人说："但情不附物，物岂碍人？"如今插秧，能不起分别心，无心任运，就不生烦恼。心若分别，即成见尘，就有烦恼，就是被苦乐境界转了。

孔子曰："心不在焉，视而不见，听而不闻，食而不知其味。"心不在，即无分别；无分别，就无障碍，食也不知其味了。鼓山为霖道霈禅师，精究《华严》，以《清凉疏钞》和《李长者论》，文字浩繁，不便初学，乃从《疏》、《论》中纂其要者，另辑成书。由于专心致志，不起分别念故，有一次侍者送点心来，置砚侧，师把墨作点心吃了也不知。侍者再至，见师唇黑，而点心犹在案上。这就是心无分别，食

191

而不知其味。

我们今天插秧，能不起分别心、不生烦恼心吗？若能，则与道相应，否则"坐卧不知元是道，只么忙忙受苦辛"，长期在烦恼中过日子，就苦了。烦恼即菩提，要自己领会。

四月十七日开示

世界上人由少至老，都离不了衣、食、住三个字，这三个字就把人忙死了。衣服遮身避寒暑，饮食少了就饥渴，若无房子住，风雨一来无处躲避，所以这三个字一样也少它不得。人道如此，其余五道亦是一样，飞禽走兽、虎狼蛇鼠，都要安身住处，要羽毛为衣，也要饮食。衣、食、住三事本来是苦事情，为佛弟子不要被它转。佛初创教，要比丘三衣一钵，日中一食，树下一宿，虽减轻了衣食住之累，但还是离不了它。现在时移世易，佛弟子也和世人一样为衣食住而繁忙，耕田插秧一天到晚泡在水里，不泡就没有得食。春时不下种，秋到无苗岂有收？可见一粥一饭，来处不易，要花时间，费工夫，劳心力，才有收成。为佛弟子，岂可端然拱手，坐享其成！

古人说："五观若明金易化，三心未了水难消。"出家人不能和俗人一样，光为这三个字忙，还要为道求出生死。因为要借假修真，所以免不了衣食住。但修道这件事，暂时不在，如同死人。古云："道也者，不可须臾离也。"所以道人行履，一切处、一切事，勿被境转。修道如栽田，谷子变秧，插秧成稻，割稻得米，煮米成饭。佛性如种子，众生本性与佛无异，自心是佛，故曰佛性。这种子和秧稻米饭相隔很远，不要以为很远，就不相信这种子会成饭。成佛所以要先有信心，即把种子放在田里，等它发芽变秧，这时间又怕焦芽败种，错过时光，就是说修行要学大乘，勿误入小乘耽误前途。插了秧以后要锄草，等于修道要除习气毛病，把七情六欲、十缠十使、三毒十恶、一切无明烦恼都除净，智种灵苗，就顺利长成，以至结果。

修行要在动用中修，不一定要坐下来闭起眼才算修行。要在四威仪中，以戒、定、慧三学，除贪、嗔、痴三毒，收摄六根如牧牛一样，不许它犯人苗稼。美女在前，俗人的看法是，前面一枝花；禅和子的看法是，迷魂鬼子就是她！眼能如是不被色尘所转，其余五根都能不被尘转，香不垂涎，臭不恶心，什么眉毛长、牙齿短、张三李四、人我是非都不管。拾得大士传的弥勒菩萨偈曰：

老拙穿衲袄，淡饭腹中饱。

补破好遮寒，万事随缘了。

有人骂老拙，老拙自说好。

有人打老拙，老拙自睡倒。

涕唾在面上，随他自干了。

我也省气力，他也无烦恼。

这样波罗蜜，便是妙中宝。

若知这消息，何愁道不了。

也不论是非，也不把家办。

也不争人我，也不做好汉。

跳出红火坑，做个清凉汉。

悟得长生理，日月为邻伴。

这是一切处都修道，并不限于蒲团上才有道。若只有蒲团上的道，那就要应了《四料简》的"阴境若现前，瞥尔随他去"。

人生在世，人与人之间，总免不了说好说歹的，打破此关，就无烦恼。说我好的生欢喜心，就被欢喜魔所惑——三个好，送到老；说我不好的，是我的善知识，他使我知过必改，断恶行善。

衣食住不离道，行住坐卧不离道，八万细行，不出四威仪中。古人为道不虚弃光阴，睡觉以圆木作枕，怕睡久不醒，误了办道。不独白日遇境随缘要作得主，而且夜间睡觉也要作得主，睡如弓，要把身弯成弓一样，右手作枕，左手作被，这就是吉祥卧。一睡醒就起来用功，不要滚过去滚过来，乱打妄想以至走精。妄想人人有，连念佛也是妄想；除妄想则要做到魔来魔斩、佛来佛斩，这才脚踏实地。"不怕念起，只怕觉迟"，如此用功，久久自然纯熟。忙碌中、是非中、动静中、十字街头，都好参禅，不要只知忙于插秧，就把修行扔到一边为要。

四月二十一日开示

佛说三藏教，谓诸修行人修因证果，要经历三大阿僧祇劫的时期，才能成功，独禅门修证很快，可以"不历僧祇获法身"。两相比较，前者要经千辛万苦才能成功，真是为难，后者只要识自本心，见自本性，当下顿断无明，就可立地成佛，快得很。

其实条条蛇都会咬人，不论小乘大乘，渐教顿教，想真正到家都不容易。诸位千山万水，来到云居，都是为办道讲修行而来，总以为打了叫香，在蒲团上坐下来，止了静就叫修行；开静的鼓声响了去睡觉，打三板起来上早殿，又是修行；开梆吃粥后，坐早板香又是修行；打坡板出坡，掘地种田，搬砖挑土，屙屎放尿，认为打闲岔，就忘记了修行了。《坛经》说："自性能含万法是大，万法在诸人性中。"若单以坐香上殿为修行，出坡劳动时功夫往哪里去了呢？坐香上殿时功夫又从何处跑回来呢？以出坡劳动为打闲岔，有一处不能用功，则处处都不是话头、都不能用功了。

古人说："道向己求，莫从他觅。"我年轻时，在外面梯山航海，踏破铁鞋，也是为了修行办道看话头。心中只求贪多，如猿猴摘果一般，摘了这个，丢了那个，摘来摘去，一个都不到手。现在眼光要落地了，才知道以前所为都是不对。楚石老人《净土诗》云："人生百岁七旬稀，往事回观尽觉非。每哭同流何处去，闲抛净土不思归。香云玛瑙阶前结，灵鸟珊瑚树里飞。从证法身无病恼，况餐禅悦永忘饥。"人生七十，古来已稀，更难望人人百岁，几十年中所作所为，人我是非，今日回想过去的事，尽觉全非。何以觉得非呢？拿我来说，自初发心为明自己的事，到诸方参学，善知识教我发大乘心，不要作自了汉。于是发心中兴祖师道场，大小寺院修复了十几处，受尽苦楚烦恼磨折，天堂未就，地狱先成。为人为法，虽是善因而招恶果，不是结冤仇，就是闹是非，脱不了烦恼。在众人会下，又不能不要脸孔，鹦鹉学语，说几句古人典章，免被人见笑，而自己一句也做不到。现在老了，假把戏不玩了，不再骗人了，不造地狱业了，去住茅蓬吧。就来到云居，结果又是业障缠绕逃不脱，仍然开单接众造业，说了住茅蓬，又搅这一套，就是说得到、做不到，放不下，话头又不知哪里去了，脱出那个牢笼又进这个罗网。

寒山大士诗曰："人问寒山道，寒山路不通。夏天冰未释，日出雾朦胧。似我何由届，与君心不同。君心若似我，还得到其中。"夏天冰未释，就是说我们的烦恼放不下，即如前几天总组长为了些小事闹口角，与僧值不和，再三劝他，他才放下。现在又翻腔，又和生产组长闹起来，我也劝不了。昨天说要医病，向我告假，我说："你的病不用医，放下就好了。"我这些话只会说他人，不会说自己，岂不颠倒？修行虽说修了几十年，还是一肚子烦恼，食不下、睡不着，不知见什么鬼，误了自己还是误谁。临插秧他就去了，我自己也不是的。说易行难，莫造来生业，回头种福田。前生没有脚踏实地做功夫，没种好善因，所以今生冤家遇对头，都来相聚了。年轻人要留心，不要学我放不下。我痴长几岁，有点虚名，无补真参实学。各位要种好因，须努力自种福田。

四月二十二日开示

出家人天天讲修道，如何谓之修道呢？修是修造，道是道理，理是人人的本心。这心是怎样的呢？圣言所表，心如虚空。说一个空字有点笼统，空有顽、真之分。我们眼所见的虚空，就是顽空；那不变随缘、随缘不变、灵明妙用、随处自在、能含一切万物的才是真空，修行人要明白这样的真空。

　　识自本心，见自本性，清清白白，明见无疑，就是见道。拿北京来作比喻，若从地图看北京，有方的圆的，横的竖的，宫殿街道，南海西山等等名目，看到能背得出，终不如亲到北京一次，随你提起哪里，他不用看图就能说得清清楚楚。只看图而未曾到北京的人，别人问起来虽然答得出，但不实在，而且有很多地方答不出的。修行人见道之后，如亲到北京，亲见"本自清净，本不生灭，本自具足，本无动摇，能生万法"的本性，不同依文解义的人，只见北京图而未亲到北京。空，就能摆得开，无挂无碍；不空，就摆不开，就有挂碍，所说和所做就不一样。所以说："空可空，非真空，色可色，非真色，无名名之父，无色色之母。"色空原来无碍，若实在明见此理，则任他天堂地狱，随缘不变，不变随缘，无挂无碍。不明此理的人，虽能说得天花乱坠，也无真实受用。

　　古来有一位老修行，在大众会下住了多时，度量很宽，待人厚道，常能劝人放下放下，有人问他："你这样劝人教人，你自己做到没有？"他说："我在三十年前就断无明了，还有什么放不下呢？"后来觉得在大众会下，还是有些不自由自在，所以就跑到深山住茅庵去。这回独宿孤峰，无人来往，自由自在，以为就真无烦恼了。谁知有一天在庵中打坐，听到门外有一群牧童，吵吵闹闹的说到庵里去看看，有说不要动修行人的念头，又有说既是修行人，念头是不会动的。后来牧童都进去了，老修行坐在蒲团没有理他，他们找吃的找喝的闹个不休，老修行不动不声，牧童以为他死了，摇他也不动，但摸他身上还有暖气。有人说："他入定了！"有人说："我不相信。"于是有人拿根草挑他的腿，老修行还是不动，挑他的手也不动，挑他的肚脐也不动,挑他的耳朵亦不动,挑他的鼻孔,老修行忍不住,打了一个喷嚏,于是大骂道:"打死你这班小杂种!"那时观世音菩萨在空中出现说:"你三十年前断了无明的,今天还放不下吗!"可见说得一丈不如行一尺,说得一尺不如行得一寸,不被境转真不容易。

憨山大师《费闲歌》说:"讲道容易修道难,杂念不除总是闲。世间尘劳常挂碍,深山静坐也徒然。"我们既为佛子,若不下一番苦心,徒然口说,也是无补于实际的。

四月二十三日开示

佛教的月刊上常说,佛门遭难,滥传戒法,规矩失传,真理埋没,这些话我也常讲。前几十年我就说,佛法之败,败于传戒不如法。若传戒如法,僧尼又严守戒律,则佛教不致如今日之衰败。

我自己惭愧,初出家时不知什么是戒,只知苦行,以为吃草不吃饭等等就是修行,什么大乘、小乘、三藏十二部,都不知道。鼓山是福建省的名胜地方,有几百僧人,有丛林,有茅蓬,远近闻名,我就到鼓山出家。鼓山戒期只有八日,实际传戒工作只有四五天,从四月初一日新戒挂号进戒堂后,马上就教规矩,省略了很多手续,又没有比丘坛,新戒受戒什么名目都不知,初八日在头上燃了香,戒就算受完了。

后来我到各处一跑,传戒的情形各有不同:天台山国清寺戒期五十三天,尽是小和尚受戒;普陀山戒期十八天,名叫罗汉戒;天童寺戒期十六天，宝华寺戒期五十三天，安徽宁国府戒期三天，徽州某寺戒期更快，一昼夜就完事，名叫一夜清。后来看经律，才知这样苟且传戒是不如法的。

《楞严经》说："若此比丘，本受戒师，及同会中，十比丘等，其中有一不清净者，如是坛场，多不成就。"可见三师七证这十师中，有一不清净者，戒就白传。《楞严》又说："从三七后，端坐安居，经一百日，有利根者，不起于座，得须陀洹。纵其身心，圣果未成，决定自知，成佛不谬。"近代传戒，不问清净不清净、如法不如法了。

中国佛教，自汉明感梦、腾兰二尊者初来此土，不足十师，不得授具，但与道俗剃发，披服缦条，唯是五戒十戒而已。曹魏嘉平二年昙摩迦罗译出《僧祇戒心》，初行受戒法，沙门朱士行为此土受具足戒之始。梁武帝约法师受具足戒，太子公卿道俗从师受戒者四万八千人。此应是受菩萨戒。唐道宣律师于净业寺建石戒坛，为岳渎沙门再受具戒，撰《戒坛图经》。宋真宗升州崇胜寺，赐名甘露戒坛，诏京师立奉先甘露戒坛，天下诸路皆立戒坛，凡七十二所。皇帝立的戒坛，受戒的人要经过考察的。初受沙弥戒，梵语沙弥，华言息慈，谓息恶行慈也。七岁至十三岁名驱乌沙弥。佛世小儿出家，阿难不敢度。佛言："若能驱食上乌者听度。"十四岁至十九岁，名应法沙弥，谓正合沙弥之位，以其五岁依师调练纯熟，堪以进具也。二十岁至七十岁，叫名字沙弥，本是僧之位，以缘未及，故称沙弥之名。比丘戒要满二十岁才能受，很严格的，有未满者，佛听从出世日算起，以闰年抽一月，以大月抽一日，补足助成二十岁。古有许多大祖师，未拘定年龄者也不少。

清代以来，皇帝多是菩萨应世，如顺治出家，康熙、雍正都受菩萨戒，由国主开方便，凡是僧人不经考察，都能受戒。不知慈悲反成不好。以前传戒还可以，如宝光寺、昭觉寺、宝华山，福州鼓山、怡山等处，犹尚慎重，其他丛林小庙都在传戒，乃至城隍土地，会馆社坛，都传起戒来。我因此在《三坛正范·后跋》略云："更有招帖四布，煽诱蛊惑，买卖戒师，不尊坛处，淫祠社宇，血食宰割之区，乱为坛地，彼此迷惑，窃名网利，袭为贸易市场，本是清净佛土，翻为地狱深坑。"近来《弘化月刊》指责滥传戒法的话，说得更不好听。

我过去每年也在传戒，地狱业造了不少，其中有点缘故，欲想挽回后进，也是不得已而为之。我初到云南鸡足山，看不到一个僧人，因为他们都穿俗服，所以认不出谁是僧人。他们全不讲修持，不讲殿堂，连香都不烧，以享受寺产、用钱买党派龙头大哥以为受用。我看到此情形，就发心整理鸡足山，开禅堂，坐香、打七，无人进门；讲经，无人来听；后来改作传戒。从前僧家未有传戒受戒者，这回才初创，想用戒法引化，重新整理，因此传戒期限五十三天，第一次就来八百多人，从此他们才知有戒律这一回事。慢慢的劝，他们也就渐渐和我来往，渐知要结缘，要开单接众，要穿大领衣服，要搭袈裟，要上殿念经，不要吃烟酒荤腥，学正见，行为逐渐改变。我借传戒，把云南佛法衰败现象扭转过来。

鼓山以前传戒只八天，只有比丘、优婆塞进堂，没有女众，各处远近寄一圆与传戒师，给牒，在家人搭七衣，称比丘、比丘尼，名为寄戒。我到鼓山改为五十三天，把这寄戒不剃发搭衣等非法风气都改了，很多不愿、反对的，弄到有杀人放火的事件发生，岂非善因反招恶果！请慈舟法师来鼓山办戒律学院，他自己行持真是严守戒律，我很敬重他的。办道这事，总在自己，不在表面。

古来三坛戒法，每一坛都要先学足三年才传授的。佛灭后，上座部分至五百部，事情复杂多了。佛在世时亦方便，有十七群比丘，年未满二十而受比丘戒的祖师也多，如不讲忏悔，纵至百岁亦是枉然，每见几十岁的老法师不守戒的也不少。这些情况，老禅和子都知道，初发心的要谨慎护戒。

学习大小乘经律论，以求明白事理，清净觉地本来不染一尘，但佛事门中就不舍一法。出家受戒，先受沙弥十戒，此十戒中，前四是性戒，后六是遮戒。次受比丘戒，有二百五十戒，尼众有三百四十八戒，不离行住坐卧四威仪和身口七支。菩萨三聚净戒，一摄律仪戒，无恶不断，起正道行，是断德因，修成法身；二摄善法戒，无善不积，起助道行，是智德因，修成报身；三摄众生戒，无生不度，起不住道，是恩德因，修成化身。

持戒有小乘、大乘之别，小乘制身不行，大乘制心不起；小乘在三千威仪八万细行中制身不犯，大乘连妄想都打不得，一打妄想就犯戒。大乘讲虽容易，行起来就难了。舍利弗过去在因地中想行菩萨道，离开茅庵，不做自了汉，发大愿心，入世度众生，到十字街头打坐去。有一天，见一女人大哭而行，舍利弗问她何故如此伤心？女曰："我母亲有重病，医生说要世人活眼睛才医得好。这事难办，我感到失望，所以伤心痛哭。"舍利弗曰："我的眼睛给你好不好？"女曰："谢谢你！真是菩萨，救苦救难。"舍利弗遂把右眼给她。女曰："错了，医生云须用左眼才对！"舍利弗勉强又把左眼挖出给她，这女人拿起左眼闻一闻，说："这眼是臭的，不能用。"弃之而去。舍利弗觉得众生难度，便退了菩萨心。你看修行菩萨道难不难！

受比丘戒时，戒和尚问："汝是丈夫否？"答曰："是丈夫。"受菩萨戒时，戒和尚问："汝是菩萨否？"答曰："是菩萨。"问："既是菩萨，已发菩提心未？"答曰："已发菩提心！"既如此说，就要做得到，否则脚未踏实地，被人骂一句就放不下，动起念头，就招堕了。既受了三坛大戒，你我想想，像不像沙弥、比丘、菩萨呢？自检讨去。

四月二十五日开示

我今天在过堂的时候，看见各人吃饭，渐渐有些散乱。吃饭时候容易散乱，亦正好对治散乱。

世人不知人身之宝贵，《大涅槃经》偈曰："生世为人难，值佛世亦难。犹如大海中，盲龟遇浮孔。"《杂阿含经》曰："大海中有一盲龟，寿无量劫，百年一出头。复有浮木，只有一孔，漂流海浪，随风东西。盲龟百年一出，得遇此孔。凡夫漂流五趣海，还复人身，甚难于此。"《显扬论》曰："一日月之照临，名一世界；此一世界，九山八海和四洲。"九山是须弥山、持双山、持轴山、担木山、善见山、马耳山、障碍山、持地山、小铁围山，八海是七个香水海和一个大咸水海。须弥山与持双山之间乃至障碍山与持地山之间，当中都有一重香水海，八山之间，共七香水海。最后持地山与小铁围山之间，有一重大咸水海。此海中有东西南北四洲，盲龟在咸水海，百年一出头，要碰入这飘流不停的浮木之孔。《四教仪》说："在因之时，行五常五戒，中品十善，感人道身。"四洲中北洲无贵贱，余三洲有轮王、粟散王、百僚、台奴、竖子、仆隶、姬妾之分。皆由五戒十善之因，有上中下不同，故感果为人有贵贱不等。

我们现在已得人身，又闻佛法，就要依教奉行，依戒定慧种种法门降伏其心。如照律下修行，则一天到晚，持《毗尼日用》五十三咒，"佛制比丘，食存五观，散心杂话，信施难消"。大众闻磬声各正念。维那在斋堂念了供养咒之后，呼此偈。说毕，比丘吃饭时要存五观：一、计功多少，量彼来处（一钵之饭，作夫汗流）；二、忖己德行，全缺应供（缺则不易，全乃可受）；三、防心离过，贪等为宗（离此三过，贪嗔痴也）；四、正事良药，为疗形枯（饥渴病故，须食为药）；五、为成道业，应受此食（不食成病，道业何从）。"五观若明金易化，三心未了水难消。"要常存惭愧心，莫失正念，闻声悟道，见色明心，不要心外见鬼。各存正念者，一声磬念一声佛也，不说人我是非，散心杂话。"施主一粒米，大如须弥山。若不自了道，披毛戴角还。"修因感果如种田，水养禾苗，如智水润心田。能念念在道，则处处都是道场。善用心者，心田不长无明草，处处常开智慧花。既然人身已得，佛法已闻，就要努力修行，勿空过日。

四月二十六日开示

凡在三界之内，都要六道轮回。六道之中，分三善道、三恶道。天、人、阿修罗，是三善道；畜生、饿鬼、地狱，是三恶道。六道之中，每一道都有千品万类，贵贱尊卑各各不同。故经云："譬如诸天，共器饮食，随其福德，饭色有异，上者见白，中者见黄，下者见赤。"

欲界诸天有淫欲，四天王天与人间同，忉利天淫事与人间略异，只过风不流秽，夜摩天则执手成淫，兜率天但对笑为淫，化乐天以相视为淫，他化天以暂视为淫。《楞严经》说："如是六天，形虽出动，心迹尚交，自此已还，名为欲界。"

色界已无淫欲，还有色身。《楞严经》说："是十八天，独行无交，未尽形累，自此已还，名为色界，但无粗色，非无细色。"

《净名疏》云："若不了义教，明无色界无色；若了义教，明无色界有色。"《涅槃》云："无色界色，非声闻缘觉所知。"《楞严经》云："是四空天，身心灭尽，定性现前，无业果色。从此逮终，名无色界。"

三界轮回淫为本，六道往返爱为基。可见有淫就有生死，断淫就断生死了。

三界六道，身量寿命，长短不同。非非想处天，寿长八万大劫，还是免不了生死轮回。三界无安，犹如火宅，我们打算出火宅，就要好好地修行。

四月二十七日开示

有一件事要嘱咐各位的，近日各处来信问本寺是否传戒。大家知道的，我在这里是住茅蓬，各位有缘，所以共住在一块。现在要响应政府号召，自给自食，若人多了，一时生产不及，粮食就买不到。各位向外通信，切不要说这里传戒，因为这里不能多住人。本寺的新戒曾要求我说戒，我看时节因缘，或在这里说方便戒是可以的，但不能招集诸方新戒，若人过多，食住都成问题。现在农事忙到了不得，幸而秧已插了，但还有很多事要忙的。天天要吃，若不预为计划，就没有得吃。老鼠都有隔年粮，我们也要有打算。

时光迅速，又快到夏至了，夏至后日渐短，夜渐长，阳气收了。人身造化和天地一般，身心动静，行住坐卧，要顺时调护，动中有静，静中有动，动勿被动转，静勿被静转。定是体，慧是用，真是静，俗是动，二谛圆融，与天地之气一般。修行办道，无非调停动静而已，动静如法，随心所安；动静不如法，被境所迁。

欢乐苦日短，忧愁叹日长，时光长短，唯心所造，一切苦乐，随境所迁。昔日有一禅和子在鼓山挂单，有一生癞病僧，别人看见都讨厌他，这禅和子年纪才二十多岁，很慈悲细心招呼病僧。病僧好了，与禅和子一同起单，病僧曰："我多谢你的照顾，病才医好，否则我早就死了，你和我一齐到我小庙去住住吧。"禅和子说："我先朝五台，将来再到你小庙去。"禅和子朝完五台，回到鼓山，访那病僧，那病僧就在一金丝明亮的寺门边迎接他说："等你很久了，这么迟到。"便倒一杯开水他喝。禅和子说："路上未吃饭呢。"病僧说："请稍等一下，饭就送来。"病僧便去牵牛、犁田、播种、拔秧，插秧、薅草、割稻子、碾米、作饭，不知怎样搞的，顷刻间饭就弄好了。饭吃完之后，禅和子想告假去，病僧请留一宿。迨天明下山，则江山依旧，人事全非，已改朝换代过了很多年了。我们苦恼交煎，日子非常难过，他上山住一日夜，吃一顿饭下山，就改了朝代，过了很多年月。

罗浮山沙门慧常，因采茶入山洞，见金字榜罗汉圣寺，居中三日而出，乃在茅山，人间五年矣。你看时间长短是不是唯心所造呢！

只要你能定慧圆融，二谛融通，深入三昧，一念无生，则见无边刹境，自他不隔于毫端；十世古今，始终不离于当念。行住坐卧，不要心外见法，每天不被境转，任你暑去寒来，与我不相干。如如不动，念念无生，这就不被境转，修行就不错过时光了。

四月二十八日开示

同参道友们来问话，不要客气，直道些好。本来诸方丛林问话的规矩，要恭恭敬敬，搭衣持具顶礼后，问讯长跪，才请开示的。这里是茅蓬境界，不讲究这些。什么道理呢？我现在一天到晚在烦恼中过日，你们多礼，我就更麻烦了，随便随时，哪里都可以问。可以说禅和子在巷里牵牛，直来直去。譬如说点灯，用的是香油，就说是香油，是洋油就是洋油——你用功是念佛就谈念佛，是参禅就谈参禅；有哪样便说哪样，洒洒脱脱的好。若说我样样都不晓得，请你慈悲开示，这就是虚伪了。如德山隔江招手，他也知你的长短。

本来法法都是了生死的，参禅、念佛、看经、礼拜，种种法门，对机而说，你是什么机，对你说什么法。"佛说一切法，为度一切心。我无一切心，何用一切法。"如中药分君臣佐使，配合妥当，吃了出一身大汗，病就好了。病好了，药就不要了。

古人说："但尽凡心，别无圣解。"凡夫心尽，当下是佛，不用向外驰求。向外驰求，即是外道。心外一无所得，自心是佛。凡夫心，就是执著心，生气，生欢喜，毁誉动心，贪色、贪财、穿好、吃好、偷懒、打无明、不上殿等等习气毛病，甚至想成佛，都是凡夫心。若能凡圣双忘，一切处如如不动，不向外求，则见自心是佛。辞亲割爱，以参禅、念佛等法门除此等凡心，以毒攻毒，病去药除。

同参们请开示，常说妄想多，这不要紧，不参禅、不念佛，你还不知有妄想，因为用功回光返照，就知道有妄想。识得妄，你不要理会他，如如不动。若生心动念，就见鬼了。日久功深，水滴石穿，口诵心惟，自然归一。参禅可以悟道，念佛忘了我也能悟道。一念不生，直下承当，这里正好用功，希望各位百尺竿头更进一步。

四月二十九日开示

讲起办道，诸佛菩萨只叫除习气，有习气就是众生，无习气就是圣贤。圣贤的妙用，识得则烦恼是菩提，识不得则菩提成烦恼。烦恼与菩提，如翻掌覆掌。这些话说是容易，行就为难。所以鸟窠禅师说："诸恶莫作，众善奉行"八个字，"三岁孩儿虽道得，八十老人行不得"。

虚云惭愧万分，习气深了，不能回头，不能放下，到这里住茅蓬，本想"榔栗横担不顾人，直入千峰万峰去"的。常住的事不要我理，理了就是多管闲事。从前当过两天家，习气难除，至今放不下，事情看不过去的偏爱讲。

当家说过，今早不出坡，我还叫出坡，有人说我这就是封建，是多管。这件事公说公有理，婆说理更多。当家说大众太辛苦了，休息一下是对的，但国家号召我们努力生产，我们借了政府几万斤米，怎能不响应号召努力生产呢？虽然要大家吃苦，这是有理由的。

我要开腔多嘴，是怕下半年买不到米。因为我们每人每日买米一斤半，现在木匠买米已节约减了三两，我看我们也快要减的。米少了又不增产就不够食。若今天休息，明天是初一又休息，后天若下雨，那就一连休息三天不出坡，岂不误了生产？有此原因，你们说我封建就封建，但我封建中有不封建，专制中有不专制，和有强权无公理的不同。现在春雨土松，若不趁此时候多辛苦一点，请问下半年吃什么呢？虽说辛苦，但我们比山下的老百姓已经好得多了，他们这几天帮我们插秧才有大米吃，每天光头淋雨，还不敢躲懒，一懒又怕我们不用他。所以这么苦，他们还要干，我们没他们这么苦，何以还说苦呢！

端午节开示

今天端午节，本是世俗的节日，佛门不在这里执著。虚云以前也随顺世情，住近城市也有人送粽子，常住也随俗过节。现在云居山，没人送粽子来。粽子本来是给鬼吃的，我们何必要包粽子？包粽子费工夫，所以只煮糯米饭应节算了。人生世上，总宜流芳千古，切勿遗臭万年。国家所重的是忠义节烈，佛门弟子，一念无生，认识本来面目，谁管他吉凶祸福？但未见无生的，就逃不出吉凶祸福。

这几天闹水灾，去年闹水灾也在这几天，今年水灾怕比去年更坏。我放不下，跑出山口看看，只见山下一片汪洋大海，田里青苗比去年损失更多，人民粮食不知如何，我们买粮也成问题，而且买粮的钱也没有，所以要大家刻苦度过难关。这次没有米卖，幸蒙政府照顾，买到谷子，以前买米每人一斤半，现已减了四两，只能二十两米。以谷折米，要打七折八折，一百斤谷子，作七十斤米，要多买也不行。买谷比买米吃亏，买麦面一担二十几元，一担面粉等于两担米钱，更花得多了，但不买又不行。所以要和大家商量节约省吃，从此不吃干饭，只吃稀饭，买谷怕买不到，自己种的又未长成，先收些洋芋掺在粥内吃，洋芋每斤一角二分，价比米贵。好在洋芋是自己种的，不花本钱，拿它顶米度过难关，我们要得过且过。

五月十五日开示

丛林布萨，一个月内黑月白月两回，《梵网经》、《四分戒本》，每月本来都要诵两次，今只半月诵《梵网经》，半月诵《四分戒本》，已省略了。梵语布萨，华言净住、善宿，又曰长养。谓每月集众说戒经，使比丘住于净戒中，能长养善法也。

佛观一切众生苦恼轮回，背觉合尘，习气除不了，故方便制戒，使众生断除习气，背尘合觉。律所说的戒律，梵语称毗奈耶，华言曰灭，或曰律，新译曰调伏。戒律灭诸过非，故曰灭；如世间之律法断决轻重之罪者，故云律；调和身语意之作业，制伏诸恶行，故云调伏。戒律条文多少，怕你忘记，所以每月都要诵二次。

菩萨戒是体，比丘戒是用，内外一如，则身心自在。诵戒不是过口文章，要说到行到。讲到持戒也实在为难，稍一仿佛就犯了戒。持戒这事，如头上顶一碗油似的，稍一不慎，油便漏落，戒就犯了。半月诵戒，诵完要记得，口诵心惟，遇境逢缘，就不犯戒，不起十恶，佛制半月诵戒之意在此。

初发心的格外要慎重，很多人年老还靠不住，果能一生直到进化身窑，那时都不犯律仪，才算是个清静比丘。戒律虽有大小性遮之分，皆要丝毫不犯，持戒清净如满月，实不容易，不可不小心。

未曾受戒的，别人诵戒不能往听，只能诵戒前在斋堂听和尚嘱咐，不要忘记出家根本。论到出家，表相不难，不比过去要剃发，现在很多俗人都是光头的，出家只穿上大领衣就名僧人，但谁是真的僧人呢？如人饮水，冷暖自知，务望各自精进。

五月十六日开示

昨夜说的黑月白月诵两重戒法，这是世尊金口所宣。佛将涅槃时，阿难尊者问佛，未来比丘以何为师？佛曰："汝等比丘，于我灭后，当尊重珍敬波罗提木叉，如暗遇明，贫人得宝，当知此则是汝等大师，若我住世，无异此也。"波罗提木叉，华言别解脱，谓身口七非、五篇等戒，不犯则能解脱。以波罗提木叉为师，即以戒为师也。

戒条既多，怕会忘记，故黑月白月都要诵戒，以便记持不犯。曾受某戒，许诵某戒，听某戒；未曾受过的戒，不许诵，不许听。未受而诵而听就不合法，故诵戒法师在诵菩萨戒前问曰："未受菩萨戒者出否？"维那答曰："此中无有未受菩萨戒者。"诵比丘戒也要这样问。

佛门弟子共有七众：一、比丘；二、比丘尼，这是男女之受具足戒者；三、式叉摩那，此云学戒女，习学六法故；四、沙弥；五、沙弥尼，这是男女之受十戒者；六、优婆塞；七、优婆夷，此是男女之受五戒者。沙弥不许听诵比丘戒，怕沙弥见比丘犯戒而生我慢贡高，轻视比丘。故诵戒之前，沙弥进斋堂，顶礼长跪，上座抚尺云："诸沙弥！谛听：人身难得，戒法难闻，时光易度，道业难成，汝等各净身口意，勤学经律论，谨慎莫放逸。"沙弥答曰："依教奉行。"上座又说："既能依教奉行，作礼而退。"沙弥一拜起，问讯出堂。沙弥出堂之后，才开始诵戒。

受了佛戒，当下即得清净戒体，即得解脱，即入佛位，位同大觉，是真佛子。受佛戒，是难得希有之事，所以受戒后，要谨慎护戒，宁可有戒而死，不可无戒而生。《僧祇律》云：波罗脂国有二比丘共伴，来诣舍卫问讯世尊。中路口渴无水，前到一井，一比丘汲水便饮，一比丘看水见虫不饮。饮水比丘问言："汝何不饮？"答言："世尊制戒，不得饮虫水故。"彼复劝言："长老但饮，勿自渴死，不得见佛。"答曰："我宁伤身，不毁佛戒。"遂便渴死，即生忉利天上，天身具足。是夜先到佛所，礼足闻法，得法眼净。饮水比丘，后日乃到佛所，佛知而故问："汝从何来，为有伴否？"彼即以上事答。佛言："痴人！汝不见我，谓得见我；彼死比丘已先见我。若比丘放逸懈怠，不摄诸根，虽共我一处，彼离我远；彼虽见我，我不见彼。若有比丘,于海彼岸,能不放逸,精进不懈,敛摄诸根,虽去我远,我常见彼,彼常近我。"

和这位持戒比丘比较一下,我们是一天到晚乌烟瘴气,和猪八戒一般,哪里像佛的弟子呢? 佛制比丘喝水,要用滤水囊,把水滤过才喝。中国现在谁用滤水囊呢? 佛又方便,喝水时只许用肉眼观水,不许用天眼观水,因为用天眼观,则水中虫多,皆喝不得,勉强喝了又犯戒故也。所以不管你看见水有虫无虫,照《毗尼日用》规定,凡饮水都要持偈念咒。偈曰:"佛观一钵水,八万四千虫。若不持此咒,如食众生肉。"咒曰:"唵缚悉波罗摩尼莎诃。"

"时光易度"者,一日十二时辰,昼六时,夜六时,一天二十四小时,一小时四刻,一刻十五分钟,一分六十秒,时间是刹那刹那的过,刹那刹那的催人老。你们沙弥,自出娘胎至今,转眼就二三十岁,你看时光是不是易过?

"道业难成",初出家的道心都好,日子久了,就懈怠起来。所以说:"出家一年,佛在眼前; 出家二年,佛在西天; 出家三年,问佛要钱! "既道心不长,道业就难成了,露水般的道心,怎能了生死呢!

所以最后就嘱咐你们说:"汝等各净身口意,勤学经律论,谨慎莫放逸。"勤者精进不后退,如孔子所说,学而时习之,不分昼夜,行住坐卧,朝于斯,夕于斯,磨炼身心,清净三业。经者,径也,即了生脱死之路径; 律者,戒律,即五戒、十戒、比丘、菩萨等戒也; 论者,佛大弟子发扬经律之妙义的著作。汝等沙弥,既发心为道,就要勤学经律论,勿空过日。

五月十七日开示

昔日赵州问南泉"如何是道？"泉曰："平常心是道。"州曰："还可趣向也无？"泉曰："拟向即乖！"州曰："不拟争知是道？"泉曰："道不属知，不属不知；知是妄觉，不知是无记。若真达不疑之道，犹如太虚，廓然荡豁，岂可强是非耶！"州于言下悟理。

我们说古人的空话，说平常心，人人都有，但怎能见得他是道呢？只要识得平常心，则一切处都是道；不识这平常心，就颠颠倒倒了。何故呢？我们不能回光返照，向外驰求，背觉合尘，朝朝暮暮，随境迁流，背道而驰，摸不着自己的脸孔。

怎样叫平常心呢？平常就是长远，一年到头，一生到死，常常如此，就是平常。譬如世人招待熟客，只用平常茶饭，没有摆布安排，这样的招待，可以长远，就是平常；如有贵客到了，弄几碗好菜，这就是不平常的，只能招待十天八天。家无常礼，故不平常的招待，是不能长久的。修心人能心无造作，无安排，无改变，无花言巧语等，这就是平常心，就是道，也就是直心是道场的意思。六祖谓智隍禅师曰："汝但心如虚空，不著空见，应用无碍，动静无心，凡圣情忘，能所俱泯，性相如如，无不定时也。"这些话，也是说的平常心，与这些话不相应的，是在鬼窟里作活计，就不平常了。

昨夜说戒律，初发心的初生信心，归依三宝，求受五戒；再进步的，知人生是苦，而舍俗出家，入山修道，知比丘尊贵，而受具足戒；

又发大心，而受菩萨戒。在戒堂听引礼师苦口叮咛，说到"寒心而生惭愧"，那时怕六道受苦而发道心，闻法泪下。问某戒能持否？都答曰"能持"，但受戒完了，过些时候，老毛病复发，就退道心，就不平常，反以贪嗔痴为平常了。

明道的人，动静无心，善恶无念。性空即无心，无心即道。初出家人，不知佛法如何，规矩如何，修行如何，须知欲了生死，先要循规蹈矩。如孔子之制礼作乐，亦无非教人规矩，与佛戒律无异。

执身即除习气，身得自由，则心有依处。古人有行住坐卧四威仪偈曰："举佛音声慢水流，诵经行道雁行游。合掌当胸如捧水，立身项上似安油。瞻前顾后轻移步，左右回视半展眸。威仪动静常如此，不枉空门作比丘。"以冰清玉洁的声音，称念诸佛圣号，这是念佛法门。进一步问念佛是谁，就是参禅了。若不回光返照，只口念佛而心打妄想，随想迁流，这样念佛就无用。念佛要口念心惟，以智观照，声音不缓不急，如水慢流，口念耳听，不打妄想，念念流入萨婆若海。一声佛号有无量功德，只此一声佛号就能度无量众生。诵经或照经文直诵，或背诵，或跪诵，或端坐而诵，或默念皆可。随文观想，看经中说的什么道理。行道即经行，一步一步不乱，不东歪西倒，如空中雁行有秩序。一个跟一个，不紧不疏的行。一切处都是用功。合掌两手不空心，十指紧密，不偏不倒，如捧水一般，若一偏侧，水就倾泻了。站如松，两脚八字，前宽八寸，后宽二寸。身直，头不偏不倚，后颈靠衣领，如顶一碗油在头上一般，不正则油泻了。行如风，要照顾前后，轻轻移步，鞋不拖地；行楼上，楼板不要响；生草不踏，爱护生物。开眼看东西，只展半眼，所看不过三五七尺远。行住坐卧，能具威仪，使人一望生敬。若不先自检责，何以化导群机？

既自治之行可观，则摄化之门不坠。有道无道，举止如何，别人一看便知。

心能平常则始终不变，经历风波险阻，此心如如不动。如憨山老人者，就是我们的模范。他老人家生于明朝嘉靖二十五年丙午十月十二日，十二岁请于母出家，礼南京报恩西林和尚为师，受具戒于无极和尚。二十岁西林和尚寂后，房门大小事，众皆听憨山决之。后从云谷大师在天界坐禅，二十八岁游五台，见憨山甚佳，因以为号。二十九岁阅《肇论》，悟不迁义。妙峰谓之曰："且喜有住山本钱矣！"三十岁发悟，说偈曰："瞥然一念狂心歇，内外根尘俱洞彻。翻身触破太虚空，万象森罗从起灭。"自披剃至七十一岁冬，游双径，上堂说法，启口数千言，不吃一字。侍前传录，疲于奔命，日不暇给。其详细史实，具载《年谱》中。他老人家一生历史，数十年中，环境千变万化，千辛万苦而道心始终不变，这就是平常心，长远心，就是我们的模范。他遭戍雷阳时，作《军中吟》云："缁衣脱却换戎装，始信随缘是道场；纵使炎天如烈火，难消冰雪冷心肠。"把自己坚固不变的心都吐露出来。

佛法到今日更衰微，起过不少风波。解放前，全国僧尼还有八十万，去年只余七万多，还俗的十占其九，这就是无长远心，无坚固心，烈火一烧，就站不住脚。若是真佛弟子，就要立志，具铁石心肠，先学威仪，循规蹈矩。不怕人说你脑筋不醒，要死心崇奉佛的教诫。由于多劫种下善根，此生才得入佛门，就要努力求道去习气，不入名利场，不当国王差，把心中的习气，一点一点的除去，即是大修行人，得入理体，坚固心历久不变，平常心动静一如。

五月十八日开示

《禅门日诵》上载有憨山大师《费闲歌》十首，讲十件难事。这十件事办不到，就是空费力，就是闲无用，故曰《费闲歌》。若把这十事做到，就了生死。十件难事是：体道难，守规难，遇师难，出尘难，实心难，悟道难，守关难，信心难，敬心难，解经难。

我与古人一比，自知惭愧，不敢多舂壳子。别人把我当古董看待，以为我有道德，我不敢多说话，别人认为我装憨。此事如人饮水，冷暖自知，并非我客气。古人说："画虎画皮难画骨，知人知面不知心。"我内心的惭愧谁能知道呢？我骗佛饭吃，比你们多几年，你们不相信苦恼业障，我的苦恼又说不出，现在只吃空饭，讲话也讲不好，讲的又不是自己的，只是前人的典章，或诸方的口水，都是眼见耳闻的，自己肚里一点也没有。古圣前贤，千佛万佛，传一心印，不说一语，佛祖相传，无非如此。古人说得到行得到，别人不知我的苦恼，还以为了不得，明眼人会说我，你何不自己讲讲自己？

前天杭州某人来一封隐名信指责我说："抑其有以宗匠自命者，咸多墨守偏空，纵有满腹知解，对本分上一点不能相应。阿附权贵，广收门徒，虽名喧一时，亦不足重。……故有秘戒不许滥传于不道不明不圣不贤之人，若遇其人而不传，则必受其殃；若传非其人，亦受其殃。未审大师遇有应传而不传、不应传而传者之事否？（传者，传法也）……一、和尚蓄须，沙门败类，开千古破戒之风，留后人讥讽之砧;二、云门事变,不明事机,徒以宿业果报而自慰,造成三僧失踪,一僧身亡。有此二事,足以证明大师功过深浅矣……"孔子说:"丘也幸,苟有过,人必知之。"这封信指责我,就是我的善知识,我很感谢他。可惜他的信不署名,又没有回信地址。他说:"盖以大师之神明,当可知也,倘有缘分,请一回示为祷。"因此,我写信到杭州托心文法师打听这封信是谁写的,想和他通个信。他说我以宗匠自命,又说"就学人所知者,其能行解相应作法门之龙象、不愧为人天眼目者,舍大师其谁能当之"等语。他最初责我以宗匠自命,我何尝敢以宗匠自命;继又赞叹我舍大师其谁能当之,这些话我实不敢当。问我传法之事,我自己应不应得法也不知,哪里敢说传不传呢?谈到和尚蓄须这件事,旁人对我是不清楚的,我初出家时,误学头陀留须发带金箍,那时不明教理,早就错了,后来被善知识一骂就剃了。以后每年剃一次头,每逢除夕洗一次脚。平生不洗澡。既然一年才剃一次头,平常不剃头,就不剃胡子,我不是有意养胡子的。照佛制度,应该剃除须发;中土风俗,以须眉男子为大丈夫相,认为身体发肤受之父母,所以中土祖师亦有顺俗留胡子的。说到云门事变,责我不明事机,这事亦与我无干。谁失踪,谁身亡,我也不知,古来酬还夙业果报而罹难的祖师很多。

以上的话,由于我放不下而说的。平常会说古人的话来劝人,遇到境界,自己就打不开,真所谓"能信不行空费力,空空论说也徒然"。我长年害病,无力行持,不能如古人那样要死就死,要活就活,来去自由。初发心同参们,不要提我的虚名,不要听我的空话,要各人自己努力。自不努力,向外求人,都靠不住的。

行持不限出家在家,都是一样。讲个典章你们听:云南有一位秤锤祖师，明朝人，姓蔡，住昆明小东门外。父母去世，遗下财产田园，生活过得很好，勤俭劳动，自种菜蔬出卖作零用。妻年轻貌美，好吃懒做，和野汉子私通，蔡虽明知此事也不说她，日子久了，她更胆大，天天和野汉子私通，毫无顾忌。有一天，蔡很早就出门卖菜，预计野汉尚未离家，就买好酒肉带回家，这时野汉尚未离去，只好躲在床下。蔡入厨弄饭菜，妻觉得不好意思，就去洗脸并帮丈夫弄菜。饭菜弄好了，蔡叫她摆碗筷，她摆了两套碗筷，蔡叫她摆三套："我今天请客。"她摆好了，蔡叫她请客出来喝酒。她说："客在哪里？"蔡曰："在房里。"她说："你不要说鬼话，房里哪里有客？"蔡说："不要紧，不要害怕，你请他出来好了；若不出来，我就给他一刀。"妻不得已，就叫野汉子出来。蔡请野汉子上座，向他敬酒，野汉子以为有毒不敢喝，蔡先喝了再请他喝，野汉子才放心。酒菜吃饱了，蔡向野汉子叩头三拜，说，"今天好姻缘，我妻年轻，无人招呼，得你照顾很好，我的家财和我的妻都交给你，请收下吧。"妻和野汉子都不肯，蔡持刀说："你们不答应，我就要你们的命！"二人没法，只好答应下来。蔡于是只身空手出门，往长松山西林庵出家，一面修行，一面种菜，后来用功有了见地。再说野汉子财色双收以后，好吃懒做，老婆天天挨打挨骂，吃不消，她悔恨了，跑到西林庵请蔡回家，想重寻旧好，蔡不理她。后来野汉子把家财吃光了，弄到她讨饭无路，她想起蔡的恩情，想报答他。蔡平常好吃昆阳的金丝鲤鱼，她弄好一盘金丝鲤鱼，送到西林庵给蔡吃。蔡收下说："我领了你的情了，这些鱼我拿去放生！"妻曰："鱼已煮熟了，不能放生。"蔡即将鱼放在水里，鱼都活了，直到现在，昆明黑龙潭古迹，还有这种鱼。蔡是俗人，对妻财子禄能放得下，所以修道能成功。奉劝各位，都把万缘放下，努力修行，期成圣果吧！

五月二十日开示

佛所说法，千经万论，总是要众生明自己的心。"若人识得心，大地无寸土。"众生无量劫来，被物所转，都是心外见法，不知自性。本来无一物，万法了不可得，妄执心外有法，成邪知邪见。

既然说识得心无寸土，那就算了，何必还说许多名堂，什么三归五戒、三千威仪、八万细行等等，说这多法门，无非对治众生的心而已。众生习气毛病，有八万四千烦恼，所以佛就有八万四千法门来对治。这是佛的善巧方便，你有什么病，就给什么药——"佛说一切法，为度一切心，若无一切心，何用一切法？"

众生无量劫来，被无明烦恼污染了真心，妄认四大为自身相，不知此身毕竟无体，和合为相，实同幻化。今欲返本还源，要先调身，断除习气，把粗心变为细心。从有为到无为，在自性清净身上用功。行住坐卧，一天到晚，如切如磋，如琢如磨，小心谨慎，断除习气。胆要大，心要细，胆大包身，不被境转，心细则气细，否则粗心浮气。这种情形可以自己检查，一般人在劳苦奔波、忙忙碌碌时，就气喘息粗。有定力功夫的人，再忙也不喘气，一天到晚，总是心平气和的。一心不乱就是定。妄无本体，有定就无妄，就能复本心源。

功夫从外头做起，先讲威仪教相，行住坐卧都有威仪。不要说忙得要死，还讲什么威仪。既然作如来之弟子，先圣之宗亲，出入于金门之下，行藏于宝殿之中，就要做到"任他波涛浪起，振锡杖以腾空，假使十大魔军，闻名而归正道"，怎能因为忙了就不讲威仪呢？昔日浮山远录公谓其首座曰："所以治心，须求妙悟。悟则神和气静，容敬色庄，妄想情虑，皆融为真心矣。""以此治心，心自灵妙，然后导物，孰不从化？"所以有眼的人，看你一举一动，威仪怎样，就知你有道无道。

佛在世时，舍利弗初为婆罗门，路逢马胜比丘，见他威仪很好，心生恭敬，从之问法。马胜比丘说："诸法从缘生，诸法从缘灭，我师大沙门，常作如是说。"舍利弗闻偈得法眼净，归与亲友目连宣说偈言，亦得法眼净，即时各将弟子一百，往诣竹园求愿出家。佛呼："善来，比丘！"须发自落，袈裟被身，即成沙门。你看马胜比丘行路威仪好，便成如是功德。这就是以威仪导物、孰不从化的例子。

初发心的同参们，要向古人习学，一心观照自己，行住坐卧，二六时中，一切无心，不被物转。若不如此，不守本分，随妄流转，何异俗人？虽说出家办道，都是空话。各人留心。

五月二十一日开示

《楞严经》上佛说："如我按指，海印发光；汝暂举心，尘劳先起。"我们和佛就如此不同。

《楞严》一经，由阿难发起，作我们的模范。全经着重说淫字，由这淫字，说出很多文章来。最初由阿难示现，因乞食次，经历淫室，遭大幻术。摩登伽女，以娑毗迦罗先梵天咒，摄入淫席。淫躬抚摩，将毁戒体。如来知彼淫术所加，斋毕旋归，王及大臣，长者居士，俱来随佛，愿闻法要。于时世尊，顶放百宝无畏光明，光中出千叶宝莲，有佛化身结跏趺坐，宣说神咒，敕文殊师利，将咒往护，恶咒消灭，提奖阿难及摩登伽，归来佛所。阿难见佛，顶礼悲泣，恨无始来，一向多闻，未全道力，殷勤启请，十方如来，得成菩提，妙奢摩他，三摩禅那，最初方便。佛应阿难之请，就说出一部《楞严经》来。阿难遇摩登伽女，并非做不得主，这是菩萨变化示现世间，非爱为本，但以慈悲，令彼舍爱，假诸贪欲，而入生死。《圆觉经》说："一切众生从无始来，由有种种恩爱贪欲，故有轮回。若诸世界，一切种性，卵生、胎生、湿生、化生，皆因淫欲而正性命，当知轮回，爱为根本。"所以说："三界轮回淫为本，六道往还爱为基。"

世人有在家、有出家，有为道、有不为道，凡自性不明的，都在五欲中滚来滚去。五欲就是财、色、名、食、睡。由此五欲，生出喜、怒、哀、乐、爱、恶、欲七情，七情又捆五欲，因此生死不了。如经所说："南阎浮提众生，以财为命。"人的投生，起首由于淫欲，及至出生后，就以财为主。广慧和尚劝人疏于财利，谓"一切罪业，皆因财宝所生"，所以五欲第一个字就是财。人有了钱财，才有衣食住，才想女色娶妻妾；人若无财，什么事都办不成，可见财的厉害了。世人总以有财为乐，无财为苦，无财想有财，少财想多财，有了白银，又想黄金，不会知足的。既为自己打算，又为子孙打算，一生辛苦都为钱忙。不知有钱难买子孙贤，无常一到，分文都带不去，极少能把钱财看穿的。

从前有三个乞丐，一人手上拿一条蛇，一人手上拿一个莲华落，

一人手上拿一个粪袋，同时行路，看见地上一文钱，头一个乞丐看
见就拾起这文钱，第二个说："我先看见的，这文钱应该归我。"第
三个也说："我先看见的，这文钱应该归我。"三个乞丐就为这一文
钱，在路上打起来。衙门差人经过，看见他们打得凶，恐怕打出人
命，就把三人带进衙门见官，判断是非。官坐堂上，问明原由，便说
道："这一文钱作不得什么用，不要争了。"三人都说："我穷到一文
钱都没有，对此一文怎能不争。"官说："你们各自说出穷的情形，待
我看哪个最穷，就判这文钱归哪个。"第一个说："我最穷了，屋漏
见青天，衣破无线联，枕的是土砖，盖的是草垫。"第二个说："我比
他更穷，青天是我屋，衣裳无半幅，枕的是拳头，盖的是筋骨。"第
三个说："他们都不如我这样穷，我一饿数十天，一睡大半年，死得
不闭眼，只为这文钱。"官听了大笑。

这出戏是讥贪官污吏的。世尊说法，讲钱迷人的多得无比，出家
也很多被钱迷的。从前是钱，现在是纸，更累死了，离了它就不能过
日。你要生产就要有工具，没有钱买不到工具，就种不出东西，我们
整天忙，是不是也为这文钱呢？

世人衣食足了之后，又贪色，这个色字不知害了多少人，古来帝
王由于贪色而致亡国的也不少。昔夏桀伐有施，得妹喜为妻，由此荒
淫无道，为商汤所灭。商朝的纣王爱妲己，嗜酒好色，暴虐无道，周
武王伐之，兵败自焚死。古时没有电话电报，边防告警，则举烽燧。
其方法是作高土台，台上作桔皋，桔皋头上有笼，中置薪草，有寇即
举火燃之以相告，曰烽。又多积薪，寇至即燔之，望其烟，曰燧。昼
则燔燧，夜乃举烽。此台烽燧既作，邻台即相继递举，以告戍守之
兵。周幽王宠褒姒，不好笑。王百计悦之，仍不笑，王乃举烽火以征

诸侯，诸侯至而无寇，褒姒乃大笑。后西夷犬戎入寇，王举火征兵，诸侯不至，犬戎遂弑王于骊山之下，并执褒姒以去。这事叫烽火戏诸侯。贪色之祸，无量无边，说不完了。

利和名是相连的，名有好有坏，或是流芳百世，或是遗臭万年。三皇五帝是圣君贤王的典型，禹受治水之命，八年于外劳心焦思，三过家门而不敢入，开九州，通九道，陂九泽，度九山，遂竟全功，乃定九州之贡赋，立五服之制，四夷宾服。汤王出，见罗者方祝曰："从天下者，从地出者，四方来者，皆入吾罗。"汤曰："嘻，尽之矣！"乃命解其三面，留其一面，而告之曰："欲左者左，欲右者右，不用命者，乃入吾网。"这就是圣君贤王流芳百世的德泽。王莽、曹操、秦桧等就遗臭万年。诸佛菩萨、诸大祖师，有真道德，虽不求名而名留千古，善星比丘、宝莲香比丘尼，生堕地狱，罪业深重，自然遗臭万年。

这个名真害人，说你好，有道德，难行能行，就欢喜，就是好名；被骂就不高兴，也是为名。说好不好，总被名转。眼前枪易躲，背后箭难防。从前禅堂午后吃了点心粥，有礼佛的，有到监值寮开茶话会的，说你的功夫用得好，就生欢喜，说不好，脸就放下来了。讲小座也是一样，说你好就欢喜，说你不好就不愿意，也是被名转。

食也有利有害，君子"食无求饱，居无求安"。古人一心在道，野菜充饥，心定菜根香。如潭州龙山和尚那样："一池荷叶衣无数，满地松花食有余。刚被世人知住处，又移茅屋入深居。"世人贪食，专在酸甜苦辣咸淡甘辛里打滚，各求珍馐美味，肆意伤生害命以资口腹。也有吃素的人，弄斋菜还叫荤菜名，什么捆鸡、油肉丸等等名目，这是习气不忘，杀心还在，虽不是真吃荤也犯了戒了。

　　睡觉更了不得了，贪睡的人更多了，一年三百六十日，一天二十四小时，白天做事，夜里睡觉，平均一年睡了一百八十天。可见睡觉这事，浪费不少光阴，真是害死人。真修行人爱惜光阴，依《佛遗教经》说："昼则勤心修习善法，无令失时；初夜后夜，亦勿有废；中夜诵经，以自消息，无以睡眠因缘，令一生空过，无所得也。"故有睡用圆枕及不倒单等法克服睡魔的。不发道心、不知惭愧、好吃懒做的人，特别贪睡。左边睡醒了又右边睡，而且日以继夜的睡，看经听法，坐香念佛都睡，把大好光阴全都浪费了。究竟出家所为何事呢？古德云："闻钟卧不起，护法善神嗔。现世灭福慧，死后堕蛇身。"

　　沩山老人云："如斯之见，盖为初心慵惰，饕餮因循，荏苒人间，遂成疏野。"又说："感伤叹讶，哀哉切心，岂可缄言，递相警策。"希望有心求道、愿出生死的人，切勿再被五欲七情所转，努力勤修，莫空过日。

五月二十三日开示

　　世上军令严肃，令行如山倒，谁也不能违它。佛所说法，亦如军令一般，为佛弟子，只有依教奉行，决不能丝毫违犯。前几天说的布萨时上座对沙弥说："汝等各净身口意，勤学经律论，谨慎莫放逸。"既已出家，就要痛念生死，如救头燃，怎敢放逸呢？勤学经律论三藏圣教，寻求了生脱死的途径和方法。

经、律、论名为三藏者，因此三者皆包藏文义也。经说定学，律说戒学，论说慧学，故三藏亦即三学。梵语素旦缆藏，或曰修多罗藏，译曰线，谓佛之言说，能贯穿诸法，如线之贯花鬘也。又译曰经，经者具常、法二义，且经之持纬，恰具线义。梵语毗奈耶藏，或曰毗尼藏，译曰灭，谓灭三业过非也。梵语阿毗达摩藏，旧作阿毗昙藏，译曰对法，以对观真理之胜智而名；又译无比法，谓胜智无比也；别名优婆提舍，译曰论，论诸法之性相而生胜智，故别名为论。

既受三坛大戒者，便是大丈夫和菩萨，又发了菩提心，就要做大丈夫和菩萨的事。梵语菩提，此译为道，道者是心是理，心之妙理，体同虚空，遍三界十方，包罗万象。发如是菩提心，就是菩萨大丈夫。诸佛慈悲说三乘法，重重指明。就戒律言，佛制比丘，五夏以前，专精戒律，五夏以后，方许听教参禅，可见学戒守戒是佛弟子最重要的事。

《梵网》律有十重四十八轻，犯十重是波罗夷罪，波罗夷此译为弃，或曰退没，或曰不共住，或曰堕不如意处，或曰断头，无余他胜等，是戒律中最严重之罪也。律中有开有遮，小乘与大乘不同。开者许之义，遮者止之义；许作曰开，禁作曰遮。开要看时节因缘，是额外方便，没有因缘是不开的；遮则一遮永遮。小乘与大乘有很多相反的，小乘持即大乘犯，大乘持即小乘犯，其详细条章，可看毗尼止持、作持等书。

具足戒中，比丘有二百五十戒，比丘尼有三百四十八戒，分为五篇：一曰波罗夷罪，译曰断头，其罪最重，如断头不能复生，不复得为比丘也；此篇比丘有四戒，比丘尼有八戒。二曰僧残罪，梵名僧伽婆尸沙，僧者僧伽之略，残为婆尸沙之译，谓比丘犯此戒，殆濒于死，仅有残余之命，因此而向于僧众忏悔此罪，以全残命，故名僧残；此篇比丘有十三戒，比丘尼有十七戒。三曰波逸提罪，译曰堕，谓堕地狱也；此篇比丘有一百二十四戒，比丘尼有二百八戒。四曰提舍尼罪，具云波罗提舍，译曰向彼悔，向他比丘忏悔罪便得灭也；此篇比丘有四戒，比丘尼有八戒。五曰突吉罗罪，译曰恶作，其罪轻；此篇比丘有百众学法，另有二不定法，七灭净法，共一百九戒，比丘尼有百众学法，七灭净法。

比丘除在三际四威仪中严守二百五十戒成三千威仪外，还要在二六时中遵照《毗尼日用》持诵五十三咒，如是降伏其心，制身不行。又有三聚圆戒之说，每一戒皆具摄律仪戒、摄善法戒、摄众生戒之三聚也。如不杀生一戒即具三聚者，谓离杀生之恶是摄律仪，为长慈悲心是摄善法，为保护众生是摄众生。

《楞严经》云："若诸比丘，不服东方丝绵绢帛，及是此土靴履裘毳，乳酪醍醐，如是比丘，于是真脱，不酬还宿债，不游三界。"小乘有因缘可吃牛奶，菩萨吃不得，丝绵裘毳等亦然。这是小乘、大乘开遮持犯的不同。又比丘不拿银钱，不存一米，不吃隔宿饮食，当天化饭吃不完的不留；菩萨开了拿银钱不犯。酒是五根本戒之遮重戒，大乘、小乘不准开；唯大病非酒不治者，白众后可用。戒律开遮因缘微细，要深入研究才能明白。

佛门兴衰，由于有戒无戒，犯戒比丘，如狮子身中虫，自食狮子肉。所以佛将入灭说《涅槃经》，叫末世比丘以戒为师，则佛法久住。

佛又说四依法，一、粪扫衣；二、常乞食；三、树下坐；四、腐烂药。此四种法是入道因缘，为上根利器所依止，故名行四依，又名四圣种，此法能入圣道，为圣之种。粪扫衣又名衲衣，凡火烧、牛嚼、鼠咬、死人衣、月水衣，为人所弃与拾粪之秽物同者，比丘拾之，浣洗缝治为衣，曰粪扫衣；又补衲粪扫之衣片而著用之，故曰衲衣。比丘著此粪扫衣，不更用檀越布施之衣，在于离贪著也。乞食，梵云分卫，《十二头陀经》曰："食有三种，一受请食，二众僧食，三常乞食。若前二食，起诸漏因缘。所以者何？受请食者，若得请，便言我有福德好人；若不请，则嫌恨彼，或自鄙薄，是贪忧法，则能障道。若僧食者，当随众法，请主事人，料理僧事，心则散乱，妨废行道，有如是恼乱因缘，应受乞食法。"树下坐，不住房屋，日中一食，树下一宿也。腐烂药者，比丘有病不请医，不吃新药，只拾别人所弃之腐烂（药）来吃，病医得好不好，听其自然。今世比丘，谁能守之？一有疾病，中医西医，特效药、滋补品都来了，四依法久无人行了。

梵语比丘，此云除馑，又云乞士、破恶、怖魔。比丘为世福田，人若供一饭，闻一法，能除一切饥馑之灾，故曰除馑。云乞士者，上从如来乞法以长慧，下就俗人乞食以资身，故名乞士。乞法谓乞四念处、四正勤、四如意足、五根、五力、七觉支、八正道等三十七道品之法也。破恶是把身口意所造十恶业破除之，转为十善业也。怖魔谓比丘出家，脱离魔眷，魔震动惊怖也。我们既成了比丘，谁能名符其实为真比丘呢？既出家为了生死，就要依法行持，口而诵，心而惟，朝于斯，夕于斯，不要留恋世上的贪嗔痴爱，不要人我是非，好吃懒做。

五月二十六日开示

孔子《论语》二十篇，第一句说："子曰：学而时习之。"子者，孔夫子；曰者，说也。孔子教人将学过的东西，时常温习，语默动静，念念不忘；若所学仿佛大意，功夫就不相应、不究竟了。世法、佛法都是一样，要学而时习之。

佛法是体，世法是用。体是理，是真谛；用是事，是俗谛。要知"二谛圆融三昧印"的道理，不融通就落于偏枯。如离体表用，是凡夫凡情；离事讲心，是不明心地。真俗二谛，名目很多，真是体，俗是用；戒定慧体用都得，都是一个心地中生出种种名字，若能融会贯通，则条条大路通长安。

昔有僧问赵州，如何是道？师曰："墙外的！"曰："不问这个道。"师曰："你问哪个道？"曰："大道！"师曰："大路通长安！"这里说的是什么话呢？请参究参究。哪个是道？会过来的处处都是佛法，不明白就滞在名相上，一天到晚劳碌奔波，种田博饭吃，与俗人何异！现在世人多是光头，僧人穿的也是俗服，此外何处与俗人不同呢？古人说："心田不长无明草，性地常开智慧花。"这就是通长安的大道，也就是与俗人不同处。耕种的人，田里有草如不拔去，就难望收成；修行人把心田里的无明草薅了，那智慧花就长得好、开得好，只要你不被境转，情不附物，无明草就不长了；智慧花一开，则粗言及细言，总是说无生。

古人行到说到，无空话讲，一问一答，答在问处，吐露心机，都是妙用。我们心不在道，故被物转而无智慧，若能痛念生死，全心在道，不分世出世法，是男是女，好看不好看，若一动念，即出鬼，被情转了，不分别即不随情转，作得主。

古人说："你有拄杖子，我与你拄杖子。"这是表法，你妄想多了，就是你有拄杖子；为了除你的妄想，就教你修数息观、不净观、念佛观，念佛、看经、礼佛、看话头，给你修行的法门，就是与你拄杖子。你如用功到有把握，就落在无事甲里，又成障碍，是要不得的，这就是"你无拄杖子，我夺你拄杖子"。病好不用药，就是夺拄杖子，不如是则执药成病。太阳老人说："莫守寒岩异草青，坐着白云宗不妙。"参禅念佛，都要时时刻刻口诵心惟，开言吐语，不分别是非，终朝解脱，不烦恼、不生心动念，是有工夫；若无把握而被境转，就苦恼了，用功不得受用，处处波浪滔天。

昔佛印禅师入室次，苏东坡适至，师曰："此间无坐处。"苏曰："暂借佛印四大为座。"师曰："山僧有一问，学士道得即请坐，道不得即输玉带！"苏欣然请问。师曰："四大本空，五阴非有，居士向什么处坐？"苏遂施带，师答以一衲。苏述偈曰："病骨难将玉带围，钝根仍落箭锋机；欲教乞食歌姬院，且与云山旧衲衣。"东坡虽聪明，答不出话，是他脚未踏实地。同参们，如何能脚踏实地呢？只有口诵心惟，朝斯夕斯的干！

六月初二日开示

佛灭度后，法住世间有三阶段：正法一千年，像法一千年，末法一万年。《善见论》云："由度女人出家，正法唯有五百岁。由世尊制比丘尼行八敬法，正法还得一千年。问：'千年已，正法为都灭耶？'答：'不都灭，于千年中得三达智，复千年中得爱尽罗汉、无三达智，复千年中得阿那含，复千年中得斯陀含，复千年中得须陀洹，总得一万年，初五千岁得道，后五千岁学而不得道。于一万岁后，一切经书文字灭尽，但现剃头袈裟法服而已'。"

沩山老人说："所恨同生像季，去圣时遥。"沩山老人在唐朝，去佛已千余年，是像法时期。一切事情变迁，水久虫生，法久成弊。《付法藏经》云："阿难比丘，化诸众生，皆令度脱，最后至一竹林中，闻有比丘诵《法句经》偈云：'若人生百岁，不见水潦鹤，不如生一日，而得睹见之'。阿难闻已，惨然而叹：'世间眼灭，何其速哉！烦恼诸恶，如何便起！违反圣数，自生妄想，此非佛语，不可修行……汝今谛听，我演佛偈：若人生百岁，不解生灭法，不如生一日，而得了解之。'尔时比丘，即向其师说阿难语，师告之曰：'阿难老朽，智慧衰劣，言多错谬，不可信矣，如今但当如前而诵。阿难后时，闻彼比丘犹诵前偈……即入三昧，推求圣德，不见有人能回彼意，便作是言：'异哉！无常甚大，劫猛散坏，如是无量圣贤，今诸世间，皆悉空旷，常处黑暗，怖畏中行，邪见炽盛，不善增长，诽谤如来，断绝正教，永当沉没生死大河，开恶趣门，闭人天路，于无量劫，受诸苦恼，我于今日，宜入涅槃……'"

《楞严经》指出："末法时代，邪师说法，如恒河沙。阿难当知，是十种魔，于末世时，在我法中，出家修道，或附人体，或自现形，皆言已成正遍知觉，赞叹淫欲，破佛律仪，先恶魔师，与魔弟子，淫淫相传，如是邪精，魅其心腑，近则九生，多逾百世，令真修行，总为魔眷，命终之后，必为魔民，失正遍知，堕无间狱。"经中说九生百世者，一生一百年，一世三十年，今去佛世二千余年，就是百世魔王出现之时。佛灭不久，《法句经》偈就有诵为水潦鹤的，时至今日，其讹误更多了。水潦鹤，就是鸳鸯鸟，见之有何意义？解生灭法，能离苦海，故有百岁不解，不如一日能解，所谓"有智不在年高，无智空长百岁"也。末法邪师，各各自谓是善知识，当参学的人，若无试金石，必从邪沦坠。只见"境风浩浩，摧残功德之林；心火炎炎，烧尽菩提之种"。末世求道，真不容易。

沩山老人说："远行要假良朋，数数清于耳目；住止必须择伴，时时闻于未闻。"故云："生我者父母，成我者朋友。亲附善友，如雾露中行，虽不湿衣，时时有润。"孔子亦曰："三人行，必有我师焉，择其善者而从之，其不善者而改之。"他好跟他学，不会带坏你，不相干的人，种种习气，臭不可闻，和他接近日久，自己也会臭。近朱者赤，近墨者黑，近香染香，近臭染臭。善友粗言及细语，皆归第一义，故宜亲近。

末法行人，如我们者，比魔外的本领也比不上。《楞严经》说："色阴尽者，于其身内，拾出蛲蛔，身相宛然，亦无伤毁。于时忽然，十方虚空，成七宝色，或百宝色，同时遍满，不相留碍。忽于半夜，在暗室中，见种种物。"受阴尽者，能反观其面，各有十种禅那现境，叫著五十种阴魔，迷不自识的，则谓言登圣，大妄语成，堕无间狱。老子说的"其中有精"，和孔子说的"空空如也"，是见到识阴的道理。罗汉五阴俱尽，已出三界；我们色阴未尽，与道相隔得远。我惭愧不过比你们痴长几岁，弄到一个虚名。你们以为我有什么长处，以我为宗，就苦了。我比《楞严》所说的妖魔外道都不如，比祖师更不如。所以每每教你们参学的，要带眼识人，又要有双好耳，听法能辨邪正，然后将所见所闻的，放进一个好肚里，比较他的是非得失，修行就不会走错路，不上伪善知识的当。

　　现正是末法时代，你到哪里访善知识呢？不如熟读一部《楞严经》，修行就有把握，就能保绥哀救，消息邪缘，令其身心，入佛知见，从此成就，不遭歧路。又全经前后所说，着重在一个"淫"字。如经中说："若诸世界，六道众生，其心不淫，则不随其生死相续。汝修三昧，本出尘劳，淫心不除，尘不可出。纵有多智、禅定现前，如不断淫，必落魔道。"看《楞严经》若不归宗，跑马看花，就不中用，要读到烂熟，就能以后文消前文，以前文贯后文，前后照应，则全经义理，了然在目，依经作观，自得受用。古来行人，从此经悟道的很多，温州仙岩安禅师，因看"知见立知，即无明本；知见无见，斯即涅槃"，当时破句读云："知见立，知即无明本；知见无，见斯即涅槃。"于此忽有悟入。后人语师云："破句读了也。"师云："此是我悟处。"毕生读之不易，人称之曰"安楞严"。希望同参们，无论老少，常读《楞严》，此经是你随身善知识，时闻世尊说法，就和阿难作同参。

六月初三日开示

古人说："莫待老来方学道,孤坟多是少年人!"人到年老时,百般痛苦,耳不聪,眼不明,四肢无力,吃不得,睡不得,行不得,这种苦楚,年轻人是不晓得的。我们年轻时和你们一样,看见老来呆,总不愿意,说话他听不到,眼泪水和鼻涕,看见就恶心,怕和老人一块住。现在我老了,才知道老的苦,人老了就一天不如一天。我从云门出事后,也是一天不如一天,久已是"一朝卧疾在床,众苦萦缠逼迫"。朝夕思忖,前路茫茫,道业未成,生死不了,一口气不来,又要投生。"万般将不去,惟有业随身。"少年不修,晚年就会如此。

你我现在都是堂堂僧相,容貌可观,皆是宿植善根,感斯异报,就不要把这善根种子打失了。洞山问僧:"世间什么物最苦?"僧云:"地狱最苦!"山云:"不然,向此衣线下不明大事始是苦!"能明大事,即无地狱因;故地狱未为苦,而不了自心最为苦也。

想明大事,就要努力精进,不要悠悠忽忽,兀兀度时。白天应缘,遇事要作得主;白天能作主,梦中才作得主;梦中作得主,以至病中作得主,则临命终时才作得主。这几样作得主,是由平常能强作主宰而来的。能强作主宰,就易悟道、了生死;不悟道,生死不能了。

悟道不难,总要生死心切,具长远坚固向道之心,至死不退。今生能不退,虽未悟,来生再努力,何有不悟之理?《楞严经》二十五圆通, 位位都是经过久远劫来, 长期修习才成功的。我们生死心不切, 不发长远心, 病来知念生死, 病好道念就退了。所以《楞严经》说: "凡夫修行, 如隔日疟。" 病时有道, 病退无道, 无明起时如疟, 退则好人, 故要努力精进, 生忏悔心, 坚固心, 不要今日三明日四。修行要一门深入, 以一门为正, 诸门为助。各修一门, 彼此不互谤, 谤法、轻法、慢法都不对。"欲想佛法兴, 除非僧赞僧", 互谤是佛法的衰相。佛子专心向道, 痛念生死, 衣不足, 食不足, 睡不足……

昔裴休丞相, 送子出家, 子是翰林, 拜沩山祐祖, 名法海, 训以《警策箴》云: "衣食难, 非容易, 何必千般求细腻。清斋薄粥但寻常, 粗布麻衣随分际。别人睡时你休睡, 三更宿尽五更初, 好向释迦金殿内。" 沩山老人要他每天挑水供养大众。有一天, 他挑水挑得太累了, 心里说: "和尚吃水翰林挑, 纵然吃了也难消。" 回来时, 沩山老人问他: "你今天说什么话?" 法海答曰: "没有说什么。" 后来沩山老人揭穿他心里的话, 并说: "老僧打一坐, 能消万担粮!" 所以出家人不管你出身怎样富贵, 到了佛门, 就要放下一切, 专心向道, 才算是本色禅和。

六月十六日开示

佛说一大藏经, 无非讲因果二字。详细分析起来, 就无穷无尽。营事比丘, 宁自啖身肉, 终不杂用三宝之物作衣钵饮食。我以前化缘, 随人欢喜布施, 除多补少, 颠颠倒倒的用。今在此妄作妄为, 建法堂，起茅蓬，修厕所、牛栏等等，所用的钱，从何处来呢？我守法令不敢剥削，不写信号召化缘、做什么功德，除铸铁瓦有人代化过缘也没有化够，他们监工拿去旁的地方用，我也不准，怕遭报应。窑上烧砖，为修大殿用的，如拿去作别处用，也怕招因果。经上说："上物下用报应重，下物上用报应轻。"如塑佛像的用作殿宇，作殿宇的用作僧寮，这是上物下用，相反的就是下物上用，上下之分要认真。

年轻人修不修放在一边，因果要紧。《云居山志》上载即庵慈觉禅师，蜀人，初出川行脚时，欲上云居，先宿瑶田庄，梦伽蓝安乐公告曰："汝昔在此山曾肩一担土，今来只有一粥缘。"次日午后上山，晚粥罢，值旦过寮相净，闻于寺司，凡新到例遭斥逐，觉心窃疑讶。逾十年，得法于卧龙先禅师，有南康太守张公，亦蜀人，与师亲旧，适云居虚席，请师开法，师欣然应之，以为前梦不验矣。卜次日上山，当晚宿麦洲庄，忽然迁化，塔至今存焉。近为水湮，一石尚存。他这件事迹，留给后人看，证明因果丝毫不错。

六月二十三日开示

办道这一法，说难也难，说易亦易，难与不难是对待法。古人真实用心，一点不为难，因为此事本来现成，有什么难呢？信不及就为难了。若真正为求了生脱死而办道，能把自身看轻，了身如幻，一切事情看得开，不被境转，办道就容易。人没有不想学好，谁也想成圣贤，谁都怕入地狱，但想是一回事，做又是另一回事。很多人行起来就为难，何以呢？比如世人说好话，恭喜发财，富贵荣华，谁都喜欢；若说你家破人亡等不祥话，谁都不愿意。可见人人都想好，但何以偏向坏处跑呢？这只由放不下罢了。

古来各城市都有城隍庙，檐下挂一个大算盘，是要和人算善恶帐的。有一匾额写道："你又来了"。两柱有一副对联："人恶人怕天不怕，人善人欺天不欺。"又："天堂有路，人人不肯去；地狱无门，个个要进来。"凡人常动机谋弄巧妙，吃不得亏，事事都计较合算不合算。恶人谁也不敢接近，怕吃他的苦头，让他忍他散场了。但因果报应，天是不怕恶人的。

我们坐禅念佛，本为了生死，由于无明贡高，不能忍辱，不除习气，虽有修行善因，还免不了苦果，生死不了，随业受报，所以说"你又来了"。本来在地狱受苦已毕时，十殿阎王吩咐过，叫你不要再来，再来没有好事。由于你放不下，所以依旧犯罪，去了又来。世人愚迷，作恶不行善，遂招苦果。

出家人是不是想出苦呢？如不想脱苦，何必入空门？入空门则了无一物可得，万事皆休，还有什么天堂地狱！但如不证得四大皆空，五阴非有，就不算得入空门。要入空门，最好多多研读《楞严经》。全经前前后后，所说不离五阴。其中开五阴而说六入、十二处、十八界，内而身心，外而器界，不出色受想行识五阴。经中说凡说圣，说悟说魔，都是阐明五阴非有，教我们照破五蕴皆空，最后说知有涅槃，不恋三界。指出五阴魔邪，无一不是说五阴。色阴中淫色是生死根本，杀盗淫妄是地狱根本。五阴照空，即脱生死，不复轮回。如何照呢？照是觉照，时时刻刻，依经所说，用智慧观照五阴，照得明明白白的，就见五蕴皆空了。在观照之初，未能全无妄想，这不要紧。古人说，不怕念起，只怕觉迟。若妄念一起，你能觉照，就不随妄转。不能觉照的，坐香怕腿痛，礼佛怕腰酸，躲懒偷安，天堂路不通，自然要进地狱。

寒山大士诗云："人问寒山道，寒山路不通。夏天冰未释，日出雾朦胧。似我何由居，与君心不同。君心若似我，还得到其中。"寒者寒冷，冷到夏天冰还未释，日出还雾，我这一片冰心，与君不同；君若似我，就能到寒山中，否则寒山路不通。学道之人，要见五蕴皆空，首先要灰心冷意，纵使炎天如烈火，难消冰雪冷心肠，才能与道相应。

昔闾丘胤出牧丹邱，临途之日，乃萦头痛，医莫能治，乃遇一禅师名丰干，言从天台山国清寺来，特此相访，乃命救疾。师乃舒容而笑曰："身居四大，病从幻生，若欲除之，应须净水。"时乃持净水上师，师乃噀之，须臾祛殄，乃谓胤曰："台州海岛岚毒，到日必须保护。"胤乃问曰："未审彼地，当有何贤，堪为师仰？"师曰："见之不识，识之不见。若欲见之，不得取相，乃可见之。寒山文殊，遁迹国清，拾得普贤，状如贫子，又似疯狂，或去或来，在国清寺，库院走使，厨中看火。"师言讫辞去。

胤乃进途，至任台州，不忘其事。到任三日后，亲往寺院，躬问禅宿，果合师言。到国清寺，乃问寺众，丰干禅师院在何处？并拾得、寒山子，现在何处？道翘答曰："丰干禅师院在经藏后，即今无人住得，每有一虎，时来此吼，寒拾二人，现在厨中。"僧引胤至丰干禅师院，开房唯见虎迹，遂至厨中灶前，见二人向火大笑。胤便礼拜，二人连声喝胤，自相把手，呵呵大笑叫唤，乃云："丰干饶舌！饶舌！弥陀不识，礼我何为！"僧徒奔集，递相惊讶，何故尊官礼二贫士！时二人乃把手出寺，即归寒岩。胤乃重问僧曰："此二人肯止此寺否？"乃令觅访，唤归寺安置。

胤乃归郡，遂置净衣二对、香药等物持送供养。时二人更不返寺，使乃就岩送上。寒山子高声喝曰："贼！贼！"退入岩穴，乃云："报汝诸人，各各努力！"入穴而去，其穴自合，莫可追之。拾得又迹沉无所。乃令僧道翘等，具往日行状，唯于竹木石壁书诗，并村墅人家厅壁上所书文句三百余首，及拾得于土地堂壁上所书偈言，并纂集成卷，流通世上。

据寒山自己说："五言五百篇，七字七十九，三字三十一，都来六百首。一例书岩石，自夸云好手，若能会我诗，真是如来母。"又云："家有寒山诗，胜汝看经卷，书放屏风上，时时看一遍。"拾得诗云："有偈有千万，卒急述应难。若要相知者，但入天台山。岩中深处坐，说理及谈玄。共我不相见，对面似千山。"寒山拾得的诗，流传到今，一向受人尊重，儒家亦多爱诵之。他两大士出口成文，句句谈玄说理，不要把他作韵语读，若作韵语读，则对面隔千山了。

六月二十五日开示

地藏王菩萨发大誓愿："众生度尽，方证菩提；地狱未空，誓不成佛。"一切菩萨也如此发心，我们每天晚殿，也如此发愿说："众生无边誓愿度，烦恼无尽誓愿断，法门无量誓愿学，佛道无上誓愿成。"凡佛弟子无不发此誓愿，证果深浅大小不同，皆由愿力深浅，依愿行持大小而定。佛由众生修成，众生能依愿行持，就是菩萨，就能成佛。

既然成佛人人有份，何以一切菩萨发愿度众生，度来度去总度不尽呢？因众生之"众"字，由三个"人"字合成，三人成众，众生之数，无穷无尽。十法界中，除佛法界外，其余九法界都属众生，上三界是圣人，已出生死苦海，不受轮回；余六界都未出生死，九法界内有三圣法界尚有微细习气未尽，所以都属众生。习气有深浅，上三界浅，下六界深，习气深重，业障众故，故叫苦恼众生。这些众生，死去生来，不得休息，势难穷尽，其数量亦复难知。嵩岳元珪禅师对岳神说："佛七能三不能，佛能空一切相，成万法智，而不能即灭定业；佛能知群有性，穷亿劫事，而不能化导无缘；佛能度无量有情，而不能尽众生界，是为三不能也。"又说："定业亦不牢久，无缘亦是一期。众生界本无增减，且无一人能主有法。有法无主，是谓无法，无法无主，是谓无心，如我解佛，亦无神通也，但能以无心通达一切法尔。既众生界本无增减，则度众生亦无所谓尽不尽也。"

《六祖坛经》解释四弘誓愿曰："众生无边誓愿度……所谓邪迷心、诳妄心、不善心、嫉妒心、恶毒心，如是等心，尽是众生，各须自性自度，是名真度。……又烦恼无尽誓愿断，将自性般若智，除却虚妄思想心是也。又法门无量誓愿学，须自见性，常行正法，是名真学。又佛道无上誓愿成，既常能下心，行于真正，离迷离觉，常生般若，除真除妄，即见佛性，即言下佛道成。"佛果禅师曰："究竟佛亦不立，唤甚作众生？菩提亦不立，唤甚作烦恼？翛然永脱，应时纳祜。"古人如此说话，何以我们做不到呢？只是不肯除习气，放不下，作不得主，没有觉照，在不妄中自生虚妄，但能动静忘怀，则水清月现了。

政和二年，嘉州奏风雷折古树，中有定僧，爪发被体，诏舆至禁中，译经三藏金总持，令击金以觉之。询其名，曰："我庐山远法师弟慧持也，因游峨嵋至此。"问欲何归？曰："陈留古树中。"诏以礼送之。因图形制赞云："七百年来老古锥，定中消息许谁知？争如只履西归去，生死何劳木作皮！"

达摩祖师，梁朝普通七年，由西天航海到中国，因梁武帝问法机缘不契，便渡江，居洛阳少林寺，面壁而坐，越九年，以正法眼藏，传付二祖，化缘既毕，遂端居而逝，葬熊耳山，起塔定林寺。其年，魏使宋云从天竺经葱岭回，见祖手携只履，翩翩而逝。云问："师何往？"师曰："西天去。"云归，具说其事，及门人启圹，棺空，唯只履存焉。诏取遗履少林寺供养。后人图祖师像，亦画手携只履。

达摩面壁，慧持入定，功夫深浅不同，七百年定功，不可谓不深矣，犹不及只履西归。我们比慧持定功，又相隔甚远，定功一点都没有，怎能度众生呢？努力放下用功吧！

六月二十七日开示

佛未出世时，为邪法而在真理之外的外道，印度计有九十六种，谓外道六师，各有十五弟子，师弟之数相加，共九十六也。又称九十五种外道者，谓九十六种中，有一与佛法通，故除去此一而称九十五也。九十五种外道，各各宗旨不同，都说修行，理路都搞不清楚，议论颠颠倒倒，还有人跟他学。中国古代轩辕黄帝，访崆峒山广成子，也说修道；伏羲画八卦，也说是道；李老君为周朝柱下史，也讲道。中外古今讲道的人很多而有浅深不同，与佛相较就差得很远。

谈起佛教的缘由是这样的：教主释迦牟尼佛，姓刹利，父净饭王，母摩耶。刹利氏自天地更始，阎浮州初辟以来，世代为王。佛历劫修行，值燃灯佛授记，于此劫作佛，后于迦叶佛世，以菩萨成道，上生睹史陀天（即兜率陀天），名护明大士。及应运时，乃降神于摩耶。当此土周昭王二十四年，甲寅四月初八日，自摩耶右肋诞生，生时放大光明，照十方世界，地涌金莲承足，一手指天，一手指地，周行七步，目顾四方，曰："天上天下，唯吾独尊！"

年十九，二月八日，欲求出家，而自念言，当复何遇？即游四门，见老病死等事，心生悲厌，作是思惟，此老病死，终可厌离。于是夜子时，有净居天人，于窗牖中，又手言曰："出家时至，可去矣！"于是诸天捧所乘马足，超然凌虚，逾城而去。曰："不断八苦，不成无上菩提，不转法轮，终不还也。"入檀特山修道。

始于阿蓝迦蓝处三年，学不用处定，知非便舍。复至郁头蓝弗处三年，学非非想定，知非亦舍。又至象头山，同诸外道，日食麻麦，经于六年，然后夜睹明星，豁然大悟，成等正觉。

二月八日，世尊前行至波罗奈国鹿野苑中，度五比丘，初为憍陈如说四圣谛法："汝今应当知苦断集，证灭修道。"当佛三转四谛十二法轮时，憍陈如得法眼净。世尊重为四人广说四谛，亦得法眼净。时五人白佛，欲求出家，世尊呼彼五人："善来，比丘！"须发自落，袈裟著身，即成沙门。佛复为说五阴无常，苦空无我，皆漏尽意解，成阿罗汉，于是世间始有五阿罗汉。

以后又度耶舍长者子朋党五十人，优楼频螺迦叶师徒五百人，那提迦叶师徒二百五十人，伽耶迦叶师徒二百五十人，舍利弗师徒一百人，大目犍连师徒一百人。此一千二百五十人，先事外道，后承佛之度化而得证果。于是感佛之恩，一一法会，常随不离，故诸经之首列众，多云"千二百五十人俱"。

我们跟佛学，现在都是出了家，但出家有四种：一、身出家心不出家，身参法侣，心犹顾恋。二、身在家心出家，虽然受用妻子，而不生耽染。三、身心俱出家，于诸欲境，心无顾恋。四、身心俱不出家，受用妻子，心生耽染。我们自己检查一下，看这四料简中是哪一类呢？

我惭愧，身虽出家，几十年骗佛饭吃，表面出了家，内心未入道，未证实相理体，未能四大皆空，未能如如不动，这就是心未出家，我就是这样苦恼，还有和我一样的，可见身心俱出家就为难了。古来身在家心出家的大居士，如印度的维摩诘、月上女、末利夫人、韦提希夫人；中国的庞蕴、宋仁宗、张襄阳，都是深通佛法，居尘不染尘。身心俱出家的大祖师多了，都是佛门模范，为后人钦式，弘法利生，作大佛事，功德无量。其身心俱不出家的就不要说了。

真出家的实在难，能成大器的更不易。扣冰古佛说："古圣修行，须凭苦节。"黄檗老人说："不是一番寒彻骨，怎得梅花扑鼻香。"故出家人能做到底也不容易。

了生脱死，门路很多，《楞严经》有二十五圆通，就有二十五法门，门路虽多，总不出宗、教、律、净。宗是禅宗，教是讲经，律是持戒，净是念佛，这四法最当机。禅宗虽是直下明心见性，动静一如，头头是道。就禅来说，差别也多，还有邪正大小，种种不一。讲经也一样，要到大开圆解，一念三千，性相融通，事理无碍。念佛亦要念到一心不乱，当下亲证唯心净土，自性弥陀，入萨婆若海。

一切法门，都离不了持戒。《楞严经》说："摄心为戒，如不断淫，必落魔道；如不断杀，必落神道；如不断偷，必落邪道；若不断其大妄语者，因地不真，果招纡曲。我今先说入三摩地。修学妙门、求菩萨道，要先持此四种律仪，皎如冰雪，自不生一切枝叶，心三口四，生必无因。"佛门旧制，比丘出家，五夏以前，专精戒律；五夏以后，方许听教参禅。何以如此呢？因为修行以戒为体，戒是出生死的护身符。没有戒，在生死苦海中就会沉沦汩没。佛曾以戒喻渡海浮囊，不能有丝毫破损，浮囊稍破，必定沉溺。所以宗、教、净三宗，及一切法门，都以戒为先。但戒定慧三法不能偏废，要三法圆融，才得无碍。持戒若不明开遮，不通大小乘，不识因时制宜，种种妙用，死死守戒，固执不精，成为错路修行。三学圆明，才得上上戒品。

种种法门，皆不出一心。所以一法通则万法通，头头物物尽圆融；一法不通则一切不通，头头物物黑洞洞。一心不生，万法俱悉。能如是降伏其心，则参禅也好，念佛也好，讲经说法，世出世间，头头是道，随处无生，随处无念；有念有生，就不是了。

修行人要先除我相，若无我相，诸妄顿亡。我执既除，更除法执，我执粗，法执细。平常讲话，开口就是说我什么，我什么，若无我则什么都瓦解冰消，哪一法都无碍。由能无我，也就无人，习气毛病也无有了。既为佛子，正信出家，求出离法，就要努力忘我，勿为境转，勿在烦恼中过日子。佛子若不降伏其心，则一念错误，"毫厘有差，天地悬隔"，一失足成千古恨，如救头燃，严守律仪，如保护渡海浮囊，不容有一点破损。

七月初八日开示

　　我是一个闲人，常住什么事都与我不相干，与大众有缘，在堂里摆摆闲谈。百丈大智老人，以禅宗肇自少室，至曹溪以来，多居律寺，虽别院，然于说法住持未合规度，于是别立禅居。古人一片婆心，为了培育人才，而定规矩、立次序。时至今日，认为这一套是老腐败，压制人才，要铲除它，打倒它，若留恋旧规矩的就是脑筋未醒。新旧二法，彼此冲突，今古不相容。

　　佛世制戒，为除习气。法流东土，因时制宜。百丈创清规，用以辅助戒律而设。既有规矩，得成方圆，一举一动，不越雷池一步，一切威仪次序，人情礼节，动止施为，勤除习气。百丈清规，至今千多年，水久虫生，法久成弊，世道不古，借清规舞弊。所以有人起来反对，另创新规矩。

　　究竟是规矩不好，还是人不好呢？若人不好，有再好的规矩也无用；若人好，何用更立什么新规矩呢？可见规矩本无好丑，只是人有好丑罢了。禅和子参禅，禅是静虑，要在静中思虑好歹，择善而从。一切在我，法法皆妙；我若不好，什么法都会成弊。世间法也是一样，法本不坏，由于人心坏，习气多，好法都成为坏法了。凡事能三思而后行，就不至于胡作妄为。

　　立法不是死的，如医生一样，要对症下药，药不对症，就要吃死人，所以医生治病，死执古方是不行的。古云："药无贵贱，愈病者良。"先圣建丛林，立清规，定次序，安职位，如国家立法一般，非常周密。今天七月初八日，诸位职事首领，照丛林规矩，要到方丈向和尚客客气气的退职。这里不是丛林，又无钟板，何以要搞这套把戏呢？我是一个野人，什么事都与我不相干，还和你颠倒什么？你们说也有理，认为职事有请就有退，是老规矩。每年正月初八、七月初八都是退职日子；初十请职，十二复职，十三送职，十六出堂；当职当了一期，辛辛苦苦，退了职，好歇歇气。丛林下小请职、大请职等等规矩很好，初发心的可以参学参学。请职有序职、列职先后次序，又有有请有退、有请无退之别。肯发心的人，不管这些。古来丛林住持，由国家送的多，公举的也有，但不多，现代没有这把戏。住持一当就不退，就在方丈养老，当家也是一当当几十年。天宁寺定老和尚，传几位法徒。高朗当家当到死。冶开和尚当都监许多年，光绪二十一年当方丈当到死。英与和尚光绪十二年当方丈当到死。霜亭和尚，光绪二十二年受戒，直到方丈，几十年没有退职，还不是由你发心！妙湛当司水二十一年，当维那十八年，后升首座没有退。湖南超胜，在江天寺当僧值十三年，别人退职他不退，常住大众欢喜他，说他是活菩萨。

丛林下的把戏会用就好，不会用就变成死法。大家有缘在一块，有粥吃粥，有饭吃饭，出坡开田，如自己小庙一样，有什么职可请？有什么职可退？有什么班首班脚呢？放下吧，不要玩这套假把戏了。还讲什么方丈、扁丈等等空话，我只是吃空饭，和你们一样，向我退职做什么？

昔有一老宿，畜一童子，并不知规则。一日，有一行脚僧到，乃教童子礼仪。晚间老宿外归，遂去问讯。老宿讶，问童子"阿谁教你？"童曰："堂中某上座。"老宿唤僧来问："上座傍家行脚，是什么心行，这童子养来二三年了，幸自可怜生，谁教上座教坏伊，装来装去，去！"黄昏雨淋淋地被赶出。法眼云："古人恁么显露些子家风，甚怪，且道意在于何？"一有动作威仪，就不是本来面目了，圣也不可得，何凡之有？腾腾任运，动静无心，圣凡能所，智慧愚痴，烦恼菩提，皆是如如之道。大众会得么？执著便刺手！

七月初十日开示

今日有几位广东居士入山礼佛，供斋结缘，请我上堂说几句话，我是空空如也的。谨略述《四十二章经》一部分的故事，与各位结缘。

佛言："人有二十难：贫穷布施难，豪贵学道难，弃命必死难，得睹佛经难，生值佛世难，忍色离欲难，见好不求难，被辱不嗔难，有势不临难，触事无心难，广学博究难，除灭我慢难，不轻未学难，心行平等难，不说是非难，会善知识难，见性学道难，随化度人难，睹境不动难，善解方便难。"谁能过此难关，谁就了脱生死。

生值佛世，何以说难呢？若无善根福德因缘，不说遇着佛，遇菩萨罗汉也难。《智度论》云："舍卫城有九亿家，三亿明见佛，三亿信而不见，三亿不见不闻。"佛二十五年在彼尚尔，若得多信，利益无穷。佛在舍卫城二十五年，尚有三亿家不见不闻的，以其无善根福德因缘，故虽生值佛世，尚不见不闻；与佛同时在世，相隔很远，不见佛不闻佛的人更多。故无善根之人，虽生佛世也无用处，而且就算在佛身边，为佛弟子，若不依教奉行，也会招堕，如提婆达多是佛的兄弟，善星比丘为佛侍者二十年，不修行还堕地狱，城东老母与佛同年同月同日同时生，与佛无缘，不愿见佛，可知见佛闻法之难了。

现今佛不在世，善知识代佛弘法，亲近之也能了生脱死，但善根浅薄的，会善知识也难，纵有缘见面闻法，不明所说之义，也无益处。华严初祖杜顺和尚，是文殊菩萨化身，有弟子亲近很久，不知他的伟大，一日告假，要朝五台山礼文殊去，师赠以偈曰："游子漫波波，台山礼土坡，文殊只这是，何处觅弥陀！"弟子不会意，乃至五台山脚，见一老人，谓之曰："文殊今在终南山，杜顺和尚是也。"弟子趋归，师已于十一月十五日坐亡。至今关中于是日作文殊忌斋。不具眼识人，虽在善知识面前也认不得他是善知识。又大阳警玄禅师座下，平侍者心地不好，结果叛师离道，收场在三岔路上被老虎吃掉。已会善知识可算不难了，但不依教修行，虽会善知识也无用处。

贫穷布施难，豪贵学道难。因贫穷的虽欲布施，有心无力，勉强布施，就会影响自己的生活，所以为难；豪贵人家，有力布施，不能放下身心去学道，也是为难。难易是对待法，精进勇猛，有大愿力，难的会变为易；疏散放逸，悠悠忽忽，易的也变为难。难之与易在人不在法，贵能融通，则一切无碍。贫的是前世不施，故感今果，正应尽力布施；豪贵的人身分高，办事不为难，正好学道。

佛弟子阿那律，此云无贫，或曰如意，他过去劫中贫穷，一日，在田里干活，其妻送来稗子饭，适有一辟支佛僧，向他化饭。他说："这饭很粗，不堪供养大德，请到我家另供好饭吧！"僧曰："现已正午，若到汝家便过了午；过午我不能吃，就化你这稗子饭吃好了。"
他就以稗子饭供养此僧。因此功德，感果九十一劫生天为天王，世
世无贫，事事如意。做人王天王不稀奇，由供僧种下善根，得为释迦
座下弟子，闻法悟道成罗汉，天眼第一，这更难得。以一饭之因，就
有如是好果，贫穷布施比富贵布施功德更大。可见能打破难关，则
贫穷布施亦非难也。

　　菩萨修六波罗蜜，以布施波罗蜜为首。布施之义说来很多，略
说有三：一财施，舍财济贫也；二法施，说法度他也；三无畏施，救
人之危难也。又，一净施，谓布施时，不求世间之名誉福利等报，但
为资助出世之善根，及涅槃之因，以清净心而布施也；二不净施，谓
以妄心求福报而行布施也。身尚能舍，身外之物更不消说了。

　　来的四位广东居士，千山万水，朝山礼佛，布施结缘，已经难
得。既为求出离法而来，则要发长远心，有进无退，恭敬三宝，不要
分相，见好的固然要敬，见不好的也莫起憎心。有憎爱心，就有烦
恼，就脱不了生死。憎心一起道心就退，不可不慎！

七月十一日开示

　　昨日说《四十二章经》中的二十难，会过来，难会变易。难易是
对待法，难中有易，易中有难，在各人所用不同。不讲别的，主讲贫
穷布施难吧。佛弟子行菩萨道，布施为六度之首。施者舍也，四无量
心，慈悲喜舍，舍就是布施，舍就能解脱。因为一切皆非我有，能内

外尽舍,自然解脱,布施又有什么难?

佛在世时,有一双穷夫妻,穷到不得了,住的是破草房,勉强能避风雨;穿的两人仅共一条下裙,没有上身衣服,出门只能一人穿裙,一人赤身露体留在家里。所以二人每日轮流出门乞食,也就轮流穿这一条下裙。化饭化得多,二人吃得饱就欢喜,也常有化不够、吃不饱的时候,甚至化不到而饿肚子也有。

有一比丘,已证罗汉果,知他二人多生多劫未种善根,所以这生贫穷到此地步,特来度他,向他化缘,令他种福。这双夫妻见此比丘在门外化缘,男的招呼他在门外稍等,回来和妻子商量道:"我二人前世不修,今生如此贫苦。今生若再不修,将来必然更苦。但想布施种福,又没有东西可供布施,二人只有这一条裙,若布施了,便不能出门,二人都要饿死,但若不布施,生亦无用,不如以此仅有之物,诚心供僧,种种善根,死亦值得。"其妻同意,男子于是从破房洞中伸出头来,向比丘说:"大德!请慈悯我,望将此裙代我送去供佛!"比丘悯而受之,持供世尊。

时世尊正与频婆娑罗王说法,受此供养,即向大众宣布彼夫妻往劫因缘,他们虽未种善根,只今以一念诚心,尽其所有,施下此裙,其福无量。

王闻此事,著二人前往看彼夫妻,见其裸体饿睡地上,因救护之,给以衣食,同诣佛所,见佛闻法,即证果位。

他二人穷是穷极了,但能把布施难这一关打破,就获如此利益。可见难不难在乎一念,没有一定的。

昔明代罗殿撰有《醒世诗》曰:"急急忙忙苦苦求,寒寒暖暖度春秋。朝朝暮暮营家计,昧昧昏昏白了头。是是非非何日了,烦烦恼恼几时休。明明白白一条路，万万千千不肯修。"这虽是浅白文章，似乎没有很深的道理，但全把我们业障鬼一生的行为描写出来，谁人能脱离这诗的窠臼，谁就是大解脱人。

七月十七日开示

就以我自己而言，一生感果苦得很。常生惭愧，怕错因果，还落因果。少年就想住茅蓬，放下万缘，偷安度日，结果还是放不下，逃不掉因果。

庚子年，随光绪皇帝到陕西，嫌市朝太烦，故第二次又上终南，到嘉五台结庐，改名隐迹，把茅庐弄好，以为可以安居不动了，但因果不由你，还是隐不住。只得如充军一样，远远的跑，跑到云南鸡足山。那里万里无云的境界，以为躲脱世事了，岂知又出头兴丛林。事情弄好了，还是站不住脚，又跑到大理府还宿债。地方弄好了，又跑到昆明。昆明弄好了，又跑到福建鼓山，革除弊习，结大冤仇，遭昧良者弄出杀人放火来反对。才把事情平息，以为从此可以放下、无事得安静了，讵料又跑到广东南华寺，千辛万苦把房子修好了。又撞到云门，恢复祖庭，还是还宿债。哪里想到会祸从天降，逼得我不跑也要跑。可见世上做人，业障是有定数的。进北京装乌龟就好了，又伸出头来，辅助和平会，发起中国佛教协会，把大领衣旧规矩保存下来。可已了愿，其时多次夜梦，举手拉木头、竖柱子，由于失觉照，妄想纷飞，在京留不住。又到上海、杭州、苏州办和平法会，后来到庐山避暑,还梦上梁修造。因听议将云居建为林场,不忍祖庭废灭,又来还宿债,才知屡梦上梁竖柱,受报有定。

　　直纯的私信,我是不管的。试想我们出家人,还是贪名贪利,人我是非,比俗人不如,好不惭愧,家丑扬出去,被人轻慢,这就可耻了。

　　　　　　　　　　　(摘自净慧法师《虚云老和尚方便开示录》。)

此次传戒缘起（自誓受戒）

　　此次本山惊动各省各处及诸山缁素佛子，不辞辛苦，跋涉长途，或为求戒，或为成就助道而来。但是这里是个茅蓬，诸不如法，照顾不周，不免要使诸位动念。关于此次传戒一事，尚有多人未明底细，今将情由讲给诸位听听，请不要烦恼，不要误会。

　　此处为祖庭道场，是一名胜古刹，有典籍可考的大祖师在此弘法者有数十位。自宋元明清以来，迭经兴废。抗日战争时，遭兵火焚毁，殿堂屋宇百无一存了。虚云一九五三年在北京参加中国佛教协会，事毕南来，匡阜养病，因审云居法窟，荒废已久，不忍名胜湮没，遂兴谬想。于是请准政府，拨草登山，目击劫后遗基，丛生荆棘，只剩铜佛二尊、观音菩萨一座，埋于草莽之中，不禁感伤坠泪，即就破烂牛屋，略事修葺，随便藏身，意在保守古迹而已，未计如何施设也。孰料未及半载，诸方衲子，瓶钵遥临，住不肯去，事成难题。若不招待，情固难却，如若接纳，食宿无着。不得已，共同芟蔓辟荒，不辞艰辛，谋衣食住，同甘共苦，备极勤劳。有诸未进具者，屡请说戒，恳祷至再，勉应之曰："传戒要经政府批准，方可举行。"嗣经请准，即告大众曰："现在政府许可，开一方便短期，单为本山几个新戒，不是图热闹，切不可向外通信，谓此地传戒。倘若处处得知涌来，食宿无着，招待不下。我原为养病来此结茅蓬，并不是来此大开期会。"不料有几位多事者，私自向外通信，亦有几位云水来往者，可能在外说出，致使四方询问，有几百封信，又不能打妄语，回信乃说因食宿困难，未有向外通知，只为原住新戒，开一方便短期。高旻寺有些人来信苦求，人情难过，只得批了几个小字："如必要来，要有当地政府证件，否则勿来。"可能因此张扬出去。

外来者不得参加之原因

今诸位既已远道而来，如不说出此中情由，怕你们误会。本来国家实行宗教信仰自由政策，对我们传戒、打七、讲经、说法等事，是许可的。即此次传戒，亦已陈明政府及宗教事务处与佛协会等，均蒙准许。为什么现在外来的又不得参加呢？食住困难，且置不说。恰遇沪上天主教堂出了事情；此系外教，今且不说。又上海佛教青年会，素来是以弘法利生自命的，这次亦出事情；此系居士，又复不说。说到出家人头上，金刚道场亦相继出事。对这些事实，诸位触目寒心不寒心呢？又闻昨由甘肃省电致江西省政府，谓彼地有外道头，隐在佛教，已来云居山。清浊分不了，便会因一人害多人。如是等事，关系甚大，安可不防。

开自誓受戒方便

早年我办戒期，都是五十三天，今因生产事忙，日期减短些，原定十月十五进堂，冬月十八圆满，共三十二天；现复因诸缘不凑，再缓期半月，定为冬月初一进堂，仍是十八圆满。今特为外来新戒开一自誓受戒的方便，望外来诸位欢喜照行。虚云生平本最不满于滥设戒坛、滥传戒法者，每见有些传戒之处，形同买卖，不问坛上和尚及阿阇黎等是否如法，三数日甚或一日便毕三坛，四处卖牒，美其名曰寄戒，不知律仪为何。对此等稗贩如来者，便觉痛心疾首，为甚现在又开自誓受戒呢？

考受戒有受佛戒与受僧戒之分。出家五众，在佛菩萨前，法师为启请三白，领受十无尽、四十八轻菩萨戒；在家二众，受六重、二十八轻菩萨戒，是为佛戒。以菩萨戒已忘我故，在佛菩萨前领受（但求受菩萨戒者，须自审是否已经忘我）。比丘在僧中礼请十师，白四羯磨，领受二百五十戒，比丘尼受三百四十八戒，是为僧戒。以声闻未能忘我故，须有十师证明。《菩萨戒本》说："若千里内无能授戒师，得佛菩萨形像前自誓受戒，而要见好相。"又《华严经》偈说："一切业障海，皆从妄想生。欲求忏悔者，端坐念实相。罪业如霜露，慧日能消除。若六根清净，则戒相成就。"故菩萨戒若千里内无授戒师，是可方便的。若千里内有授戒师，亦不许开。今各位不远千里而来，是已生至重之心；虚云也不是想僻说戒，实因障碍因缘而已，故此是可以开自誓受戒方便的。至于僧戒，本来要眼观坛仪，耳听羯磨，才得受戒，故定从他受，不开自誓。然诸位此次皆是发殷重心跑来本山求戒，戒坛也看到了，十师也认得了，我每天讲授戒法则也听到了，虽未正式登坛，但诸位各回本处自誓，我在此地作法，遥为回向，虽未算如法，也不为草率从事了。且《增一阿含经》说："诸佛常法，若称善来比丘，便成沙门。"虚云安敢自比于佛，但今既碰上障碍因缘，万不得已而权设方便，诸佛于常寂光中或能默许。但诸位要知道，若无特殊因缘，是万不能开方便的。

虚云业障深重，你们要我说戒，我不是想不说，只因你我往因差错，以致今朝诸缘不遂。你们请回去，可各就本处寺庵净室，至诚礼佛，虔求忏悔，仍按本寺所定日期，初一开坛，初八沙弥戒，十四比丘戒，十六燃香申供，十七菩萨戒，十八圆满功德。如是礼忏，须虔诚恳切，照发戒牒。但毗尼威仪，规矩法则，切须自行习学。今为诸位开此方便，实在不得已而为。古人说："宁可将身堕地狱，莫将佛法作人情。"虚云今日如此作为，纵堕地狱，尚属小事，若诸位不肯留心，不能如戒行持，则盗佛形仪，妄称释子，唯为一纸戒牒，徒挂空名，则日后之果报，不可言说，是为极苦，各宜慎重。

衣 钵

衣钵乃受戒正缘，今将衣钵名相，略与诸位说之。

七众受戒衣式不同，大分之有缦衣、三衣之别。缦衣者，梵语钵吒，此云缦。缦者漫也，谓通漫而无条相之衣，名礼忏衣。原为沙弥、沙弥尼之衣，但曾受三归五戒之优婆塞、优婆夷，及曾受菩萨戒之在家二众得披之。然唯听作诸佛事，及礼忏之时披著，除是之外，一切时中，若居家，若出入往返，皆不得著。若诣庵寺当以囊盛之随行，如在家宅，可以挂置净处。

三衣者，一五衣、二七衣、三大衣。律制比丘、比丘尼应蓄三衣，坏色，割截缝成长短条堤之相，喻如田畔之畦，能贮水养嘉苗而资形命，表法衣之田，润以四利水，增长三善苗，以养法身而资慧命，是故僧云福田僧，衣云福田衣。

五衣者，梵语安陀会，此名作务衣，亦名下衣，亦名杂作衣，纵五条，横一长一短，割截而成。原是比丘、比丘尼三衣之一，凡寺中执劳服役、路途出入往返皆披之。

七衣者，梵语郁多罗僧，此名入众衣，亦名上衣，纵七条，横二长一短，割截而成，是比丘、比丘尼常服衣。凡礼佛、忏悔、诵经、坐禅、赴斋、听讲、安居、自恣，乃至一切集僧办事皆披之。

大衣者，梵语僧伽黎，此名杂碎衣，谓剪碎缝成，条相多故，是比丘三衣中之最大者，故名大衣，凡升座说法，半月布萨等时，当著此衣。此衣有多种不同，上中下各有三品。下三品者，谓下下品九条，下中品十一条，下上品十三条，此三品皆两长一短，割截缝成。中三品者，中下品十五条，中中品十七条，中上品十九条，此三品皆三长一短，割截缝成。上三品者，谓上下品二十一条，上中品二十三条，上上品二十五条，此三品皆四长一短，割截缝成。

此等衣皆应用熟苎麻布缝制，不得用绫罗绸缎纱绢等物，更不可绣佛像在衣上。有人绣千佛于衣上，号千佛衣，亵渎实甚。本来佛弟子对佛像，只能恭敬顶戴，怎可把佛像在自己身上颠三倒四，甚至压在屁股下呢？所谓千佛衣者，是指如上三衣，佛佛道同，千佛相传，都是一样，并不是绣千佛于衣上，谓之千佛衣。

又印度气候暖，比丘三衣及下裙外，无别衣服，故衣裙常不离身，睡则为被，死亦不离。中国气候冷，比丘内穿圆领衣服，只作佛事时才搭袈裟，因此袈裟便不常披，但如出界外，亦应随身携带，离衣是犯戒的。

至于沙弥、沙弥尼衣式，按萨婆多《毗婆沙论》云："沙弥得蓄上下二衣，一当安陀会，一当郁多罗僧，令清净入众，及行来时著。"又有部律云："沙弥受缦条衣，若年满二十，可授近圆，师为求三衣钵具。"毗婆沙所言"当"者，非同比丘五条衣一长一短、七条衣二长一短、割截缝成田畦之相，但受持借五七之名，缝成不用五七之相，仅是无条相之缦衣。至近圆时，师所求者，方是割截条相，然其间亦可少设方便。

按律制度，沙弥约有三种：一者年七岁至十三岁，名驱乌沙弥，初小儿出家，阿难不敢度，佛言若能驱乌者听度，故名驱乌沙弥；二是十四岁至十九岁，名应法沙弥，谓正合沙弥之位，以其五载依佛，调练纯熟，堪能进受具戒，故名应法沙弥；三者二十岁至七十岁名名字沙弥，以其本是僧之位，以缘未及，且称沙弥之名字，故名名字沙弥。若驱乌及应法沙弥，应披无条相之衣，以其未属僧位。若名字沙弥年满二十以上，决志登三坛戒者，则非局于单持沙弥行法，不过渐次升进，不躐等级而已，所以可权许受持田相之衣，唯不听著僧伽黎。

又附此谈谈比丘戒本来要年满二十岁才能领受，但有未满者，佛听从出世日算至现在，以闰年抽一月，以大月抽一日补之，故满十八岁便可受具。又凡事要在人格上看，勿过拘执，古来的大祖师未拘在年龄者也不少。

具者，梵语尼师坛，此名随坐衣，又名敷坐衣，又名衬足衣，即如塔之有基。受戒者之身即五分法身之塔，以五分法身，因戒生故。此具七众皆可持之。

钵者，梵语钵多罗，此云应量器，谓体、色、量三皆如法故。体则铁、瓦二物，不得用铜、木等制成；色则用麻子杏仁捣碎，涂其内外，以竹烟熏治作鸠鸽孔雀色。所以熏治者，以夏天盛物不馊、不染垢腻故；量则上钵斗半，中钵一斗，下钵五升，此乃姬用斗；若准唐斗，上钵一斗，中钵七升半，下钵五升。此钵准出家二众受持。

此三衣钵具，是出家二众受戒之正缘，资身之急务，必须自己置办，若借若无，并名非法，准律明条，皆不得戒。

戒律是佛法之根本

前已略说衣钵名相，今将受戒的要义约略说说，你们要留心谛听。佛法之要，在于三无漏学。三学之中，以戒为本，良以由戒生定，由定发慧；若能持戒清净，则定慧自可圆成。

佛所制戒，以要言之，大分三种：（一）在家戒，谓五戒、八戒；（二）出家戒，谓沙弥、沙弥尼十戒，比丘、比丘尼具足戒；（三）道俗通行戒，谓菩萨三聚戒。

今诸位欲求受戒，首重行愿。行者行持，即依戒而行；愿者发愿，即四弘誓愿。行愿相资，方成妙用。佛制戒律，无非使众生断除习气毛病，令止恶生善，背尘合觉。故《华严经》云："戒为无上菩提本，应当具足持净戒。"由是戒故，佛法得以住世，僧伽赖以蕃衍。

戒法、戒体、戒行、戒相

戒有戒法、戒体、戒行、戒相之分。戒法者，佛为优婆塞、优婆夷所制之五戒八戒，式叉摩那之六法戒，沙弥、沙弥尼之十戒，比丘之二百五十戒，比丘尼之三百四十八戒，出家五众菩萨之十重四十八轻戒，在家二众菩萨之六重二十八轻戒，及一百八十四种羯磨,三千八万无量律仪等,皆名戒法。

戒体者,当受戒时,领纳戒法于心胸,于身内即生一种戒体。此体虽非凡夫可以见闻,然一生之中恒常相续,有防非止恶之功能,是名戒体。戒体的优劣,在于受戒时发心的高下。故求戒者,当先明白发心。发心分下、中、上三品:(一)下品心,于正受戒时,以智狭劣,誓愿不广,或心散乱,缘境不周,但得戒相守持,无克发体功用,是为下品心,即得下品戒;(二)中品心,于正受戒时,心缘一切情非情境,但于所缘境上,仅能分断诸恶,分修众善,唯欲自脱生死,全无度生誓愿,是为中品心,即得中品戒;(三)上品心,于正受戒时,心心相续,见境明净,遍缘法界一切情非情境,于此境上,能发决定大誓愿,愿断一切恶,愿修一切善,愿度一切众生,是为上品心,即得上品戒。所以要得上品戒,当发上品心。

又当受戒前,应先究心缘境之宽狭,然后才可以立志高远,见相明白。若不预先深究,法相尚且虚浮,怎能得受上品戒?若或戒全不发,则虚受费功,徒劳一世。大须留意。

缘境虽多,不外情与非情两种。情境就是一切有生命的动物,如人类、鱼虫、鸟兽等;非情境就是一切无生命的矿、植等物,如山河大地、日月星辰、草木房舍、衣药用具等。众生造恶,皆因迷著前境,如见财物起盗心,见美色起淫念等是。但恶业固由境起,善业还从境生,境是制戒之所依,亦为发戒之正本。如淫杀等依情境而制,其戒亦依情境而发;盗妄等依情与非情境而制,其戒亦依情与非情境而发。是故森然有境,皆是制戒之本、发戒之因。若能兴广大慈护之心,遍缘如上情非情境,于此境上发如上三大誓愿,与彼戒法相应,领纳在心,尽寿护持,即是上品戒体。

戒行者，得戒体已，于日用中，动静云为，任运止恶，任运修善，顺本所受，不越毗尼，则世出世间，一切行门，无非戒行，并非离一切行外，别有所谓戒行者。

戒相者，即佛所制诸戒，于一一戒中，有持犯不犯之分，有轻重开遮之别。持者以顺受体为名，分止持作持；犯者以违受体为名，分止犯作犯。止持者，方便正念，护本所受戒体，禁防身心，不造诸恶，是名止。止而无违，戒体光洁，顺本所受，是名持。持由止成，即非法恶业，不当行即不行，是名止持。作持者，勤策身口意三业，修习戒行，有善起护，是名作。作而如法，顺本所受戒体是名持。持由作成，即如法善业，当行即行，是名作持。止犯者，痴心怠慢，行违本受，于诸胜业，厌不修学，是名止。止而有违，反彼受愿，是名犯。犯由止成，即胜业当行而不行，是名止犯。作犯者，内具贪、嗔、痴、慢、我见等毒，鼓动身口，违理造境，是名作。作而有违，污本所受，是名犯。犯由作成，即恶业非法不当行而行，是名作犯。其它轻重开遮等，各须研习律藏，现在不能细说，此等名为戒相。

上来所说，虽分四种，其实是一。轨凡从圣，名戒法；总摄戒心，名戒体；三业造修，名戒行；览而可别，名戒相。由法成体，因体起行，行必据相。当知戒相者，即是戒法之相，复是戒体之相，又是戒行之相。盖法无别法，即相是法；体无别体，总相为体；行无别行，履相成行，是故行人最要深研戒相。此所谓戒相者，即是律中所明持犯等相。持犯等相虽多，不出心境。盖恶业非境不起，非心不成；善戒也是非境不发，非心不生。故南山律师说："未受已前，恶遍法界，今欲进受，翻前恶境，并起善心。故戒发所因，还遍法界。"是故得戒者，即翻无始恶缘，俱为戒善；变有漏苦报，即成法身。诸位发心受戒，于此须善用心。

大小乘戒之同异

戒本有大小二乘之分。菩萨十重四十八轻戒为大乘，比丘二百五十戒，比丘尼三百四十八戒，沙弥、沙弥尼十戒等为小乘。然虽小乘，若受戒者发上品心，即得受上品戒。此上品戒体，与大乘三聚戒体相当。如随持一戒，禁恶不起，即摄律仪；用智观察，即摄善法；无非将护，即摄众生，故小乘通大乘。所谓内秘菩萨行，外现声闻相是也。

然声闻戒本为制身不犯，菩萨戒则为制心不起。故于结犯大小各有不同。《十诵律》等结犯不约心论，须动身口，方成犯戒，此是正小乘戒；《四分律》结犯则约心论，若以后念还追前事，即成犯戒，此是通大乘戒。菩萨戒最重约心结犯，微纵妄心，即为犯戒，此是正大乘戒。故大乘初念即犯，《四分》次念乃犯，《十诵》等要动身口才犯。此等分齐，不可不知。

三归五戒

无论大小乘戒，皆以三归五戒为根本。故三归五戒对于在家出家皆极重要（唯淫戒在家戒邪淫，出家全戒淫，须善分别）。三归者，一归依佛，二归依法，三归依僧。

一、归依佛。佛者梵言具名"佛陀"，华译"觉者"。所谓"觉者"，就是觉悟了一切事物相生相灭之因果关系，更在那无限复杂之因果事相中，发现此因果的必然秩序。如发现十二因缘之无明缘行，乃至生缘老死的必然序列等，从而证悟了事物的真相。为悲悯众生未明此真相，致沉沦生死苦海，故以无数方便，引导众生，循着那必然的理则来改善生活，纠正理想，轨正行为，使之离一切苦，得究竟乐，这便叫觉者。然则佛陀所觉悟之真理是什么呢？无上觉根本不可以言说形容，且略举一义说之：所谓诸法缘起性空。诸法者，一切事物；缘者包括亲因助缘。缘起者，诸法生起，是假众缘和合而成。如稻谷是种子、田地、肥料、雨露、阳光、人工等众缘和合而生。性者，或言体，谓诸法体性，各各本自如此，永恒不变，不待众缘和合的意思。空者，切不可误为空无所有，只是说无论某一事物的生起，必待众缘和合，本无所谓永恒不变的固定体性。既无永恒不变的固定体性，佛法就名之曰空。故西天十四祖龙树菩萨说："因缘所生法，是即无自性。"又说："因缘所生法，我说即是空。亦名为假名，亦即中道义。未曾有一法，不从因缘生。是故一切法，无不是空者。"所以佛说空，并不是说一切事物空无所有，而是说其没有永恒不变的各别体性。所以佛陀并不是什么造物主，而是发现一切事物生灭相续之理则的哲人；也不是什么神，而是充满大悲心，悯念众生苦难，以无我的精神为众生谋福乐的伟人。他一生之中，化导众生，破除迷信，教令出染返净，舍迷归觉，未曾少有休息。

二、归依法。法者简略言之，指事物的真相和行为的正轨等而言。行为的表现，关系于人类的道德，行为邪正，善恶乃分。但善恶之判，每因各人之立场和观点不同而异，故欲得道的确实标准，必须按一切因果事相中的必然理则来权衡，也即是说要依客观现实的发展规律来判断。昔日印度社会分婆罗门族（梵志）、刹帝利族（王种）、吠舍族（商贾）和首陀罗族（农人）四姓，其阶级与族籍制度之分极严，贫苦大众都被压迫得透不过气来，过着非人的生活。但大家都认为这是天经地义、命中注定、不可改变的。释迦牟尼佛于雪山成道后，三叹奇哉，一切众生皆有如来智慧德相，了知缘起性空、有情机会均等，一切众生都可以成佛。得出了四姓平等的确切结论，喻如众流入海，无复河名。于是力主平等，严斥阶级。这就是以事理的真相，来作道德标准的例证。

三、归依僧。僧者梵言"僧伽"，华译"和合众"，多人和合共处，志同道合，同修自利利他之行者。

五戒者，一不杀生，二不偷盗，三不邪淫，四不妄语，五不饮酒。

十戒、具戒、三聚戒

上来略说三归五戒，现在说沙弥、沙弥尼十戒，比丘、比丘尼具足戒，及菩萨三聚净戒。十戒、具戒多属自利，唯求自己解脱，故不必燃香表示；菩萨戒多属利他，准备舍身救世，故先须燃香供佛。出家沙弥、沙弥尼，须预戒品，须内修慈和，外著缁衣，与世俗异，居止行动，皆尚威仪法则，勤学沙弥、沙弥尼律仪，慎莫放逸。

比丘应常行二百五十戒，比丘尼应常行三百四十八戒，禁防三毒，调伏七支，具足三千威仪、八万细行。三毒者，贪、嗔、痴。七支者，即身口七支，身三支谓杀、盗、淫，口四支谓妄言、绮语、两舌、恶口。三千威仪者，于行住坐卧四威仪中，各具足二百五十戒，共成一千威仪；过去具足，现在具足，未来具足，是为三千威仪。八万细行者，于身口七支，各具足三千威仪，而行二万一千；于贪、嗔、痴及等分（以贪起，余二随起，嗔、痴亦然，故曰等分）四烦恼中，净无毁犯，是即八万四千细行。言八万者，举其大数。

关于戒律有一件很重要的事情，要向诸位说明的。戒本中有自手掘地，及自手织纺等戒，我们现在耕田织布，是不是犯戒呢？我们要知道，佛所制戒，有性戒和遮戒两种。首篇波罗夷罪是性戒，此是根本戒，犯者不通忏悔，其余大都是遮戒，犯者可以忏悔。又有轻重开遮等别，研寻律藏便知。性戒者，体是违理，无论佛制与不制，若作均犯罪，如杀、盗等是。遮戒者，佛未制前造作无罪，自制以后，若作方成犯，如掘地、纺织等。佛所以制遮戒，有各种原因，都是因地制宜，因事制宜，或因时制宜的。如掘地、纺织等戒，都因避世讥嫌而制。因当日印度社会，以乞食乞衣、一心修道为出家人本分事，若自己营谋衣食，便招世讥嫌，佛因之制此等戒。但社会制度和风俗习惯各处不同，必须因地、因事、因时以制宜，决不能墨守绳法。故《五分律》说："虽我所制，于余方不为清净者，则不应用；虽非我所制，于余方必应行者，不得不行。"故当日百丈祖师以中国与印度环境不同，已有"一日不作，一日不食"之美举。佛如降生此时此地，决不会制掘地、纺织等戒的。所以我们耕田纺织，并不是犯戒的事情，望诸位于修持中，切不可废劳动；于劳动中，也不可忘修持，两者是可以兼行并进的。由此可见我们对于受持遮戒，贵在遵循如来制该戒之本意，不在于死守条文。若得佛意，虽与条文相违，亦名持戒；若不得佛意，虽遵守条文，亦成犯戒。但亦不能以此借口，而将如来所制戒律，一概抹煞。各宜深入律藏，而神会之。

菩萨戒者，总摄为三聚：一摄律仪戒，二摄善法戒，三摄众生戒。一、摄律仪戒，谓恶无不离。此聚止即是持，作便是犯，顺教严护，慎而不为。二、摄善法戒，谓善无不积，身口意善及闻思修三慧、十波罗蜜、八万四千助道行等，皆究竟修。此聚作便是持，止即是犯，顺教奉修，永不退悔。三、摄众生戒，亦名饶益有情戒，谓无生不度，以四无量为心，四摄为行。四无量者，谓慈、悲、喜、舍。慈能与乐满；悲能拔苦尽；喜谓喜庆众生离苦究竟，乐法满足；舍谓令众生行佛行处，至佛至处，方生舍心。四摄者，谓布施、爱语、利行、同事。一布施摄者，谓若有众生乐财则施财，若乐法则施法，使因是生亲爱之心，依我受道。二爱语摄，谓随众生根性，而善言慰喻，使因是生亲爱之心，依我受道。三利行摄，谓起身口意善行，利益众生，使因此生亲爱之心而受道。四同事摄，谓以法眼观众生根性，随其所乐而示现，使同其所作而沾利益，由是受道。此聚作即是持，止便是犯。

又菩萨发心时，当发四弘誓愿：（一）众生无边誓愿度。既发菩提心，行菩萨道，即须断除我爱，殉己为众，以众生心为心，以众生苦为苦，常行慈悲，等施普度。如地藏菩萨，众生度尽，方证菩提，地狱未空，誓不成佛。（二）烦恼无尽誓愿断。众生无量劫来流浪生死，皆因烦恼未断。烦恼由根本发生枝末，重重无尽。所言根本者，谓贪、嗔、痴、慢、疑、恶见等，由此生出懈怠、放逸、嫉妒、障碍、昏沉、散乱、谄曲、诳妄、无惭、无愧等无数枝末。但烦恼虽多，总不出我法二执，众生不达缘起性空的道理，妄执此身心为实我，分别诸法以为实法，由是为因，妄受生死苦果。是故世尊方便设教，应病与药，说无量法门，对治众生无尽烦恼。我们应该依教修持，誓愿断之。（三）法门无量誓愿学。菩萨为普利有情，一切世出世间，无量法门，均须习学，故菩萨应向五明中求。五明者，一声明，明言语文字者；二工巧明，明一切工艺、技术、算历等者；三医方明，明医术者；四因明，明考定正邪、诠考真伪之理法者，即所谓论理学；五内明，明佛法之宗旨者。故无论世出世法，科、哲等学，均是菩萨所应学处。六祖说："佛法在世间，不离世间觉。离世觅菩提，恰如求兔角。"故此不是闭起眼睛、盘起腿子才算修行，运水搬柴、锄田种地，乃至穿衣食饭、屙屎放尿，都是修行佛法。出家人并非闭门造车，死守一法的。（四）佛道无上誓愿成。佛道者，梵语名"菩提"，又译曰"觉"。觉者自性灵觉也。此觉性在圣不增，在凡不减，本自圆成，个个不无。诸佛圣人，示生世间，作人天之导师、后世之模范，指示众生，若离妄想执著，即可成佛。六祖说："佛向性中作，莫向身外求。自性迷即众生，自性觉即是佛。"我们应该舍迷归觉，誓成佛道。弘者，深也，广也。深则竖穷三际，广则横遍十方。誓者，自制其心。愿者，志求满足。菩萨当发如上誓愿，不怖不退，不动不摇，尽未来际勇猛勤修。

虚云不过秉宣佛制，教诫后来，娑婆教主释迦牟尼佛为汝等得戒本师和尚，大智文殊师利菩萨为羯磨阿阇黎，一生补处弥勒菩萨为教授阿阇黎，过去七佛及一切诸佛为尊证，十方菩萨为引礼引赞及为汝等同学伴侣。我虽受请,但为汝等教诫法师,故曰秉戒和尚。

结 劝

临期入坛,当受戒时,汝等各须虔礼诸佛菩萨慈护加被,诸天龙神临坛护戒。我为汝等作法回向。汝等应各在本处,清净三业,披沥一心,二六时中,如法礼忏。当勇猛精进,慎勿贪眠好吃,自致失利,又不可辛苦太过,以致生病,可以调适端坐,所谓"端坐念实相"。实相即本心,本心即佛。如妄念不生则戒净,戒净则定生,定生则慧发。佛说一大藏教,即戒即定即慧。若得其本,则不患其末。诸位如能依此而行,即不失为本坛戒子,亦乃不负我所期望。唯愿大众,共奋勉之。外来的明天欢欢喜喜回去,各自修行。

(摘自净慧法师《虚云老和尚方便开示录》。)

答禅宗与净土

因客问参禅不及念佛：永明寿禅师云："有禅无净土，十人九蹉路。"如五祖戒禅师后身为苏子瞻，乃至雁荡僧为秦氏子桧云云。

答曰：《楞严经》文殊菩萨选圆通，说偈曰："归元性无二，方便有多门；圣性无不通，顺逆皆方便。"又从多门中，肯定耳根圆通说："此方真教体，清净在音闻；欲取三摩提，实以闻中入。"指出："自余诸方便，皆是佛威神；即事舍尘劳，非是常修学。"对念佛三昧乃云："诸行是无常，念性元生灭；因果今殊感，云何获圆通？"

永明禅师有《禅净四料简》，其文曰：

> "有禅无净土，十人九蹉路；
> 阴境忽现前，瞥尔随他去。
> 无禅有净土，万修万人去；
> 但得见弥陀，何愁不开悟。
> 有禅有净土，犹如戴角虎；

269

现世为人师，来生作佛祖。

无禅无净土，铜床并铁柱；

万劫与千生，没个人依怙。"

近世修净土人，多数固执《四料简》，极少虚心研究圆通偈，而且对四料简，也多误解的，不独辜负文殊菩萨，而且带累永明禅师，终于对权实法门，不能融会贯通，视禅净之法，如水火冰炭。虚云对此，不能无言。

考寿祖生于宋代，是余杭王氏子，他是中国诸祖中三位最多著述者之一。《佛祖统纪》卷二十六说：吴越钱氏时，为税务专知，用官钱买鱼虾放生。事发，当弃市。吴越王使人视之，曰："色变则斩，不变则舍之。"已而色不变，遂贷命。因投四明翠岩禅师出家，衣不缯纩，食无重味。复往参韶国师，发明心要……上智者岩作二阄，一曰"一生禅定"，二曰"诵经万善庄严净土"，乃冥心精祷，得"诵经万善"阄，乃至七度。

他是宗门下法眼禅师的第三代，著的书很多，如《心赋》和《心赋注》是讲明心见性的，《万善同归》是讲法法圆融的，《宗镜录》百卷，是弘阐拈花悟旨、融汇各宗理趣、摄归一心的。日本人分佛学为十三宗，中国人分为十宗。《宗镜录》以心为宗，以悟为则。所说虽有浅深，皆穷源澈底，微微细细地表出此心，辟邪辅正，使后人不致误入歧途。平生说许多话，未曾说过宗下不好。

他既是从宗门悟入的，何以又弘扬净土呢？因为大悟的人，法法圆通，参禅是道，念佛是道，乃至如我们劳动掘地也是道。他为挽救末法根劣的人，故弘净土。他是净土宗的第六代祖，一生赞扬净土，寂后人人尊重，在净慈寺建塔纪念。

《佛祖统纪》又说：有僧来自临川，曰："我病中入冥得放还，见殿室有僧像，阎罗王自来顶拜。"我问此像何人，主吏曰："杭州寿禅师也。闻已于西方上品受生。王敬其人，故于此礼耳。"中国佛教徒，以冬月十七日为弥陀圣诞，所据是何典章呢？《阿弥陀经》说，阿弥陀佛在西方过十万亿佛土，谁人知他冬月十七日生呢？这原是永明禅师的生日，因为他是阿弥陀佛乘愿再来的，所以就以他的生日作为弥陀诞辰。

《四料简》一出，禅净二宗，顿起斗争。净土宗徒说："有禅无净土，十人九蹉路。"单修禅宗，生死不了；单修净土，"万修万人去"；又参禅又念佛，"犹如戴角虎"；"无禅无净土"是世间恶人。净土宗徒以此批评禅宗，至今闹不清。

【印光法师在今世佛法衰落时期，算是难得的善知识，信仰他的人很多。光绪二十一年普陀后寺的化闻和尚往北京请藏经，印光法师在红螺山与之相遇，后随同化闻和尚到普陀，在普陀前寺讲《弥陀经》，当时法缘不顺，以后就不再讲经了。化闻和尚叫他在后寺看藏经，在此多年不出普陀山，专心念佛。光绪三十年狄楚青居士办报，时常和他互通音讯，请他到上海住鹤鸣庵下院太平寺，真达和尚护他的法。此后道风传播，集成来往书札等为《印光法师文钞》，专弘净土，是很好的；但有偏见——谁人向他问禅，就被他骂。他常以《四料简》来批评禅宗，】屡说参禅之弊。又引证"戒禅师后身为苏子瞻，青草堂后身为曾鲁公，逊长老后身为李侍郎，南庵主后身为陈忠肃，知藏某后身为张文定，严首座后身为王龟龄；其次则乘禅师为韩氏子，敬寺僧为岐夫子；又其次善旻为董司户女，海印为朱防御女。又甚而雁荡僧为秦氏子桧,居权要,造诸恶事。此数公者,向使精求净土,则焉有此!……为常人,为女人,为恶人,则展转下劣;即为诸名臣,亦非计之得也。甚哉,西方之不可不生也!"云云。我认为修行人后身"展转下劣",在人不在法。唐僖宗时,"颖州官妓口作莲花香,蜀僧曰:此女前世为尼,诵《法华》二十年。"诵《法华经》而转世为妓,不可谓《法华》误之;犹参禅人后身"为常人、为女人、为恶人",亦不可谓参禅误之。观音菩萨三十二应,应以何身得度,即现何身而为说法,难道观音应身也是"展转下劣"么?阿弥陀佛化身为永明禅师,永明禅师后身为善继禅师,善继禅师后身为无相居士宋濂。【永明禅师就没有阿弥陀佛那样绀目澄清四大海了;】元朝善继在苏州阊门外半塘寿圣寺,血书《华严经》一部,他的弘法事业,比永明禅师退半了;宋濂为臣,不得善终,则又不如善继禅师,难道可以说阿弥陀佛也"展转下劣"么?

禅宗的泰首座,刻香坐脱,九峰不许;而纸衣道者能去能来,曹山亦不许。净土行人亦常以此批判禅宗的不对,没有审察到这种批判,原出于九峰和曹山,这正是禅宗善知识的正知正见,应当因此注意禅宗,何反以之低估禅宗呢!我们现在谁能坐脱立亡?我们连泰首座、纸衣道者都不如,而敢轻视禅宗么?

我认为宗下有浅深,显教密教有顿渐邪正,念佛也一样。禅之深浅,区别起来就多了,外道、凡夫、小乘、中乘、大乘,都各有各的禅。中国禅宗的禅,是上上乘禅,不同以上所举的禅。但末世行人参禅,确实有走错路的,无怪永明《四料简》中所责。

唯我平常留心典章,从未见到《四料简》载在永明何种著作中,但天下流传已久,不敢说他是伪托的。他所诃责"有禅无净土",难道禅净是二吗？念佛人心净佛土净，即见自性弥陀，这净土与禅是不二的。但今人却必限于念佛为净，参禅为禅。昔日我佛逾城出家，"入檀特山修道，始于阿蓝迦蓝，三年学不用处定，知非便舍；复至郁头蓝弗处，三年学非非想定，知非亦舍；又至象头山同诸外道，日食麻麦，经于六年……八日明星出时，廓然大悟，成等正觉。乃叹曰：'奇哉！一切众生皆有如来智慧德相，但以妄想执著，不能证得。'"其时哪里来的禅和净呢？

以后说法四十九年，都未究竟，至拈花微笑，付法迦叶，亦未说出"禅"字。禅是最上一乘法，犹如纯奶，卖奶的人，日日加了些水，以至全无奶性。学佛法的人，也如纯奶掺了水，永明看到便对掺了水的禅说"有禅无净土，十人九蹉路"，并不是说纯奶的禅"蹉路"。永明禅师上智者岩，作禅净二阄，冥心精祷得净阄，乃至七度，若禅是不好的，他决不作此阄；若净是他本心所好的，则他必不至拈至七度乃决。且永明禅师出身禅宗，是法眼宗第三代，哪里会自抑己宗、说禅不好的道理？参禅的方法，要看父母未生前的本来面目，其目的只求明心见性。后人参禅违此方法，得些清净境界，通身轻飘飘的，一下子就开静，自以为有功夫了，其实滞于阴境，却不知一念缘起无生，怎能向百尺竿头进步？永明因此说"阴境忽现前，瞥尔随他去"，倒不如念佛老实可靠。但他也不是说光念佛就能"万修万人去"，要有净土，才能去见弥陀。若以"但得见弥陀，何愁不开悟"为可靠，这又打错妄想了。《楞严经》阿难白佛言："自我从佛发心出家，恃佛威神，常自思惟，无劳我修，将谓如来惠我三昧。不知身心本不相代，失我本心。"岂释迦佛威神不可恃、不能惠我三昧，而弥陀佛威神却可恃、却能惠我三昧耶？

　　念佛决定比妄想三毒五欲等事好，如做好梦，醒来精神愉快，做恶梦醒来情思抑塞，所以瞎打妄想，不如一心念佛。如能法法皆通，则是最高尚的修行。"有禅有净土"，如虎本有威，再加二角，更加威猛，为师作佛，理所当然。至于无善根者，不信禅，亦不信净，糊里糊涂，则"万劫与千生，没个人依怙"了。

　　我平生没有劝过一个人不要念佛，只不满别人劝人不要参禅。每念《楞严》所指"邪师说法如恒河沙"而痛心，故把《四料简》的意旨，略加辩说，希望一切行人，不要再于《四料简》中，偏执不通，对禅净二法妄分高下，就不辜负永明禅师了。

附：宋濂《善继禅师血书华严经赞（有序）》

　　上人善继，严持梵行，欲求无上真如之道。尝自念言：华严大经，实天中调御第一时所说一乘顿教，最为尊胜。欲爇松为煤，入以香药，捣和成剂，以书此经，而彼松煤者，假物所就，具黑暗相，有染白法。欲锻汞为丹，承以空露，研润如法，以书此经，而彼汞丹者炫耀可观，能盲人目，非助道者。欲椎赤金素银，廉薄如纸，复粉为泥，以书此经，而彼金若银者，虽曰重宝，外尘为体，初不自内。以是思惟，身外诸物，若胜若劣，若非胜非劣，若一若多，若非一非多，皆不足以称此殊利。唯我一身，内而心肾肺肝，外而毛发肤爪，资血以生，资血以长，资血以至壮老暨死。是则诸血，众生甚爱，如梵摩尼，一滴之微莫肯舍者。我今誓发弘愿，于世雄前，以所难舍而作佛事，从十指端，刺出鲜丹，盛于清净器中，养以温火，澄去白液，取其真纯，蘸以霜毫，志心缮写，满八十卷，尊阁半塘寿圣教寺。昔者乐法比丘，当无佛时，欲闻佛语，了不能得，乃信婆罗门言："以皮为纸，以骨为笔，以血为墨，愿得一偈。"况今百千妙颂，十万正文，不止于一，纵捐躯命，以报佛恩，无足为异，于血何吝。惟愿法界有情，或见或闻，证入杂华藏海，证入杂华藏海已，即得六根清净，得六根清净已，即得自性清净。得自性清净已，即得四天下微尘刹土中，一切众生皆悉清净。

无相居士未出母胎，梦异僧手写是经，来谓母曰："吾乃永明延寿，宜假一室，以终此卷。"母梦觉已，居士即生。今逢胜因，顿忆前事，于是亲蒸五分妙香，香云轮囷，结为宝网，遍覆经上，乃复合爪向佛散华作礼，而称赞曰：

> 杂华净智海，九会之所说，一音所演唱，十处放光明。
> 信解行证门，总摄无复余。如是具五周，如是辩六相，
> 如是分十玄，妙义皆充足。以至四法界，二十重华藏，
> 无边香水海，浮幢刹重重。教条有差别，性相了无碍，
> 圆融与行布，非异亦非同。一可为无量，无量亦为一，
> 重重无有尽，是为功德聚。如来最上乘，龙宫所秘藏，
> 上人出身血，严饰书此经。于一滴血中，普含十方界，
> 于一一界中，普现光明台，于一一台中，普成狮子座，
> 于一一座中，普见分身佛。如上无数佛，皆具大威德，
> 眉间白毫光，遍满一切处，共宣大乘法，闻者应解脱。
> 譬如日月王，照三千大千，悉见种种色，法能破暗故。

譬如大海洋，一平乃如掌，无丘陵堆阜，法能平等故。

譬如阳春至，大地尽发生，诸根各萌芽，法能沾溉故。

譬如梵志梦，一梦千劫事，不过刹那间，法能融摄故。

譬如子忆母，未见心已至，形神皆两忘，法能无离故。

譬如黄金色，金色不相分，金亡即色空，法能不二故。

譬如石性坚，初不从外得，石性自圆满，法无修证故。

能如斯见解，见经不见血，若加精进力，见佛不见经。

及至成道已，见性不见佛，我性如虚空，了无能见者。

无见中有见，全体即呈露，苟执于所见，亦非我本性。

见见二俱泯，此为真见见，真见复何有，性本无物故。

一心归命礼，祇夜以为赞，诸妙楼阁门，弹指一时启。

无相居士金华宋濂拜赞

（摘自岑学吕原编《年谱》）

如何参话头 （一九四七年于南华寺）

下手的工夫屡有变迁，唐宋以前的禅德多是由一言半句就彻悟了道，师徒授受不过以心印心，并没有甚么实法不实法，平日的参问酬答，也不过随方解缚、就病与医而已。宋代以后的人们之根器就陋劣了！虽讲了很多，一点也做不到。要他放下一切，善恶莫思，但他一点也放不下，不思善就思恶，到那时，佛祖亲临亦无法可施。实不得已，采取以毒攻毒的方法，教人看话头，甚至要咬定个死话头，咬得紧的，一刹那间都不要放松他，才是得力处。又如老鼠啃棺材，啃定一处，啃不穿则不止，一旦啃穿了就有吃。

即是制心一处，以一念抵制万念，以万念的力量集中一处，总成一念，来参这个"是谁？"——或专参拖这死尸来行的是谁？或参坐的卧的是谁？或专参父母未生前谁是我的本来面目？或参念佛是谁？或参拜佛的、持咒的、诵经的、穿衣的、吃饭的、起妄想的、动念头的、讲话的、欢喜的、静的、动的、笑的是谁？或专参本心是谁？或专参自性是谁？总而言之，行住坐卧，一切时、一切处、时时处处都要看住他！看他到底是谁？究竟是谁？要参穿他、要抓住他。这才是大丈夫看公案。乃至看屙屎、放尿的是谁？把他看到底，看他究竟是谁？是佛？是魔？是心？是众生？以我不动的话头如金刚王宝剑，佛来斩佛，魔来斩魔，心来斩心，众生来斩众生，即是要绵绵密密的参去，惺惺寂寂的看住，看他到底是谁？是我？不是我？我字是这个的代名词，实非真我，连真我的念头尚不可得，然则究竟是谁咧？要有这样的疑情才有进步。要通身都发疑情，才算是真参实学的工夫！

发真疑情方有办法，一到机缘成熟时，看清了、参透了，忽然惺惺寂寂的化境现前！即是顿寂寂底，骇悟大彻！即是悟寂的化境，哈哈大笑而已，如人饮水，冷暖自知，不许人知。到那时天人尽忙煞了，天龙八部互相报曰："人间某比丘今日成道！都去散花供养吗？求说妙法！"这样一来，已打破了本来的面目，已得了深深的见处。未破本参的禅德有这样的彻悟，是破本参的见处；破了本参的人有这样的彻悟，是透重关的见处；透了重关的人有这样的彻悟，是出生死牢关的见处；出了生死牢关的人有这样的彻悟，是踏祖关的见处；乃至是八相成道、入般涅槃的大见处。

这样的见处也不难、也不易，只要工夫纯熟，大相应、大得力，就能做到。你们想要工夫大相应，先在跑香的时候返观观自心，自心本净；返闻闻自性，自性本空，明明历历参到底！集中审问：到底是谁？究竟是谁？大发疑情了，再登座参，更要深深审问，直到五蕴皆空了，身心俱寂了，了无一法可得，直见自性本体，这才是大好相应、大得力处。从此已后，昼夜六时行住坐卧，身心稳寂，寂寂惺惺，寂参惺悟，日久月深菩提稳固，一旦大彻大悟，生死如幻了矣！到那时，才知道实无一关可过，尘劳佛事，幻化法门，上无佛道可成，下无众生可度，无修、无证、无作、无为，任他安名立号，唤佛唤魔，皆与本分上毫无交涉，到那时彻底明白老僧不骗你们。讲的是假，悟的是真，除去真假两头，大家参看。

（摘自惠光法师《宗门讲录》第56页，题目为编者所加。）

一九五八年九月十六日 云居山集众表堂

这一回我身体不好。世人说三天命有两天病，我则三天有六天病。何以呢？因为白天晚上都不好，无非业障所感，只得听其自然，有何言说！

今天有两件事，不得不讲明与大家知道，免众误会。什么事呢？这几天，省统战部张处长和几位同志来山。处长说，才由北京回省，京中上峰，叫我来山，传达政府意见，叮嘱陪同老和尚一路进京开会。我以老病辞了。次晚，处长来我房间谈话。他说，因有信件向他那里报告各种事情，谓寺中派人到上海化缘，化了二百套小褂裤、一百二十套褰衣、两架缝纫机，又说祝华平拿你的名义发了财，等等。第三天晚间，又来问此次常住打吱喳的事，已报政府了，要我说明事情的经过。

我说，那天的开会我不晓得。当时，我听工人说堂里闹事。我即进堂说了几句，他们就散了。后来，我查得这事的起因是：那天早上，僧值表堂，不准过二堂。午饭后，他们就开会，要解决这些问题，心气不和平，就吵起来。本来现在夏天，过早堂吃粥，快吃则汗多，慢吃又耽误结斋。所以，吃不饱的可以随众结斋，回堂后，再到斋堂，看有余粥，可以再吃。但如在早板坐香开静后去吃，那就是过三堂，不是过二堂。这是一天吃四顿，就不对了。如果允许过三堂，则粥少不足吃，就要多煮米。若多煮，则每月的米就不敷用。因此，当家叫饭头少煮些粥。经僧值表堂之后，有些人谓职事专权，是封建，要改革，因是就闹出事来。这是不要紧的小事。

至于说到化缘，因通州李不畏居士来信，谓居士林有《龙藏》，全部欲送与本山，要我亲去。因此与性福商量，请证明书，派佛行去通州请藏经。写了两封信到上海佛教青年会，请帮化运费，及买四十领蓑衣、一架缝纫机，代募斋粮。后因通州佛教会不许将藏经运走。佛行就到上海青年会，请了《碛砂》、《频伽》两部藏经。现今上海有信来，总共化得九百五十三元三角，除运经费，买蓑衣四十领，缝纫机一架，共去钱四百余元，下剩五百余，寄回作粮食。没有二百套衣服的事。

从前，出缘簿化缘，有过一回化缘铸铁瓦的事。青年会和简玉阶、祝华平临时代出缘簿，因为五万元旧人民币才铸得一块铁瓦，此次共化了数千万元，而祝华平没有食钱。此事前几日善果知客对我说，谓性福和尚把直纯和尚寄来的给他看，信中说：妙善和尚由云居到上海，对伊说，老和尚不会用人，把常住弄得稀烂。以前用祝华平，已经弄坏了，现在又用慈藏，步觉民后尘。近又派沙弥到上海，化了二百套小褂裤，每人分二套。他问分得公平否？本来这话成是非，不应向别人说，是犯戒的。无奈此事，他们早已有人报告与知，因此不得不明白说出，免他误会。

处长等问了我之后，又问别人，又问李居士，调查我的书信来往和账目。调查的结果，数目清楚，并无贪污。他们又看到大家努力生产，各处辛辛苦苦，事事如法，使他们对听来的坏话，也疑信参半了。是非本不应辩的，每早上殿念的"山门清净绝非虞，檀信归依增福慧"。能真实不虚，循规蹈矩的坐香、看经、礼拜、读诵的，就感动天地鬼神，山门自然清净，檀信自增福慧。何须辩好辩歹？但这些事不说，则大家不知。

我来云居，是定业难逃。我原无住庙的心，很多现成的庙都不住，又来修庙子，岂不见鬼？前年，我在庐山养病，听说云居山，政府拟划为林场，我不能坐视祖师道场陵替消歇，所以来山看一看。那天很晚摸上山，只见性福、直纯、修定、悟性四人住在仅存的破厨房内。我们一来十二人，没有空地方睡。我看见毗卢佛、释迦佛、观世音菩萨铜像埋在荒草堆中，我心中不忍，就想在此住茅篷，并使诸方禅和子有站脚地。回庐山后，要求中央政府和陈真如，都不准在此住，要我进京。我再请求，北京来电，许我自由，得中南区统战部、省县统战部各派一同志，与祝华平等，在大雨淋漓中，送我来山。上海简玉阶居士出了二千万元旧人民币给我作开办费，我交祝华平管理。农历八月十五日，我派智修师先来修好破牛栏，派果一师先来料理一切购置家具等等。

我到山后，问本山过去情形。直纯就对我说：你要小心提防性福，云居山有下院两处，都成他私人所有，以前收数百担租，归他一人，他又想把黄韶的田收为私有，我不准。你要和他搅清楚，否则是非多了。直纯虽如此说，我没有听他的。后来人渐多了，政府在场，当众请职,我不过问。大家举性福为和尚,果一为当家,二千万元祝华平管理,买谷子三百担、木料和缸瓦,把茅篷盖好了。简老居士又出一千万元来搞生产,交果一师管账。前后三千万元,房子砌不起来,幸而各处渐渐寄些钱来,才有开支。果一叫大众出坡,下雪天出坡,和直纯闹起来。直纯又和智修闹过,常常弄是非。这次直纯不明真相,认为我食了二百套衣服,又说我不会用人,觉民吃饱钱就还俗。觉民的钱的来源,是北京开和平法会,政府犒劳他百余万元。上海玉佛寺法会,亦得百万元。说归依、当引礼,也有百余万元。杭州、苏州两处法会,也有几文。到云居后,因母老要他奉养,不要心挂两头,就还俗去了。简玉阶又给他二百万元,他没有拿过常住的钱。去年正月,简玉阶给每人五万元和一条毛巾,由祝华平分送。性福、直纯各送二十万元。

何以妄疑小事?传到政府去,不好听。我没拿常住名义化过缘,各处来钱是给我养病,不是公用的。我空手来,空手去,尽力为大家,管此闲事作甚么?和尚当家,每每办到不能收尾时,又要我来管一管。我这老牛犁田,犁一天算一天,心中苦楚,说给大家知。我一场辛苦,别人不以为恩,反以为仇,缘结不到,反结了冤。这也无非前因所招。我说这些闲话,大家好好向道上办,不要被境界转为是。珍重!珍重!

（摘自岑学吕居士原编《年谱》）

　　古人说："莫向名场立，山中梦亦微。"世上利锁名缰，层层缠缚，去了一层又一层。习气毛病，笼罩到转不得身。有觉照的人，不随他去；无觉照的都随他去了。故做人有种种为难处。古德每每说："比丘住山佛欢喜，住在闹市佛担忧。"比丘应住阿兰若。《大日经疏》曰："阿兰若，名为意乐处，谓空寂行者所乐之处。或独一无侣，或二三人。于寺外造限量小房，或施主为造，或但居树下空地皆是。"比丘常居阿兰若，不住于外，是十二头陀行之一。城厢闹市，骤马交加，名利二字，把人萦绊系缚，终日是非闹不清。所以古来祖师，居山者多。释迦世尊出家修道，于雪山苦行六年。在家、在城市不是一样修行吗？何必定要到雪山去呢？因为雪是冷的，下雪在腊月间，万物收藏的时候，山河大地，成了银色世界，万种色彩多封闭了。这种境界，就是道人的境界：叫你二六时中，冰冷冷地万念俱灰，不为境转，这就叫雪山。不在世间叫出家，不打妄想叫落发。佛修行都要躲到雪山去，我们凡夫，何以反敢在闹市里过日？

古德一住深山，就不染世缘，任你皇帝来请也不下山。昔日汾州无业禅师说："古德道人得志之后，茅茨石室，向折脚铛中煮饭吃，过三二十年。名利不干怀，财宝不为念。大忘人世，隐迹岩丛。君王命而不来，诸侯请而不赴。岂同我辈贪名爱利，汩没世途，如短贩人！"他这些话说了，也做到了。唐宪宗屡召，师皆辞疾不赴。暨穆宗即位，思一瞻礼，乃命两街僧录灵阜等赍诏迎请，至彼作礼曰："皇上此度恩旨不同常时。愿和尚且顺天心，不可言疾也。"师微笑曰："贫道何德，累烦圣主，且请前行，吾从别道去矣。"乃澡身剃发，至中夜，告弟子惠愔等曰："汝等见闻觉知之性，与太虚同寿，不生不灭。一切境界，本自空寂，无一法可得。迷者不了，即为境惑。一为境惑，流转不穷。汝等当知，心性本自有之，非因造作，犹如金刚，不可破坏。一切诸法，如影如响，无有实者。经云：'唯此一事实，余二即非真。常了一切空，无一物当情。'是诸佛用心处。汝等勤而行之。"言讫，跏趺而逝。荼毗日，祥云五色，异香四彻，所获舍利，璨若珠玉。由于他不向名场立，全心在道，所以来去自由，不被生死所转。一般人就不同了，以为陪皇帝行过，就了不起。

我平生很苦，一世背时，多难多障，多魔多病，几十年骗空门饭吃，南来北往，生惭愧心。因自己一生下，母亲就去世，我这不孝，怕遭雷打，所以发心为母作功德，拜舍利、拜五台，遇文殊灵感。虽是向外驰求，也有些好处。第二回再朝五台，遇庚子年义和团起义。我想到陕西，去不成。回北京，又遇八国联军之役。皇帝逃难，亲人、熟人一同走，太后娘娘也能一日走几十里路，徒步无轿。走到阜平

县，才得甘藩岑春煊带三千兵来接驾，才乘轿出玉门关，走口外，
进雁门关。我出入陪帝一路。若是清平无事，皇帝威势最大，每逢
出宫，起身时先鸣炮九声，经过的街道，两旁店铺都要关门，留出一
条肃静无人的御路，路心铺黄土，一切人不准看。这回逃难，急急忙
忙，摆不起架子，没有轿子坐，跑也跑得，苦也能吃，见他也好见，话
也好说，没有什么尊贵了，什么都放下了。到了陕西西安，岑春煊为陕
西巡抚。李鸿章在北京与联军讲和，在西华门立德国公使纪念碑，
要中国人八个人头祭坟，拿假人头抵数了事，李鸿章才请皇帝回北
京。当时，我在陕西，住卧龙寺，一天到晚，和宰官来来去去，落在名
利场中，烦烦恼恼的，哪有功夫可用。那时行住不安，怕说错话丢了
头壳。你看在名利场中有什么好处！我怕烦累，所以入终南山去隐
名。还躲不了，又走太白山。山高一百八十里，上山后还是有人。我不
能住，又跑到云南，以为没事了，不久还出是非。天下抽提寺产，众
推晋京告上状，又请藏经，是非更多了。皇帝因我一齐和他逃过难，
给我嘉奖，我就走进名窠。到民国成立初期，因为我在满清时代的
历史，就以我为敌，要办我。李根源派兵入鸡足山捉我，山上迦叶祖
师显圣，大难过去了。以后在上海办佛教总会，又入京见孙中山、袁
世凯。然后在贵州、云南、西藏，设佛教分会，颠三倒四。旧政府去，
新政府来，就疑我是旧政府那一党那一派。现政府也疑我，因为曾
在重庆和林森等往来，办过祈祷世界消灾和平法会。正值三十二年
正月甲午，初一子时立春，这是个好年份，吉祥如意。那年各国取消
不平等条约，以后日本投降，中国胜利。李任潮在桂林当行营主任，
我也走进了名场，又搅不清楚了，因此引起云门一场祸事。在湖北又
出头，又晋京，离京后，政府又屡次要我再回京。骑坐虎背上，怎样死

法还不知，现在又叫我晋京。省统战部来了人，我不去，叫我派代表，慈藏、性福二人去了，与我何干。昨天又来了信，不去，心中有疙瘩。

想起古人说，"莫向名场立，山中梦亦微"，才悔以前出头无益。一般人总以为和贵人来往就了不得，而不知祸福相倚，如影随形，战战兢兢。劝你年轻人及早努力，道心坚固，不染世法，有好收场。世人做人真不易。昔日圭峰宗密禅师，是六祖下神会四世孙，与华严宗有缘，见清凉《华严疏钞》，十分崇奉，后入清凉之门，成华严宗第五祖。那时国家崇佛，封清凉为国师，圭峰亦被看重，因此常和士大夫来往，与李训莫逆。后因李造反失败，逃到圭峰处避难。峰以故情难却，欲留之，大众不许。这人到凤翔就捕被杀，圭峰也被捉。对案说他们有来往，圭峰无所畏，说："不错！佛教冤亲平等，见一切人有难皆当相救。今既有罪，请依法处置好了。"大丈夫无畏精神，有哪样说哪样，犯罪不避刑罚。政府认为难得，就放了他。后代佛教徒与圭峰有成见，不喜欢他，也有说他来去分明很好的。我们没有他这样的功夫、志向和胆量。

我这生经受的灾难多了。八国联军拿枪吓过我。反正时，李协统带兵到鸡足山捉我，七八百出家人都走光了，剩我不走。土匪杨天福、吴学显拉我拷打。后唐继尧和龙云斗争，云栖寺僧人被捕，曾责我敌友不清。民国人责我与清朝皇帝大臣来往，我怎能分清谁是人、谁是贼，任你怎样办都好，他们就赦了我。这次我不晋京，各方弟子来信，责我不识时务，不顾佛法。我想以前进京，因为事情闹得不能下台，我不得不进京。现今大体已定，信教自由，这件大领衣保存了，戒律丛林规矩仍然照旧，可以不必再去。我长年的老病，也就藏身散场了。诸位珍重！（摘自岑学吕居士原编《年谱》）

虚云老和尚点滴开示

明尧整理

一

吾（刘瞻明）友慧章法师，为大师（虚云老和尚）入室弟子，尝为余言："大师既发明心地，隐于终南，每入定，辄累月不起于座。敝衲芒履，日中一食，数十年如一日。遇海内名刹之颓废者，募资修复，躬亲其役。既成，委诸主僧，萧然远引。如是者不知若干处。其接引后进也，单提正令，不稍假藉。每于一机一境上，随事指点，俾闻者当下获益。"

慧公在云门时，一日侍师（虚云老和尚）共食，大师举箸云："分别美恶是凡夫，不知香臭是木石。离此两边，试道一句。"众罔措。

又一日，师（虚云老和尚）将下山，有阇黎云："月黑路崎，师年高，防颠踬，曷笼灯而往？"大师笑曰："光明炯然，遍周沙界，你道何处是黑暗？"拂袖而去。闻者吐舌。其他类此者不胜枚举。

说法数十年，融通性相，入不二门，无分毫门户之见。有参学者，先试以禅，不契，则诏以念佛三昧。南华寺于禅堂外，别立念佛堂，专修净土。其归依帖四围，均印小圈，注明每圈念佛一千声，加一点，丹黄数次，则念佛千万。

尝言："禅宗虽一超直入，非上根利智不能修。末法众生，障深慧浅，唯依持名念佛法门，得了生死，往生极乐国土。初入手与禅是二，及其成功，二而不二。唯念佛须摄心观照，句句落堂。落堂者，著实之谓也。句句著实，念念相应，久之自成一片。由事一心，而至理一心，能所两忘，自他不二，与参禅有何差别？故经云：'若人但念阿弥陀，是为无上深妙禅。'中峰大师曰：'禅者，净土之禅；净土者，禅之净土。'彼念口头佛、参口头禅者，同一自欺，生死关头，如何了脱？"闻者皆为之动容。

（摘自刘瞻明《滔天一筏之虚云大师》，见岑学吕原编《年谱》）

二

师（虚云老和尚）主玉佛寺法会，辄示众曰："学佛当以明心见性为本，断恶修善为行。须知佛心无殊，众生一体。至于杀生食肉之事，尤万万不可也。"

一日，有居士谒师，问曰："弟子有善根否？"

师曰："若无善根，安得到此？"

又问："弟子将来能成佛否？"

师曰："一切众生毕竟成佛，汝亦当成。"

其人欢喜礼谢。

师乃问曰："汝持长斋否？"

答云："尚未。"

师乃谕谓："食众生肉者，断大悲种。今后宜力持长斋，方能与佛法相应。"

其人欢喜信受而去。

（摘自大照《慈悲心愿菜根香》，见岑学吕原编《年谱》）

三

虚老说："今天参禅的人，多不了解禅、净不二的法门，每谤净土为小乘。这是错误的。禅、净工夫入门虽有不同，到家是一样的。一般人只知赵州禅师说的'念佛一声，漱口三日；佛之一字，吾不喜闻'的前面几句机锋话，就经常拿来作为反对念佛的根据。这是误会的。要知道后面还有几句话，就是有人问赵州禅师'你的师是谁？'赵州说'十方诸佛'。'十方诸佛之师是谁？'赵州说'阿弥陀佛'。可见阿弥陀佛是十方诸佛之师。今天参禅人不了解赵州禅师前面说的几句机锋话，同时又不了解赵州后面说的几句话。参禅的人以赵州的话来谤念佛法门，真是冤枉了赵州。假使今天遇到了赵州，一定要受到他的棒喝。各位佛弟子，请老老实实地从十方诸佛之师阿弥陀佛，至诚恳切地念去罢。"

（摘自开眼《我领受了虚云老和尚的当头棒喝》，见岑学吕原编《年谱》）

四

记得那年（民国三十一年），云老（虚云老和尚）同我们打了冬季"禅七"，他才去重庆。在"禅七"中，他有一次讲开示，说了一段令人发噱的话。他说："参'禅'要下死力去参，才有'禅'；学'教'

也要认真的学，才能通达'教'理。我每每看到有些参禅的人，高兴时，盘上腿参一下；不高兴时，又把它放下；像'打摆子'（疟疾）一样，忽冷忽热，时松时紧。像那样参'禅'，就算有所得，也不过得个树枝上的'蝉'。学'教'的人，也是这样，心血来潮时，鼓起精神，一天到晚在书本里面啃；懒劲一发作，就把经本扔在床上当枕头，有时置之高阁，让它生虫。紧时，连撒尿放屁都不管，恨不得马上悟入佛之知见；松的时候，像一根'油条'。像那样学'教'，即或学上十年、八载，能说会道，也不过是学得像鸡子'叫'罢了。"这话虽近于诙谐，语意却大堪玩味。

（摘自乐观《虚云和尚印象记》）

五

有一次，我（指乐观法师）到方丈时，云老（虚云老和尚）递给我一封一个居士寄来的信。我看信里面是说，云老的某个法徒，在某个地方闹的丑声四溢，指说是云老不管教的过失，并形容云老是个丈二蜡烛，只能照人，不能照自己。

我问："老和尚预备怎样回答他？"

云老笑了一笑，说："何须要答复他。像这一类的信，我收到好几回。哪有工夫问这些事！我把道场交给他了，成败是他的事，与我无关。我修建道场，是我求福；他败坏道场，是他造孽。我种我的因，得我的果；他造他的因，得他的果。我得的福报，他分不去丝毫；他感的罪报，我也一点不能分担，彼此毫不相干。在家人当父母的，尚且难保儿孙贤，何况出家徒弟！我要认真这些事，又何必出家呢？"

我说："老和尚这样想是对的。昔时玄奘法师尚且有个不成材的徒弟辩机。他不法，受到腰斩，与玄奘有何损！"

（摘自乐观《虚云和尚印象记》）

六

去岁戊戌（一九五八年）春三月，予（指圣一法师）往云居，谒老人（虚云老和尚）于茅篷中。礼拜毕，老人拈花生，予合掌先问曰："禅宗如何用功？"

老人曰："食花生。"

予意老人不我闻，再问老人。

又曰："食花生。"

予茫然不解。

两日后，复申前问。

老人叹曰："近代禅宗看话头，话头是何物？能看是何人？"

予会意，叹老人慈悲方便指示。

次日，予问老人曰："《妙法莲华经·多宝品》云，释迦佛有无数分身佛，未卜十方世界，那一尊佛是释迦分身？"

老人曰："汝是那个分身？"

予闻语，惊惶不解而去。

次日，复问分身义。

老人曰："汝适从藏经楼来，此就是分身。"

吾默然首肯。

又问："《法华经·如来寿量品》释迦成佛时云，无量劫以前成佛。我等将来成佛之时，亦是无量劫以前成佛否？"

老人曰:"一佛一切佛,心是如来地。"

予所问毕,作礼而归。

(摘自圣一法师《一九五八年戊戌三月参礼老和尚请示法要》)

七

老和尚(虚云老和尚)每遇说戒时,语气沉重,声泪俱下,听者莫不动容。尝谓:"受戒容易守戒难,如能于千百人中,得一二持戒之人,正法即可久住,佛种即可不灭。"

(摘自朱镜宙《我所知道的虚云老和尚》)

八

予(指朱镜宙)以时局急变,请老和尚(虚云老和尚)同去台湾暂避。

师叹曰:"台湾我去过,男女杂居,有同尘俗。我去,说,不好;不说,又不好。"

予曰:"香港何如?"

师曰:"五十步与百步之间耳!"

(摘自朱镜宙《我所知道的虚云老和尚》)

九

民国三十七年春,老和尚(虚云和尚)忽患恶性疟疾,高烧不退。云门地居乡僻,医药不便,迁延月余,仍未复原。时南华将放戒,一再遣人,请老和尚主戒,均以病辞。时有安徽马居士,少曾留学日本,历居要职,系师在家弟子,此次率妻、女同受具戒;长沙张居士，湖南大学毕业，曾任财部稽核等职，三十未娶，亦受具戒。马、张二人，前来云门，长跪不起。老和尚鉴其诚，始勉允之。自云门至南华，一百二十华里，时当春雨，处处积潦，必须左右蛇行，方得前进。老和尚大病之后，体力未复，长途远征，疲劳万分，迨至马坝，即不能支。时已夜分，极思稍憩，问言："此间有无僧寮？"众答曰："无。"师坐地，不复能起立。众欲以椅舁之行，不许，并嘱众前行。马坝至南华，约十八华里，直至午夜，始达寺门。

先是，老和尚屡促予（朱镜宙）与众人先去南华，予察知其意，乃答言："弟子愿侍老和尚同行。"

师曰："我之行期无定，汝病体未复，应先去休养。"

予曰："老和尚高龄，又当病后，理宜节劳。弟子当侍老和尚同去乳源乘车"。

师曰："常住无钱。汝宜先自速往。"

予曰："车费有限，弟子力能负荷，请不必以此为虑。"

老和尚最后始曰："凡一日步行可达之处，依律不许乘坐舟车；如予坐车，何以令众？"

予曰："老和尚体力衰弱，众所共见，仍以节劳为是。"

师无语。次晨，不待众僧粥毕，已自负袱先行矣！

一日晨，予与数僧，侍老和尚同去马坝候车至韶关。将发，临时以肩舆舁予行，遍觅老和尚不得，问之侍者，言已先行有时矣！予急乘舆前进，行至三里许，见老和尚以洋伞贯包袱，肩负而行。

予急下舆，拜于道左，请老和尚登舆。答曰："我脚力尚健，汝系病后，宜多节劳。"

予曰："老和尚徒步，弟子乘舆，天地间安有此理？"

师曰："我行脚已惯，汝不可与我比。"

彼此谦让移时，无法解决，最后我请将包袱放在轿内，师亦不许。

（摘自朱镜宙《我所知道的虚云老和尚》）

十

老和尚语予（指朱镜宙），老年人参禅不宜，最好还是念佛。云门每晚皆有坐香，亦殷殷以念佛相勖。其尤难能可贵者，南华重建工程落成，求一继任住持，久不可得，言下时以才难为叹！

予曰："有清定师，黄埔军校毕业，随军入川，始行剃度，从能海大师学密，为入室弟子。现方宏法上海，戒行均可。"

老和尚急曰："汝可约之来。"

予曰："恐定师不能舍其所学。"

答曰："无妨！南华偏殿甚多，只要不在主殿作密法即可。"

予曰："不得能大师许可，清师仍不能来。"

嗣得清师复函，固以未得海大师命，未有结果。

从这二件事来看，老和尚虚怀若谷，只要与宏法利生有益，绝无世人门户之见，其人格伟大处类如是！

（摘自朱镜宙《我所知道的虚云老和尚》）

十一

（岑学吕老居士）住云门两月，日侍老人，深获启爱。

一夕，问法："情想爱憎，是生死根本，此义我亦知之，但如何能除？"

老人谓："只一情字，已堕百劫千生；杂以爱憎，互为因果，皆妄心为之耳！如果妄心去尽，成佛已多时！我辈历劫多生，习气至重，在随时观照，以除习气为第一要旨。"

我（指岑学吕）谓："情可随时忏，爱憎亦可随时遣；但既有心念，如何能不想？"

老人谓："何不想向佛国去？观想成就，佛亦成就，此净土法也。"

临别时，（岑学吕老居士）复请法，老人谓："居士佛法知解，已塞破腹子矣！譬如盲目，业已开眼，一条大路在眼前，只要能行；如果不行，站在途中东张西望，与盲时何异？"

闻之悚然！

（摘自詹励吾《掉虚云老人》）

十二

禅宗与净土宗，皆属佛法中之一门，本无胜劣可说。世间学人，或崇禅而黜净，或扬净而抑禅，已嫌偏执之弊，为导师者，不事补偏救弊，反而推波助澜，遂致多生荆棘。虚公有鉴于此，故凡开示后学，皆就其根性所近而利导之。往年上海某君，在香港谒见虚公时，询及用功法门，于禅净二者何择。虚公告以"汝自审，果能处烦恼而不乱，住禅定而不寂，则可以参禅；若未能做到，则当一心念佛"。以上数语，某君返沪，曾为余（指陈撄宁）言之。

（摘自陈撄宁《禅门大德管窥记》）

十三

（到达云门寺之后的）当晚，老人（虚云老和尚）上堂，予（乞士）与了（了空）师亦随众参学。老人以狮子声，作大哮吼，曰："狮子林中狮子吼，象王行处绝行踪。大德，入此门来，无你用心处。古圣云：'才有是非，纷然失心。'又云：'至道无难，唯嫌拣择，但莫憎爱，洞然明白。'老衲一生苦恼，百无所知，更不如他耆宿，广谈般若，详解名相。如要求知求解，即请他去。其若不然，但能当下休歇，佛说即是菩提。"良久，振锡一声云："会么！"

（摘自乞士《礼谒云门虚老记》）

十四

云公（虚云老和尚）年高德大，早为法门领袖。他对于中国共产党领导人民建设国家、改善民生的事业，赞叹不已。一日，叩以爱国爱教之意，老人开示曰："佛教的某些理趣，如忘我利他的精神之类，与共产党为人民服务的思想是相符合的。共产党员以解放全人类为终极目的，佛教徒以度尽一切众生为最大愿心，范围与手段虽各不相同，目的大致是可以通融的。"他认为，共产主义就是人间的极乐世界。他盼望这种理想能够早日在中国实现。他号召全国佛教徒追随时代，努力生产，不要落后，要响应人民政府的一切号召，遵守政府法令；也要认真地修学佛法，护持佛法。这样才不愧为新中国的一个爱国爱教的佛弟子。这些话的字里行间，表现了他老人家爱国爱教的无限热情。

云公为当代禅宗巨擘，这是海内外佛教同人所一致公认的，但他毫无门户之见。在接引学人时，总是因机施教，于念佛一法提倡尤力。他说："法无高下，贵在契机。"并力陈分门别户的恶习对教内团结的害处。

此次云公莅鄂说法，最使我（汪青云）感恩不尽的是，农历六月初六日，叩询"拈花悟旨"的一段因缘。我问："释迦佛在灵山会上，拈花示众，迦叶尊者破颜微笑，意旨如何？"老人默然不语，举起右手所执芭蕉扇，竖对我的面部。当时我亦寻伺路绝，无言可对，只是寂然微笑。老人遂曰："汝笑即是。"又问："虽然如是，怎奈业识茫茫，随时应物仍难作主！"老人示曰："情不附物，物岂碍人！"寥寥八字，字字千斤，信手拈示，受用不尽。

（摘自汪青云《武昌闻法记略》）

十五

光绪二十七年秋，法忍老人有赴终南之举。先命月霞法师去营办道场，余（戒尘法师）与复成上座随侍月公往终南。

适有虚云上座在山结茅自居，因与之相谈禅理，口若悬河，机语不让。

虚曰："汝此强辩，阎罗老子未放你在，孽镜台前不怕人多口！须知古时人障轻，可重见处，不问工夫。故六祖云：唯论见性，不论禅定解脱。今之人习染深厚，知见多端；纵有一知半解，皆识心边事。须从真实功夫朴实用去，一日彻底掀翻，从死中得活，方为真实受用。纵得小小受用，生死之际，依然不能作主。纵悟门已入，智不入微，道难胜习，舍报之际，必为业牵。须以绵密功夫，坐断微细妄想，历境验心，不随境转，一旦悬崖撒手，百尺竿头，再进一步，方为自在人。此亦不过是小歇场，还有后事在。"

余曰："我亦亲近德公、修公、大老、赤山来，自谓道契无生，更有谁耶？"

虚曰："汝所谓道契无生者，作么生契耶？"

余曰："若人识得心原无念，则知生自妄生，灭自妄灭，生灭灭尽处，自契无生。"

虚曰："此是古人的，如何是你的无生？"

余无语。

虚曰："汝乃学语之流，口头禅而已，只骗瞎眼汉。不信你我同坐一时，始见真实功夫。"

虚一坐七日，余则妄念波腾，加以八识田中有漏种子发现，到此全不得力，半日亦坐不住，自愧向来所学之禅不济事。

待其起定而问之曰："汝在定中，为有知耶？为无知耶？若有知者，不名为定；若言无知，自是枯定，所谓死水不藏龙。"

虚曰："须知禅宗一法，原不以定为究竟，只求明悟心地。若是真疑现前，其心自静。以疑情不断故，不是无知；以无妄想故，不是有知。又虽无妄想之知，乃至针杪堕地皆知之，但以疑情力故，不起分别；虽不分别，以有疑情不断故，不是枯定；虽不是枯定，乃是功用路途中事，非为究竟。又此七日，只是觉得一弹指顷；一落分别，便起定也。须以此疑情，疑至极处，一日因缘时至，打破疑团，摩着自家鼻孔，方为道契无生"。

余闻此，十分钦仰，因与为友，同作联袂偈一首。

虚兄言："孤身游世兄弟无，暗悲独自向外驰。"

余和曰："禅兄若欲有此念，相结莲友睹吾师。"

同住茅蓬年余。

一日，自念根钝，如专修此道，不能发明心地，生死到来，又随他去，况诸佛法门无量，未知余与何法特有因缘。且法门虽多，而中土学者，略分禅、教、律、净、密五宗。即严净佛堂，忏悔三日，用纸写禅、教、律、净、密五阄，请虚兄为证盟，跪在佛前三拈，皆是净阄。当时自谓我今专学参禅，如何偏得净阄，尚不以为然。

是年山中请月公法师讲《楞严》，余与虚兄皆在座听讲。一日，虚兄复讲《大势至菩萨圆通章》，力赞念佛宗旨。余与之辨驳曰："《楞严》宗旨，文殊只选观音耳根圆通，如何偏赞念佛，岂不违背经义乎？"彼此相辩者数日。月公闻之，呵止乃已。

听经毕，回茅蓬，因受风寒，昼卧床中，梦一同道者西归，为之念佛，继念《往生咒》数百遍，及至念醒，犹念不歇，见茅蓬忽然渐大，至十余丈，房中物件亦随之变大，金光夺目。余当时只有念咒之心，未起分别。因念久疲极，动念翻身，则金光不现，茅蓬亦自复原。即起身坐，念数百遍，而金光亦不复现，唯病魔从此顿愈。即以此事告虚兄，虚曰："汝与净宗有缘。"余亦不以为然。盖此时尚未深信净土宗故也。

（摘自释戒尘《关中寱语·我与虚云上座》）

十六

在印光老法师生西十二周年纪念那天，虚老和尚在玉佛寺丈室为印老弟子开示。他和印老法师一样，教人老实念佛，他说："念佛要如细水长流，念念不断。念到一心不乱，心境一如，那就是参禅。"

一位禅宗巨匠教人念佛，这说明他没有门户见，也说明他善于方便摄化，且寥寥数语，把禅净合一道理说得圆融无碍。倘非宗说兼通，圆融各宗，恐不能如此。

还有更值得钦仰的，他非常热心和平事业。他在法会第一天开示中，曾不厌其详的勉励所有佛教徒都应积极起来，为世界和平而努力。他说："佛教的慈悲教义，就是和平两字的具体说明。保卫世界和平是我们佛教徒应尽的责任。"他把佛法这样善巧的应用在世法上，使六祖说的"佛法在世间，不离世间觉"这个真理又得了有力的证明。

（摘自圣璞《虚云大师印象记》）

十七

民国三十六（1947）年丁亥二月间，师（指惠光法师）诣南华参见虚云老和尚，蒙其勘之又勘，方许入室参请。

一日，云公（虚云老和尚）指杯中茶曰："明印老和尚家有这个么？"

师答："有。"

公问："如何用法？"

师曰："寻常施与乾慧饮。"

公问："如何接人？"

师曰："折、摄并举，棒、喝交驰。"

公曰："大德应是满载而来，何必向我这苦老子讲客气？"

师曰："学人苦劳，空无所有，特诣尊前，求个向上机缘。"

公曰："既有这个，焉得空无所有？"

师曰："脱体这个，无有无无，中边不立，连无亦无！"

公曰："这个不是，是个甚么？"

师当即豁然领悟，闻法心开，蒙公印可，冥符契合，礼谢而退。

（摘自惠光法师《宗门讲录》）

十八

民国三十六（1947）年丁亥二月，（惠光法师）因辞脱兴华寺住持等职，恭诣广东南华寺，参见虚云老和尚，正遇云公与五百新戒在说法传比丘千佛大戒。

翌夕，蒙惟因知客、素根书记、应真监院、天性法师等介绍，导至公前，礼座已，云公命坐而问曰："大德曾在哪些常住得益来？"

师（惠光法师）曰："亲近长沙明印老和尚十又三年。"

公问："明印老和尚有何嘉示？"

师曰："明公示众曰：'出山不动草，入海不扬波。处处无踪迹，本分事如何？'"

又问："明老以何为宗旨、以何为体用？"

师曰："以'无念为宗、不妄为旨、清净为体、妙智为用'"。

云公指杯中茶问曰："明老家中有这个么？"

答曰："有"。

问："如何施用？"

曰："平常给与乾慧饮。"

问："如何接引咧？"

师曰："折、摄齐举，棒、喝交驰！"

云公曰："真是婆心过切的作家。大德佛法胀破肚皮，应是满载而来？"

师曰："学人空无所有。"

公曰："既有这个,何为空无所有?"

师曰："本无一物,有个甚么?"

曰："您何必到我这个苦老子这里来讲客气?"

师曰："老和尚垂丝千尺,意在深潭,学人到此无开口处。"

如是问答中,老和尚机流激辩,有若锋刀解体似的。数次勘验后,蒙许入室参请。

(摘自惠光法师《禅学指南》)

十九

(二月)七日始抵南华寺。次晚参见虚云老和尚,正遇其与五百新戒弟子传授比丘千佛大戒。翌夕,蒙惟因、素根、应真、天性等四位法师介绍公前,礼座已,云公命坐而问之,具载《宗门讲录》、《禅学指南》。

另有一日,拜见老和尚,公曰："大德佛法胀破肚皮,应是满载而来。"

师(指惠光法师)曰："学人空无所有。"

公曰："即有这个,何谓空无所有?"

师曰："这个即本,本无一物。"

"何必又讲客气?"

"老和尚垂丝千尺意在深潭,学人到此无开口处。"

"哈哈,我不是船子和尚。"

"老和尚与船子同行共止,有何分别?"

"大德与夹山共坐同居,汝未睡着吗?"

"即然如是,妄谓佛法胀破肚皮?"

"汝作么生会?"

"佛法胀破虚空。"

"待老僧烧烂虚空,免他胀破。"

"莫烧烂老和尚的袈裟。"

"汝在那(哪)里?"

"在最高峰顶。"

"何不同行?"

"老和尚到顶久矣。"

"向后如何?"

"披衣吃饭足矣。"

"西河一对金毛狮子,打架打落水底,直至于今无消息。"

"消息何来?"

"无所从来。"

师即三拜而出,云公唤曰:"大德! 转来!"

师曰:"无所从来。"

四月十四日晚,云公聘师为戒律佛学院经学教授,十七日开学典礼,二十四日开讲经学,公返云门。

(摘自《惠公禅师年谱》)

二十

虚云老和尚丁亥(1947年)春在南华寺讲开示三关与见处的关系云:"下手的工夫屡有变迁,唐宋以前的禅德多是由一言半句就彻悟了道,师徒授受,不过以心印心,并没有甚么实法不实法,平日的参问酬答,也不过随方解缚,就病与医而已。宋代以后的人们之根器就陋劣了，虽讲了很多，一点也做不到，要他放下一切，善恶莫思，但他一点也放不下，不思善就思恶，到那时，佛祖亲临亦无法可施。实不得已，采取以毒攻毒的方法，教人看话头，甚至要咬定个死话头，咬得紧紧的，一刹那间都不要放松他，才是得力处；又如老鼠啃棺材，啃定一处，啃不穿则不止，一旦啃穿了，就有出路。即是制心一处，以一念抵制万念，以万念的力量集中一处，总成一念，来参这个是谁，或专参拖这死尸来行的是谁？或参坐的卧的是谁？或专参父母未生前谁是我的本来面目？或参念佛是谁？或参拜佛的、持咒的、诵经的、穿衣的、吃饭的、起妄想的、动念头的、讲话的、欢喜的、静的、动的、笑的是谁？或专参本心是谁？或专参自性是谁？总而言之，行住坐卧，一切时、一切处、时时处处都要看住他，看他到底是谁？究竟是谁？要参穿他、要抓住他。这才是大丈夫看公案。乃至看屙屎、放尿的是谁？把他看到底，看他究竟是谁？是佛？是魔？是心？是众生？以我不动的话头，如金刚王宝剑，佛来斩佛，魔来斩魔，心来斩心，众生来斩众生，即是要绵绵密密的参去，惺惺寂寂的看住，看他到底是谁？是我？不是我？'我'字是这个的代名词，实非真我，连真我的念头尚不可得，然则究竟是谁咧？要有这样的疑情才有进步，要通身都发疑情，才算是真参实学的工夫！发真疑情方有办法，一到机缘成熟时，看清了、参透了，忽然惺惺寂寂的化境现前！即是顿寂寂底，骇悟大彻！即是悟寂的化境，哈哈大笑而已，如人饮水，冷暖自知，不许人知。到那时天人尽忙煞了，天龙八部互相报曰：'人间某比丘今日成道！都去散花供养吧，求说妙法！'这样一来，已打破了本来的面目，已得了深深的见处。未破本参的禅德有这样的彻悟，是破本参的见处；破了本参的人有这样的彻悟，是透重关的见处；透了重关的人有这样的彻悟，是出生死牢关的见处；出了生死牢关的人有这样的彻悟，是踏祖关的见处；乃至是八相成道、入般涅槃的大见处。这样的见处也不难、也不易，只要工夫纯熟、大相应、大得力，就能做到。你们想要工夫大相应，先在跑香的时候返观观自心，自心本净；返闻闻自性，自性本空，明明历历参到底！集中审问：到底是谁？究竟是谁？大发疑情了，再登座参，更要深深审问，直到五蕴皆空了，身心俱寂了，了无一法可得，直见自性本体，这才是大好相应、大得力处。从此已后，昼夜六时，行住坐卧，身心稳寂，寂寂惺惺，寂参惺悟，日久月深，菩提稳固，一旦大彻大悟，死如幻了矣！到那时才知道实无一关可过，尘劳佛事，幻化法门；上无佛道可成，下无众生可度；无修、无证、无作、无为，任他安名立号，唤佛唤魔，皆与本分上毫无交涉。到那时彻底明白老僧不骗你们，讲的是假，悟的是真，除去真假两头，大家参看！"

（摘自惠光法师《宗门讲录》）

二一

一日，惟因知客领导四位大德上方丈，请老和尚上堂说法，惠光法师亦临时参加。

云公升座，拈香请圣毕，扶杖曰：一华五叶随拈出，体用原来本一家。千枝万派同根本，不脱曹溪一雨华。又云：如金作器，器器皆金；似火分灯，灯灯是火。虽然枝叶繁茂，其根本乎一体。汝等智眼顿明，自然了法无二。临济家风，白拈手段，机势如电卷山崩；棒喝交驰，赤毒似杀人追命；照用齐行，宾主历然，人境纵夺，一切差别名相，不离向上一着。今有上座定慧、佛果、素根、安性、惠光等五位大德，同参向上，各立门庭，挂本来衣，不离方寸；中边不住，格外提撕；应物全真，随流得妙。但用心亲切，参究认真，忽尔身心一如，慧光顿发，觑破空劫以前，亲到本觉之地。有口难宣，有笔难述，如人饮水，冷暖自知。欲开方便之门，显示本心之体，须假言辞，旁通譬喻。今有猛虎喉中雀，骊龙颔下珠，二名一体，实相无形，贵买贱卖，估价底谁？

良久，素根问曰：如何是顿悟、渐修，不离修证？

公曰：顿悟证理，渐修证事，事理圆融，心含广大。顿悟渐修而来，渐修终必顿悟。本来无修无证，无住无为，病愈药除，假名修证。祖祖默授，佛佛心传，无非点破你自己家珍，锥穿你心光明藏。无始尘根没断，偷心未死，是故不离修证；顿悟事理，合头合辙，悟在刹那，迷经累劫。若得偷心死尽，狂妄始歇，歇即菩提，非生非灭。

问：立何为宗体？

答：唯此真心立为宗体。

问：佛祖过去，正法谁传？

答：心正法正立为宗体。老僧授汝不二法门，斯体清净，本自圆明，顺流不染，逆流不净，居凡不减，在圣不增，处类虽殊，其心不二，智慧了之光明显，烦恼尽之妙体彰。离此别修，终成魔外。赐汝法名宽素，保任圣婴。

素根恭诚礼谢。

安性问曰：宗教本一，如何分二？

公曰：宗即无字之教，教乃有字之宗。

问：何为教外别传？

答：教以语言文字，渐悟妙解；宗离语言文字，顿悟自心。

问：何能契会？

公曰：六祖示慧明有云：屏息诸缘，勿生一念。良久又云：不思善，不思恶，正恁么时，那个是明上座本来面目？慧明当即言下大悟。此即偷心死尽者，顿悟契会。

安性当下心惊意骇，忽然见新，自肯承当，契悟本性。云公赐名宽性。

佛果问曰：如何是向上宗旨？

公曰：云门家风古。

问：云何是孤危耸峻？

曰：高高山顶立。

问：云何是格外提撕？

曰：剪除情境。

问：如何是方便度人？

曰：以古人之棒喝、机锋，折摄、转语、默契等，是为无上伽陀，方便有余。赐汝宽佛。

佛果礼谢。

惠光问曰：海阔天空本无一物，生佛体用不一不殊，尽虚空、遍法界，无非一个无缝塔。若随机不变，以何为体？不变随缘，以何为用？体用本宗，以何为旨？

云公执杖向空中画一个〇圆相曰：圆同太虚，无欠无余，是为本体本用，体用圆融为宗旨。

良久，公曰：三句关键，一字机锋；金风露体，北斗藏身，自家宝藏与佛相同。宗乘一唱，三藏绝诠，祖道才兴，十方坐断。诸大德！

那个是佛?

惠光曰: 我与十方诸佛把手同行, 亦不知那个是佛?

公曰: 三三了了, 两两明明。听吾偈曰:

净白传心印, 随缘接后昆。

当机密摄众, 缘尽隐深林。

转世常住世, 悲愿莫违愿。

定慧等亦然, 吾与常见面。

赐汝法号佛光, 派名宽照。再听一偈曰:

宽身横卧妙高峰, 照破乾坤万象新。

佛日烁空宗大振, 光明绝顶自家风。

公复曰: 定慧名佛慧, 佛慧派宽心。诸位他时传佛心印。

说毕下座。公复赐惠光圆相意旨, 命常入室参请。机锋转语犹若锋刃解体、利剑活人的相似。已而命惠光于戒律佛学院讲课年余。

是年三月十四日, 师在客堂楼上, 个人打七(二十一天), 至四月初五完毕, 谁也不知。云公百岁寿期圆满, 四月二日起水陆, 初八日法会完毕。十四日, 云公召开戒律佛学院筹备会议, 聘师教授十余次, 辞不获已。四月二十日开学典礼, 二十四日开讲经学, 至次年五月返湘。

(摘自惠光法师《禅学指南》)

二二

一九五二年九月十七日下午四点钟, 佛教界大德虚云老和尚来到北京, 驻锡地安门外鸦儿胡同广化寺。九月二十六日下午三点到六点, 我们访问虚老。

在未访问前，我们最关心的，是虚老的健康问题、对宗教信仰自由政策的态度问题以及有多大高龄问题。特别是关于虚老的年龄问题，从前传说不一，有说一百三十岁的，有说一百一十七岁的，有说一百零三岁的，还有说九十几岁的。我们预先问了几位见过他的人关于虚老究竟有多大岁数，答复都说，他自己不肯对人说，听说是多少多少。其实，虚老并不是不肯说，当我们一提到他的年龄时，他就说："我是道光二十年（庚子）七月三十日午时生的。"他老人家究竟有多少年龄，大家一推算就可以知道。

我们问到他的健康问题时，虚老说："年轻时，我一天要走几百里路。去年正月，也还可以走百多里路，拿百多斤东西。今年在韶关参加"五·一"游行，我还跟着大伙跑了大半个城呢。现在就差得多了，毕竟是老了呵！"但是，虚老在和我们谈话时并不感觉累，他总是愉快地、缓缓地谈着。

当我们问到他来京感想时，他首先说："咳，我来北京这是第六次了！"

"头一次是？——"

"光绪十五年，朝五台山，路过北京。"虚老说。

他知道我们想了解以下几次，于是不待再问，接着说："第二次是光绪二十一年，为佛教的事情，来打官司；第三次是光绪二十六年；第四次，光绪三十二年来京请藏经去云南鸡足山；民国元年，同八指头陀来办佛教会，是第五次。"

说到这一次来到北京，虚老特别表示感谢人民政府的照顾。他说："中央人民政府的政策是很好的，虽然有很少的下级干部学习政策不够，也有一些偏差。政府对我的照顾，真是无微不至。我真惭愧，自己老了，对国家没有什么贡献，反而受到优待，实在感谢得很！"虚老接着说："陈铭枢、巨赞、李任公（即李济深）等人，都是真实佛弟子，他们对佛教的贡献很大，但帮助他们的人太少。"谈到这里，虚老特别自动地介绍他来京的用意说："我这次来京，正值亚洲及太平洋区域和平会议将在北京召开。我想，我有些住在国外的华侨及外国弟子，他们这次如果有来的，我要告诉他们，新中国的宗教是完全自由的，因为他们一向受反动宣传，对新中国有着不少的误会。此外，我就是来看看老朋友。"我们听到这几句话非常兴奋。原来，在我们的心目中，以为他那样大年纪，哪里会管这些事，谁知完全出乎意料之外，虚老对于可耻的反动宣传负起了粉碎的责任！

我们趁着虚老提到陈铭枢等人对佛教的贡献与和平会议问题，问："你觉得新中国的佛教应该做些什么？和平会议在北京开幕了，你有什么感想？"虚老忽然吩咐他的侍者佛源法师给我们沏茶，歇一会，他才说："我的意见：首先希望佛教徒要遵守国家法律；其次，希望政府帮助佛教整理教规；希望出家人要团结合作，不要你搞你的，我搞我的，要劳动生产，要为和平事业尽力量，因为佛教向来是主张和平的；此外，我还希望及早成立中国佛教会；为了真正做到保存文物古迹，我建议政府要重点培修寺庙，不必普遍培修，因为寺庙太多了，哪里照顾得到那么多，同时，免得浪费国家钱财。"

虚老的意见，使我们感到满意，特别是他那沉穆、慈祥的态度，使我们不欲即去。但是，我们想到他毕竟那么大年纪了，别太累了他。于是我们说："你说话很吃力吧？""还好，说多很了，"虚老指着右肋说:"这里要痛!"我们感到是不能再扰了,最后安慰他几句,起身告辞。他硬送出门,非常慈悲地合着掌说:"谢谢你们,辛苦了!"

(摘自胜音《虚云老和尚访问记》)

二三

民国三十六年丁亥(1947年),虚老一百有八岁。春,仍赴南华传戒、讲经。期间,有朱镜宙居士,系章太炎之婿,传章唯识学,好禅宗,远来谒师。朱与师论禅宗问答之辞,附录于后。

弟子宽镜问:老和尚座下,修持有心得者究有几人?

师叹息曰:现在连找一个看门人竟不可得,遑言其他!南华至今,丈席犹虚,即可概见。

宽镜又问:知幻即离,能所双忘,正这么时,是否与六祖告明上座"不思善,不思恶,正与么时,那个是明上座本来面目"相契合?

师曰:这是六祖勘问之语。知幻即离,尚有所在,不能谓为能所俱忘也。

又问:天台宗三观之义,是否与三性之义相合?

师言:台宗设三观以为用功次第,而禅宗无次第。

语已,出观源居士撰《质疑》一书见示。

最后论及《金刚经》,师笑曰:《金刚经》注释多至数百种。

宽镜曰:然,但弟子读经,从未读注。

师曰:不读注亦好,熟能生巧。只要科判明白,久读而能了悟。读注反易受其左右。

宽镜归读《质疑》竟,而后知一切拟议皆是戏论,未证而说,开口便错,不禁汗下,深自忏悔。

憨山大师云：依经解义，三世佛冤。离经一字，即同魔说。说法之难有如是者。

（摘自岑学吕居士原编《年谱》）

二四

云居山地势很高，海拔一千一百多米。冬天气候很冷，低至零下十七八度。收藏在地窖里的红薯，经不起寒冷的空气，皮都发黑了，煮熟后吃起来很苦的。

有一次，我和齐贤师一起在老和尚（虚云老和尚）那里吃稀饭，吃到了那种又苦又涩的红薯皮，便拣出来放在桌边上。老和尚看到时，默不作声，待吃过稀饭后，他老人家却一声不响地把那些红薯皮捡起来都吃掉了。当时我们俩目睹那情景，心里感到很惭愧、很难过。从此以后，再也不敢不吃红薯皮了。

事后，我们问他说："您老人家都这么大年纪了，而那些红薯皮好苦啊！你怎么还吃得下去呢？"老和尚叹了一口气，对我们说："这是粮食啊！只可以吃，不可以糟蹋呀。"

又有一次，江西省宗教事务处处长张建明先生到山上来探望老和尚。老和尚自己加了几道菜，请他吃午饭。张处长始终是个在家人，不懂得惜福。当他在吃饭时，掉了好几粒米饭在地上，老和尚看见了也不说话。等吃完饭后，他才自己弯下腰来，一粒粒地把那些米饭从地上捡起来，放进口里吃下去，使得那位张处长面红耳赤，很不自在。他一再劝老和尚说："老和尚，那些米饭已掉在地上弄脏了，不能吃了。"老和尚说："不要紧啊！这些都是粮食，一粒也不能糟蹋的。"处长又说："你老人家的生活要改善一下啊！"老和尚答：

"就是这样，我已经很好了。"

（摘自绍云法师《虚云老和尚在云居山的事迹点滴》）

二五

他老人家（虚云老和尚）是很节俭惜福的，他睡的草席破了，要我们帮他用布补好。不久后，在同一个地方又破了，实在补无可补。我们就对他说，想把草席拿到常住去换一张新的。那时，一张草席只不过是两块人民币左右。不料他老人家听后，便大声地骂："好大的福气啊！要享受常住上一张新席子。"我们都不敢作声了。

无论是冬天或夏天，他老人家都只是穿着一件烂衲袄，即是一件补了又补的长衫（禅和子们叫它做百衲衣）。冬天就在里面加一件棉衣，夏天里面只穿一件单褂子而已。

老和尚时常开示我们："修慧必须明理，修福莫如惜福。"意思是修慧参禅一定要明白道理，道理就是路头。如果想参禅用功，但是路头摸不清楚，对参禅的道理未能领会，那么工夫便很难用得上了。所以古人说："修行无别修，贵在识路头；路头识得了，生死一齐休。"至于惜福，出家人在情理上哪里有钱来培福呢？其实，"造福莫如惜福"，那就是要自己珍惜生活上的一切福德因缘。他经常训诫我们年轻的一代说："你们要惜福啊！你们现在能遇到佛法，到我这里来修行，可能是过去世栽培了一点福报。但是你们若不惜福，把福报享尽了，就会变成一个没有福报的人。犹如你过去做生意赚了钱，存放在银行里。如果现在不再勤奋工作赚钱，只顾享受，把银行的储蓄全部花光了，那么再下去便要负债了。"

所以老和尚对我们的要求是很严格的。我觉得我们现在的出家人福报太大了，生活上，衣、食、住、行各方面比过去不知道充裕了多少倍。因而，我们在这个福报当中，要更加注意惜福。有福德的人，修行起来也会比较顺利。如果没有福德，无论修那一种法门，都会有种种的障碍。

（摘自绍云法师《虚云老和尚在云居山的事迹点滴》）

二六

他老人家（虚云老和尚）中午休息时，有时也打昏沉，头向前俯，甚至打鼻鼾。有一次，我们听到他在打鼻鼾，便偷偷地离开，拿着房里面的果品到外面边吃边玩。当他醒后，就逐件事来骂我们。我们问："刚才您老人家不是睡着了、打鼻鼾吗？你怎么会知道呢？"他说："你心里面打几个妄想我都知道；你拿东西到外面吃，我会不知道吗？"自此以后，我们才相信悟道、了生死的人，已经破了五蕴。见他是睡着了，其心思却是明明了了、清清楚楚的。

（摘自绍云法师《虚云老和尚在云居山的事迹点滴》）

二七

在云南时期，老和尚经常一坐七八天。有时候，人家有要事找他商量，就得用引磬为他开静，他才出定。因此，老和尚在云居山时，我们就问他："是否有这些事情呢？"他说："是呀。"我们又问："老和尚，您现在为甚么不入定呢？"他说："现在重建寺院，每天都有政府人员和其他人来找我，我不出去不行，所以不能入定呀。"他还笑着说："如果我在这里一坐七八天不起，一些不怀好意的人，当我死了，就把我的色壳子搬去烧掉，那么这个寺院就盖不成了，所以现在我不敢入定。"

（摘自绍云法师《虚云老和尚在云居山的事迹点滴》）

二八

我们曾经请问老和尚："听说证了道的人，就是圣人，是吗？"他说："是呀！"我说："那就是证到初果罗汉的人，是不是？""初果，是呀！"他又说："实际上，初果很不简单。证到初果须陀洹的人，不但定中没有妄想，就是平常的行住坐卧，也没有妄想。他的六根不染六尘，就是六尘不能打扰他，他就入了圣流。"

据说，证了初果罗汉的人走路时，虽然你看见他双脚是踩在地上，但实际是离地有两分高的。那时，也有人问我们："听说了脱生死的人，走路时脚不触地，不沾泥巴。那么老和尚都算是大菩萨了，你们经常随他走路，究竟他的脚踩不踩地？鞋子沾不沾泥土呢？"于是我们就很留心这个事情，并且经过多次的试验。

云居山的地都是泥巴土，经常下雨，一般人走了一趟回来，鞋子自然沾了好多泥巴；可是老和尚的鞋子从来不见有泥巴。奇怪的是，当我们走在他后面，留心注意他走路时，明明是见到他的鞋子踩在泥巴土上；但是回来后，我们再看他的鞋子，就是没有沾上半点泥巴。这其中的奥妙，我们至今还搞不清楚。

（摘自绍云法师《虚云老和尚在云居山的事迹点滴》）

二九

民国三十五年，老人寿辰日，自然亦不能例外。所不同的，是日下午，老人秘密传法。因老人每感宗门衰落，后起乏人，是以在日常，便很细心的观察，谁人能作法门龙象，荷担如来家业，所谓续佛慧命，继祖心灯，使正法久住世间，利济后昆。经三年来之暗中审察，认为能受此"正法眼藏，涅槃妙心，实相无相"微妙之旨，已有六人。故事先把法牒写好，到了下午，便由侍者个别暗中传命至丈室楼上佛前，每次二人。老人命受法人穿袍、搭衣、展具，礼佛三拜后，跪在佛前。之后，将传法由来、源流，开示大意，略述于后：

禅宗一法，古来祖师，实重亲证，以心印心。例如，某禅人已经悟道，自不知已证何程度，便去请问大善知识，为作证明。将己实证说出，由明眼知识引证。如释尊于灵山会上，拈花示众，八万人天，茫然无知，唯有摩诃迦叶，破颜微笑，以为禅宗初祖，乃至唐朝六祖，全重实证，不重外形。不过，末法的今天，若是执定非悟不传，那末，宗门一法，我想早已断绝。是以后来大德，渐开方便之门，认为此人具法器之才，能严守戒律，扶持佛法，接引后昆，真心为佛门做事，便传法嗣，使其安心拥护道场。

这样一来，所以有今日宗门衰落，全由后人滥传法嗣的现象。今日我传法给你们，因见你们平日真心为常住，道心亦很不错。若能百尺竿头再进一步，前程不可限量。由于你们都很年轻，而不以公开方式，而暗中传法，并不是像外道有什么秘密法，不给旁人知道；主要是常住人多，假如公开，恐怕人人要求传给他们，便成滥传法了。有几位菩萨，好几次私来我房，跪在地上，要求我传法，我都不答允。

当时我（指怀西法师）和惟贤二人跪着，静听开示源流之后，老人命我们合掌，将法卷开了。把历代祖师传至老人的法卷上所写，念给我们听，并加一一解释清楚之后，才将法卷交给我们，再礼佛三拜、礼谢老人。这样便成了老人门下的法徒。我是传曹洞正宗第四十八代圣扬复华禅人。

表信偈曰：复还本有真空体，华开见佛觐心皇。圣智圆明常不昧，扬和梅绽遍界香。

这是法牒上老人自做的一首偈。

回想那时，年方十九，而老人则另具慧眼器重，为授菊记。虽心内暗自荣幸，却至今十三四年，从未向人说过我是老人法徒。自觉德学全无，尤其对佛门事业，毫无建树，仍然故我，是以不向人说，以免有辱师德。但老人则常对我说："佛法中，是一法、二戒、三剃度。你能明心见性，了生脱死，超凡入圣，全由明师以宗门最上一乘妙法，开导起修，始能克期取证。故此法师，乃是法身父母，恩德超过生身父母。"我今日得此法身长养，他日成佛作祖，全凭吾师尊老人之赐也。

（摘自怀西《师尊对我一生的影响——为纪念虚云老人上生内院百日而作》）

三十

禅七圆满后，我（指怀西法师）向老人告假，欲去香港求学，闻倓虚法师在弘法精舍，创办华南佛学院。老人曾作三次挽留，劝我勿妄动。初告假时，劝我不应起心动念，有饭吃饭，有粥吃粥，还是在寺住下。二次，晚间禅堂坐香，亦以我为题说：现今世界，科学愈昌明，人类愈遭殃，遍全球已无安宁之地。现今还有人想去香港学教，广弘法化。但是，自未得度，便言度他，实非易事。例如，《宝积经》中五百菩萨发愿度生，示作牛身，后欲脱离不能，幸遇佛神力，始复人身等语，开示大众。三次，是禅堂开大静后，再派侍者请我至丈室,问我晚间有去禅堂坐香,听开示否?我答:弟子有去坐香,曾听开示。问:你还去香港吗?我答:不改初衷,明日便去。老人叹息曰:悲哉!苦恼众生。我如是三番开示劝诫,仍不听受。本来你去求法学教,乃是善事。不过,像你这种年龄,我便十分为你担心。所以每次常住大众中,有人告假说去上海,我便说青年人去上海,便是下海去了。香港亦是一样危险,实非修行人所住之地。像你这点露水道心,不易持久哩!使我当时内心深感老人婆心悲切,实乃过于双亲,已息求学之念。适于是时,有从上海来之隆泉、妙宽二师,欲作香港之游,不熟路程及粤语,向老人请求准我陪他二人往返一次。却不料此一别南下之后,便成永诀了。

(摘自怀西《师尊对我一生的影响——为纪念虚云老人上生内院百日而作》)

三一

我(指怀西法师)在大鉴工厂服务,至一九五〇年冬,云门举行四十九天禅七。我想自出家后,只于三十二年南华参加过一次禅七,今有此机会,岂可当面错过!于是将工厂事移交清楚,便去云门参加禅七。自十月十五日起,至腊月初五日才圆满。每日参加禅七僧众,已百七十余人,每晚老人都带病入堂开示。其中有七八位,是久住灵岩山,以念佛为行持,对向上一着,不知从何下手,特请老人开示。老人仍开示照旧心中默念佛号,兼参此能念佛者是谁,以禅净双修方便会修。我在禅七期间,便以此方法修持。在第三个禅七的第二天,梦见阿弥陀佛金身广大,不能见顶,放大黄色光明,普照大地,虚空全成金色。我在梦中仍大声念佛,因欢喜故,以至醒来,自己还听到念佛声音。至第五个七的第四天,下午二板香静坐,得四大轻静境,如三十二年的一样。最后一个七第四天,晚间养息香,静中忽见已身涌现虚空,出大光明,身体顿忘所在。此次禅七中,除一位广妙师开悟、得初果见道位外,还有二三位念佛而得一心不乱。还有一个泥水匠,在一次晚养息香,眼能见到屋外天上明星,自身不知在何处。

(摘自怀西《师尊对我一生的影响——为纪念虚云老人上生内院百日而作》)

三二

回忆我(指怀西法师)自十四岁出家后,第五天便抵达南华,见到老人,至二十四岁,辞别老人抵港,以至南来,八九年间,很少梦见老人。可是自今年三四月起,每月总梦见一二次,尤其七八两个月,不但梦见数次,而且醒来后,对梦境记得非常清楚。在九月初最后一次,梦见我领班向老人拜寿,老人面露笑容,身穿黄袍,立在上首,受众礼后,每人发给面巾一条,香皂一块,银洋一元,并劝众曰:"菩萨们! 当痛念生死,如丧考妣,精进修持,勿空过日。一日无常到来,才不致手忙脚乱,如落汤螃蟹,全无主宰。当知此人世间,苦恼迫逼,无有了期,应早求出离,为吾人本分大事。谨记是为至要。"此番开示,历历如在目前。岂料在此一梦,不过十天,便于九月十七日(阳历十月十六日)晨,阅本京日报,始悉老人于九月十二日示寂。回忆梦境,再想目前事实,才发觉到老人预示上生内院,惜我愚昧,不能及时觉悟。尤其最巧合的,是我梦后不过三天,法亮法师亦梦见老人以香板痛打他。由此足证老人预知时至,吉祥上生内院,先于梦中预告门下弟子,预示涅槃。

（摘自怀西《师尊对我一生的影响——为纪念虚云老人上生内院百

日而作》）

三三

老人亦常谈及自己一生志愿:一不做现成的住持;二不创建新寺;三不住城市闹镇;四不修自己子孙小庙;五不重兴历史名胜古迹及祖师道场;六不私蓄储钱财,凡信徒供养果仪,全归常住公用;七不接受任何一个施主供养及建寺功德。这是老人自己毕生的志愿。

老人亦常开示后学说:一个出家人,不论你住丛林或小庙,如能做到下列几条,走遍天下,不但任何恶人莫奈你何,同时还受人恭敬:一、不任意伤害生命;二、不贪图意外之财;三、不贪女色;四、不饮酒食肉;五、不赌钱吸烟;六、和睦待人,不以自有学识,轻视末学。这是老人教后学做人应行的方法。其实这些不但出家僧人应如是行,就是社会上如果真正的一个正人君子,亦已具备这几个条件,何况出家僧人,为人天师表,更不应说了。

（摘自怀西《师尊对我一生的影响——为纪念虚云老人上生内院百

日而作》）

三四

在（云门寺）方丈室后之假石山上,种了不少奇花异草。假石山本是靠后山墙而筑,地下还挖了一水池,约七八尺深,终年从地底涌出水来,满满一池。时当十一二月,雨水很少,种在假山之花草,每日必须淋水。侍者多数年轻人，整天为常住公事累到身疲力倦，有时记起，便去淋一二桶水，有时记不得，便由它干枯。老人事事均不肯叫人效劳，亦很体恤侍者们为常住公事的辛苦，所以自己有空，便去拔草、添泥、浇水。

有一次，爬上假石半山，手中挽了一大桶水，一时不慎，右脚踏空，便从高约丈余的假石山腰跌下，落在地下水池中，全身尽湿。附近担泥工人听到"卜通"声响，才发觉老人失脚跌下石山，浸入水池。老人既不惊呼，亦不慌忙，自己跌到，自己爬上水池，回房换去湿衣。等大众收坡后，始知老人又被跌伤，躺在床上休息。经过一天之后，便又照常料理寺务。有人劝他多休息一两天，还被呵责，谓："修行人，怎可把这个色壳子看得这么重！要知道，你越把它看重，它便越作怪。所以我常常说，人是贱骨头，你不理它，万事皆休。你愈关心它，病痛愈多。记得八国联军陷北京，慈禧太后和郑亲王为了逃命，一天能步行数十里。一日，饥饿非常，向村人讨得一碗蕃薯，他们还吃到津津有味。等她安抵长安，和谈之后，回北京时，又恢复了在皇宫的习惯。可见人是不能太过看重了这臭皮囊。尤其修行人，第一就要破我执，如果处处执著，生死何日才了！若不先看破这色壳子而另说修行，这是骗人和自欺的话。希望人们常常记住。至要！至要！"

（摘自怀西《广东云门山大觉寺中兴经过——为纪念虚公老人上升兜率一周年而作》）

三五

回忆民国三十三年春，虚老住持云门寺期间，正值抗日战争最惨烈的时候，为劝勉常住僧众虔诚持念观世音菩萨圣号、以消灾厄，记得有一晚，老人开示道：

菩萨们！你们不远千山万水，吃尽不少苦头，才能来到这里！大家无非是慕了我一个虚名，以为我有什么三头六臂，超过常人和了不起的道行。其实说来，我是感觉到非常惭愧，除了比各位在佛门中多混了几十年的饭吃，痴长数十岁之外，讲到修持德行，真如俗语说的"泥菩萨渡河，自身亦难保"，不信诸位今日到此之后，便知道见面不如闻名啊！

现在，既然来到这里，除了大家尽自己一份力，来兴建祖庭，搬石运砖，担泥砍柴种种劳作的苦功外，可算是毫无利益。然而，各位这样发心，来建设祖师道场，又是全出乎自动，没有丝毫勉强，各人心甘意愿，由此，可见诸位已经真正发了十足的菩萨道心啊！眼见人人日中劳作辛苦，全无怨言，所以虚云亦就不好意思躲懒偷安，亦只好咬紧牙根、拖着老病，来陪伴大家一下，讲些闲话，虽无大益，总可以"一番提起一番新"。

这里本来是宗门下五大派中云门祖师的道场。有几位菩萨，曾住高旻寺很久的老参上座，要求我将每日早、午、晚念佛的三炷香，改为静坐参话头。这本来是很合乎本寺宗旨的。不过，在我的意见是：一因禅堂还未建好，在佛殿上静坐，很不适宜。二因目下日寇侵华，所占地区，残杀同胞，抢夺民财，强奸妇女，祸民殃民，弄到我国遍地干戈，杀害无辜，民不聊生，动乱纷纷，鸡犬不宁。我们身为佛门弟子，眼见自己国家被日寇侵扰，应该尽吾人一分爱国救民的责任，所谓"国家兴亡，匹夫有责"，故此，虽在建筑期间，亦抽出早、午、晚三个时间，称念观世音菩萨圣号，集合大众虔诚恳切心，仗佛菩萨慈光加被，威神护持，祈祷国泰民安，干戈早息，外敌早除，使全国同胞安居乐业，清平盛世早日实现。因为观世音菩萨具大悲心，有求必应，所谓"寻声唯救苦，无刹不现身"，又云"千处祈求千处应，苦海常作度人舟"。值此国难当前，吾人为了救同胞于水深火热之中，使我国民离苦得乐，表现菩萨之大无畏精神，所以我才改作三炷香称念菩萨洪名，冀求大悲菩萨，使全体人民早离刀兵之劫难，同享太平之岁月。我想，只要大众发真实心，必获感应，所谓"精诚所至，金石为开"，决非谬言。

讲到这里，略为停息一下，引述自身经历，由称念观世音菩萨得蒙加被脱险的事实来作证明。他说：回忆民国初年，在云南省重兴鸡足山时，有一次，从缅甸请了一尊该地出品的白玉石的卧佛，长达八尺，横面二三尺，大约在千余斤以上。当时滇缅交通很不便，卧佛运到滇境，必要经过野人山，路程大约一二星期，始能抵达鸡足山。单是野人山便要五日。不得已，便在山下，由地保介绍，雇了一十六名壮年男人，签订合约，订明在起程前，先付一半钱，准备十六人一路之伙食费用。卧佛送到山上寺中，才将余下的款项全部付清。这十六人，分作二帮：八人扛卧佛在前行，另八人担备过野人山中五日的食粮。前面八人扛卧佛累了，便由后随担米粮的八人替上。这样，十六人一路互相替换，才不致延误行程。

当卧佛在经过野人山行程的第三日中午时分，正是野人山的半途中站，距离二边的人村都各一半的当儿，一十六个壮汉，不约而同的都将身扛玉佛、肩担粮食，各放地上，但是手中却都紧握一条在扛佛和换肩时所用的木叉，十六个人分站路旁两边，竟把老人围在中间。这时三十二只眼睛，亦向老人瞪视不瞬，人人面现杀气，个个眼露凶光。当此情景之下，老人心中早已明白是怎么一回事。在此当儿，总算他们先礼后兵，其中一个恶汉，代表同伴发言，粗声恶气的说："老师公呀，我们扛不起卧佛了，因为过重，又给你骗了我们，使我们很无合算。除非再加工资，否则，我们不扛，另请别人吧"。老人一见情势不对，敌众我寡，秀才遇到兵，有理说不清，早知他们有此一着，故此面上不露一点惊惶之色，反之，微带笑容的和他们理论，心中却非常志诚恳切地默念观世音菩萨洪名，眼观四方，想尽速设法解救眼前杀身之祸。忽见自己身旁有一块大石，心想：若能把此大石举起，定能解救当前生死关头的厄运了。于是心中比前更加镇静，口中却对他们说："各位大哥！刚才说工资太少，要求加薪，才肯扛去。现在我要问你们一句：为何你们在最初未曾签订合同时，不加仔细考虑？当时如果认为不够，不肯签字，要加工资多少，我亦可斟酌商量。纵然你们不扛，我还可以另雇他人。现今路程已行了一半，而且已来到这野人山的半路，前无人家，后无村庄，说这种话，未免不合情理。试想，叫我到那里去雇人哩？"老人一边和他们讲理由，一面便弯下腰，伸出双手，去将路旁的大石捧起。当用手捧石之时，心中亦在默默祈祷的说："观世音菩萨，求你老人家，大发慈悲，快来救救弟子的难。"一面又对放在地下的卧佛亦祝祷："佛呀！你老人家，快些显应。不然这班凶汉不但要害弟子的命，谋抢常住的钱财，连你老人家的遗像，亦被他们抛弃在这野人山中，任由风吹日晒，露打雨淋了。"说亦奇怪，就在这千钧一发、性命危在刹那的时光，竟然毫不费力的将这比卧佛还要重上三四倍的巨石，全块离地的捧起。这样一来，可把这些恶如毒蛇猛兽的凶汉，吓得惊惶恐怖起来。眼见老人手捧大石，面不红、气不喘、心定神闲，毫不用力似的站在当地,谈论自若。他们出世以来,何曾见过手举千斤的大力士?何况还比千斤加上三四倍重,像一张圆桌的大巨石! 而且捧的人,如同举起一张木制圆桌似的轻松自在。这一惊,实在非同小可。此一顷间,那里还想到谋财害命?简直把他们吓到"魂飞天外,魄散九霄",一个个呆若木鸡,目瞪口呆,几乎晕倒过去。

这时老人庆幸自己能不费吹灰之力,双手举起巨石,又见凶汉们的颓衰现象,心中暗自好笑。为了降伏他们,面上故意现出生气的样子,手捧巨石,站在原地,大声的说:"你们这些东西,真是可恶之极! 以为我这次一定在缅甸随身带了不少钱钞金币,所以才会心怀不轨,意图来到这野人山的中途下手。在你们,以为我一个和尚,纵然有飞天本领,隐地仙术,在此动手来抢劫我,亦令我唤天不应,入地无门,任由你们谋财害命,强抢硬夺,甚至把我碎尸万段,煮成肉浆,还不够你们这班恶人做餐点心。所以胆敢藉口扛不起,才好俟机行事。殊不知,我在路上跟随你们行时,早已观察到你们有此行动,是以我早已有备,才不致给你们暗算,枉死山中。现今我倒要问你们:究竟是卧佛重呢? 还是我现今捧在手中的大石重呢? 照我看来,卧佛最重不会超过千二百斤吧! 那么,这块大石少说已超过卧佛三倍以上了。我且问你们一句,你们现在决定主意之后,快快答复我。若是嫌太重、扛不起的话,你们就循来路回去。我不稀奇你们这些宝贝,玉佛我用肩头便可负回寺去。如果仍照原议,那么,马上动身,不应在此耽误时间。倘若你们谁还心存不轨,要想谋财害命,老老实实对你们说:还无人有此资格! 莫说托起这块大石,就能把卧佛举高,亦无此力。现今我警告你们:谁敢起心害我,我眼中一看便知,到时,我便不客气地请他尝尝这块大石的滋味,看他还想做人不想。如果你们要命、想做人，而不想做枉死鬼的话，那就老老实实的把卧佛扛去吧！若然大家爱财、不要命，那很简单，这块大石便是送你们去出世做鬼的好恩物！特此申明，到时莫说老和尚大开杀戒。"十六凶汉，眼见计划落空，又听恐吓之言，不自觉的人人面上由红转青，由青转白，好似大病一场似的，全无血色；个个不由自主的双膝齐向老人跪下，木叉落地有声，双后合掌颤动，口呼："老师公，救命！"叩头如捣蒜，齐向老和尚求饶，并称："弟子愚昧无智，刚才我们不过是和你老人家开玩笑哩！请师公开恩赦罪。我们以后决不敢了。保证照原约不加薪资，将玉佛送到贵寺。倘若再有同样事情发生，任凭你来处罚。"

老人见把这场生死系于弹指的危难度过，自然不像俗人，以图报复，只好一笑置之。同时，将捧在手上的大石放下，然后以和颜悦色的态度，对他们说："既然你们知错能改，善莫大焉。所谓苦海无边，回头是岸。那么，现在时间亦不早了，快快起程，再赶一程。"十六大汉，经过此次教训后，一路上再无歹念，只好乖乖地把佛像送上祝圣寺，领了原先合约所欠的另一半工资，下山而去。

老人在回述这段惊险事时，最后补充的说：菩萨们！那时如不是观世音菩萨灵感加被，我早已改头换面去做人了，那会今天还在这里同众一堂哩！由于我一路心中不间断的默念观世音菩萨，所以在急难降临之时，自然得蒙菩萨加被，有惊无险，逢凶化吉，遇难呈祥。《普门品》中说："或值怨贼绕，各执刀加害，念彼观音力，咸即起慈心。或遇恶罗刹，毒龙诸鬼等，念彼观音力，时悉不敢害……"诸位菩萨，我们中国一句俗谚说："闲时不烧香，急时抱佛足。"这是没有用的。修行人应当念兹在兹，心中常有密行功夫，才是我人真实得到受用的。试想,我当时若不是佛菩萨威神加被,我那里有此功力,能把三四千斤的巨石捧起! 这冥冥中,全仗佛菩萨慈光加被,是以才能举重若轻,脱离这次险难。讲的都是空话,大家还是一心念佛吧!

（摘自怀西法师《回忆师尊二三事——为纪念虚公老人上生兜率二周年而作》）

三六

有一次开示中,老人对大众说: 菩萨们! 出家倒不是一件很容易的事。尤其在科学昌明,人类享受的进化已经到了全部机械化的今日,不但出家的人日渐减少,就是正信三宝的人,亦随着时代的演变,逐渐少了。

嗨! 在这去佛时遥、人多懈怠、善根浅薄、末法初期的今日,不但在家信佛弟子,很难有遵佛教诫、如法修持的道心人; 就是出家僧尼众,要寻一位真修实行,能够生死自在,得证解脱道者,也可说千中无一。难怪佛说,"末法之中,修行者如牛毛,证果得道者如麟角"。

我这样讲,也许有人疑问: 这是什么原因呢? 简单一句说: 人们贪受快乐,不肯吃苦地精勤修持。试看今日的人类,进化到样样是机械化; 行者,汽车、火车、电车、轮船、飞机,不论是海上、陆地、空中,都可任运自在,无所障碍。住者,摩天大厦,冬寒有暖气调节,暑热备冷气开放,楼高有电梯上下,黑夜具电灯照明。食者,海陆空中,所有一切飞禽走兽,动物、植物等等,任人煮食。总而言之,凡是人类的衣、食、住、行,无一不极尽全部用机械代替人力。由于种种现前,般般如意,声色娱乐,极尽享受之能事。试想,世间红尘快乐到如此地步，而要他们起早睡晚，挨更抵夜，精进苦修，将世间一切人们认为快乐的享受舍弃，另求出世解脱之道，如何可以呢？所以世间与出世道，是背道而驰。在一般不明佛法真理的人，怎能领悟此中奥义？故此认苦为乐，将妄作真，殊不知世间一切有为之法，无一真实。是故人生不能脱离生老病死、忧悲苦恼种种烦恼，惑业苦果，如旋火轮，轮回六道，从苦入苦，无有止息。此即人们迷真逐妄，认物为己，以贼作父，背觉合尘，故受生死痛苦，没有了期。

我们今日，能够割爱辞亲，投入空门，为如来之弟子，作先圣之宗亲，实乃三生有幸，无始以来，积聚无量福德因缘，始能放下万缘，求最上道。故曰："出家乃大丈夫事，非将相所能为也。"各位今生能发心出家，来此重兴祖庭，护持道场，更是难能可贵。

吾人既已舍俗披缁，所为何事？古德云："生死事大，无常迅速。"我们出家目的，主要是了生脱死，早求解脱人生痛苦，然后利他妙行，以化度一切有缘。吾人为何而有生死等苦恼呢？追本溯源，不出贪欲、嗔怒、愚痴，由此起惑造业，而受生死。既知贪嗔痴三毒为生死根本，则须用斩草除根、釜底抽薪、断流塞源之方法，依佛圣教，勤修戒定慧，自然可以息灭贪嗔痴。三无漏学之戒定慧，如灵丹妙药，能根治一切病源，亦如兵将，能消尽国内之贼寇。三毒根本之贪嗔痴，虽然如顽固病症，如凶悍魁，但行人能精勤修习三无漏学之功用，结果药到病除，兵至贼退。所以谈到修行，除非你我不去发心修持则已，如果真能如法修持，现生便可解脱无始以来的生死枷锁。

嗯！菩萨们！说来倒是容易，认真去实践却很难呢！且举例来说，我遇过不少在家信佛的居士，我劝他们受三皈、持五戒，他们都能依教奉行。进一步要他们戒杀放生、更吃长素，亦能做到。就是规定每日要他拜佛多少，念经若干，同样照办。甚至于教他持午，晚间不吃饭，他们亦可学得和出家人一模一样。可是你对他说："××居士呀！看你对佛法行持这么精进，何不放弃家庭，出家学佛，更为彻底哩？！"他一定回答说："哎唷！××老和尚，××老法师！我的业障太重呀！烦恼深厚啊！那有这好福份来出家？家庭重担，怎样放下？这是不可能的呢。"其实他讲这话，是由衷之言吧？决不！你若作深一层去了解他家庭情况，无论是经济条件，事业方面，完全可以不需他去料理，然而他却以家庭为藉口，就是不想出家。假使我们仔细去追究，这是什么原因呢？一句道破，他们之所以不愿意出家，主要是放不下贪欲心——妻妾，家中三妻四妾，爱情难断，形影难分，何况是永远斩断，他怎么舍得了呢？难怪佛经上说："一切众生，皆以淫欲而正性命。"《遗教经》云："爱欲断者，如四肢断，不复为用。"《四十二章经》云："人系于妻子舍宅，甚于牢狱；牢狱有散释之期，妻子无远离之念。"又云："情爱于色，岂惮驱驰，虽有虎口之患，心存甘伏，投泥自溺，故曰凡夫。透得此门，出尘罗汉。"由此可知，生死根本，贪欲为最。我亦常作是说："三界轮回淫为本，六道往返爱为基。"试看，古往今来，在历史上，不知多少帝王，迷恋女色，国破家亡，身遭殃毒。几许英雄豪杰，为女色而死无葬身之地，功败名裂，埋没青史。更有不少有为青年，为情而殉。嗳！嗨！欲海葬英灵，尸骸埋荒郊；为爱而自缢，失恋而横死，实在是说之不尽啊！"色"之一字，真为人们坠落苦海之根源。地狱受刑罪人，生前因迷色欲，死后故受铜床铁柱、春磨血湖之苦报。更有青年人，现身不洁身自爱，嫖妓宿娼，染上了周身花柳病，求生不得，求死不能，为人耻笑,悔之已晚。这一切的一切,无非一念贪欲心生起之过患。

　　说到这里,老人又引述自己早年在云南重兴昆明城外之云栖寺初期的一段获有现实因果报应的往事。他说:当鸡足山祝圣寺重兴完成后,又被当时云南督军唐继尧再三恳请,中兴昆明城郊之云栖寺,相传该寺为阿育王第三太子成道之古迹。那时老人已六十余岁,但是壮健如四十余岁之中年人。初住该寺时,只老人和一位耳聋的祩洪师。有一天,去昆明买些日中食物用品,自己因身壮体健,故自己担了出城。因为云南天气温和,四季都像秋天,完全没有寒冷,肩上担了一担百多斤的东西跑了一阵路,距离寺中已一半远了,身热出汗,便在路旁一株大树下坐着休息。当起身把担子担时,发现在自己坐着的一块石凳旁,有个丝绸布包,随手拾起,拆开一看,除了几套女人新衣衫裤之外,还有纸币数万,金银玉器等女人首饰,大约十数两。一看之后,知道是一位女人遗下之物,于是重在原处坐下,想等失主回头寻来时,便将原物归还。岂料一直等到黄昏日落,仍无一人踪迹经过。心想,天已入黑,不如先将拾物带回寺去,明日在拾物地方,贴一招领字条,使失主见后,来寺领回。于是担起担子,匆匆忙忙的赶路。当行到寺院山脚时,遥远看见一个十八岁的少女跃身跳进湖里,意图自杀。老人一见之下,救人之心油然而生,即时放下担子,奔跑,跟随跳入湖中,揽腰一手便将少女抱回岸上。幸急救切时,少女才吃几口湖水,不致失去知觉,一见有人救她,还想挣扎求死,口中哭哭啼啼的说:"请你这位好心人,不要救我这个苦命的人呀!我要死去才得安乐,我不想做人了啊!"

　　老人说:他当时不理三七二十一,硬把她抱上岸来。一面回答她道:"你想寻死,不合时候,早不死,迟不死,刚刚遇着我这个出家人。我佛以慈悲为怀，怎可见死不救，而违背上天好生之德呢？今晚既遇到我，无论如何，不准你死了。现在天已入黑，你且跟我回寺住宿一夜吧！你为何年纪轻轻的，要寻短见，必有苦衷。等你到寺后，慢慢告诉我，我自然会想办法，替你解决。要知道人身难得，有何困难，亦不是一死便可解决的。何况你正年轻，怎可轻视这宝贵的人身！你这样做，不但违背我佛金口所说的杀戒——人身难得，亦辜负了你父母养育之深恩。你这种行动，说句不客气，是愚痴的，是很不合理智的表现。"经过这样一番的劝诫，她才肯跟老人回寺。但是一路行一路还不断的啼哭流泪。

回到寺后，老人先自己去换入湖救她浸湿的衣服，又给了一套要她暂时换下，起了一盆火，要她坐在火边将换下的湿衫烘干，老人则入厨弄点饭菜给她吃。但是少女等到寺后，既不肯换下身上湿透的衣衫，亦不肯吃饭。经老人好言好语不断的劝解，她才去换下湿衫裤来烘干。于时老人和她对坐在火炉边旁，一面烘衫，一面询问她姓名籍贯，父母是谁，为何要自缢。初时，她总是掩面啼泣不休。看来一定是有很使她悲伤的事，受了很大的刺激，才会这样悲泣。便不再询问，由她哭到够，以泄了闷在心头的积气，然后她才一五一十详详细细的告诉老人。

原来她本不是想自杀的，因为在家里走出时，带了不少银钱首饰。她原意是想前往祝圣寺，拜虚云和尚为师，一心要求出家修行的。因为很少出门，心中悲愤，今天黎明时分，乘家人未起身，提了一包预先收妥的包袱，偷偷出门。从昆明城一路行出，既不知方向，又不敢问人，又怕家里派人来追。所以一出城后，便赶紧行，一直走了大半天。到中午时分，因不惯行长路，又不曾尝过饥饿之苦，这时肚饿天热，周身流汗，脚底亦起了水泡，累到无法前行，便在路旁一株大树下休息。等到精神恢复，起身再往前行，竟然忘记把随身提带的包袱背上。走了很远，才想起丢了东西，一时心慌意乱，不知这包袱会不会给过路人拾去。于是又从原路赶来寻找，可是来到原坐的地方，都未发现。自己心中糊糊涂涂，苦闷非常，头晕脑胀的，亦记不清楚是否在那里遗失。既然不见，定被他人拾去。想到钱财已空，祝圣寺又不知离此有多少路程，身无分文，怎样办呢？这样一想，认为自己真是命苦，连想修行，亦成幻梦。思前想后，更觉做人毫无意义。这样不知不觉的一面行，一面伤心，来到湖边，觉得今生做人的凄惨，还有什么值得我去留恋呢？因感人生全无希望，不如一死，了此残生，故此奋不顾身地跃入湖中自尽。

老人听她说中途遗失一个包袱，便问她里面是些什么，你还记得清楚吗？她说：五六套衫裤，若干金银玉器的耳环、手镯、戒指，若干钞票。老人听后，将拾来的衣包打开查看，和她所说遗失的包袱，所有的东西，丝毫无差。便安慰她说：这个包袱还给你吧！因为你说出的完全和我拾来的相同，可见这包袱的主人是你了，你且拿去。既有了钱，你不必寻死了。少女一见完璧归赵，便很喜悦的说：蒙你老人家救我一命，又还我财，我自然听从你教示，不再寻死。明天我便可动程去祝圣寺，拜虚云和尚为师，安心修行了。她把布包打开，拿了一万块钞票送给老人。老人说，这是你的，你不必酬谢我。

老人听她口口声声要出家，拜虚云和尚为师。老人便问她，你几时见过虚云和尚吗？为何你要拜他为师？你的双亲还在吗？她这时对我的问话，便毫不隐瞒的说：哎唷！老师公！我生来命苦，九岁母亲便去世。我常常听我父亲说：咱们有位湖南同乡的虚云和尚，很有道德，住在鸡足山，每年度很多人出家修行。所以我想去该寺，拜他为师，要他教我修行。老人道：你所渴望的虚云就是我。你既立志想出家修行，本来是好事。但是，你得先告诉我你因何事会想到出家，我得先了解你家庭情况之后，才能决定。少女听说眼前这位救命还财的恩人不意就是她日思夜想、要求出家为师的有德高僧——便是虚云，更加使她喜出望外，立时双膝跪地，叩头感谢救命之恩，并毫无隐瞒的将她身世、家庭情况，详细告诉给老人。

我是昆明市一家中药材店东主的独生女（当时曾说该店招牌及东主、少女姓名，笔者因年久而忘记了），原籍是湖南省人，落籍云南已三代了。当时我父和一位军官很要好，时时到店中和父亲坐谈。这位军官因见我生得美丽，便向我父亲求婚。我父亲见军官为人不但生得秀俊，对人有礼貌，看样子亦像一个很忠厚老实的青年，一时欢喜得很，不先调查军官的家庭情况，竟然糊里糊涂的一口答允把我许配给他。等到娶嫁过门之后，始知军官不但已有妻子，同时儿女已经成群。这时米已成饭，木已成舟，又有何办法挽救？只有怨恨父亲糊涂和自恨命苦，亦只好暂时住下。岂料大婆不但不把我视作姊妹，简直当作眼中钉，不但强迫我要做婢女所作的事情，连大婆换下秽迹斑斑的底衫裤亦指定由我洗，同时全家大小所有衣衫，亦硬迫我一人负责洗熨。此还小事。不时还要受大婆的冷言闲语的谩骂，如果反唇相讥，便拳打脚踢。这样的日子，试问如何过得去？而丈夫虽然很爱我，每当大婆骂我打我时，他不但不敢来劝止，同时还躲入房间不敢出来。丈夫既畏妻如虎，而大妇又是十足的雌老虎。我见这种情况，便回父家，哭诉给父亲听，把大婆对我的虐待诉苦出来，希望父亲出面向大婆交涉，提出抗议。岂料父亲亦是个老古董，不但不为我申诉，反说什么"女人应该三从四德，在家从父，出嫁从夫"等的话。又说："女儿家既然嫁出，纵然夫家怎样对待，都应忍让，决不可偷走回家。大婆对你不好，这是你前世无修，故感今生苦命，不能怨我啊！"父亲既然固执成见，不肯为我主持正义，只好俟机大妇外出，偷偷向自己唯一的亲人——丈夫诉苦。丈夫虽在大妇背后，百般安慰，千般呵护，对我恩爱逾常，暗中制些首饰，给我金钱。但是精神痛苦，决非物质可以抵偿。这样一来，顿使我对这个家庭，比之牢狱还要畏惧。在忍无可忍的逼迫下，三十六着，唯有出走以为上着。但是走到哪里去，才是我安身立命之处？顿觉人海茫茫，一时又使我这无知少女不敢轻举妄动。后来仔细思量，想起父亲曾经说过一位同乡虚云和尚，不但是道高德长，为人亦很慈悲，我想，不如去依止他老人家出家修行，了此残生吧！故在昨晚，暗中收拾自己一些细软、衫裤及值钱的首饰，今早乘家人未醒，便偷走出来，心中一心一意去祝圣寺拜虚云和尚为师，要求出家修行，以终此生。万料不到，竟会行在半途，把这相依为命的包袱遗失，这岂不是把我仅存最后一线生望亦断送了吗？人生至此，已成绝路。在这人生地不熟、夜幕低垂的当儿，岂不是到了人生的末路穷途？试想，像我这样一个苦命的孤女，还有什么希求的梦想？因此，看到这个湖后，使我出此下策，不如一死，了此残生。今蒙你老人家救我性命，还我遗金，从此以后，我可终生跟随你老人家，安心修行，你到那里去，我都跟随你去，以报你老对我之深恩。

老人听了她这番说话之后，便对她说：你是出嫁有夫之妇，怎可未征求你丈夫同意便可出家？纵然你是未嫁之身，年纪轻轻，亦不可能长久同我住在一起。何况你父亲和你丈夫，我都相识，你应听我的劝解：明天我叫这里的聋师傅去通知你父亲和丈夫来这里，带你回家去。少女一听到要带她回家，真可说"谈家色变，厌恶万分"，她道：我是决心不回家而出家，拜你为师，终生修行了！假使你一定迫我回家，我宁愿一死，亦不再回这惨无人道万恶之家了。但是老人究竟是位道高德长的大善知识，经过一番苦口婆心的劝谕，并保证的说：明天我决定劝你丈夫的大婆当你面前发誓，以后不再打骂你，对你好像自己的亲姊妹，这样，你决不能拒绝不回家去吧？少女经老人劝解，早已一肚子闷气消尽无余，再经老人像诱小孩般的劝解，久久默然，再经三番四次的询问，她才答道："你能保证她不打骂我，我才回去。若是她再和从前一样的对待我，我便找你理论了。"老人说：以后只要她无理打骂你时，我一定替你出头。少女究竟还是小孩子般的头脑，经老人一再保证，她的心情和初来时的愁眉苦面，一变而成笑逐颜开，立时判若二人。这样谈谈说说，已是深夜时分。老人因日中赶去昆明，来回几十里，这时已很疲倦。少女既听劝解后，老人便安置她在一间有门、可以关闭的房间，要她去睡。自己便在一间无门的破房，倒头便昏沉的睡去。

正在非常沉醉似的酣睡中，老人发觉有人在自己床上，赤身裸体、一丝不挂的用双手紧紧揽住他的颈，一会儿觉得有人在褪去他下身的裤子，同时用手揽腰，要把老人的身子翻压到她的身子上去。老人被她这么几次的搅扰，心中立时惊醒过来，触手之处，全是一个裸女的胴体。老人这时睡意全消，心中清醒过来，明白这是怎么一回事，马上转身坐起，先将裤子穿好，便厉声的说："你为何三更半夜不好好的睡，来到这里，那成什么话！快快放手！下床去！"

一边说话，一边用手推她下床。这时她的双手还是揽紧老人的腰不放，她的头还埋在老人胸前，全身都在颤抖，口中说："老师公，你对我太好了，我没有力量来报答你老人家救命还财的双重大恩。所以我睡在床上，想了很久，终无法入睡，因想不出一个好方法，来报答你对我的深恩。后来才想到，唯有以我之身，图报你之恩德。请你老接受我的微意，现今夜静更深，只要你老接受，我是出自心甘意愿，决不会有人知道的。"老人听了非常生气，后来一想，妇女之家，既不明佛戒律，又不懂佛理，心量狭窄，出此下策，亦难怪她，如此回想之下，便改变和缓的语气说："这种事不是出家人做的。在你以为是报恩，其实你这样做，不但不是报我的恩，而且是破我的戒。你难道未曾听人说过，我未出家前，父亲娶了二妻给我，想阻止我出家，我还偷走出家。现今既已受佛大戒，你岂不是破我戒律，毁我净行！不但无恩，反有大罪。现在你快听我劝，快快松手，回你房间，把衣裤穿回。"老人一边说，一边硬把她推下床。她这时知道她的过失，听老人说后，才肯双手松开。老人摸下床去把灯点燃，她却跪在老人床边地下，向老人说："老师公，请你老人家再一次原谅我的无知，因我不知道出家人是不可以做这种事的。"她这时惭羞交加，双手掩面的啼泣。老人见她深明礼教，劝她快些回房去，穿回衫裤，再到吃饭的厅间和她解释一番，重把她劝回房中去休息。老人回房后，先把她流在床上及地上的污水洗净，便在床上趺坐，不敢再卧，恐防她再次冲动侵犯。幸她亦是一位有善根的人，听老人一番阐明佛戒之意义后，她亦洁身自爱，深明佛戒，不但未有扰乱，同时内心对老人更加敬崇。回房之后，心情平息，沉沉入睡，直至天明日出时分，她才起身。

吃完早粥，老人便派聋师去昆明城，通知少女双方家长来寺领人。她的丈夫因见少女不辞而别，恐生意外，除托亲友四出找寻外，还在全城主要街上，贴寻人重赏招字。因想念她，一晚失眠。今听说少女在寺，非常欢喜，马上领了家人跟随来人到寺。老人在粥后，再劝少女见到大妇时，先叫她一声。大妇跟丈夫来寺，一见少女，她刚叫大妇一声"大姊"，大妇便发挥她河东狮子的雌威，破口大骂少女，什么小妖精啦，狐狸精，迷魂鬼，小贱人，诸如此类的不堪入耳的言语。等她大发雌威后，心平气和之时，老人才用善言好语，引古证今，讲一些有关因果报应的事情给她听。慢慢大妇如迷途羔羊，经人指点，才知错入歧途。经老人一番开导后，她自然深悔前愆。老人看已把大妇劝服，便叫少女和她丈夫等人，同坐一起，要她们三夫妇和睦相处，相亲相爱，互相帮助，互相原谅。大妇至此被老人德化，一切均遵师命。当临去时，果然听从师劝，叫少女一声"小妹"，并握住少女的手，对她说："从今日始，彼此姊妹相称，亲同骨肉，决无以前之事情发生。"丈夫和她父亲见她们如此和气，当然喜悦非常，大家都带着愉快的心情，向老人告别。从此以后，果然大妇对少女一改以往作风，亲密同住，家庭融洽，不久丈夫由师长升为军长，住在如同春风似的家庭，自然过着快乐的日子。

　　老人把少女一家和好的事情讲完之后，回述少女深夜以身报图的情境说：像这种情形，当然不是人人一生都会遇到，不过，万一遇上此种美色当前，道心差一点的话，把持不住，不难破戒，致使毕生功行，岂不是付之东流吗？所以我常常说：修行人，最紧要，能在逢到如此关头，把持得住，才算真功夫。不然，随境而转，则便魔助亡败。故此，每逢急难当前，全靠我人平常功夫是否得力。要知善恶之报，就在此一念中而决定；一念之差，心随境转，便成佛门罪人，岂可不慎重吗?

　　老人跟着续道:大约一个多月之后,军长全家大小,请了十几个担工,担很多食品用物,来云栖寺,要求我为他全家人授三皈依。全家大小和佣人都成了三宝的正信佛弟子。在寺住了近十日,早晚跟随我们做早晚功课。此后不但时时带着家人来寺拜佛住宿,亦成了云栖寺的长期施主,同时还是我私人的活韦驮。举凡寺中有什么事,只要我开口说一句,他便怎样忙,都抽空替我理妥。

　　说到这里,又有一件值得一提的事,就是老人住云栖寺重兴期间,有一年来了一个军人,据他自己说,曾做过团长,学问是不错,可惜是傲气十足,主观过重。他上山,就要老人为他落发出家。老人说:出家不是可以随便的,在未了解你出家的动机之前,我是不会滥为人剃头。你既有志学佛,在家和出家,都可以的。如果你出家动机不纯正,倒不如暂时住寺,先研究研究佛经,等你对佛教有了正确的认识,改变你对出家的观点,知道出家后所负的任务,那时出家,亦未晚也。他听老人这样说,便不提出家,只求老人能收留他住寺,于愿已足。老人便给些经书他看,大约住了二三个月。有一天,他手持自己注解的《楞严经》给老人看。老人一见他把一部好好的正文《楞严经》,给他东涂西画,圈点删改经文,便对他说:你才究研不够二三个月,对经义还未摸到门路,怎可以注解《楞严经》?纵然你有多少心得,亦应用纸写下,怎可以在经文旁东涂西写,把一部好好的经弄成这个样子呢?何况你所注解,全背经意。著书立说,不是这么容易的事。古德有云:"依文解义,三世佛冤。离经一字,便成魔说。"我劝你以后,把修改经文、注解楞严的精神和时间,改为多用心去究研思惟其中深义,才能获益法味。就是对经中有一知半解的新发现,亦用笔记簿写下,切不可再在经上涂写。何况经典,是经古德用尽心血译成,决无错误,你怎能以己之知见,胡乱删改增添?

老人这一番善言相诫,本出好意,他听后不但不接受,还指责老人说的话是腐朽之言,不通文学,全无悔改之意。一种军人的坏习气,目空一切的态度,很不服气。他既不受老人教,以后老人亦以默摈对之。他觉得没有人理睬,很觉气愤,不久便不辞而去了。又哪会料到,这个退伍军人因此怀恨在心,竟把老人视作仇人,暗中和一班行为不检、所作违律的当地僧人鬼混过日。由于臭味相投,恶习不改,便和这班僧人磋商,造谣毁谤老人。他们在昆明城,对一些不三不四的下流人物,用银弹战策去买通,四处去张扬对人们说:"云栖寺住持,虚云这东西,是个老淫虫! 表面装模作样,很像是位有德高僧。实际上,他每次进城来,都偷偷摸摸地去到××街××家,和一位四十多岁的××寡妇私通作乐! 现今已把人家寡妇的肚皮弄大了。"哈哈! 那还了得,这种谣言,一传十人,十传百人,不到三天,弄到全城的人妇孺皆知。这即如我国欲谚说的"好事不出门,恶事传千里"。老人因赶着修筑大殿,每天必须自己亲身督工,所以很少下山,这时寺中亦已住了二十余位僧众,故此有事便由当家、副寺各职事去进城打理。谣言传出近二星期之久,老人根本就不知道,后来因事命当家去这位已经信佛的军长家,才听军长告诉当家,当家回寺告老人,老人才知道。等老人知道时,谣言早已平息。

原来谣言传出的第三天,这位军长才耳有所闻,但他不太留意,后来遇到很多相识的朋友,都异口同音的询问他,究竟是真是假,他才集中精神去探听造谣的原人。经他半天时间,据他自己和部下的呈报,才证实造谣的人就是那位曾在云栖寺住过、偷偷溜走的退伍军人。他马上派部下去把这位毁谤老人名誉的军人扣留，询问之下，果然是他。于是要他亲笔签名，向老人登报道歉认错。同时军长本人亦以军部公告，嘱部下在全城通街大道，贴上公告，声明此事，纯是谣言。从公布日起，谁人胆敢诽谤我师——虚公，决以军法处决。又说：谁人谣言我师，即是等于诬我，有损我之名誉……等等。说亦奇怪，军长从公布贴后，诬谤谣言，从此停息到销声匿迹，再不听见了。

（摘自怀西法师《回忆师尊二三事——为纪念虚公老人上生兜率二周年而作》）

三七

按照我国以往传戒的习惯，当三坛大戒中，沙弥、比丘二戒传后，跟着便传菩萨大戒。在受菩萨戒之前一日，必先燃香，不论出家或在家七众弟子，照例都要燃香的。不过在家受菩萨戒的男女居士，只燃三炷，燃头或臂，可随己意。出家四众，沙弥六炷，受大戒的二众，则九至十二炷，全看传戒和尚而定的。

南华寺住持一职，自三十五年复仁和尚退任之后，一直是空起的。直到民国三十七年冬，才有从山西五台山南来的本焕和尚，正式被任为老人中兴南华寺后之第二任住持。以常例来说，新任住持，自然是为该寺之传戒和尚。本焕和尚，一因本身年纪不大，二因尊敬老人德高腊长，故过了新年元宵，便亲至云门，恭迎老人莅寺传戒。经不起本师再三请求，才始允诺。既请老人传戒，则戒坛一切律仪，自然遵以往规定照行。本师本人既不做得戒和尚，连羯磨、教授以及七尊证师亦不愿为，甘愿退做戒坛之开堂大师傅。

二月十五日是新戒进堂日。从那天至四月初八日，便开始学习各种规矩，每日都在演习教诫。是年新戒，除亚部外，首堂已经超过一百八十余人。自进戒堂到受完沙弥、比丘二戒，新戒弟子们都能循规蹈矩，遵重师教。怎知明天便要传授最后菩萨戒的前一天，即四月初四日，便是全体戒子燃香供佛之日。这是根据《梵网戒经》意义，凡受菩萨戒者，皆应烧香燃灯供佛，由此表示已发菩提心，真实行菩萨道之行人了。凡是众生欲求布施，不论身外之国城妻子，金银珍宝，悉能布施。即是有人要求自己本身之头目髓脑乃至身命，亦能满众生愿，欢喜施与，不生一念嗔恚之心。古来大德们，因鉴于经律明文，遵重律制，为了实践此一经文，故此每逢受菩萨戒者，便在受戒之前，必先在行人头顶燃香，以表明行者确已发菩提心之心迹，沿习相传。虽新戒中，不少连三坛大戒之意义全不理解，但是一进戒堂，亦只好糊里糊涂的受戒。自以为受了大戒，便在佛门中奠定一张终生的长期饭票，从今以后，可以无忧无愁的安享清福。此种错谬的见解，无形之中反映到社会中，使一般不明佛理的人们，认为佛教徒不耕而食，不织而衣，成了社会中的消费者。殊不知，佛教徒所负的使命，是弘法为事业，利生为己任，实乃负有辅助国家法律、政治、教育、文化等等之重任。不但有益世道人心，导入正思，同时普愿全世界人类，人人都能实践"诸恶莫作，众善奉行"之意旨，则转今之五浊恶世，而成为人间的乐园。这才是吾人真正的伟大重任。

万料不到，是年戒期在燃香的前一天，新戒之中有三人，对于燃香一事，极力反对。他们唯一的理由是，现今国内正在内战，将来政治动向，两大集团，竟然鹿死谁手，仍难逆料；万一正统解体，新势力得胜，若对吾人不利，头上多了一十二炷的招牌，纵然还俗，同样被人讥为落伍分子……初由二三人提此怪论，后来竟有六七人附和，于是联合十人之力，代表全体新戒意见，请开堂大师傅将此请求，转禀戒和尚允诺。这一荒唐的举动，如果换着别人，自然不加理睬。可是这位怕事胆小的本焕和尚，经新戒一求，立刻惊到六神无主，邀集全体同寮引礼，先开一次小组会议，结果大家一齐通过。十位引礼齐会，去见戒和尚，转达新戒意见。老人听了，很气愤的说："人心不古，由此可见！我传了几十年的戒，从未发生这种怪事。现在戒未受完，戒堂未出，将来便想到还俗。像这种人，请问各位，试想：他们对佛门还起得了什么作用！我敢武断的说一句：他们决不是佛门的龙象，相反的，或为佛法中的叛徒，波旬子孙，此种人根本非吾教法器。所以此例决不能开，除非不是我传戒。今是我传戒，决照遵行。那个不愿烧香疤的，马上迁单，决不能容情！数百弟子，岂能任他十、八人的意见代表全体！岂能容这十个坏蛋，扰乱众戒子的道心！这些魔鬼东西，留之何用！快些把这班捣蛋鬼迁单！本来这些小事，开堂师可以当面回答，何须惊动众人。新戒这种无理请求，自可决断办理。"

本焕和尚经老人一番教诫后，才敢把这捣乱的新戒迁单。一场风浪，亦就这样平息下来。

（摘自怀西法师《回忆师尊二三事——为纪念虚公老人上生兜率二周年而作》）

三八

一九二六年春，大师（虚云老和尚）和王九龄居士，由云南鸡足山来厦门。青眼与道友王碧莲前往礼拜，并请开示。大师问："向来做什么工夫？"王答："学禅。"青眼答："念佛。"大师说："禅很难学。自唐以来，久将绝响。不如专修念佛三昧，较易成功，且稳当。"王请讲《心经》。大师举要略讲，讲完，又说："读诵般若大乘经，很好，但应兼念佛。"又问青眼："汝念佛，记数否？"答："没有。"师说："念佛应该记数，日有定课。初入门，理应如此。"后来大师住持鼓山，青眼又往求开示。大师示教，仍是念佛法门，并令参观寺内佛堂。

（摘自叶青眼《虚云大师闽南宏法略记》）

三九

函问"非知不知"之义，以鄙见，依经顺文，解释甚多。其明显处，如尊者谓眼色为缘，生于眼识，其意执定此心有相有处，向来认执此心。今上文既五处皆破，都无现量，疑此心决在根与尘之中间，故佛以两种斥破，心不在根尘之中。设立二问审定。

一、佛言：心若在根尘之中，此之心体，为复与根尘兼二？为复与根尘不兼二？上以二种问定，下正分破。一先破兼二。佛言阿难：汝以此心一半兼根、一半兼尘之二者，而此物与体，两下杂乱。何以？物是尘，本非有知；体是根，原本有知。即今此物与体，一是有知，一是无知。物是根，尘是体，根与尘，成其两立。汝执心在根尘之中，即中不成，兼二即不成，故云仍为中。二破此心不兼根不兼尘云。

二、佛言阿难：汝若执此心不兼根不兼尘之二种，即成非知不知。何以？汝此心体，既非根有知，又非尘之无知，汝执心在中间，即今中无体性，故云中何为相？总之一落方所，即有障碍。冥心合道，圣人以知为众妙之门，否则知却成闭塞，由人自妙用耳！

（《复邵武双泉寺沿山上人问楞严第六征心文非知不知义》）

四十

昨阅来书，庆慰无量，欣颂饱餐法喜，充满禅悦，诚为难得！若论此事，天然本具，有何差别？无言可说！理虽如是，然积习有厚薄之分，故喻化城宝所。仰山重法，不嫌香严之遥；云门尊贤，不辞雪峰之远。古范昭昭，百城烟水，究为何事？由其根本智易得，差别智难明，故而免不得许多麻烦也。

（《复莲花山济善上人》）

四一

顷由南华转来贵会通知，及圆净居士致观本法师函，奉读之下，一则以喜，一则以惧。喜者，《藏经》自雍正重修之后，至今二百余年，未曾整理，今兹重修，实为盛事。惧者，《藏经》为法门命脉，国家大典，非具金刚正眼、铁面无私之决心，殊难圆成盛举。考历朝修藏，由送选大德高僧，及朝士大夫，深谙内典者，动经百数十人，费时甚久，用款甚巨，重重选择，对于去取，尚有许多不当之处：或者情出一面，未足为人天正眼，亦为之存传；而高峰、楚石、都堂诸祖著述，反为遗弃未收。此修藏之难也。今贵会各自发心，而国府袖手旁观，未加赞许，兹事体大，尚望慎始。若为继续搜罗近代大德事迹，不若如日本《续藏》之保存古迹，犹为易事。倘倡编新藏，则尚祈审议。

（《复藏经会筹备诸公书》）

四二

承示重修《藏经》，以云为首，殊感惊惧！云不学无才，滥厕僧伦，毫无建树，加以风烛残年，僻居深山，惟修《藏经》一事，关系法门命脉，亦为国家大典，非具金刚正眼、铁面无私之决心，殊难完成盛举。又忆曩昔有沪上诸名流，多系佛门弟子，倡修《道藏》，清浊不分，可胜痛惜！（下略）

（《又代观本法师复圆净居士书》）

四三

至问用功境界，略循来意，聊叙其端。处报众生之类，皆由妄想风业，及习气厚薄，招感升沉，生出森罗境界，障闭无明，透露无期，被妄埋久矣！又复不信自心，本自具足，圆满普遍，绝诸障碍，不属迷悟善恶好丑者。须知圆妙本体，亘古灵明，绝诸名言对待，了无一法可得，而众生妄想颠倒，昼夜痴狂。今者初心进修，一门深入。《楞严》二十五圣，修持行门各别，皆证圆通。至于禅宗一法，捷出一切，故称教外别传，不落言诠功勋，只在当下识得自心，并无奇特巧妙。今之学者，每多偷心，博览古今言教，驰骋不舍，蕴集胸中，认作实法，误为家珍，障塞悟门不浅。汝今先誓立一个决志，把这臭皮囊觑破，实非我的，通身放下，了诸世境，如梦幻泡影。于四威仪中，心若冰霜，单提一念话头，不管此世他生，悟与不悟，扫灭这些杂念，独顾疑情现前，绵绵无间，寂照分明，无堕沉浮，及空顽无记，密密打成一片，勿贪玄妙空幽，聪慧神异，总有悟彻时期。如其胸中尚有丝毫凝滞，尽落今时，总为魔境。

（《复岐山海清大师关中书》）

四四

师持《金刚经》，皆因夙植多种善根，而得如是。然世人有如理如事者，深浅不同。若得理益，证实相般若；若得事益，证文字般若。如六祖闻"应无所住"，在黄梅三鼓入室所证者，即与诸佛齐等，实相般若也。如德山祖师，初讲《金刚经》，开悟世人，自至龙潭一场憹懅，斯即文字般若也。法达禅师持《法华经》见六祖，祖不允许。首山在风穴诵《法华》，受心即此。略举古人获益之概。至论《楞严》云：理虽顿悟，事乃渐除。尊者谓：希更审除微细惑。故古人以理去事，打扫现业流识，切须仔细究竟此事，如人饮水，冷暖自知。师年高德重，深契般若，大有因缘，甚为难得，乞善保任。

（《复鼎湖山巽海上座》）

四五

佛谓豪贵学道难，广学博究尤难。居士于"心生法生，心灭法灭"之旨，既有入处，现又恰寓重庆歌马乡高台丘第二号，正好体会。果能狂心顿歇，选佛场中，称第一法门，则透过禅关，在世间则高耀名宿，然后广度有情，虽云落在第二，方之终去一丘，此乃居士之愿也。

谓遇境恒为物转，望点化垂询，云实惭惶！敢借古德遗训，互相研味，《宗镜录》末后垂示有偈云："化人问幻士，谷响答泉声，若问吾宗旨，泥牛水上行。"赵州老人上堂云："金佛不度炉，木佛不度火，泥佛不度水，真佛内里坐。菩提涅槃，真如佛性，尽是贴体衣服，亦名烦恼，实际理地甚么处着？一心不生，万法无咎。汝但究理坐看三二十年。若不会，截取老僧头去。"

（《复陶冶公居士》）

四六

（一）问：经云"理可顿悟"，若人信得自心之理，可称悟否？抑属知解，不名为悟？

答：顿悟断惑亲见，名正见；由闻入信，惑业未脱，名为知解。

（二）问：所谓实悟者，果别有一番境界，刹那真性流露耶？

答：喻以二人，一人亲到缙云山，一目了然；一人未到，依图表说，疑惑不无。

（三）问：小疑小悟，大疑大悟，其界说如何？亦同三关否？

答：由习有厚薄，权有关辨之说。若本具自性，但有言说，都无实义。

（四）问：祖云"若人一念顿了自心"，是名为心，作何解说？

答：果真明自心，如伶人登台，一任悲喜；如人饮水，冷暖自知。

（五）问：参话头，看起看落，执者为当，真参实学下手功夫如何？

答：若真用功人，法法皆圆；若初心人，返观能参看者是谁。

（六）问：欲塞意根，除着看话头，尚有其他方便否？

答：放下一着。

（七）问：吾人日常见色闻声，是真性起用否？抑系识用事耶？

答：是则总是，非则皆非。

（八）问：欲在一念未生前着力，有何方便？

答：早生了也。

（九）问：宗云何离心意识参；意识当离，心性亦应离乎？离之云者，殆即无住心之谓欤？

答：是离离者。

（十）问：欲做反闻闻自性功夫，但耳不能如眼之可以闭而不见，有何方便？

答：心不逐境，境不碍人，返是何物？

（十一）问：独头意识从何而来？起时如何对治？

答：来亦是幻，对治什么？

（十二）问：若人信得及即心即佛，平日但做保任功夫，不令走作攀缘，不参话头可乎？

答：知即便休，参与不参，妄想怎么？

（《答陶冶公居士十二问》）

四七

答：世人若真为生死念佛，贵先放下万缘；果能放下，情不恋世，于二六时中，将一句弥陀放在心里，念念不间，念来念去，心口如一，不念自念，念至一心不乱，休管生与不生，莫问佛接不接，直至临终，寸丝不挂，自然决定往生无疑矣！

又问：参禅念佛同否？

以偈答云：佛说一切法，莫非表显心。安得禅净门，妄自别浅深？一称南无佛，心光自发宣。了此话头源，当下达本宗。识兹佛来去，参禅证无生。动静是如如，净土即此间。

又云：时人念佛愿生西，生贵信行愿力坚。忏悔现前犹放下，恒忆佛号在心田。四句百非一齐遣，直使妄念绝所缘。行人志能力行去，西方此土一齐圆。

（《扬州邓契一居士问念佛》）

四八

处此身中者，谓之性，而不知生天地、备万物皆性也。是天地万物者，此性之现量也。大其性，则尽虚空法界，居吾性内。故曰："空生大觉中，如海一沤发。"佛为一大事出现于世，不过教人明此道、复此性而已。

（《示王居士竹村宽禅说性》）

四九

来书云：《坛经》说东方人造罪求生西方等语，与莲宗有无冲突一节，如今不说冲突与不冲突，试问自己疑他做甚么？若疑诸佛菩萨说法有冲突，岂能垂教万古？实在自己不能体会经义。若悟第一义，则无开口处，说个明心见性，已属方便，岂有冲突之理？至此业已答复，若不会，且看世尊唤阿难托钵去。若依座主见解，不免依文解义。

盖当时，六祖为韦刺史说"世尊在舍卫国城中，说西方引化经文，分明去此不远；若论相说，数有十万八千，即身中十恶八邪便是"等语，六祖言世尊在舍卫城西方引化经文，可知已明白净土法门，断无故违佛说。不过他随缘说法，叫人了自性，识身中净土，不可愿东愿西，向外驰求，应随其心净，即佛土净。后再曰：人有两种，法无两般，即《法华经》所谓"惟此一事实，余二即非真"也。所以当时得旨嗣法者四十三人，宏化天下，至今五灯灿耀，岂徒然哉！你我自惭，不能领会玄旨，不是祖师有过。夫上天下雨，无私润于枯林；佛愿虽广，难度无缘。

阿难为佛侍者，多闻第一，上有父为国王，已不富而自贵；兄为世尊，有吾不自修不能成佛之感。是知大地众生虽有佛性，要随顺修行，譬如金在矿里，须经锻炼，方得受用也。再考我佛在天竺说西方，华夏之人便指天竺为西方。菩萨说法无法，令人背尘合觉；而众生知见，多是背觉合尘，不能随处解脱。喻如劝人不可心外觅佛，其人便执心为佛，岂知法尚应舍，何况非法！《弥陀经》云：若人念佛七日，一心不乱，弥陀便来接引。一心不乱者，即是离念也。能做到离念功夫，何处不是净土！故《坛经》云："悟人在处一般"，佛言"随所住处恒安乐"，此之谓也。

今劝善知识先除十恶，即行十万；后舍八邪，乃过八千；念念见性，常行平直，到如弹指，便覩弥陀。及夫见了弥陀，又不生欢喜之心，则无时不在净土；若在净土，又无人我众生寿者四相，则是真实菩萨。到那时，不管东西南北，无不自在矣！

（《复陈殊贤居士》）

五十

承询成佛，究为三身齐现，具足一切神变功德，抑为自心透脱，便算究竟等义，谨以薄识，略叙大概。论到此事，不无权实修证深浅因果之殊，至如实际理地，本无名言说相，但一法性身，常居法性土，离四句，绝百非，有何开口处？但有言说，都无实义。如世尊掩室，文殊挥剑，净名杜口，丹霞火烧，赵州谓不喜闻，德山以喝，云门以棒，从上佛祖，无非显兹妙义。不过宗门以直捷示人，截断葛藤，故六祖答智通问："清净法身，汝之性也；圆满报身，汝之智也；千百亿化身，汝之行也。"祖已明示三身四智，神通妙用，不欠丝毫。至于权变方便，说个"佛"字，皆是不得已也。宗门但论见性，不重禅定解脱。悟心之人，自解作活计，翻转本体作功夫，终日使得十二时辰，是为全性起修，全修在性，善能调熟，不离当生，即证圣果。六祖曰："终身不退者，定入圣位。"古云："顿悟初心，即究竟圆极，寂灭真如。"

《宗镜录》："问：一心成佛之道，还假历地位修证否？答：此无住真心，实不可修，不可证，不可得。非取果，故不可证；非著法，故不可得；非作法，故不可修。若论地位，即在世谛行门，亦不失理。以无位中论其位次，不可决定有无之执。经明'十地差别，如空中鸟迹'，若圆融门，寂灭真如，有何次第？若行布门，对治习气，升进非无；若得直下无心，量出法界之外，何用更历阶梯？若未顿合无心，一念有异者，直以佛知见治之，究竟成佛果，不可偏执一见，成儱侗病也。"昔皓月供奉问长沙岑曰："天下善知识，证三德涅槃也未？"岑曰："大德问果上涅槃？因中涅槃？"曰："果上涅槃。"岑曰："天下善知识未证，功未齐于诸圣。"曰："未证何名善知识？"岑曰："明见佛性，亦名善知识。"问："未审功齐何道，名证大涅槃？"岑曰："摩诃般若照，解脱甚深法，法身寂灭体，三一理圆常。欲识功齐处，此名常寂光。"又问："如何是因中涅槃？"岑曰："大须知见地了彻，直与佛祖把手同行，但得因中涅槃；其多生炽然之结习，须次第尽，方得超出三界。"《楞严》云："理则顿悟，乘悟并销；事非顿除，因次第尽。"唯宗下用功，水到渠成，超证十地等妙，有不期然而然也！阿难尊者云："不历僧祇获法身。"永嘉云："证实相，无人法，刹那灭却阿鼻业。"又云："弹指圆成八万门，刹那灭却三祇劫。"奈何行人，习有轻重，证有深浅不同。在诸大祖师，证与佛齐，人法空，能所寂，烦恼菩提、生死涅槃、佛魔、凡圣等，悉是假名。

经云："但以假名字，引道于世间。"如伶人舞戏相似；终日吃饭，不曾咬着一粒米；终日穿衣，未曾沾得一缕纱。凡所施设，一切事务，如寿祖云："修习空花万行，宴坐水月道场，降伏镜里魔军，大作梦中佛事。"余或未及者，须由功业励行为本修因；若不降心而取证者，无有是处。

（《复屈（映光）居士问法书》）

五一

问：方便求受五戒，与在戒堂中求受五戒，有何差别？

答：凡求戒者，照仪轨，理应登坛，眼观法相，耳听羯磨，心生忏悔，易具功德。如以因缘不能登坛者，可请大德比丘，在佛前方便授受，亦须深生忏悔，至诚求授始得。

问：求五戒后之男女居士，能否用优婆塞、优婆夷名称？

答：凡依大德比丘受归依后，再受一戒二戒以至五戒的男居士就是优婆塞，女的就是优婆夷。

问：受方便五戒后，能否披戒衣？

答：既得大德比丘允许受持一戒以至五戒的人，均可披缦衣，五衣、七衣等则不得披也。

问：优婆塞与优婆夷所披戒衣，系用五条抑用缦衣？

答：只可用缦衣。五条衣者，须出家受沙弥戒时才能用。近来诸方传戒，日期短促，三堂大戒，连着传授，故五衣、七衣、十二条衣，三者亦一次传之。但必须受过沙弥戒和比丘戒后，才能披用。现在许多在家二众弟子，亦有披五条或七条衣，此实混滥，轻慢佛制，罪过不小。

问：如据蕅益大师《戒衣辨讹》云："佛为沙弥制二衣，一上衣，即无缝袈裟，亦名缦条，色与比丘同，制与比丘异，但直缝之，不许刺叶。"故律部云："求寂之徒，缦条是服，辄披五衣，至为罪滥。"盖沙弥虽已出家，尚未入僧宝数，是故五条犹不许服，况七条等乎？为优婆塞，则合蓄无缝三衣，形与沙弥同，入坛行道，方许披之，平日不得披著，所以与沙弥别也。又蕅师《戒衣辨讹》第三条云："前人无知妄作，辄令优婆塞得披三衣，后人矫枉过正，并禁优婆塞不得著缦衣，三讹也。"据此，则男女居士受五戒后，宜披缦衣，而现有披五衣者，似宜改正乎？

答：应更正，你这种宝贵意见，是正确的。

（《答顾德谷任肇聪二居士问》）

五二

居士既徘徊于禅、净之门，则何妨合禅、净而双修？于动散之时，则持名念佛；静坐之际，则一心参究念佛是谁。如斯二者，岂不两全其美？……

（《致马来亚麻坡刘宽正居士函三则》）

五三

夫众生真心本体，般若光明，堂堂独露，但以妄想习气（即粗浮贪、嗔、痴、慢等）时时发现，自障妙明。但将冷眼看破，放下便是，不必别求也（能一心专念观音圣号，净念相续，便是放下第一法）。遇难忍处须忍得过，难行处要行得过，惟净业可修便修，于幻缘得过且过,习气销尽,菩提圆成矣!

(《致马来亚麻坡刘宽正居士函三则》)

五四

连惠两书收悉,惊闻融熙逝世,不胜伤悼。惟人生有死,亦乃世间常态,三界无安,当深生怖畏,直须痛念无常,信愿念佛,求生净土。此身不向今生度,更向何生度此身,伏惟珍重!

(《致马来亚麻坡刘宽正居士函三则》)

五五

承问关于静坐之事,云亦是门外汉,今本同舟共济精神,略伸管见如下:

(一)静坐不过是教行人返观自性的一种方便方法,简言其要,则在于系念一句佛号(或阿弥陀佛,或观世音菩萨皆可),心心相契,念念相续,由心而出,从耳而入,莫令间断,果能如斯,则更无余缘杂入矣!若能久久不退,弥勤弥专,转持转切,不分行住坐卧,岂觉动静闲忙,便可一直到家,永生安养。居士才觉得有些定明澄澈之境,便生心动念而执著之,宜其不能进步!

(二)静坐宜取乎自然,身体有病,宜适当调养,不必勉强支持,修行用功不拘于行住坐卧也。

(三)悟道不一定皆从静坐得来,古德在作务行动中悟道者,不可胜数。悟道仅为真正修道的开始,由修而证,则神通不待求而自得矣!若专为求得神通而修行,是魔见,为学佛人所不齿者。

（四）参禅、念佛、持咒等一切法门，皆教众生破除妄念，显自本心。佛法无高下，根机有利钝，其中以念佛法门比较最为方便稳妥。居士受持《佛说阿弥陀经》，熟览《印光法师文钞》，若能依而行之，则净土现成，万修万去。

（五）荤食造杀害生，大违慈旨，令人智昧神昏，增长贪嗔淫欲，身后业案如山，冤怨债报，宁有了日！静坐修行的目的，要了生死；荤食则增加无边生死，漏瓶盛油，虚劳精神，智者可以自审矣！莲池大师戒杀放生文，当熟览谛受。

（六）静坐如法，可使四大匀调，促进健康。

（七）"归元性无二，方便有多门。"八万四千法门，对治众生八万四千烦恼，莫不殊途同归，唯当择其契理契机者而修持之。

（八）云居山目前尚无传戒条件，云颓衰尤甚，恐不克举行矣！

（九）中国佛教在宗教政策保护下，提高了地位，纯洁了组织，大有发展气象。

（十）请照归依证所示，随宜随分，遵行修持之。综观所问情形，以居士程度，最好熟览《净土十要》、《印光法师文钞》、《龙舒净土文》等，当可获得实际利益；常阅《云栖法汇》，可融会一切法门；再阅《净土十要》、《龙舒净土文》，使专门进步，万无一失矣！

（《复星洲卓义成居士》）

五六

欲于自利利他事，求一简单开示：夫今法门式微，举目滔滔，尽在名利人我中过活，求一真操实履者，殆不可得。仁者犹能殷勤向道，不忘己分，甚可喜慰也。盖三界之中，无非牢狱，暂时欢乐，终归无常。众生燕雀处堂，罕思出离。若能痛念生死事大，觑破一切世情，若顺若逆，总皆虚妄不实，过眼便是空花，独一念持戒、礼忏、笃信三宝之心，生与同生，死与同死，而又专求己过，不责人非，步趋先圣先贤，不随时流汩没，庶几信心日固，智慧日开，而生死可永脱耳！

（《致柬埔寨宣圣（心明）法师函五则》）

五七

每嗟法门颓落，知识罕闻。然学者如牛毛，成就者犹如兔角。盖自不具眼耳，失于善调故尔。所以古德云：要人看话头，必须通身放下，如死人一般，单单提此一念参将去，起疑情。疑个甚么？既名话头，早落话尾。须知真话头，要向一念未萌前究，是个甚么道理？于此下手追究，不分动静，念念不间，名叫疑情。疑来疑去，打成一片，回光一照，此能疑者是谁？久之久之，瓜熟蒂落，忽然摸着娘生鼻孔，不从外得。故永祖（永嘉祖师）云："行也禅，坐也禅，语默动静体安然。"如此行去，有甚么难？病从何起？所谓狂心者，即是从前杂毒；不知宗门下一字用不着，佛魔齐斩。所言动静者，初心学者不可不究。行住、殿堂、作务、迎送、语笑、屎尿等名动，坐卧怡默名静。如斯微细揣摩，我现于二六时中，究竟几时在动而不随动去？几时在静而不被静转？对一切境，生心不生心？果能如前审察，于动不随动去，即能惺惺寂寂；于静不被静转，即是寂寂惺惺。此不过欲汝初心觉悟，于动静不要偏枯，定然动静一如，事理圆融。正所谓二十七祖云："入息不居阴界，出息不涉众缘。常转如是经，百千万亿卷。"不可思议，切不可寻语言，随人舌根转，弄尽精魂，毫无实益——坐上蒲团,瞌睡昏沉;放下脚来,闲谈杂话;遇着境声(缘),毫无主宰,苦哉! 各宜慎重。

(《虚云老人论禅书(1929)》)

五八

汪宽谔居士转来《辟湛愚心灯录》大作一篇,展阅之下,痛快何似。该录瞎人眼目,衲向不许学人阅读者,今居士为文辟之,嘉惠后学,护持正法,实非浅鲜也,佩甚感甚! 然对于古德各公案及祖师棒喝等等,请勿加注,免蹈湛愚覆辙,是所至盼。耑复,并候慧安。

(《汤瑛居士书(1948)》)

五九

承询参话头法则,谨将鄙见略陈。所谓话头,未说出前谓之话头,若将既说出之话参究,已不是参话头,而是参话尾矣。禅之所以异于教者,以前者是无心之观,后者是有心之观。然诸佛诸祖随机说法,未可厚非,殊途同归,及其成功则一,不可效世俗争门户之见,致尽失我佛无争之训也。仁者既习观心法门,似不宜加看话头。譬如有甲乙两途,皆可达目的地,若既走甲路,又走乙路,徒劳奔走,欲速反缓矣。又大函云: 但放下一切,善恶不思,与么观去即是,不用参究功夫,与看话头有异。请勿误解六祖对惠明所说,“不思善,不思恶,正与么时,那个是明上座本来面目”为肯定语。后句实是问话,着眼处就在这里,大须仔细(谨案:“那个”二字,黄檗禅师与玉琳国师,均作如何,其为问词,毋庸再疑)。若不思善、不思恶即是，已堕空亡外道矣！

（《复金弘恕居士书二则（1948）》）

六十

论到此事，本无可言说。盖有觉有照，属于生死；无觉无照，落于空亡。修心之法，全在当人妙悟，不可以语言文字出之，如人饮水，冷暖自如，亦不能吐露于人。但有言说，都无实义。故世尊说法四十九年，亦云未说一字。宗门下开口便呵，动手就打，亦演斯妙义耳。至于话头、话尾，若真用功人，有何先后头尾，本自如如。若初心用功，不得不从话尾追究耳。盖末法众生，障深慧浅，不从参话尾入手，难达话头；不从有心处用功，难证无心。故黄梅五祖虽极许六祖之"本来无一物"偈，仍盛称秀祖之"时时勤拂拭"偈者，六祖之偈虽佳，然只合上上利根人，此种人旷劫难遇。若一知半解者执之，反堕空亡，究不若秀祖之脚踏实地，人人皆可依之修持也。办道之人，不知佛法，固不可能，但知得太多，不会消化，又每被佛法胀死。欲深入禅定者，先要把知见铲除。憨山祖师云："依他作解，塞自悟门。如今做功夫，先要铲去知解，的的只在一念上做。谛信自心本来干干净净，寸丝不挂，圆圆明明，充满法界。本无身心世界，亦无妄想情爱。即此一念，本自无生。……如此做工夫，稍近真实。"

（《复金弘恕居士书二则（1948）》）

六一

客问：千佛衣合佛制否？云云。

答曰：现在云居山藏经楼毗卢佛身上披的绣佛袈裟，是上海众居士送我的，上面绣有千佛，世人多呼为千佛衣。这种做法和这名称都不妥，大违因果。一般僧人穿上这样的千佛衣就海会，我向来反对，每逢传戒时都宣布千佛衣不合法。佛弟子对佛像，只能恭敬顶戴，怎能把佛像在自己身上颠三倒四，坐下来又把佛像压在屁股下？你说罪过不罪过？我在光绪三十二年时，得御赐紫衣，上面也没有佛像，只绣金龙，现存云南鸡足山。所谓千佛衣者，是安陀会、郁多罗僧、僧伽黎三衣，佛佛道同，千佛相传，都是一样，并不是衣上绣千佛，谓之千佛衣也。未制袈裟前，僧与外道分不开。阿难问佛：我们佛弟子如何分别？佛令制袈裟，照楞伽山的田形造，一块一块联缀成衣，如田相似，叫福田衣，又名善哉服，又名解脱服，又名离尘服。种种名义，都是表法。初发心的，不可不知，不要穿绣了佛像的衣。还有以讹传讹的，曹溪南华寺现存的六祖坠腰石、武则天圣旨钵及袈裟，这袈裟是假的。达磨之衣，到六祖便止而不传。《坛经》上载明："方辩取衣分为三：一披塑像，一自留，一用棕裹瘞地中。誓曰：后得此衣，乃吾出世，住持于此，重建殿宇。"可见今之袈裟，并非原物。则天送的衣钵，现在所存的，也非原物。现存袈裟也绣佛像，后人失考，一人传虚，十人传实，都误以为六祖的衣绣了千佛，我们也可以绣佛，这是错误的。

（《答客问千佛衣(1955)》）

六二

佛历问题，来书所列，具见致力之深。此事晚近益聚讼纷纭，各本所闻。又正如所言，印度古时王国众多，历法紊乱，不似我国甲子纪年，易于稽考。云则向凭法本内传。摩腾法师对汉明帝曰：佛以周昭王二十四年甲寅之岁四月八日生。《魏书》沙门昙谟最曰：佛以周昭王二十四年四月八日生，穆王五十二年二月十五日灭。法琳对刘德威所问，引据多列陈真妄。《法琳别传》，其论具详。《佛祖统纪》，列正义有六，异说有八，亦以琳之论为实，非仅元僧之《佛祖通载》袭用其说也。至云此说因驳《老子化胡经》而起，则不知所谓佛教始入中国，佛之生灭年月，人所急于求知。明帝之问摩腾，尊者之对，岂能视为诳惑无稽之辞！《化胡经》始于晋之王符伪造。谓因此而起，将毋自贻伊戚。玄奘虽传有数说，但云自佛涅槃，诸部异议皆参差。回国后，适法琳之论未久，玄奘并未纠其论。道宣之《释迦方志》卷下，则仍首引周书异记佛之生灭年月。云老朽，闻近年论佛历虽多，但仍秉中国历来传统之说，诚以至今数千年，流传已熟，且历代大德法师，虽知有多说，亦均未轻改变。若执"定而不考"之论，何如仍旧，以俟当来。忆民国二年，章太炎孙少侯居士等，在北京法源寺召开无遮大会，外国人多有参加其议决，亦以周昭王甲寅四月八日为定。太炎湛深学理，不轻决议者。其后新说叠出，仍无间于循古。现南方佛灭年代之说，既盛南传，而小乘佛教，其说自异。当年玄奘所传，已云诸部异议，不可为决。中国大小乘并传，而多口喧呶，至谓大乘非佛说、大乘经为伪造者，又如之何！今既如此，所谓同在梦中说梦，随喜者随喜可耳。云老将死，尚拘拘于中国传统之说，实望将来更有确切考证也。

（《答融熙法师问佛历书（1956）》）

六三

圭峰大师云:"元、亨、利、贞,乾之德也,始于一气。常、乐、我、净,佛之德也,本乎一心。专一气而致柔,修一心而成道。"能专一气则柔顺,四季何定?不执冬必寒、夏必暑,亨之谓也。冬能暑、夏能寒,利之谓也。又冬还寒、夏还暑,则贞矣。至于元,则非冬、非夏、非寒、非暑、非玄、非白、非花、非人、非知、非不知、非老、非不老;唯万物皆备于我者,乃能见之,见之则任他冬、夏、寒、暑、玄、白、花、人、知与不知、老与不老皆可。此境唯证乃知,知之则常、乐、我、净可进而几矣。

求识之道无他,亦外息诸缘,净念相续,顺应天时,寒而暴之而已矣。昔日陆大夫见南泉,问曰:"肇法师也甚奇特!解道天地与我同根,万物与我一体。"南泉指庭牡丹花,曰:"时人见此一株花,如梦相似。"大夫罔测。

来示万年菊一偈,嘱为改定,居士致柔之意乎?山野念一气之专,以直养而无害,任其塞于天地之间,使有缘人见之,誉之为花雨缤纷、字字珠玉也可,毁之谓一文不值也可,山野何敢为更一字!谨次原韵奉和一绝:

开士行吟秋后菊,名花回顾梦中人。

是谁人淡能如菊?一暴寒冬又见春。

(《复萧龙友居士(1956)》)

六四

人生八苦,老病为最。汝老病孤零,实苦中之甚者。虽然,若能返照回光,自觅受苦者为谁,四大非我,五蕴皆空,一心念佛,矢志莲邦,斯为离苦得乐最妙法门。至于梦境幻影,过后则已,勿再追寻。汝于生活艰苦之下,尚作数元塑像功德,福报当不可思议也。

(《复福州沈宽舲居士书(1957)》)

六五

居士信愿深切,行持精进,虔诚礼诵大乘经忏,日不暇给,甚为难能可贵。然用功之法,贵在专一;居士用功,未免落于庞杂。虽大乘经忏,一句一偈皆为菩提种子,一礼一拜获福无量,然欲工夫得力,真实受用,则以持名参究为直捷耳。秋间来山小住甚善。居士处世,能逆来顺受,哀乐不入,亦缘平素修持之力耳。延年师失眠症,宜多事静坐,默念观音圣号为妙。

(《与佛云书七则(1956~1959)》)

六六

修持之要,在净心而已矣,岂局方隅?倘能三毒不生,十善恒随,心与道合,便是寂光净土;不然,纵与释尊共住不离,悉音十万八千里也!

(《与佛云书七则(1956~1959)》)

六七

公常语人曰:"吾数开法会,感化者止于听经诸人,而水陆瑞应则能化及全省,然则经忏可谤议哉!佛祖遗教,其功德不可思议,特患不诚耳!余谓宇内之事皆起于一诚。故《中庸》'不诚无物'。"公以数十年苦行,"诚"之一字,盖久已充塞弥满,与诸佛菩萨念念相应，故凡有动作，则龙天拥护，感应随之，他人固未易言也。

（摘自鼓山侍者《虚云老和尚事迹纪略》）

六八

余朝峨山归来，翠峰过夏。有卓庵不知何许人，遍历诸山，遇之数数。一日出其诗集乞序，余曰："西来直指，教乘尚扫，何有于诗，况序乎？"卓曰："非敢传世，仅以传家。"余曰："若认得家，则不须传。"卓曰："事是这个，其如辛苦何？"余曰："如是也，可序焉。禅曷为而有诗也？自行人单刀直入，一念相应，吐词拈韵，往往为士大夫所诮。世以文字难僧，僧亦遂以文字应世，或驰骋世典，殚心杂学，将无上妙法，视为具文，正法眼藏，沦乎声色，甚而寻章摘句，四六精详，处处驴唇马舌！噫！法门一至此耶？一变而语录，再变而辞赋，三变而为诗文，佛法何可言哉？虽然，亦不可概论也！当观其人为何如耳！其人见谛真，则言言至理，语语明宗，假山水以寓其怀，借时物以舒其臆，如远公之招陶、刘，佛印之契苏、黄，大慧之于子韶，诗亦何妨于禅哉？但不以见长，若以此见长，诗精则亦诗僧而已！而况以之为名利之阶，攀缘之具，其言虽工，其行不可问；行不可问，心更不可知矣！"言至此，卓庵点首点胸而已。余曰："子名卓庵，处伦类之中，而有以自立乎？出风尘之表，有以自致乎？非庵无以见卓，非卓无以名庵。行住坐卧无非庵，无一非卓，如是则能诗也可，即不为诗也可！则余之所以叙者，非叙其诗，叙其庵，叙其能卓也！更进一解曰：'不堕悄然机。'"

（摘自《卓庵诗集序》）

六九

自古禅德，无不从参学而入。所谓参学者，即戒定慧是也。因戒生定，因定发慧，定慧相资，其道乃成。是以道非常道，名非常名，皆由智慧而显机用。故智有决（抉）择之功，慧有晓了之义。如以禅定熏修，方与如来法流水接。所以《楞严》云："见性明心，然见非是见，见犹离见，见不能及。若见吾不见之见，自然非彼不见之相，云何非汝？"如此是如来亲体为人处。虽则如是，亦复要知命根在甚么处！必须亲遭毒手，摄入大冶红（洪）炉，将三学凡流，一齐抛向炉中，烧得焦头烂额，使其说心说性，论是论非，牵长漏短，总没有开口处！到此时节，拟议停机，劈头便棒，设有个出格的丈夫出来道："恁么时如何巴鼻？"直向他道：一镞撩空高着眼，弓弦向处日中看。

（摘自《法语·示众禅人》）

七十

唤作柱杖则触，不唤作柱杖则背，即此触背二字，便是生死根本。触即是逐境生情，则有我人是非；背即是违背己灵，则违佛祖圣道。如此对待，便落坑堑，开口动舌，非有即无，知解不清，焉得解脱？汝等参禅，必要话头亲切，顿发疑情，看他是个甚么道理？一句分明，盖天盖地。若道有无不立，又是矫乱外道。到这里毕竟有个出身处，于此透得，才不被天下老和尚舌头瞒却。经云：纵经尘点劫，不如一日修无漏业。且道如何是无漏业？但于事上通无事，见色闻声不用聋。

（摘自《法语·小参法语》）

七一

道本无为，何假修证。法性如如，如何表显。只因逐妄，迷头认影，枉自流转。故世尊云：一切众生，咸有如来智慧德相，但以妄想执著而不证得！若能一念回光，头非外得，狂心顿歇，歇即菩提。诸善知识，一真唯此事，何假外驰求！只要顿彻本来，果能透彻娘生鼻孔，穿衣吃饭，屙屎放尿，无非是祖师西来意。故丹霞见得这着子便掩耳，高沙弥悟此即拂袖，更不日中见鬼，天下老和尚瞒伊不着。诸子若能如是会得，还来从我乞甚么戒法？六祖云：心地无非自性戒。纵有施为，亦是丙丁童子求火。良久云：不因渔父引，何得入桃源？

（摘自《法语·戒期为新戒燃香开示苦行上堂》）

七二

执拄杖云：昨由云门到南华，带水拖泥路未赊。岚气迷濛翳慧日，四山黯黯被云遮。目净空中无幻化，百城烟水旧生涯。断臂坠腰折足范，不辞远道驾三车。今日斋主，为利冥阳，特请举扬个事。卓杖云：灵光独耀，迥脱根尘。体露真常，不拘文字。心性无染，本自圆成。但离妄缘，即如如佛。妄缘非实，一切唯心。心境若空，一切妄缘从何而有？其迷妄也，妄见有生，妄见有死，于生死中，起诸恶业，造诸罪障。其离妄也，生如沤起，死如幻灭，于本无生死中，罪福俱幻，只在当人直下了当，触处无非净土。

（摘自《法语·新戒比丘尼宽慧等请上堂》）

七三

这段大事，不是说了便休，所以中峰国师有云："世界阔一尺，古镜阔一丈。"还知蒲团上一个吞不下、吐不出的无义味话头也未？若向这里一肩荷负得去，便可唤世界作古镜，唤古镜作世界，都无异致。如其未尔，世界与古镜，古镜与世界，相去不啻三千里。何以如此？盖能所分别，亲体障碍，便是生死根本。故《楞严经》云："根尘同源，缚脱无二。识性虚妄，犹若空花。由尘发知，因根有相。相见无性，同于交芦。"这里无你动步处，无你着眼处。昔安楞严读到："知见立知，即无明本。知见无见，斯即涅槃。"虽破句读之，其桶底子当下脱落，直得七穿八穴，洞见老瞿昙心肝五脏，只得唤古镜作世界，唤世界作古镜。洞彻森罗万象，混融大地山河。洗尽见尘，搅干情浪。无第二念，无第二人。指南作北，敲东击西。死柴头上心花灿烂，冷灰堆里赤焰腾辉。安有一毫剩法与人为知解？近来佛法混滥，往往将根尘识妄，认作真心，说得宛然，了无交涉。谚云："击石乃有火，不击原无烟。人学始知道，不学非自然。"此说于做功夫上说得恰好，特为诸人重与注破。石中有火，未曾施一毫智巧之力，终日只说石中有火，说到眼光落地，依前只是一块石头，要觅一星点火，了不可得。此是不肯死心做功夫，以求正悟，唯记相似言语，说禅说道者也。更有一等痴人，闻说石中有火，击碎其石，欲取其火，碎抹为尘，终不能得；却不自责，不以智巧求之，便乃不肯相信石中果有真火。此是不信自心是佛，反道佛法无灵验之凡夫也。此说且置，何为"智巧"？首以信根为石，次以无义味话头为击石之手，又以坚固不退之志作个火刀，用精勤猛勇不顾危亡之力，向动静闲忙中，敲之击之，使不间断，加上般若种性干柴一握，蓦札相承，引起一星子延燎不已，直至三千世界化为燋焰，复何难哉！昔百丈令沩山拨火，沩拨之不得，丈躬拨得之，举谓沩曰："你道无这个？"试问诸人，还识得百丈拨火的消息么？其或未然，听取一偈：十方世界火炉阔，冷灰堆里深深拨。得一星儿血点红，今古从来无欠缺。诸禅流，莫休歇，燎却眉毛万丈光，若不如是遭冻杀。参去！

（摘自《法语·普说》）

七四

诸位上座，今天又是腊月三十日了，大众都认为是过年，常住没有好供养，请诸位多吃杯茶。照历书规定，一年有春夏秋冬四季，十二个月，二十四个节气。人事上的措施，多是应着天时而来的。如农人的春耕夏耘，秋收冬藏；工人的起工停工；商人的开张结账；学校的开学放假；我们出家人的结制解制，请职退职；无一不是根据天时节令而来的。一般人认为，过年是个大关节，要把一年的事作个总结，同时要休息几天。你我有缘，侥幸今日同在云门，平安过年。这是佛祖菩萨的加庇，龙天的护持，亦由大家累劫栽培之所感。但我们自己平安过年，不可忘记那些痛苦不堪的人。我们不可贪图欢乐，要格外的省慎，深自忏悔，精进修持，自利利他，广培福慧。年老的人，死在眉睫，固要猛进；年轻的人，亦不可悠忽度日，须知黄泉路上无老少，孤坟多是少年人。总要及早努力，了脱生死，方为上计。

我们本来天天吃茶，何以今天名"吃普茶"呢？这是先辈的婆心，藉吃普茶提醒大家。昔赵州老人，道风高峻，十方学者参礼的甚众。一日，有二僧新到，州指一僧问曰："上座曾到此间否？"云："不曾到。"州云："吃茶去。"又问那一僧云："曾到此间否？"云："曾到。"州云:"吃茶去。"院主问曰:"不曾到,教伊吃茶去,且置;曾到,为什么也教伊吃茶去?"州云:"院主。"院主应喏,州云:"吃茶去。"如是三人都得了利益。后来传遍天下,都说"赵州茶"。又如此地云门祖师,有学者来见,就举起胡饼,学者就领会了。所以天下相传"云门饼"、"赵州茶"。现在诸位,正在吃茶吃饼,会了么?如若未会,当体取吃茶的是谁?吃饼的是谁?大抵古人念念合道,步步无生,一经点醒,当下即悟。今人梵行未清,常常在动,念念生灭,覆障太厚,如何点法,他亦不化。所以诸位总要放下一切,不使凡情妄念染污自己的妙明真心。古人说:"但尽凡情,别无圣解。"你现在吃花生,若不知花生的香味,就同木石;若知花生的香味,就是凡夫。如何去此有无二途处,就是衲僧本分事。纵然超脱了这些见解,犹在鬼窟里作活计。大家仔细!放下身心,莫随节令转,直下参去!

(摘自《法语·除夕普茶示众》)

七五

腊月三十日到来也,诸仁者脚跟下事作么生?汝等须知:人人本具,个个圆成。所以道:行住坐卧,不离这个。若或不识,当面错过。三世诸佛,也是这个。历代祖师,亦是这个。天下老和尚,只是这个。乃至鳞甲、羽毛、草木、昆虫,无不承这个恩力。诸仁者!还会得这个么?若会得,眉毛依旧;其或未然,年来更有新条在,恼乱春风卒未休!

(摘自《法语·除夕法语》)

七六

大众！今日人们闻着佛法两字，脑中便起奇特和神秘的幻想，至少亦以为是很深邃难解的一回事。其实，诸佛的道法皆是众生本分上的东西，就是三身四智、五眼六通，亦是众生本来具足，并非从外边跑进来的，亦非诸佛祖师替我们加得微尘许的。大众只须遵守佛门的戒律，着实行持，"诸恶莫作，众善奉行"，久而久之，恶染渐渐捐除，身口意习气渐渐清净，智慧光明，"不勉而中，不思而得"，无师智、自然智皆能通利。所以《楞严经》说："由戒生定，由定生慧。"戒定慧名三无漏学。无漏者，谓这三种学问，不使烦恼渗入，不漏落六道轮回。大众能体会斯意，三学等持，或时触着碰着，顿见自家本来面目，原来与诸佛祖师一样都是鼻直眼横，别无奇特。一册《佛遗教经》，不够两千字，公开流通，别无神秘；五戒十善，人人可晓，人人可行，别无深邃难解地方。看来佛法简直是家常便饭。所以释迦牟尼在雪山苦行六年，于夜见明星时，忽然觉悟，便道："奇哉！奇哉！一切众生皆有如来智慧德相，只以妄想执著而不证得。"这是释迦示现成正觉时的真语实语。大众！迷为众生，觉即是佛，心佛众生，三无差别。众生在迷，妄想不停，如江流汹涌，动荡混浊，水的本明，不能映照；倘若息却妄想，心如澄潭止水，明净如镜，那么日月星辰，人物好丑，皆能鉴照。众生在迷，执著四相，执著我法，像穿袍衣入荆棘稠林，随处钩牵，不能走动。倘能将这执著成见，以智慧力，照破人、我、众生、寿者，任运随缘，不起爱憎，不落分别，历历孤明，如如不动，如天马行空，自由自在，所欲从心，一切妙用神通，亦是家常便饭。大众！总要信得及，心佛众生，三无差别，实无奇特。要先持戒修行，踏实地步，立稳脚跟，自然入妙。若说一念顿超,上齐诸佛,不假修持,这话是为最上根人。老朽愞懦一生,岂不能嘴漉漉地胡哼高调,可是阳春白雪,起而和者,能有几人?老朽今天不是牵高就矮;若是个汉,也许会得由戒生定,由定生慧,三学等持。说有次第,即非次第,是名次第,渐修顿证,一道齐平。珍重!

(一还居士记,摘自净慧法师《虚云和尚法汇续编》)

七七

仁者对般若、禅定两度所会之理,全是依文解义,未得正解。若就教理而谈,虽三藏十二部经典,汗牛充栋,不出空有性相两宗之学。性宗谈空,相宗说有,岂非矛盾耶?实则谈空者,乃破众生之有见;说有者,乃破众生之空见。空有双离,方会真实。故龙树菩萨《中论》偈云:"因缘所生法,我说即是空。亦名为假名,亦名中道义。"《大般若经》六百卷,无非明缘起性空之理。若不达缘起性空之义,而妄谈空,必落断见,甚为危险。吾人谈经,贵能因指见月,若执指为月,终不得月也。故禅宗贵在明心见性,心性若明,则三藏十二部皆是我心中流出,不假外求也。故昔人有偈云:"达摩东来一字无,全凭心地做功夫。若于纸上求佛法,笔尖蘸涸洞庭湖。"昔释尊夜睹明星悟后,叹曰:奇哉奇哉,一切众生皆具如来智慧德相,只以妄想执著而不证得。若离妄想,则一切智无师智,自然现前。当知般若智光,众生本自具足,只是无始以来,为妄想之所覆盖,不能显现。若不能离妄想执著,任你谈空说有,无非情计执著,但有言说,都无实义也。盼仁者于此等处,细加体会。并盼多阅《楞严经》、《六祖坛经》,则对禅宗般若两义,当可更进一解。学佛贵在能依教笃实行持, 若广求知解, 而不实行, 不得实益也。

(《复黄元秀居士函(1951)》)

七八

承询功夫落堂之事, 乃系功夫纯熟之谓。即念佛人之念而无念也。参禅人功夫落堂, 则不参而自参。

(《示黄元秀居士》, 摘自黄公元《黄元秀居士与虚云老和尚的法谊》
一文)

七九

一九四八年冬, 为逃避战火, 我(香港永惺法师)仓惶南下至广东韶关, 临时挂单在由虚云老和尚刚重修好的南华寺中。听说虚老已经去了乳源的云门, 正操劳着大觉寺的复建工程。为见他老人家一面, 我约同几位一起逃亡而来的学僧, 从南华寺走到云门大觉寺去。走了几天的山路, 最终在雨夜中走进大觉寺。由于饥寒, 由于劳累, 我混身瘫软, 有快要倒下去的感觉。但是, 眼前所见, 却令我感动。如此风雨中的寒夜, 一百一十岁的虚云老和尚, 竟在察看修建工程, 他手挑汽灯、脚踏泥泞, 东摸摸、西看看地正忙着。

我们赶忙趋前, 等到拜毕起身, 正待问安之际, 一座距离我们仅几丈之遥, 新建成尚未漆饰的藏经楼, 由于经不起连日风雨, 突然"哗啦"一声的倒塌了。我惊魂甫定, 冲口而出的问老和尚道: "为什么不建得牢固点啊!"

只见老和尚并不动容, 依然是慈目低垂, 心平气和的说: "留点福德后人修吧!" 老和尚的开示声震宇宙, 回荡千古, 也令我终生受益。

在战火纷飞、物质匮乏的年代，百多岁高龄的虚老，犹孜孜汲汲地以沙泥修寺庙，虽然他知道这并不一定稳固，但他确信，自己虽年事已高，但这是功德事业，总会有后人接棒。

（摘自香港永惺长老2003年3月21日撰写的文章《将此身心付尘刹》，

马来西亚古晋佛教居士林《法海月刊》）

八十

一九五三年在玉佛寺打两个禅七，每夜到十二点结束前，大师有几句精要的开示。有一夜，大师说了三句话："却后十三年，佛前没有灯，路上不见僧。"当时听者都将这三句话记录下来，然而谁都不理解。过了十三年，即一九六六年，"文革"开始了，答案不用解释就明显地摆出来了。

（2004年2月法空《普济话今昔》第75页）

八一

一九五七年的春天，仁德在蒙蒙的春雨中走进了真如寺……知客师悄悄来到仁德的单室，说："老人家看了朗照法师的信函，说要单独见你。你随我来吧。"仁德更是激动万分。他匆匆穿上海青，然后持具搭衣，随着知客师，款款走进老和尚的丈室。老人正在法座上读一本经文。眼前的老人，那高洁的风骨、那安然的神态，与昨日所见，更有不同。于是仁德倒地便拜。

老人放下经文，容仁德三拜既毕，说："你从哪儿来呀？"

"弟子从终南山来。拜见老和尚，是弟子长久以来的愿望。"

"终南山? 那是个好地方,"老人家像是沉入到一种长久的记忆当中, 稍顷, 老人又说:"终南山有那么多的老修行, 你在那儿, 一定收益不浅吧。"

仁德说:"是的, 那儿有许多的大德。但是, 弟子从高旻寺到终南山, 又从终南山到云居山, 弟子一路追寻老和尚的足迹, 就是想得到老和尚的开示。弟子虽出家多年, 但在修行的路上, 还有许多不解的地方。"

老人说:"平常的日用, 皆在功夫中行。大千世界, 处处都是道场。芸芸众生, 人人都是吾师。懂得这些道理, 在哪儿修行都是一样。"

仁德说:"弟子只求了脱生死, 请问修哪个法门更适合弟子?"

老人说:"参禅也好, 念佛也好, 不过是名相上的差别, 实际都是不二的。六祖不是说过吗, 法无顿渐, 见有迟疾。而石头希迁说得更为直截:人根有利钝, 道无南北祖。法门、法门, 法虽只有一, 门却有许多。所以我认为, 每一个法门皆可修持, 你与哪一个法门相宜, 便修持哪一个法门。"

老人停了停又说:"你平时是怎样用功的?"

仁德说:"弟子当寺务繁忙时, 便忙里偷闲, 持名号念佛;当妄念纷扰、犯执著大病时, 便守观其心, 仅问念佛是谁。"

老人笑了笑说:"一切都是你自己心上的功夫。只要一门深入, 久了, 功夫就有了, 需知自性清净即佛土净。"

听着这样的声音, 仁德觉得十分受用。虚云老和尚是主张顿悟的, 顿悟禅认为"一开口便是错", 正所谓"言语道断", 所以老人平时一般不会有太多的说教, 一切让禅者自己去做, 去实践, 去体会。

但仁德到底还是感到有些不满足,于是又说:"我不知道老和尚对当今的佛法有些什么看法,可否开示一二?"

果然,老和尚挥一挥手说:"你且先在常住发发心吧,参加一些生产劳动。如今新社会的僧人,更要本着百丈禅师的禅风,一日不作,一日不食。这样很好,既能调润色身,又能增长慧命。"

当日下午,仁德便与僧友一起撩起裤腿下田劳作……

过了几天,又逢雨日,因不能外出劳作,于是便又聚会于禅堂,听虚云老和尚给大家开示……虚云老和尚终于微微地欠了欠身子,开口说道:"……有人认为禅是第一的,甚至认为,佛教初传伊始即是有禅无净土。这真是荒谬至极啊!难道佛法有二吗?当初释迦牟尼逾城出家,苦行林中六年麦麻生涯,最后却在菩提树下得益,明心见性,廓然大悟,成正等正觉,后拈花微笑,再付法于迦叶,说过一个什么禅字吗?佛法如纯乳,卖乳人的日日加些水分,以致后来全无乳性,这就是禅、净分家的祸端,也是中国佛教的祸端。"

(节录自黄复彩《仁德法师传》,个别字句有改动。)

八二

回忆一九四八年憩锡广州太平莲社,一夕客散后,座中只李宽某(忘其名,抗日时在省署当过署长者)、刘宽汉及学人。学人请益曰:"老和尚出世以来,棒头上打着几人?"云公摇首叹曰:"一个都没有啊!"李插言曰:"有,滇中某和尚呢(某和尚亦是云公入室弟子)!"云公笑顾李曰:"某和尚是汝为他证据的么?"李赧愕默然。观云公弟子,单粤籍者亦累万盈千,他老人家百分之九十九皆示向念佛,入室启请向上事者不过一二人而已。古德说:"如果老僧一向举扬宗乘，法堂前草深三尺。"此事确如船子德诚所谓："钓尽江波，金鳞始遇。"

（摘自《融熙法师丛书》第138页《与无修居士论禅台净宗》）

八三

瑛在距今三十年前，看《六祖坛经》得个入处，至今只循分造人，随缘护法而已。民国三十七年始，正式皈依云公老和尚座下。一夕，在广州文德南路太平莲社，客散后，入室启请，以古德每每对来机反诘，一句截流，当人便悟，疑是将心印心，力涵加被。云公不俟言毕，即曰："否！这是当人偷心死尽耳，不是他力边事。"（凡有求菩提涅槃心，求佛力加被心，求善知识接引心，乃至求解求证心，才起丝毫念虑情计，皆属偷心。见《中峰语录》）瑛当下如闻霹雳，数十年所蕴胜解，一时冰销云散，信知此事不从人得，饶是释迦再世，也不能"惠我三昧"。

（摘自《融熙法师丛书》总第599页《葛藤集拾遗》第129页《致金弘恕居士书》）

八四

笔者（张纪伦）于一九四七年四月，随军驻防韶关，曾偕友前往参观，并访问了寺主虚云和尚。寺院规模宏伟，庙产丰富。前广东主席李汉魂等送有很多匾额，均自称弟子。寺内有六祖泥塑真身，并藏有唐武则天颁赐的亲笔诏书等镇山宝物。虚云在他的住室接待了我们。住室约十平方米，有一张条桌，两个方凳，板床上一床折叠整齐的灰布棉被，给我们以简朴清苦的印象。虚云顾长身材，穿一身灰布僧服。他当时已一百一十三岁,说话操湖南乡音,声音宏亮,如六七十岁人。

我们问:"共产党快来了,你们作何打算?"

虚云说:"共产党主张信仰自由,对出家人不会有什么过不去。"

接着他说,他和朱德总司令过去曾有过一段缘分:"那是在护国军反袁战争胜利之后,云南整编军队,朱被削去兵权,调任昆明警察厅长,因此意志消沉,曾多次到昆明西山我任主持的某寺院参观。我告诉他,你将来还有一番事业。"

(摘自1994年洛阳市政协西工区委《西工文史资料》第七辑第194
~195页《访南华寺虚云和尚》)

八五

我(黄念祖)是将近三十岁的时候皈依虚云老法师的……老法师(虚老)生活非常之清苦,在北京那么冷的冬天,就穿一条单裤。这么多人供养你,多穿一件不行吗?就是一条单裤。他不受顶礼。他都一百多岁了,住在广济寺,不但出家的大德给他顶礼,他要回拜;就连在庙里烧饭的人给他磕头,他也回头还礼。

老法师一生为护持佛教,不惜性命。最初,就是民国初年,革命刚胜利,当时大家打倒了满清,要学西洋、学东洋,要办学校。办学校,没有钱,怎么办?当时很风行的一句话,就是要"毁寺兴学",把寺庙毁掉,把佛像拿走,把大殿改作讲堂,寮房当宿舍。"毁寺兴学"之说非常盛行,政府于是把它变成了命令。当时,就是虚老代表佛教徒,向政府申诉,反抗奔走,使得这个命令没有落实;那个时候要是落实了，佛教就没有今天了。他一生都是如此。

刚解放的时候，那个时候也有很多佛学院学生、佛教徒，想学日本，因为日本的和尚可以结婚。因此，在成立佛教协会的时候，有人想通过这个条例，鼓吹大家学日本，使结婚成为合法化。为了阻止通过这样的一个决议案，虚老当时就说，要通过这样的决议案，大殿不是有这么大的柱子吗，我就撞死在这儿。大家一看，不行了，因为虚老的名望太大了，这个决议案就没有通过……

虚老的开示非常能契大家的机。他非常提倡研读《楞严经》。现在有位学者吕澂说"楞严百伪"，找出一百个证据，证明《楞严》是假的。这个事情不奇怪吗？释迦牟尼佛早就说了，佛法将来要灭，第一部灭的就是《楞严》，现在有的人就说《楞严》是假的，不就跟佛所悬记的正好一致？虚老当时叫我们读《楞严》。他说，《楞严》第一遍看不懂，就再看，反复地看，看不懂就再看。

虚老同时也很提倡念佛，对于许许多多适合参禅的根器，他也叫他们参禅。他是五宗的祖师，禅宗是一花五叶，只剩下临济儿孙最多了，还有一点点曹洞，曹洞在日本很盛，中国曹洞还有一点点，其余的法眼宗、沩仰宗、云门宗都断绝了，现在虚老就把这五宗都承传下来了。虚老的道德，众望所归，不是一般常情所能及的。

我再举一件事情。有一个师范毕业的学生，皈依虚老，一开始就参禅打坐，几个月的功夫之后，这个人就离开座位悬空了，就报告虚老。虚老说，这个人不适合于参禅，得换法门。虚老的看法就跟大家平常的见解大不一样。大家都说：这个人好，是利根，一打坐人就悬空了，更应该继续。虚老说：不对，这个法门对他不合适，换法门。这是一种过人的眼光，跟世俗的看法不一样。因为那位学生能够悬空, 他会觉得自己特别, 很容易生出我慢。在你心里哪怕有一点点贪嗔痴慢, 那就是癌细胞, 再修持下去, 你的功德也增长, 癌细胞也生长。就和人一样, 正常细胞吸收营养的时候, 癌细胞也吸收营养, 而且比正常细胞还快, 最后就会变成癌症。所以, 虚老就要求那位学生从根源上换法门。这是极为特殊的地方。

我还亲自看见虚老一件事情, 就是受伤以后, 伤势极严重, 见到肋骨。原先不知道, 只说他有病。我的岳父是名医, 在北京四大名医首屈一指, 各方面学问都很好。我就介绍他们相见。后来虚老的病, 肋骨的伤, 都是吃我岳父的药吃好的。他们后来成为很好的朋友。那天, 我岳母就问虚老一个问题, 虚老对这个问题的答复, 后来我跟夏老师讲了, 夏老师称赞说, 这是对这个问题最好的答复。今天我就转述给各位。

我的岳母就问虚老, 她说: 我念白衣大士咒, 我继续念, 好不好?

虚老就说, 白衣大士咒在经典中没有根据, 而别的咒语在经典中是有根据的。没有根据, 但是很多人很相信, 很虔诚地念, 也很有感应。观音的化身是无量的, 有的化身没有记载。

虚老谈到, 在中国的陕西, 有一个县, 这个县里就有观世音菩萨的肉身。在座的人恐怕没听过、不知道在中国的陕西有一个观世音菩萨的肉身。大家不知道, 经典里也没有记载。但是这个肉身, 你要去找很容易, 不管你从东、从南、从西、从北, 你只要走到距离这个庙只有四十里的时候, 你自然会找到这个庙。因为以这个庙为中心, 以四十里为半径, 划一个圆, 在这个圆之内, 所有的树都朝着庙长。你只要一到那个区域, 按照树的方向去找, 就找着这个庙了。这个事很奇怪，这么奇怪的事，你很少看见记载。虚老亲自到了这个庙，而且看见了观音的肉身。他说到这儿的时候，他就作一个样子给大家看，举起手印，半跏趺，这个手这样一伸。虽然虚老当时穿着一件破袍子，一位瘦饥的老和尚，可是，当时我顿然觉得简直就跟观音菩萨一样的庄严清净。不是什么放光，而是一种神情，只有菩萨才能显现得出来，极端的清净庄严。经典没有记载，大家也不知道这就是观世音菩萨的化身，肉身就存在这儿。《楞严经》中讲，观世音菩萨现种种身，说种种咒。因此这个咒子，虽然大藏经没有记载，那也可能是观世音菩萨所说的。你要是念得熟的话，你就继续照念。如果你并没有念熟，你就念一个经典上有记载的咒子好了！

（摘自黄念祖一九八七年于美国华府佛教会讲演《佛教的大光明与大安乐》之录音整理）

八六

公（虚云）从云门寺来到南华寺的第二天，出坡板响，我们（演成等人）都去挑泥砖。刚刚挑了一趟，公也拣了一条牢固的扁担，一副结实的竹筐，每筐装三块。有认识的，都去争夺公的挑。公说："不要夺！你们知道吗？今天为佛寺挑的是泥砖，明天受的果报是金砖。你们要求福，就不许我求福吗？"一弯腰，就把三十斤一块的六块泥砖往工地挑去了。一百零八岁的老人，走得比我还快。这时，起先挑两块一担的，都挑四块；挑四块的，都挑六块；还有挑八块的。于是原计划一天挑的泥砖，下午两点多钟就挑完了。……挑完回寮，慧老（慧定老法师）教我抓紧洗个脸，穿袍、搭衣、持具，去请老和尚开示。我依教做好，便凭着慧老侍者的身份，独自闯进方丈；见公盘腿坐在西寮前房窗口桌边方凳上看经，房门开着。我并未弹指，就跨进门去，问讯、展具、顶礼三拜，亦未开声。哪知，我问讯时，公已放腿，我还没有拜下地，公比我先拜下。据说，公总是不肯礼落人后。因此，我一拜起来，即长跪合掌地说："恳请老和尚慈悲开示！"公问："请么开示？"我事先并未准备请问什么，到此也只是连连磕头地说："恳请老和尚慈悲开示。"公说："你且起具，坐下来说。"我依教奉行坐下。

公问："你叫么名字？"

我答："草字演成。"

"演成这个名是谁给取的？"

"出家师父取的。"

"你剃度师未给取演成之前叫什么？"

"叫德全。"

"德全这名是谁给取的？"

"皈依师给取的。"

"你皈依师未给取德全之前叫什么？"

"叫周毓泉。"

"周毓泉是谁给取的？"

"发蒙先生给取的。"

"你发蒙先生未给取周毓泉之前叫什么？"

"叫周传祯。"

"周传祯这名又是谁给取的？"

"入祠时父亲给取的。"

"你父亲未给你取周传祯之前又叫什么哩？"

"啊！我父一连娶了四房，这才生我一子，故乳名贱唤夷婆女。"

"这夷婆女又是谁给取的哩?"

"是大娘给取的。"

"你大娘未给取夷婆女之前叫什么?"

我低头深思很久。

公说:"你且回家,待找着你大娘未给你取夷婆女之前叫么名字,再来见我。"

我想这些名字未取之前,乃至生生世世的名未取之前,或叫"赖耶",或叫"真如"……也是假名。然而离开了假我,不但拿不出一个真名来,连个假名也拿不出来。从此,一直不敢再去请开示了。

(摘自1994《广东佛教》第五期演成《无住生心忆云公》)

八七

当时(1944)该地有一座六祖庙,可供人礼佛。该庙的住持便是全国有名的大和尚虚云法师,已一百零八岁高龄,住在庙里的楼上,从不见客。覃异之将军很想去拜访他。一天,待工作稍闲,覃异之将军专门前往六祖庙,拜访虚云法师。果然,在该庙的大门口,有小和尚挡驾。覃异之见状,当即挥笔写道:

佛凭自性参,千古传心印。

怀抱五香来,一扣曹溪证。

写好之后,覃异之嘱咐旁边一位小和尚将其送到楼上。虚云法师阅后，立即走下楼来，口念阿弥陀佛，向覃异之合十道："难得将军对佛学有如此深厚功底。"说着便给覃异之传授"戒"字诀，围绕"戒"字讲开了，讲得非常深奥。他首先庄重地对覃异之将军说："你的见解已经很高了。"为此，他说了一首四句颂：

佛性本如如，圣凡同一印。
今古无晦昧，千圣共一证。

以此充分肯定了覃异之将军的看法（悟性）。接着便开始讲"戒"了。他对覃异之将军说："你的'慧'是很高的，这是一个宝，但是你的这个'宝'如果不加以保护的话，'宝'就容易失去。问题是怎样保护它呢？便要以'戒'作围墙加以保护。因此，如无'戒'，你的'慧'便失掉，那就很可惜了。"

听完虚云法师讲后，覃异之将军触动很大，便又写偈句：

无戒无藩篱，无忍难坚持。
淡泊心明亮，宁静养天机。

虚云法师如逢知己，与覃异之将军谈得十分投机；覃异之将军也是妙语频出，有脱离凡尘之感。这样的高谈只因天色渐晚，才依依惜别。

（摘自《广东佛教》2002年第02期段子交《法师与将军谈戒》）

八八

（1948年）至南华寺，礼云公，如婴儿见母，如游子归家，数年仰慕之心，于此夙愿克遂矣。初至，任祖师殿香灯。有智参法师时相过访，道义相投，并向云公推荐，谓为人才法器。公即延至方丈，令进戒律学院任监学法师，余不允。再三勉强。余曰："学人万里参方，为了生死，亲近善知识。老人如果能保证我了生死，虽赴汤蹈火，粉身碎骨，亦在所不辞。"

公曰："自己生死自己了，自己吃饭自己饱，吾如云保证汝了生死，乃系骗汝，吾绝不如此。虽然如是，修行当重内功外果，福慧双修，方克有成，不可甘为自了汉，独善其身，当兼善天下，行菩萨道，护持常住，为大众服务，即可福慧双圆，则生死自了。"

余仍不允。

公曰："汝自东三省不远万里来亲近吾，若不听指挥，云何亲近？"

至是，余乃允诺为职事。

（摘自释度轮《忆念云公前尘后际因缘如是》）

八九

自正眼不明，人心陷溺，有蔽于声色货利者，有惑于异学左道者，有误于旁蹊曲径者。举世茫茫，赖有人焉，弘传正法，使觉树凋而复茂，慧日暗而再明。无如末劫，障深慧浅，德薄垢重，求其识因果、明罪福亦已难矣！况明心见性、入圣超凡乎？所以剃染虽多，解悟者鲜，因乏明师启迪，即有教者，不过学音声法事以为应世之具。将我佛度世悲心，翻为粥饭工具，不亦深可慨乎！学规云："师者人之模范，不唯人才所由育，亦治乱所攸关。"何也？彼童子而教之以正则正，习之于邪则邪。所以易端蒙养，论严弟子，择中才以养育，树典型以曲成；诗书弦颂，穆穆雍雍，出为良士，处为端人。世儒犹是，况我佛子欲明心见性，入圣超凡，非不藉经教以端其根本，戒律以严身心，禅定以扫其根尘，智慧以开其聋瞆，学而时习，庶易培植，此师资所以不能不慎也！今为初学，立修行教约，延师教导，至简易行，各宜遵守，以资深造。余老矣，春霜晓露，救头不暇，安事小节？慨正法眼灭，僧宝将颓，区区之心，欲有补救！教诸幼学，以树典型，其亦不以老人为多事乎！

（摘自虚老《教习学生规约》）

九十

剃染原为修心学道，了脱生死，不是图衣食混过一生也！必须听师教训，做个好人，须当仰体立约本意，切莫懈怠因循。第一要遵约束，毋得小智轻心。第二亲近正人，时时有益身心。第三学习经戒，莫负苦口叮咛。第四规矩威仪，一切时中遵行。第五行住坐卧，常常正念摄心。第六递相恭敬，毋得强弱欺凌。第七同为眷属，不分贵贱富贫。第八水乳和合，一切长短莫争。第九读经写字，熟记端楷要紧。第十常住公事，大小尽力完成，毋得坐视劳苦，偷懒偷安；毋得村言俗语，伤人父母六亲；毋得欺大压小，有乖六和同住之旨。

（摘自虚老《教习学生规约》）

九一

出家原是学佛学祖，须知佛是一切真实。汝等少时欠教，习气甚深，今教汝等实心实行，正语正言，毋得谎行诡诈，邪言妄语，自损心术，引坏他人。出入须要端身正视，徐徐而行，毋得乱跑，毋左右顾视。若遇上座，站立一旁候过，毋得相闯，及擦肩而行。在内在外，处众人群，须要上恭下敬，相爱相亲；毋得粗躁相打相骂，及恶言骂詈。早晚课诵，及午上应堂；如躲避偷安也，重究。在院寒有破衲，饥有粥饭，无求于世，正好安心办道，习学经文；毋得懒惰睡眠，及闹寮扰众。不遵法令者重究；轻口骂詈，伤人父母者重究；窃人什物者重究。沙弥行堂，待客不得躲懒，存心奸狡，作事不忠心者责罚。沙弥日有定规，早晨不到背经者，午间不到写字者，晚上不到读经者，一日如不到者，罚。进退须叉手，大小便须净手，秽手不得奉执经卷，违者究罚。不得涂画墙壁，狼藉一切地场及花果。凡见地上之字纸，拾在箩内，朔望焚化。凡有经典，须安置高桌上洁净之处，毋置卑下污秽处，违者罚。凡杀盗淫妄之戒，佛子必当遵依，不得掏捏蚤虱，损伤虫蚁，及一切生命。毋得盗窃常住，及师长父母，一切人银钱、布帛、谷米、一切等物。毋得亲近妇女，共相戏笑，须知生死根本，第一色欲也，诚之诚之！违者重责！

三业之中，意业极重。凡一切善恶，俱起于意根，起念正则为十善，起念邪则为十恶，所以端正其心，以为根本。学道者学此心，修行者修此心，参禅者参此心，念佛者念此心；凡一切应事接物，逆顺境缘，降伏此心。处众则温柔此心；临财则清廉此心；事上则忠诚此心；御下则宽和此心；待人则公平此心；分物则平等此心；乃至一切处，一切时，皆所以陶镕此心，炼磨此心，收摄此心，使其不得恣纵偏枯，贡高骄慢。若有一毫淘汰不净，则为魔障，无益于身，非所以学道也！切宜留心恪遵！戒为持身之本，成佛之基，单精于持戒，不修余门，可以成佛；若修余门，不持戒律，则事倍而功不半。所以五戒不持，人天路绝，为释子者，守戒为先，切要切要！

（摘自虚老《教习学生规约》）

九二

密参首座说，他在金山寺功夫得力，头上现出光明，如太阳照身上，时间不长，有人认为他已破本参。他回高旻寺问来果老和尚，老和尚说此识神境界，不可执著。

密老过去在云门寺打七，功夫得力，日夜不用睡，无昏沉，轻安自在，怀疑是魔境，去问虚老，虚老说："继续向前用去。"他说，由于我见太重，根基力量不够，冲不过去而后退也。

有个老修行在终南山虚老茅蓬住，晚上现一境界，高大可怕，它说我是水神，当年归依过虚老，考验一下你的定力如何。

密参首座说，他以前在金山寺出现一个境界，坐时现前，睡觉时也现前；因为打完禅七接着打水陆，见了地狱图，印到心里去了。知道是妄想，是假的，用空观等方法都排除不了，很烦恼，这也是业力。问来果老和尚，他还不相信，说哪有那回事。后来，到云居山亲近虚老，一说此事，虚老便笑。原来虚老也见过。虚老说，还是不理它，但须要相当长时间不理它，才能慢慢地消失掉。

虚老曰："你参禅就一个话头参到底，念佛就一句佛号念到底，持咒就一个咒语持到底。"

（摘自2004年2月福州雪峰寺茅蓬所印智光法师编著之《参禅路头
见闻录》节录）

九三

弟（朱镜宙自称）一日问老人："念佛以临命终时见佛接引为瑞相，然魔王有时亦能化佛，安从而辨之？"师曰："此贵平日功夫纯熟，一句佛号，明明不昧，临命终时方不被魔牵引。"

（摘自朱镜宙《与觉有情编者无我居士书》）

九四

密参首座讲，一九五二年，虚老到了上海，在玉佛寺打水陆，又打禅七。虚老这位老人家，那讲得更清楚了。把这个话头，什么叫参呀，什么叫念呀，讲的很清楚。这个用功就好用了。这条路讲得明明白白的。

虚云老和尚说："这样子不容易发起疑情，是念念，念的多，单看一个'谁'字，这个'谁'字还是对初发心的人说，实际上这个'谁'字还是粗的。"后来老和尚教导我们，这个"谁"字，是用它的意思，不是用这个"谁"字。

我们在云门寺打七的时候，那个地方真好，到了再后来，就没有睡觉，好像是刚躺倒，哎，打四板了，怎么搞的？到了虚老那里请开示："老和尚，这是魔境吗？"虚老说："这不是魔境。你心里有难过吧？没有难过，那不是魔境。如果说用功，识心用过度了，它要难过的。它不睡了，它要难过的。这个功夫现前，它不难过的。"

（摘自2004年2月福州雪峰寺茅蓬所印智光法师编著之《参禅路头
见闻录》节录）

九五

师父（密参禅师）和同参们向来公（来果和尚）告假后一起发足南下，从镇江搭船至汉口转乘火车至韶关，奔赴云门大觉禅寺。时虚公主持修复大觉寺已有三四年，部分工程还在修复过程之中。常住僧众白天以劳动为主，种田、砍柴、挑砖、担瓦无所不做，只有晚上坐二支香。师父到云门进单后，虚公命之任大殿殿主职。大殿内有二职务：一为敲钟殿主师；一为敲鼓香灯师。其他的同参也都被分配各寮口任职。

师父到云门后不久，一天穿袍搭衣，独自入方丈室请开示。虚公问："如何用功？"师父答："参究'念佛是谁'话头。"公曰："'念佛是谁'的话头参熟之后，要在这个'谁'字上下功夫。如果光提'念佛是谁'参究，那是念的多，不容易发起疑情来。用这个'念佛是谁'的'谁'字功夫，还要用这个'谁'字的意思，不能光用这个'谁'字，这样才会深入到细心功夫。"

师父得到虚公的开示后，依教奉行，改变以前的用功方法。用功时多在"谁"字的意思上参究，功夫得到日益增长。用到后来，师父心里只动"谁"字念头，想动其他念头很吃力，师父觉得这是用功细心的好处。

师父和二十多位南下的同参们，都是多年在金山、高旻坐长香打禅七的，来到云门寺后，一天到晚都要劳动，很少时间坐香，有的同参有些不大习惯。所以大家共推师父到虚公处，要求虚公到冬季能够安排打禅七。虚公慈悲答应大家的要求，命常住大众，先多砍些柴下山，装满柴房，再打禅七，以备不时之需。

是年禅七在大众的共同努力下，终于如愿举行。在七期中，师父勇猛精进，用功参究。有一天晚上十二点钟后养息时，师父和大众们一起刚躺下，感觉一刹那间就听到了敲四板，跟随大众起床。师父心里想，四个小时一刹那就过去了？就这么快？这是什么境界呢？是不是魔境界呢？心里疑问放不下。次日，即到虚公丈室请开示，说明上述情况。公问："你心里头有没有难过？"师父答："没有。"公说："你心里头没有难过，这不是魔境界，而是功夫现前的境界"，并对师父印证说："像你这样的功夫，心里头就根本没有什么生死了，以后再也不要打'要用功、要了生死'的妄念。"

（摘自密参法师弟子昌融2007年撰述《密参法师事略》）

九六

佛祖说法无非破执之具，并无实法与人，谈禅说教，都属方便，乃引人入胜法门。奈何世人学佛，不能随处解脱，反生执著，未能实受其益者，皆因言行不符，成为通病。六祖云："终身行之不退，决定得证圣果。"若不降心、不持净戒而求解脱者，无有是处。

（摘自《复明性法师书二则》）

九七

论到禅那，岂有初步、究竟之别！不过行人对治习气，看那一法门较易用功。即如止观，各家虽多，及其到家一也。话头虽多，融之则一也。如以"念佛是谁"而参，食饭是谁？说话是谁？苦者乐者是谁？乃至日间无论作息者是谁？如是参之日久，自然得到实用。日间这样修，夜间在梦里也如此修。生也如此，死也如此，早把生死忘记了。

宗门下但论见性，不重禅定解脱。若能于一切处，行住坐卧，纯一直心，便是定境。食饭之时食饭，睡眠之时睡眠，诚其一心，一切三昧不越此也。说来容易，行之实觉为难。若把持不定，虚负一生！处兹末法，无论参究任何法门，总以世尊所说清净明诲为根本。

（摘自《复明性法师书二则》）

九八

有一次，我到香港，特别去拜见当代少见的通人南怀瑾先生，问他一个令我疑惑很久的问题："为什么南先生的作品总是未完成，像《论语别裁》、《孟子旁通》、《老子他说》、《禅观正脉研究》等等，而经典总是讲了半部？为什么南先生不把它写完呢？"

童颜鹤发的南先生哈哈大笑，说："如果我都做完了，你们后来的人要做什么呢？"

然后，南先生告诉我，他年轻时代，曾随民初的高僧虚云老和尚修行，虚云常常同时在各地盖大庙，却没有一座庙盖完成的，往往明墙屋瓦粗具，他就放下，又去盖新的庙了。少年的南怀瑾非常纳闷，有一次实在忍不住，就问虚云老和尚："师父，我看别的师父盖庙，都是一盖数十年，雕梁画栋、美轮美奂，为什么您的庙不盖好一点？还这么粗糙就跑去盖别的庙呢？"

虚云老和尚听了也是哈哈大笑："我如果全盖好了，后来的人有什么事可以做呢？"

我告辞的时候，南先生拍拍我的肩膀说："人生不要太求全，求全就多所责备呀！"

（摘自紫燕双飞《未完成之美》）